Gaby Hauptmann
Plötzlich Millionärin – nichts wie weg!

PIPER

Zu diesem Buch

Steffi hat sich nach der Scheidung in ihrem neuen Leben eingerichtet. Als Verkäuferin musste sie in eine kleine Wohnung ziehen. Stets stellt sie sich die bange Frage: Reicht das Geld? Da gewinnt sie eine Million im Lotto und will ihrer Familie Gutes tun – doch alle wollen mehr. Selbst ihr Ex-Mann hält die Hand auf. Für Steffi gibt es nur eine Lösung: Sie bucht eine Fernreise in ihr Sehnsuchtsland Südafrika. Die Welt der Safaris mit den wilden Tieren und der weiten Landschaft lässt sie aufblühen. Sie entdeckt ein völlig neues Leben – und den Weltreisenden Mike, der mit einer Safari-Gruppe durch den Busch reitet. Steffi ist fasziniert von ihm, denn Mike ist anders als alle Männer, die sie bisher kannte. Sie verbringt sogar eine gemeinsame Nacht mit ihm: in einem offenen Baumhaus mitten in der Wildnis. Doch ist Mike der, der er vorgibt zu sein? Er lebt aus drei Koffern, seinen Besitz hat er verkauft, die Welt ist sein Zuhause, sagt er. Und spontan folgt Steffi ihm nach Bangkok. Doch ein Verdacht lässt sie Hals über Kopf wieder abreisen, sie möchte ihr altes Leben zurück – aber das gibt es nicht mehr ...

Gaby Hauptmann, geboren 1957 in Trossingen, lebt als freie Journalistin und Autorin in Allensbach am Bodensee. Gleich mit ihrem ersten Roman »Suche impotenten Mann fürs Leben« landete sie einen internationalen Bestseller, es folgten mehr als zwanzig weitere Bücher, die in zahlreiche Sprachen übersetzt und erfolgreich verfilmt wurden. Zuletzt erschien von ihr »Lebenslang mein Ehemann?«. www.piper.de/gaby-hauptmann-buecher

Gaby Hauptmann

Plötzlich Millionärin – nichts wie weg!

Roman

PIPER

Mehr über unsere Autoren und Bücher:
www.piper.de

Von Gaby Hauptmann liegen im Piper Verlag vor:

Das Glück mit den Männern und andere Geschichten	Nicht schon wieder al dente
	Nur ein toter Mann ist ein guter Mann
Die Lüge im Bett	Ran an den Mann
Die Meute der Erben	Rückflug zu verschenken
Ein Liebhaber zu viel ist noch zu wenig	Suche impotenten Mann fürs Leben
Eine Handvoll Männlichkeit	Ticket ins Paradies
Frauenhand auf Männerpo	Wo die Engel Weihnachten feiern
Fünf-Sterne-Kerle inklusive	Yachtfieber
Gelegenheit macht Liebe	Zeig mir, was Liebe ist
Hängepartie	Die Italienerin, die das ganze Dorf
Hengstparade	in ihr Bett einlud
Ich liebe dich, aber nicht heute	Scheidung nie – nur Mord!
Liebesnöter	Plötzlich Millionärin – nichts wie weg!
Liebling, kommst du?	Lebenslang mein Ehemann?

Ungekürzte Taschenbuchausgabe
ISBN 978-3-492-31485-5
August 2019
© Piper Verlag GmbH, München 2018,
erschienen im Verlagsprogramm Paperback
Umschlaggestaltung: FAVORITBUERO, München
Umschlagabbildung: vorne Shutterstock.com | hinten Shutterstock.com;
Comstock/Getty Images; Maartje Van Caspel/EyeEm/Getty Images
Satz: Satz für Satz, Wangen im Allgäu
Gesetzt aus der Adobe Garamond
Druck und Bindung: CPI Moravia
Printed in the EU

*Meinen Freundinnen,
die immer da waren, wenn es darauf ankam*

Ich hätte auf meine Vorahnung hören sollen. Wieso habe ich das nicht getan? Ich habe sie beiseite gewischt. Aber hinterher ist man immer schlauer – wer weiß das nicht!

Jetzt sitze ich auf diesem Flughafen, mitten in Afrika, und schüttle nur noch den Kopf: über mich, über das Schicksal, überhaupt darüber, dass die Dinge nie so sind, wie sie scheinen.

Wenn man zu einem Zeitpunkt, da einem das Wasser bis zum Hals steht, im Lotto gewinnt, dann wendet sich doch alles zum Guten. Glaubt man. Ja, eigentlich sollte man das glauben.

Gleichzeitig beginnen aber die Dinge um einen herum, ein dynamisches Eigenleben zu entwickeln. Denn eines ist sicher: Kaum hast du Geld, kommt die Gier der anderen. Und ich habe es nicht bemerkt.

Aber jetzt stecke ich mittendrin und habe Entscheidungen zu treffen, von denen ich vor Kurzem nicht einmal geträumt hätte. Wozu auch. Ich hatte ja kein Geld und war deshalb uninteressant für die meisten Menschen. Jetzt habe ich Geld, und einiges hat sich geändert. Für manche Menschen bin ich jetzt interessant. Sehr interessant.

Vor allem für meine eigene Familie.

Immerhin habe ich nun Zeit zum Nachdenken, denn ich habe meinen Weiterflug verpasst und bin gestrandet. Nachts in Nairobi. Und Hunderte von Fluggästen mit mir, weil unser Flugzeug von Johannesburg Verspätung hatte und der Anschluss nach Bangkok pünktlich war – also weg. Folglich sind wir nun alle hier, hier in Nairobi. Und stehen alle in einer langen Schlange vor einem einzigen Schalter, denn alle müssen übernachten. Das bedeutet, raus aus dem Flughafen. Aber bevor man Kenia betreten darf, braucht man ein Transit-Visa-Tagesticket. Die gelben Formulare sind angesichts der Menge an Menschen aber ausgegangen. Die weißen Formulare sind die falschen. So stehen nun alle in der Schlange und warten. Es sind noch zwei weitere Schalter besetzt: Dort aber steht niemand an, denn zwei Schilder »First Class« und »Diplomaten« zeigen uns, dass wir eben nur einfache Economics sind. Ein Herr mit Aktentasche probiert es trotzdem und wird von einer gähnenden Beamtin zurück in die lange Schlange geschickt.

Ich habe mich auf ein Fenstersims gesetzt und beobachte das Geschehen. Um 23.55 Uhr ist unsere Maschine nach Bangkok raus. Inzwischen ist es 1.55 Uhr, die nächste Maschine soll um 8.30 Uhr starten. Dann kann man doch eigentlich gleich im Flughafengebäude übernachten? Denkt man so, weil es praktisch wäre. Man wird aber eines Besseren belehrt: Geht nicht. Ist nicht erlaubt. Wir müssen raus aus dem Terminal.

Bloß wie, diese Frage ist noch offen.

Zeit zum Nachdenken.

Zeit, mein Gewissen zu prüfen.

Zeit, noch einmal alles zu überdenken.

Ich sehe mich noch einmal, wie ich zu Hause am Fernseher vorbeigelaufen und im Vorbeilaufen die Lottozahlen gesehen habe. Sehe diesen magischen Moment vor mir, der mich hat stehen bleiben lassen. Waren das meine Zahlen? Die Zahlen, die ich seit Jahren beharrlich jeden Monat einmal tippe, die Geburtsdaten von mir, meinem Sohn und meiner Schwester? Ich verharrte unentschlossen vor dem Bildschirm. Die Nachrichten hatten schon begonnen, und trotzdem kam ich nicht davon los. Habe ich tatsächlich meine Zahlen gesehen? 4, 5, 6, 14, 16, 20?

Im Moment herrschte in meinem Kopf ein totales Vakuum, dann drehte ich mich auf der Suche nach meinem Handy um meine eigene Achse. Auf dem Tisch stand das Glas Rotwein, das ich mir für den Spielfilm am Samstagabend schon gerichtet hatte, aber da lag kein Smartphone. Während ich zu suchen begann, schickte ich ein Stoßgebet zum Himmel. Lass es wahr sein! Nur ein kleiner Gewinn, flüsterte ich, ein kleiner Gewinn würde schon reichen. Ich könnte den Hals aus dieser Finanzschlinge ziehen, die immer enger wurde und mich erdrückte. Einmal tief Luft holen. 10 000 Euro wären schon ein Geschenk des Himmels. Ich könnte Lars bei seinem Studium unterstützen. Ich könnte endlich mal wieder richtig durchatmen, aufatmen, die Brust dehnen, die sich schon so eng zusammengeschnürt hatte, dass ich kaum noch Luft bekam.

Ich lief hektisch durch die kleine Wohnung, aber das Handy blieb unauffindbar. Also die Fernbedienung, sagte ich mir. Teletext. Während vor mir auf dem Bildschirm gerade wichtige Menschen wichtige Reden hielten, suchte ich die richtigen Tasten. Ich war so nervös, dass ich mich vertippte. TTX, dachte ich, das kann doch nicht so schwer sein. Steffi, reiß dich zusammen! Was, wenn mir meine Fantasie einen Streich gespielt hatte? Endlich baute sich der Text vor mir auf. Weiß auf schwarz. Heutige Ziehung, Samstagslotto: 4, 5, 6, 14, 16, 20, Superzahl 8. Ich musste mich setzen. Dann bin ich aufgesprungen und ganz nah an den Fernseher herangegangen. Es änderte nichts: sechs Richtige, es waren meine Zahlen! »Es sind meine Zahlen!«, rief ich nach oben, zur Zimmerdecke. »Danke, lieber Gott, danke!«, und bin in den nächsten Sessel gefallen. Doch glauben konnte ich es noch immer nicht. Mein Aberglauben bremste mich: Wenn ich mich jetzt freue, kommt ganz bestimmt morgen die Enttäuschung. Entweder sind die Zahlen falsch, oder es gibt einen Formfehler oder sonst irgendetwas.

Gerade werden die gelben Zettel geliefert und auf einem Tisch mitten im Raum gestapelt. Die Schlange löst sich auf, denn jeder braucht jetzt so ein gelbes Formular. Nur hat kaum jemand einen Kuli griffbereit. Ich schon. Also hole ich mir so einen Zettel, bevor sie wieder ausgehen. Und dann fülle ich gewissenhaft aus, was morgen im Papierkorb landet – oder was machen die mit all diesen Formularen? Prüft das jemand? Und dann? Morgen um 8.30 Uhr sind wir doch alle wieder weg.

Die Beamtin hinter ihrem Schalter hat nun ordentlich zu tun: Formular prüfen, Ausweis kontrollieren, Fingerabdruck rechts, Fingerabdruck links, Foto, dann wird das neue Tages-Visum in den Pass geklebt. Und das bei hundert Menschen. Die beiden Uniformierten nebenan in ihren verwaisten Schaltern gähnen. Ich nun auch. Ich beobachte das Treiben von Weitem und rechne mir aus, dass es gut eine Stunde dauern wird, bis wir alle unsere Visa in der Tasche haben. Dann müssen wir alle noch unsere Übernachtungshotels zugeteilt bekommen und schließlich … gut, dann wird es längst nach 3 Uhr sein.

Ich gähne noch einmal, rutsche auf meinem Fenstersims

herum, bis ich am kantigen Fensterrahmen eine bessere Stellung für meinen Rücken gefunden habe, schließe die Augen und sinke in meine Vergangenheit zurück. Ich weiß noch gut, wie ich mich gefühlt habe, es liegt ja auch noch nicht lange zurück. Wie ich an meinem Laptop aufgeregt überprüft habe, ob ich meinen Tippschein überhaupt ordnungsgemäß abgeschickt hatte und ob die Spielquittung auch wirklich per Mail eingetroffen ist. Ja, die Quittung war da. Kurze Erleichterung, aber dann fühlte ich mich, als ob eine Grippe im Anflug wäre. Heiße und kalte Schauer fuhren mir abwechselnd über den Körper, schließlich trank ich mein Glas Rotwein, aber es wurde nicht besser. Meine Nerven spielten verrückt, und ich wurde überhaupt nicht ruhiger. So einen Zustand hatte ich noch nicht gekannt. Weder bei Ottos Heiratsantrag dreiundzwanzig Jahre zuvor noch beim positiven Schwangerschaftstest ein Jahr später.

Ich überlegte, einen Mantel anzuziehen und rauszugehen. Eine Runde um die Häuser drehen, die nebelige, kalte Herbstluft würde mir guttun, dachte ich. Aber dann hatte ich Angst, etwas Wichtiges zu verpassen, also blieb ich sitzen und fragte mich, wie es nun wohl weitergehen würde? Würde tatsächlich demnächst der Mann mit dem Koffer vor der Tür stehen?

Ich hatte keine Ahnung, also gab ich im Internet den Begriff Lottogewinn ein. »Wer eine Benachrichtigung über seinen LOTTO-Gewinn erhält, sollte vor allem eins tun: erst einmal Ruhe bewahren. Der Gewinnbetrag – wie hoch er auch sein mag – wird erst einmal für viel Aufregung sorgen.« Und weiter: »Erst nach Vorlage der Quoten werden die Gewinner benachrichtigt.« Also gut, dachte ich, vor Montag also sicherlich nicht. Zwei Tage ... Ich würde erst einmal abwarten müssen. Und tatsächlich Ruhe bewahren. Zwei volle Tage. Unvorstellbar lang.

Ich hätte so gern jemanden angerufen. Aber mit wem hätte ich dieses Problem besprechen können? Nein, sagte ich mir, ich muss da alleine durch. Und tatsächlich Ruhe bewahren. Und dann überlegen, was zu tun ist. Und ganz bestimmt, sollte es wirklich ein großer Lottogewinn sein, werde ich das nicht an die große Glocke hängen. Ich werde weiter im Drogeriemarkt arbeiten, Ware auszeichnen, Regale einräumen und an der Kasse sitzen. Und ich werde mich ganz einfach still und leise freuen, dass ich mein Leben im Griff habe, dass mich keine Ängste mehr quälen und dass ich befreit lächeln kann. Genau das werde ich tun.

Und jetzt musste es einfach irgendwie Montag werden, damit ich erfuhr, ob ich auch wirklich gewonnen hatte. Und wenn ja, wie viel!

Ich spürte schon wieder mein Herz klopfen und stand auf, um mir die Rotweinflasche aus der Küche zu holen. Ein einziges Glas hatte ich mir an dem Abend gönnen wollen – aber so, wie es aussah, würde das nicht ausreichen.

Am frühen Morgen des darauffolgenden Montags habe ich mich krankgemeldet. Ich bin immer die Zuverlässige, stets die, die für andere einspringt, jetzt konnte auch mal jemand anderes für mich da sein, dachte ich mir. Den ganzen Morgen über wartete ich auf die Mail, die mein Leben verändern würde. Oder eben auch nicht. Ich habe schon zu oft erlebt, dass die Dinge zum Greifen nah waren und dann doch wieder in weite Ferne gerückt sind.

Doch um 10.23 Uhr war sie da, die herbeigesehnte Mail aus der Lottozentrale:

»Sehr geehrte Frau Weiss, herzlichen Glückwunsch – Sie haben mit Ihrem Spielauftrag gewonnen! Weitere Einzelheiten und Hinweise finden Sie in Ihrem Kundenkonto sowie in unseren Teilnahmebedingungen. Mit freundlichen Grüßen, Ihr Kundenservice.«

Mein ganzer Körper vibrierte vor Anspannung. Jetzt mussten die Gewinnquoten im Internet veröffentlicht sein. Selten hat mein Laptop eine Seite so langsam aufgemacht wie gerade diese. Ich hätte vor Ungeduld platzen können, aber jetzt, jetzt, da waren sie:

Klasse 1 (6 Richtige + SZ)   unbesetzt
Klasse 2 (6 Richtige)   1 × 1 171 349,10 Euro

Ich musste die Zahl immer und immer wieder lesen. War das möglich? Über eine Million Euro? Unfassbar. Die Zahl sah so seltsam aus. So lang. Eine Million? Wahnsinn!! Ich griff aufgewühlt zum Telefonhörer. Die Nummer der Lotto-Zentrale in Stuttgart hatte ich mir längst herausgeschrieben, der Zettel lag mitten auf dem Tisch. Ich hatte alles vorbereitet, trotzdem zitterte jetzt meine Hand. Du bist 45 Jahre alt, sagte ich mir, stell dich nicht so an. Trotzdem hatte ich Angst, dass ich gleich stottern würde.

»Staatliche Toto-Lotto GmbH Baden-Württemberg, Lore Langschild, guten Tag!«

»Ja, guten Tag, hier ist Steffi Weiss, und ich habe mal eine Frage, wenn meine Zahlen mit den Lottozahlen übereinstimmen, an wen kann ich mich dann wenden?«

»Ich stelle Sie zu unserem Kundenservice durch.«

Ich hielt die Luft an. Der Kundenservice. Jetzt würde ich es gleich wissen. Das Schicksal nahm seinen Lauf. Und tatsächlich erfuhr ich wenig später, dass ich, sollte meine Spielauftragsnummer 0306070816872658 lauten, die glückliche Gewinnerin von 1 171 349,10 Euro sei. Es käme bei der Gewinnsumme aber noch ein Glückwunschbrief mit der Bestätigung. Und außerdem seien die Großgewinner auch immer herzlich zu einem Gespräch in die Lotto-Zentrale eingeladen.

Als ich mein Handy wieder zur Seite legte, fühlte ich mich wie erschlagen. Warum kann ich mich nicht freuen?, fragte ich mich. Ich müsste doch einen Luftsprung machen und durchs Zimmer tanzen. Stattdessen fühlte ich mich wie gelähmt. Eine Million? Das ist ja ein Wahnsinn. Was mache ich denn mit einer Million?

Was mache ich denn mit einer Million? Mein Rücken tut mir weh, und ich öffne ein Auge, um die Situation zu überprüfen. Die Schlange ist kürzer geworden, ich werde mich also bald anstellen. Ja, die Million, denke ich, während ich die Leute mustere, die nun alle gelbe Zettel in der Hand halten. Manche nehmen es gelassen, scherzen und machen offensichtlich das Beste draus, andere stehen einfach in sich gekehrt da, einige Frauen tragen ihre schlafenden Kinder auf dem Arm. Die Million, die bringt dich in so einem Fall auch nicht weiter. Ob du nun Geld hast oder nicht, du musst dich der Situation fügen. Nur, ohne Geld wäre ich gar nicht hier, überlege ich weiter, denn ohne Geld hätte ich nicht reisen können. Wenn ich es genau besehe, war diese Reise aber auch eine Flucht. Und ohne Geld hätte ich gar nicht erst fliehen müssen.

Ich höre mich selbst seufzen. Soll ich also zurück, anstatt morgen weiterzufliegen? Ich könnte einen anderen Flug buchen, zurück nach Frankfurt. Ich könnte mich dem aussetzen, was dann sicher auf mich einprasselt. Will ich das? Ich habe noch Zeit, darüber nachzudenken.

Ich schließe wieder die Augen, versetze mich zurück und sehe mich durch meine kleine Wohnung gehen. Der Kühlschrank ist betagt und verbraucht zu viel Energie. Außerdem brummt er ständig vor sich hin. Das nervt mich schon lange. Und überhaupt – die ganze Küchenzeile ist alt. Alt und mit dem aufgeklebten Bambusmuster einfach nur unansehnlich. Aber als ich vor drei Jahren eingezogen bin, war ich froh, einige Möbel der Vor-Mieterin übernehmen zu können. Obwohl nichts davon meinem Geschmack entsprach und alles zusammen eher nach Sperrmüll als nach einer Einrichtung aussah. Aber man gewöhnt sich bekanntermaßen an fast alles, ganz besonders dann, wenn man kein Geld hat. Bei der schnellen Trennung von Otto war ich so paralysiert gewesen, dass er fast alles behalten konnte. Vor allem die schöne Wohnung, weil ich mir die alleine sowieso nicht leisten konnte. Und weil er ja Platz für seine neue Familie brauchte, denn seine Geliebte war schwanger geworden. Und auch Lars, unser Sohn, sollte ja sein Zimmer nicht verlieren. »Das Zimmer darf er nicht verlieren, seine Mutter dagegen sehr wohl«, habe ich nur traurig gesagt. Und der 17-jährige Lars, der kurz vor seinem Abitur stand, schrie: »Wenn ich jetzt mein Abi vermassele, seid ihr schuld!« Diese Schuld hat er mir noch mitgegeben. Und dann ist er vorübergehend zu einem Freund gezogen, weil er uns beide, Otto und mich, »zum Kotzen« fand.

Im Geiste sehe ich mich noch ins Schlafzimmer gehen und den Kleiderschrank und das Bett betrachten, beides von meiner Vormieterin übernommen. Da könnte ich doch etwas Geld aus meinem Lottogewinn sinnvoll einsetzen. »Rückenschmerzen ade!«, sagte ich extra laut und zeigte mit dem Finger auf die Matratze. »Jetzt gibt es eine neue!« Oder gleich ein neues Bett? Lieber nicht, auch eine Million kann schnell weg sein, wenn man es übertreibt. Aber ich könnte, und dieser Gedanke war der verlockendste von allen, ich könnte eine Reise machen. Schon immer hatte ich von schönen Reisen geträumt. Otto war ein Reisemuffel, er hatte noch nie einen Sinn darin gesehen, das Geld für etwas auszugeben, das man nachher nicht in den Händen halten konnte. Für ein schönes Auto, ja. Für einen großen Fernseher, ja. Für ein Dolby-Surround-System, natürlich. Aber mit dem kleinen Lars und seiner Frau mal an die Nordsee? Wellen, Meer und weite Strände? Mit kleinen Eimern und bunten Förmchen Sandburgen bauen? Da wurde ein Sandkasten für den Garten angeschafft, der tat es auch.

Warum sollte ich nach der Trennung darüber nachgrübeln, was war. Nach vorn schauen, das hatte mir meine Schwester damals eingebläut. Gut, sie hatte schon Erfahrung darin, ihre Scheidung lag länger zurück. Allerdings war sie damals im Haus wohnen geblieben. Ihr Mann war ausgezogen.

Und während ich so über die gewonnene Million nachdachte, kam mir die gute Idee, Susanne finanziell zu helfen. Ich wusste, dass sie von ihrem Kredit nicht runterkam, 5000 Euro. Schon die Zinsen für diesen Kredit taten ihr weh, denn ihr Sohn Felix studierte nun auch, und sie sparte sich jeden Cent von ihrem Gehalt ab. Schön, dachte ich, ich könnte ihr von einem kleinen Lottogewinn erzählen: 50 000 Euro. Davon 5000 Euro in die Studienkasse meines Sohnes und 5000 Euro für Susannes Kredit, also indirekt auch für die Studienkasse ihres Sohnes. Das wäre doch gerecht. Schließlich sind Lars und ihr Sohn phasenweise wie Brüder aufgewachsen und mussten nun beide jobben, um sich ihr Studium finanzieren zu können.

Tja, denke ich, da meinst du, du tust was Gutes. Ich schlage die Augen auf. Es stehen nur noch ein paar Leute vor dem Schalter, nun geselle ich mich dazu. Nicht, dass die Beamtin den Schalter schließt und in den Feierabend geht. Eine junge Frau steht vor mir, sie ist mir in ihrer schwarzen Lederhose und mit den tätowierten Schultern schon vorhin aufgefallen. Jetzt dreht sie sich nach mir um und spricht mich an:

»Den Flieger haben wir gar nicht verpasst, den haben die einfach gecancelt.«

Das ist mir neu. Aber gut, wir konnten auf keine Anzeigetafel mehr sehen, weil wir ja direkt beim Aussteigen vom uniformierten Bodenpersonal abgefangen worden waren.

»Und warum?«, will ich wissen.

»Zu wenig Fluggäste für die lange Strecke. Lohnt sich nicht, da kommt eine Übernachtung in Nairobi günstiger.«

»Das ist ja eine tolle Strategie«, sage ich.

Sie zuckt mit den Schultern. »Machen viele!«

»Ich habe keine Erfahrung damit«, radebreche ich auf Englisch, aber ihr Englisch scheint auch nicht ihre Muttersprache zu sei. »Wo kommen Sie her?«

»Rom!«, sagt sie. Und tatsächlich, hätte ich raten müssen, hätte ich auf eine Italienerin getippt. So schlank und lässig, wie sie vor mir steht, mit ihren langen schwarzen Haaren, die in Wellen über die Spaghettiträger ihres weißen Oberteils fallen.

»Und Sie?«, will sie wissen.

»Stuttgart. Germany.«

Sie lacht. »In Stuttgart hatte ich ein Auslandssemester in Kunst. Und ich habe mich verliebt«, sagt sie auf Deutsch. »War eine schöne Zeit.«

»Und warum sind Sie nicht geblieben?«

»Ich bin ein Wandervogel«, sie lächelt. »Und ... er war sehr ... I don't remember the word«, fährt sie fort, »er wollte kein Geld ausgeben.«

»Sparsam«, helfe ich aus.

»Ja, so ähnlich ...« Sie zwinkert mir zu.

Wahrscheinlich meint sie geizig, denke ich bei mir, aber das werde ich nicht sagen. Ich kenne keine geizigen Schwaben, obwohl ich immer davon höre. Vielleicht gilt das nur für höhere Einkommensschichten? So wie sie aussieht, lebt sie jedenfalls nicht von Pflastersteinkunst.

Während ich noch darüber nachdenke, stehe ich bereits vor der uniformierten Beamtin. Sie prüft laut Kaugummi kauend alles sehr genau, und nachdem sie mir mein Visum ausgehändigt hat, steht sie auf und mit ihr ihre zwei Kollegen nebenan. Schneller als ich sind die drei aus der Halle heraus.

Die Römerin wartet am Ausgang auf mich. »Also jetzt gilt es«, sagt sie und deutet die Treppe hinunter. Alle, die vorhin für die Visa angestanden sind, stehen nun vor den drei Tischen. »Hotelvergabe«, sagt sie. »Da sind wir mit ein paar Tricks schnell durch. Nützt aber nichts, weil die Busse sowieso erst fahren, wenn wir alle drin sind.«

Inzwischen sprechen wir eine Art von Englisch-Deutsch-Mix. Sie heißt Giulia, das weiß ich nun auch schon. Ich bin froh, eine Frau an meiner Seite zu haben, die sich auskennt, und ein bisschen wundere ich mich, dass sie sich meiner so nett annimmt. Schätzungsweise bin ich gut fünfzehn Jahre älter als sie.

»Und wieso reisen Sie nach Bangkok?«, fragt sie mich. »Ferien?«

Ich könnte ihr jetzt den wahren Grund erzählen, aber das ginge nicht ohne die Vorgeschichte.

»Scheidung«, sage ich schnell, das erscheint mir in meinem Alter plausibel, und so ein Thema ist schnell abgehakt. »Ich musste mal raus!«

»Liebe kann ganz schön kompliziert sein!«, stimmt sie zu, und ich denke: Wenn du wüsstest, wie recht du hast.

Plötzlich Geld zu haben aber auch. Ich war mit den Gedanken wieder zu Hause. Wirklich glauben können würde ich das alles erst, wenn diese unglaubliche Summe auf meinem Konto war, schwarz auf weiß zu lesen. Immerhin freundete ich mich mit dem Gedanken an, und am späten Nachmittag war es so weit, es zog mich hinaus, hinein ins Zentrum. Ich musste dringend durch die Calwer Passage gehen, mit ihren internationalen Restaurants, Nobel-Geschäften und den Designer-Läden, die ich immer gemieden hatte. Und auch an diesem Tag würde ich nicht hineingehen, nein, aber die Auslagen mit einem anderen Blick betrachten.

Was ich nicht sehe, macht mich nicht an, so hatte seit drei Jahren meine Devise gelautet. Und nach dieser Vorgabe lebte ich: Ich leistete mir gutes Essen, sparte nicht an der Heizung und kaufte mir zwischendurch eine Flasche Wein. Guten Wein. Dazu die Miete und die gelegentlichen Zuwendungen an Lars, damit war mein Verkäuferinnengehalt schon ordentlich ausgeschöpft. Und Rücklagen für die Versicherungen, für unvorhergesehene Reparaturen. Vielleicht mal ein Glas Wein mit einer Freundin in einer Weinkneipe und vielleicht auch mal eine Pizza beim Italiener. Aber das war auch das äußerste der Gefühle. Ottos monatliche 250 Euro überwies ich direkt an Lars weiter. Das war wenig genug. Wie mein Ex das bei unserer Trennung jongliert hatte, war mir auch nicht klar – aber er hatte seinen Abgang ja von langer Hand planen können. Und ich hatte keine Ahnung gehabt. Und keinen Anwalt.

Schnee von gestern, sage ich mir und beobachte Giulia, wie sie sich nach vorn schlängelt und dabei irgendwie einem der Offiziellen auffällt, der geschäftig zwischen den Tischen hin und her eilt und der sie prompt an einen leeren Tisch winkt. Sie dreht sich zu mir um und gibt mir ein Zeichen. Keine Ahnung, wie sie das bewerkstelligt hat, aber ich gehe ebenfalls vor, und in kürzester Zeit haben wir zwei Voucher in den Händen: für das Crown Plaza. Inklusive Dinner, was um diese Uhrzeit aber wohl ein Witz ist. Immerhin, Crown Plaza hört sich jedenfalls nicht nach einer Jugendherberge an, denke ich und spüre jetzt die Müdigkeit aufsteigen. Kurze Busfahrt und Bett, dann kann ich noch ein bisschen schlafen. Das ist verlockend genug. Hinter Giulia trete ich vom Flughafengebäude hinaus in eine geschäftig laute Nacht. Vier grüne Busse stehen da, und ich bin Gott froh, dass Giulia die Führung übernimmt, denn ich wäre prompt in den falschen gestiegen. Die Bordkoffer stapeln sich hinter dem Fahrer, die Notsitze zwischen den Sitzreihen werden heruntergeklappt, und, ich glaube es nicht – so einen vollen Bus habe ich noch überhaupt nirgends erlebt. Sollte der Fahrer plötzlich Gas geben, fliegen die Koffer los und werden vor allem mich treffen, denn ich sitze auf dem vordersten Notsitz. Egal, beruhige ich mich, keine Panik, es wird schon nichts passieren.

Einige Sicherheitsschranken halten uns auf unserer nächtlichen Fahrt durch Nairobi auf. Erstaunlich viele Uniformierte und Kontrollen. Um diese Uhrzeit. An einer Schranke stehen wir ewig, denn sie lässt sich nicht öffnen. Die Gelassenheit des Busfahrers ist erstaunlich. Als er gerade zurückfahren will, um einen anderen Weg zu suchen, öffnet sie sich. Die holprige Fahrt geht weiter, und sie ist alles andere als kurz – nach einer Stunde kommen wir in unserem Hotel an und müssen dort durch eine Sicherheitsschleuse, das Gepäck wird durchleuchtet, alles wie am Flughafen. Giulia schafft es erneut, recht schnell an unsere Zimmerschlüssel zu kommen.

5 Uhr, schärft sie mir ein, müssen wir wieder unten sein. Die Fahrt dauere morgens länger, wegen der verschärften Sicherheitskontrollen. Ich kann mir keine Steigerung vorstellen, aber egal. Mein Zimmer ist sauber, in der Minibar finde ich Mineralwasser, und in meinem Handgepäck habe ich eine Zahnbürste und eine kleine Tube Zahnpasta. Dann also Katzenwäsche, denke ich und trete vor den Spiegel. Ein rundliches Gesicht sieht mir entgegen. Meine Gesichtsform fand ich als junge Frau zu altmodisch. Ich hätte lieber ein schmales Gesicht gehabt, aber heute sehe ich, dass ein rundes Gesicht länger faltenfrei bleibt. Zumindest glaube ich das. Meine Augen sind braun, genau wie mein Haare, ich habe dichte Augenbrauen, wie ich überhaupt einen starken Haarwuchs habe. Kleine, anliegende Ohren ohne Ohrringe, weil ich Angst vor dem Stechen hatte, eine kleine Nase, dafür einen großen Mund und ein eckiges Kinn. Bis vor Kurzem sind meine braunen Haare einfach so vor sich hin gewachsen, und wenn ich sie nicht im Nacken zusammengebunden habe, fielen sie ohne besonderen Schnitt über die Schultern. Das habe ich kurz vor meiner Reise geändert ... Ich bin zu einem kleinen

Friseur um meine Ecke gegangen, dessen Geschäft mir von außen schon immer recht gut gefallen hat. Und als ich wieder herausgekommen bin, habe ich mir auch gefallen. Mit wenigen Schnitten hat er Schwung in meine dicken Haare gebracht – und jetzt fallen sie wunderbar, selbst wenn ich nur mit zehn Fingern durchfahre – oder vielleicht sogar gerade dann.

Womit schlafe ich eigentlich heute Nacht? Ich habe kein Schlafzeug in meinem Handgepäck. Ich betrachte mich im bodentiefen Spiegel. Jeans, Bluse, darunter ein leichtes Unterhemd. Na, dann im Unterhemd. Während ich mich vor dem Spiegel ausziehe, denke ich: Alles noch ordentlich in Schuss. Ich bin nicht besonders groß und auch nicht besonders schlank, dafür habe ich eine ziemlich straffe Silhouette und eine ganz gute Kondition, denn ich gehe viel zu Fuß. Das tut mir gut. Und kostet nichts. Ich putze die Zähne, wasche mir mit der nassen Ecke des Handtuchs mein Gesicht und nicke mir zu.

»Schenk dir ein Lächeln«, sage ich zu meinem Spiegelbild und tatsächlich, es wirkt, meine Mundwinkel heben sich. »Und jetzt, gute Nacht!«

In der Nacht kommen die Gedanken. Zuerst ist man müde und dann plötzlich hellwach. Dinge laufen ab, die man kaum stoppen kann und die einen am Schlafen hindern. Mein großer Gewinn rumort noch immer in mir, das Warten auf die Gewinnbenachrichtigung, der Besuch in der Lotto-Zentrale, wo ich von zwei netten Herren bei einer Tasse Kaffee und einem Erdbeerkuchen Verhaltenstipps erhalten habe und die Information, dass das Geld einige Tage brauche, bis es auf meinem Konto sein würde. Danach die schleichende Angst, es könnte trotz allem noch etwas schiefgehen. Und dann endlich – der Moment bei meiner Bank.

Mir ist geraten worden, eine ganz andere Bank für die Überweisung zu wählen, irgendwo, wo kein Bekannter von meinem Gewinn erführe. Und auch kein bekannter Bankangestellter. Aber ich vertraue meinem Sparkassen-Filialleiter, der mich schon so lange durch alle Höhen und Tiefen begleitet hat. Allerdings hatte ich ihn vorgewarnt. 1 171 349,10 Euro waren schließlich kein alltäglicher Eingang – zumal auf einem Konto, das selten mit mehr als 400 Euro im Plus stand. Wir saßen da und sahen uns gemeinsam diese gigantische Zahl an. Ganze 80,60 Euro hatte ich vorher noch auf meinem Konto. Für die restlichen acht Tage des Monats. Jetzt stand dort einemillioneinhunderteinundsiebzigtausendvierhundertneunundzwanzig Euro und 70 Cent.

Zunächst sagte er kein Wort. Dann meinte er: »Passen Sie darauf auf. Damit können Sie unbesorgt alt werden! Es steht Ihnen jetzt eigentlich eine sorgenfreie Zeit bevor. Ein Lottogewinn ist mehr als nur Geld, er kann ihr Leben verändern.«

Ich nickte. Und unversehens kamen mir die Tränen. Er zog ein blütenweißes Taschentuch aus der Brusttasche seines Jacketts und reichte es mir, und als ich mich verabschiedete, sagte er: »Wird schon!« Genau das hatte er nach meiner Scheidung auch gesagt: »Wird schon!«. Als Mutmacher.

Ich war schon auf dem Weg zur Tür und drehte mich noch mal zu ihm um. »Sie sind ein wirklich guter Mensch, danke!«

»Bin ich nicht«, antwortete er. »Zumindest nicht immer. Aber bei Ihnen freut es mich wirklich!« Ich konnte nur nicken und war froh, als ich mit meinen ganzen Emotionen draußen an der frischen Luft war. Die Zahl, die ich schwarz auf weiß gesehen hatte, machte mich schwindelig. Irgendetwas musste ich tun. Ich musste jetzt in eine Bar und ein Glas Champagner trinken. Am frühen Nachmittag?, meldete sich mein Gewissen. Und musste es gleich Champagner sein? Doch es muss, bestimmte ich, aber dann befiel mich ein komisches Gefühl. Hoffentlich bringt das viele Geld kein Unheil. Unsinn, schimpfte ich mich, immer du mit deinen düsteren Vorahnungen.

Um 4.45 Uhr schrillt der Wecker meines Handys. Es kommt mir vor, als hätte ich erst zehn Minuten geschlafen. Am liebsten würde ich mich einfach umdrehen, aber die Sorge, den Bus zu verpassen, treibt mich aus dem Bett. Duschen macht keinen Sinn, also rein in Jeans und Bluse, das Pröbchen aus der Parfümerie für straffe Haut in beiden Handflächen verrieben und auf der Gesichtshaut verteilt, Zähne putzen, ab. Punkt fünf Uhr bin ich unten in der Hotelhalle. Ein paar gähnende Menschen stehen vor dem Kaffeeautomaten, der auf einem Sideboard platziert worden war. Schon wieder eine Schlange, denke ich und entscheide, vorerst auf einen Kaffee zu verzichten. Er drückt mir auch zu schnell auf den Magen, und der klapprige Bus hat keine Toilette. Also lieber nicht.

Langsam füllt sich die Halle. Wir kennen uns schon untereinander, stelle ich fest. Wie schnell man doch zu einer Gemeinschaft zusammenwachsen kann, vor allem dann, wenn es eine Leidensgemeinschaft ist. Giulia kommt die Treppe herunter, sieht mich und winkt mir zu. Flugs hat sie zwei Kaffeebecher in der Hand und bietet mir einen an. Schon erstaunlich, wie sie das regelt. Ist es ihre charmante italienische Art? Ist es ihr Aussehen? Vielleicht eine Kombination von beidem.

Ich lehne den Kaffee ab und deute mit einem ungewissen Grinsen auf meinen Bauch.

»I bet, the driver is too late.«

Was heißt schon wieder »bet« denke ich, dann fällt es mir ein. Sie wettet, dass der Fahrer zu spät kommt. Wenn der Bus zu spät kommt und wir deshalb zu spät einchecken, dann können wir direkt nach dem nächsten Bangkok-Flug Ausschau halten. Oder ich fliege gleich nach Frankfurt zurück, das habe ich noch immer nicht entschieden.

Giulia hat recht. Der Bus kommt um sechs Uhr. Und hält mitten auf der Strecke, weil wir kontrolliert werden. Alle müssen aussteigen und mit ihrem Handgepäck in eine Baracke. Dort wird das Gepäck durchleuchtet, wir marschieren durch ein Sicherheitstor, dürfen wieder einsteigen und fahren schließlich weiter. Nun bin ich endgültig davon überzeugt, dass es mit unserem Weiterflug nichts mehr wird. Vor allem, als ich die Autoschlange vor dem Flughafen sehe. Schranke, Gesichtskontrolle durch Uniformierte, Weiterfahrt.

Unglaublich, sage ich zu Giulia, die neben mir sitzt, ganz Nairobi ist ein einziger Sicherheitstrakt. Ist Kenia denn so terrorgefährdet?

»Es gab einen Amoklauf an einer Schule und ein Attentat an einer Uni. Jeweils mit Toten. Und vor einigen Jahren zwei Explosionen hier in Nairobi, auf einem Markt.«

»Sicher ist man nirgends«, sage ich. Trotzdem sehe ich die vielen Sicherheitsvorkehrungen jetzt mit anderen Augen. Sollten wir den Flug verpassen, dann ist es eben so. Dann hat das Schicksal zugunsten des Rückflugs entschieden. Dann muss ich mich den schwelenden Problemen stellen.

Aber das Schicksal stellt eine andere Weiche. Wir verpassen den Flug nach Bangkok nicht, so sieht es zumindest aus, denn plötzlich haben wir noch jede Menge Zeit. In der Nähe unseres Abfluggates entdecke ich eine kleine Café-Bar mit knallroten, zerschlissenen Ledersesseln. Hat etwas von Buena Vista Social Club, denke ich, warum, weiß ich auch nicht. Aber die Mädchen hinter dem Tresen sind sehr fröhlich und nett, der Cappuccino ist gut und unglaublich günstig. Giulia sitzt mit Kopfhörern entspannt in einer Ecke, und ich hänge meinen Gedanken nach.

Es ist schön, so in seiner eigenen Gedankenwelt zu versinken. Noch denke ich nicht voraus, nicht an Bangkok und wer mich dort erwartet, nein, ich denke zurück.

In den Tagen meines Gewinns muss ich mich verändert haben. Ich weiß nicht, sieht man anders aus, wenn man unbeschwert ist? Plötzlich hatte ich den Eindruck, auf meine Mitmenschen anders zu wirken. Auf einmal habe ich Blicke eingefangen. In der Fußgängerzone. Einfach so. Auf ein Lächeln bekam ich ein Lächeln zurück. Und Bine, meine Kollegin im Drogeriemarkt, fragte mich sogar, ob ich verliebt sei. Erst war ich verdutzt, dann nickte ich. »Ja«, stimmte ich zu. »Ein bisschen schon, glaube ich.« In Geld, dachte ich. Kann man in so etwas Seelenloses wie in sein eigenes Bankkonto verliebt sein? Ich dachte darüber nach und überhörte prompt ihre Frage, was es denn für ein Typ sei? Älter, jünger? Geschieden, verwitwet – oder, schlimmster Fall, gar verheiratet? Und beruflich?

Was sollte ich ihr darauf antworten? Aber keine Antwort stachelte Bine nur an, und sie wiederholte ihre Frage.

Ich überlegte, ob ich ihr jetzt etwas vorschwindeln sollte, denn ich wusste schon, dass die eigentliche Triebfeder ihrer Neugierde ihre eigene unglückliche Ehe war. Vielleicht brauchte sie einfach nur ein fremdes Happy End nach einer Trennung, um es endlich selbst zu wagen.

»Ganz in den Anfängen«, sagte ich. »Nicht mehr als Augenkontakt und zartes Berühren. Sollte es mehr werden, bist du die Erste, die es erfährt.« Sie warf mir einen Blick zu, den ich nicht so ganz deuten konnte, aber wahrscheinlich glaubte sie mir nicht. Zartes Berühren … und das bei einem Mann. Gut, das war möglicherweise nicht besonders glaubwürdig. Ich habe auch eher an meine Geldscheine gedacht. Den Hunderter, den ich zu meiner eigenen kleinen Feier aus dem Geldautomaten geholt habe, habe ich wirklich zärtlich berührt.

»Ach, die Welt ist schön«, sagte ich laut, und Bine, die schon wieder weiter war, drehte sich noch mal nach mir um.

»Dich hat es aber ganz ordentlich erwischt!«

Ich nickte und stimmte ihr zu. »Ja«, sagte ich, »ich weiß überhaupt nicht mehr, wo mir der Kopf steht!«

»Dann wünsche ich dir viel Glück mit deiner neuen Liebe.«

Ich dankte und dachte, ich mir auch.

Der Filialchef meiner Bank hatte mir einige Anlagemöglichkeiten vorgeschlagen. Seitdem höre ich bei den Aktienkursen in den Nachrichten besser hin. Und finde, dass dieses ständige Bergauf und Bergab eher Angst macht, als Vertrauen einzuflößen. Ich soll mir Zeit lassen, hatte er mich beruhigt. Wir können uns dann mal ganz in Ruhe darüber unterhalten, meinte er, im Moment sei es ja nicht dringlich.

»Ja, gut, aber dann liegt es halt da«, sagte ich. »Auf dem Girokonto. Das ist ja dann auch nicht so geschickt.«

»Hauptsache, es liegt überhaupt da.«

Da konnte ich ihm nur recht geben.

Das größere Thema kam nun überhaupt erst auf mich zu. Lars hatte sich angemeldet, er studiert Maschinenbau in

Aachen und wollte ein Wochenende in Stuttgart mit seinen alten Kumpels verbringen. Ich empfand das als gute Gelegenheit, ihm von der Finanzspritze zu berichten. Aber mir war klar: Die wahre Summe konnte ich nicht angeben, das würde zu viele Begehrlichkeiten in ihm wecken. Und ich könnte mich schlecht gegen seine Wünsche wehren. Ich musste einen glaubhaften Gewinn angeben, der in unserer finanziellen Situation wahnsinnig hoch erschiene. Die 50 000 Euro, über die ich kürzlich schon mal wegen Susanne nachgedacht hatte, wären wahrscheinlich eine wirklich gute Summe. Aber wenn ich Lars so etwas erzählte, musste ich überzeugend sein, er spürte immer, wenn etwas nicht stimmte. Und vor allem würde er es mir nicht glauben, wenn ich ihm erst Tage nach der Ziehung von diesem wahnsinnigen Glück berichten würde. Wahrscheinlicher wäre doch, sofort zum Telefonhörer zu greifen und den Sohn mit dieser tollen Nachricht zu überraschen. Ich überlegte: Da er am Freitagnachmittag kommt, wäre Mittwochslotto wahrscheinlich. Was aber, wenn er die Zahlen wissen will und nachprüft?

Aber warum sollte er? 50 000 Euro Gewinn auf meinem Konto, 5000 für ihn, 5000 für Susanne, 40 000 als Rücklage auf ein Festgeldkonto. Warum sollte er das nachprüfen?

Ich recherchierte im Internet, um ganz sicherzugehen: Die Gewinnzahlen von Lotto am Mittwoch werden im ZDF um 18.54 Uhr vor den heute-Nachrichten bekannt gegeben. Die Quoten kommen am Donnerstagvormittag. Damit war der Plan klar – ich würde ihn im Laufe des Donnerstagvormittag anrufen. Dann könnten wir uns am Freitag gemeinsam über das Geld freuen.

Am Donnerstag Punkt 10 Uhr wählte ich seine Nummer.

»Mama?« Es hörte sich irgendwie hektisch an, dann hörte ich ein helles Lachen dicht neben ihm.

»Lars? Störe ich?«

»Ahh ... rufst du vielleicht später noch mal an? Oder ... ist es sehr dringend?«

»Nein, nein, schon gut. Es hat Zeit.« Ich legte mit einem kurzen Gruß auf und fühlte mich befreit. Ich habe nicht schwindeln müssen, freute ich mich, und wenn er am Freitag kommt, werde ich ihm einfach das Geld hinlegen und sagen, dass ich ihm das hatte mitteilen wollen. Wunderbar! Nur, weshalb wollte er nicht telefonieren? Habe ich ihn mitten in einer Vorlesung gestört? War das der Grund? Oder eher das helle Lachen neben ihm?

Per SMS teilte mir Lars mit, dass er am Freitag gegen sieben ankommen würde. Gern würde er, sollte ich Lust dazu haben, mit mir zu Abend essen und dann mit seinen Kumpels losziehen. Ob ich ihm das Ausziehsofa für die Nacht richten könne? Wäre klasse. Also richtete ich am Freitag das Ausziehsofa, wozu ich erst einmal alles, was sich in dem kleinen Zimmer angehäuft hatte, wegräumen musste. Wie schnell doch so ein Zimmer vollgestellt ist, dachte ich dabei. Bügelbrett, Staubsauger, ja, aber auch zwei Körbe voll Wäsche, Schmutzwäsche und Bügelwäsche, der alte Sessel, den ich nicht hergeben kann, weil Erinnerungen daran hängen, die hübsche Stehlampe, aus meiner Ehe gerettet, aber hier nur im Weg, und allerlei Dinge, die im Wohnzimmer aus Platzgründen nur stören. Berge von Illustrierten und auch ein aussortierter Bücherstapel. Nachdem ich alles hin und her getragen hatte und das Zimmer zum Schluss nicht viel besser aussah, bin ich auch noch einmal kritisch durch die anderen Räume gegangen. Nein, es gab keine neue Anschaffung, die meinen jähen Reichtum verraten könnte. Der alte Kühlschrank brummte noch immer, und die Matratze stöhnte wie eh und je.

Es hatte sich seit dem Einzug kaum etwas verändert. Unwahrscheinlich eigentlich, habe ich gedacht und mich mit meinen aufkeimenden Erinnerungen auf das frisch gemachte Bett gesetzt. Damals, nach der Trennung, war die Wohnung die erste gewesen, die ich auf die Schnelle hatte bekommen können. Eher eine Fluchtburg, denn eine Wohnung. Tür an Tür mit unendlich vielen anderen Menschen. Alle Eingangstüren dieser fünfstöckigen Mietskaserne liegen wie Perlen nebeneinander aufgereiht in dem grauen Betonklotz und führen auf einen langen Gang, der, durch ein rostiges Baustahlgitter vom Abgrund getrennt, im Freien liegt und an beiden Enden in steile Betontreppen mündet.

Als mir damals die Wohnung vom Hausverwalter gezeigt wurde, dachte ich zuerst: völlig unpraktisch. Es gibt keinen Flur, und direkt hinter der Eingangstür liegt das Wohnzimmer. Da fehlen die Ablagemöglichkeiten für Mäntel und Schuhe, und außerdem strömt im Winter die Kälte ungebremst in die Wohnung. Aber es war Frühling, und bis zum Winter wollte ich sowieso nicht dort bleiben. Übergangsmäßig, hatte ich Lars nach der Trennung erklärt, und ihm das Schlafzimmer angeboten. Ich würde mir die kleine Abstellkammer herrichten. Er hatte nur den Kopf geschüttelt. Klar, im Verhältnis zu seinem komfortablen Jugendzimmer in der elterlichen Wohnung war dies natürlich eine Zumutung.

»Da holt man sich ja die Pest«, war sein Kommentar, und er blieb bei seinem Entschluss, vorübergehend bei seinem Freund zu wohnen. Dessen Eltern zeigten Verständnis, denn wie so viele andere lebte auch dieses Paar bereits in zweiter Ehe.

Ich stehe auf und hole mir einen weiteren Cappuccino. Meine Mitreisenden sitzen noch auf ihren Stühlen, nichts bewegt sich, also muss ich mich nicht beeilen. Afrikanisches Tempo, sage ich mir, alles hat Zeit. Somit setze ich mich wieder in meinen klebrigen Sessel und frage mich, warum ich eigentlich immer Schuldgefühle habe, wenn ich an meinen Sohn denke. Dabei müsste doch Otto die haben. *Er* hat mich hintergangen, hatte während seiner Arbeitszeit in der Stadtverwaltung ein Techtelmechtel mit seiner Kollegin angefangen und hinter meinem Rücken dann auch noch ein Kind gezeugt. Seinetwegen war die Ehe in die Brüche gegangen, seinetwegen musste ich ausziehen und seinetwegen hatte Lars plötzlich keine Eltern mehr, nur noch Elternteile. Und trotzdem war ich diejenige, die die Gründe vor allem bei sich selbst gesucht hat. Ich habe mich monatelang gefragt, was ich wohl falsch gemacht hatte? Ich war zu Hause geblieben, bis Lars in den Kindergarten gehen konnte, danach hatte ich mir eine Arbeit gesucht und sie ein paar Straßen weiter im Drogeriemarkt gefunden. Damit hatte ich zwar kein großes Einkommen, aber ich war flexibel, und ich konnte immerhin etwas zum Lebensunterhalt beisteuern. Nebenbei kümmerte ich mich um den Haushalt, um den Sohn, um das Wohlergehen meines Mannes, um alle bürokratischen Fragen wie Einschulung oder, als Ottos Mutter dement wurde, um Pflegemöglichkeiten für sie. Sein Vater und vor allem Otto selbst fühlten sich von dieser Problematik überfordert. Ich nicht. Ich konnte alles, so schien es oft, und alles zugleich.

Aber irgendwo hatte ich offensichtlich versagt. Hatte ich zu wenig auf mich geachtet? War ich zu Hause zu oft im bequemen Hausdress herumgelaufen? Aber Otto doch auch. Trainingshose und Unterhemd. Das war nun auch nicht besonders sexy. Und sonst? Der Sex? Ich hatte öfters Lust gehabt als er, schien mir. Vielleicht hatte ich auch öfters Lust, weil er so selten Lust hatte. Aber offensichtlich war er ja gar nicht so unlustig, wie sich dann herausgestellt hatte.

Ach, denke ich, was macht es Sinn, darüber nachzudenken? Ich nippe an meiner Tasse, berühre den weißen Milchschaum mit den Lippen und lasse meine Gedanken wieder zurück in die Vergangenheit schweifen. Zurück bis zu dem Moment, als Lars an der Tür klingelte. Ich freute mich auf ihn, denn, auch wenn ich ihm das nie sagen würde, er war, ist und bleibt mein Ein und Alles. Er ist der Mensch, den ich geboren habe, den ich aufwachsen sah, dessen Butterbrote ich gestrichen und dessen aufgeschlagene Knie ich verpflastert habe, den ich getröstet und ermutigt habe und – ja, schlussendlich, – ich habe niemanden außer ihn. Meine Eltern sind noch rüstig und sich selbst genug, und meine Schwester ist schon mit sich selbst überfordert. Ihre Probleme kenne ich auswendig. Und meine Freundinnen? Eine richtige Freundin habe ich eigentlich gar nicht, das sind alles eher gute Bekannte. Und selbst wenn ich eine echte Busenfreundin hätte, ein eigenes Kind ist eben doch was anderes.

Es klingelte kurz, und dann hörte ich den Schlüssel im Türschloss. Adrenalin sauste durch meinen Körper, ich war voller Erwartungen, voller Glück. Ich hatte Lars' Lieblingsessen gekocht, saftiges Gulasch und von Hand geschabte Spätzle. Alles wartete auf ihn, ich auch.

Ich wollte gerade aufstehen, da stand er schon in der Tür, groß und breitschultrig, so erwachsen. Mit Bart. Das war neu.

»Hi, Mama!« Er kam auf mich zu und nahm mich in den Arm. Vielleicht bin ich eine besondere Art von Glucke, aber dieses Gefühl ist einfach unbeschreiblich. Von mir aus hätten wir ewig so stehen bleiben können.

»Schön, dass du da bist«, sagte ich und löste mich von ihm. Er sollte nicht glauben, seine Mutter würde klammern.

»Es duftet verführerisch«, sagte er und schnupperte, während er seine dicke Jacke auszog und lässig auf das Sofa warf.

»Du siehst gut aus«, sagte er mit einem feinen Lächeln. Wenn er lächelt, gleicht er einer jungen Ausgabe seines Vaters. Ich würde es mir gern ersparen, Otto ständig wiederbegegnen zu müssen, aber seine Gene scheinen sich gegen meine durchgesetzt zu haben. Von mir hat Lars so gut wie nichts, außer vielleicht die dunkelbraunen Haare. Seine Augen sind hell, und sein Gesicht ist so schmal und kantig wie das seines Vaters. Und seine stattliche Größe hat er auch von ihm.

»Ja«, sagte ich und machte eine einladende Handbewegung, »ich habe mir Mühe gegeben.«

Er blieb am feierlich gedeckten Tisch stehen und nahm ein Sektglas in die Hand. »Gibt es was zu feiern?«

»Ja«, antwortete ich.

»Bei mir auch.«

»Ohh! Die Uni?« Das wäre ja erfreulich, habe ich noch gedacht. Bisher hatte ich eher das Gefühl, dass sich sein Maschinenbau-Studium ziemlich verlängerte.

»Eher privat.«

Privat? Das hörte sich nicht gut an.

Ich nahm die Flasche in ihrem Kühlmantel hoch und entkorkte sie.

»Du bist doch mit dem Zug gekommen?«, vergewisserte ich mich, bevor ich einschenkte.

»Gäbe es eine Alternative?«, fragte er.

»Das Auto eines Freundes ...«

Lars schüttelte den Kopf, und ich setzte mich ihm gegenüber hin.

»Zwei Minuten«, sagte ich und hob mein Glas. »Lass uns den Aperitif erst genießen, dann gibt es Essen.«

»Und was gibt es bei dir zu feiern?«

»Erzähle ich dir später. Was macht die Uni?«

Er nahm einen Schluck und setzte das Glas ab. »Da habe ich mir was überlegt. Weil das Zimmer ja so teuer ist, muss ich viel jobben. Ich könnte bei einer Studentenverbindung eintreten, dann wäre alles viel günstiger. So könnte ich die viele Zeit, die ich fürs Jobben aufwenden muss, ins Studium investieren.«

»Burschenschaft?« Warum auch immer, aber bei diesem Wort stellten sich mir die Haare auf. Da habe ich ein gewaltiges Vorurteil: selbstherrlich, lautstark, Saufgelage, ehrlos, frauenfeindlich, Deutschtümelei.

»Oje«, sagte ich. »Gibt es da keine Alternative?«

»Doch! Anstatt in der großen WG zu wohnen, in der ich jetzt bin, mit ewigem Lärm, ewigem Ärger wegen Einkäufen und Putzen, was ja immer mit Anstrengung verbunden ist, könnte ich auch in eine kleine WG umziehen. Zu zweit. Das hätte Vorteile.«

Ich stand auf.

Eigentlich hatte ich die 5000 Euro neben sein Dessert legen wollen. Aber jetzt? Studentenverbindung? Zweier-WG? Da musste ich eine Alternative schaffen.

»Augenblick!«, sagte ich und schob ihm das rote Kuvert zu, auf das ich feierlich in Goldschrift »Lars« gemalt hatte.

»Was ist das?«, wollte er wissen. »Eine Einladung?«

Ich schüttelte nur den Kopf. »Mach auf.«

Mit dem Zeigefinger riss er den Briefschlitz auf, aber als

er den Gutschein sah, stutzte er und runzelte die Stirn. »Was *ist* das?«

»Du wiederholst dich«, sagte ich lässig. »Das ist mein Argument gegen eine Burschenschaft.«

Er zog den handgemalten Gutschein über 5000 Euro heraus. Das hatte ich mir überlegt, denn das Geld konnte in der Kürze der Zeit ja noch nicht auf meinem Konto sein.

»Und wie kommst du denn dazu?«, wollte er ungläubig wissen.

»Gewonnen«, strahlte ich. »Lotto. 50 000 Euro. Und fünftausend davon sind für dein Studium.«

»Einfach so?«

Jetzt hätte ich ihn gern fotografiert. Dieser Gesichtsausdruck hätte dokumentiert werden müssen.

»Ich habe einfach gespielt, ja. Für 8,20 Euro, mache ich jeden Monat!«

»Nicht wahr!«

»Doch!«

»Nicht zu fassen!« Mein Sohn sprang auf, zog mich von meinem Stuhl hoch und umarmte mich. »Mit welchen Zahlen hast du denn gespielt?«

»Mein Geburtstag, dein Geburtstag und der von Susanne«, platzte ich heraus und hätte es sofort gern zurückgenommen.

Lars schüttelte den Kopf. »Verrückt!! Aber herzlichen Glückwunsch! Und ... fantastisch! Ich freu mich. Für dich und natürlich auch für mich«, er wies auf den Gutschein, der nun neben dem Sektglas lag. »Herzlichen Dank! Das hilft mir enorm.«

Ich verkniff mir die Frage nach seinem Vater, der ihm eigentlich *enorm* helfen sollte, und nickte stattdessen zufrieden. »Gut. Sobald das Geld auf meinem Konto ist, kannst du ihn einlösen. Fein, freut mich, dann können wir ja jetzt essen!«

»Nein, noch nicht«, er streckte beide Arme, um mir direkt ins Gesicht sehen zu können. »Ich muss dir auch was sagen.«

»Dann los, bevor die Spätzle kalt werden ...«

Er grinste. »Sie heißt Marie. Und ich habe mich ernsthaft verliebt.«

Ich sah meine 5000 Euro schwinden. Eine Marie? Das hörte sich nach schönen Kleidern an.

Oder nach ... mehr?

»Marie? Aber ihr passt auf?« Das würde jetzt noch fehlen. Mein Sohn, mit 21 Jahren zu jung, um seine Zukunft ernsthaft anzugehen, und ... Marie?

Lars zuckte die Schultern. »So ein kleines Menschenkind ...«

»Quatsch, Lars«, brauste ich auf, »damit macht man keine Späße.«

Seine Mimik irritierte mich.

»Oder ... ist sie schon? Marie? Ist sie ...«

Lars lachte. Er lachte ein richtig glückliches Lachen, das gab mir am meisten zu denken. Mein Gott, der Kerl, am Anfang seines Lebens. Er wird doch nicht?

»Was ist?«, fragte ich vorsichtig.

»Nein, ist sie nicht«, erklärte er. »Aber Papa meinte, ein Frischling sei doch prima, der könne dann mit seiner Kleinen spielen, die ist ja auch erst zweieinhalb. Die wären dann wie Geschwisterchen.«

Ich weiß nicht, ob man es Menschen ansehen kann, wenn das ganze Blut wegsackt, aber im Moment fühlte ich mich totenblass.

»So, das meint Papa«, wiederholte ich nur und ging in die

Küche. Dort musste ich mich an der Arbeitsplatte festhalten. Mein Magen rumorte. Wahrscheinlich hatte mein Sohn keine Ahnung, was er mir da gerade angetan hatte. Ein Geschwisterchen für die Kleine.

Ich brauchte eine Weile, bis ich mich so weit gefasst hatte, dass ich mit dem Suppentopf voller Gulasch und der Platte mit den frischen Spätzle auftauchen konnte.

»Super«, strahlte Lars. »Wie früher. Das liebe ich!«

Wie früher? Nichts ist wie früher. Aber auch rein gar nichts!

Eine Hand auf meiner Schulter erinnert mich, wo ich bin. Giulia steht neben mir. »È il momento, la mia bellezza!«

Ich kann zwar kein Italienisch, aber das verstehe ich trotzdem. Und vor allem sehe ich es, denn in die wartenden Fluggäste ist Bewegung gekommen.

»Thanks!«

»You dreamed. Nice dreams?«

Hatte ich schöne Träume? Wenn ich das so genau wüsste.

»Daydreams«, ziehe ich mich aus der Affäre und stehe auf. Es geht weiter. Das ist ja immerhin etwas. Und zudem ziemlich ungewöhnlich, denn nachdem wir unsere Bordkarten vorgezeigt haben, gehen wir durch eine Schiebetür ins Freie und laufen über den Asphalt zu unserer Maschine. Ist ja eigentlich okay, denke ich, spart Zeit. Und möglicherweise auch Geld.

Ich habe einen Fensterplatz, und der Platz neben mir bleibt frei. Welches Glück bei neun Stunden und dreißig Minuten Flug. Langsam sollte ich mal anfangen, mich zu freuen. Vorfreude ist doch bekanntlich die schönste Freude? Aber ich habe da ein Gewicht auf der Seele. Zu Hause. Und das zieht mich runter. Es ist eben doch nicht alles Gold, was glänzt.

Aber immerhin hat das Schicksal entschieden, davon bin ich überzeugt. Und nach dem Frühstück habe ich neun Stunden Zeit, um zu schlafen. Oder neun Stunden Zeit, um Vorfreude zu entwickeln. Oder neun Stunden Zeit, um zu grübeln. Aber diesen Gedanken verwerfe ich sofort.

Nachdem Lars aus dem Haus und die Küche gemacht war, bin ich ins Bett gegangen und habe erstaunlicherweise recht schnell und gut geschlafen. Ich bin sogar fröhlich aufgewacht und habe festgestellt, dass das alte Sprichwort, man soll mal eine Nacht darüber schlafen, wohl doch Sinn macht. Noch vor meinem Morgenkaffee fand ich: Otto kann mich mal kreuzweise. Und sollte diese Marie tatsächlich schwanger werden, dann könnte ja der vollmundige Otto mal in die Tasche greifen. Irgendwie nötigte mir das schon wieder ein Lächeln ab. Ha, ha, dachte ich, das möchte ich mal sehen. Ein Spielkamerädchen, ein Geschwisterchen, so ein Idiot!

Es war noch verhältnismäßig früh, also spickelte ich zu Lars hinein und sah ihn breit ausgestreckt auf seiner Daunendecke liegen. Gut, dachte ich, das dauert noch. Gegen sechs Uhr morgens hatte ich die Eingangstür ins Schloss fallen hören, damit war klar, dass Lars vor Mittag keinen Fuß würde rühren können. Oder wollen. Also steckte ich das Gutschein-Kuvert für meine Schwester ein, beschloss, die Zeit zum Einkaufen zu nutzen und sie vom Supermarkt aus anzurufen.

»Ja?«

An ihrem Ja hörte ich schon, dass sie nicht gut drauf war. Ein missgelauntes, lang gestrecktes AAAA.

»Hier ist deine Schwester.«

»Das sehe ich an deiner Nummer.«

»Freut mich.«

»Es ist noch früh!«

»Es ist zehn vorbei. Ich dachte, ich komme zum Frühstück.«

Erst einmal Stille. Wahrscheinlich überlegte sie, was sie im Kühlschrank hatte.

»Ich bin gerade im Supermarkt, wenn es dir passt, bring ich Frühstück mit.«

Stille.

»Susanne, stimmt was nicht?«

»Nein. Ja. Ich bin noch nicht ganz wach.«

Hatte sie ein Alkoholproblem? Das kam mir plötzlich in den Sinn. Sie lebte allein, sie hatte finanzielle Probleme, ihr Sohn Felix studierte in Leipzig, sie ging auf die 50 zu, ihr Job bei einem Callcenter wurde ständig durch jüngere, billigere Kräfte bedroht, manchmal hieß es sogar, die ganze Firma müsse schließen oder zumindest umziehen, kapitulierte sie gerade? Na, dann kam ich vielleicht gerade recht.

»In einer halben Stunde bin ich da. Geh unter die Dusche, ich bringe frische Brötchen mit, ein bisschen Wurst, Käse, Eier und Butter.«

»Butter hab ich da.«

»Na, also. Geht doch!«

Mit der Straßenbahn dauert es vom Supermarkt aus etwa zwanzig Minuten. Ich schenkte ihr noch etwas Zeit, indem ich zwei Stationen lief, aber dann stand ich vor ihrer Tür. Immerhin wohnte sie noch in einem typischen Gebäude der Fünfzigerjahre, Doppelhäuser mit ähnlichen Fassaden und kleinen Vorgärten. Ursprünglich waren alle Häuser in dieser Straße baugleich, aber manche Besitzer haben eben doch versucht, ihre Häuser aufzuwerten: durch einen Wintergarten, durch größere Fenster, durch Veranden, die, meist auf modernen Stelzen, auf mich wie angeklebt wirkten. An Susannes Haus ist nichts passiert, schon an ihrem Vorgarten erkannte man, dass sie keine Lust auf Verschönerung hatte. Sie hing noch immer ihrer Lebensplanung nach, die sich mit Gregors Auszug nicht erfüllt hatte. Warum eigentlich? Warum war er gegangen? So schnell, so kompromisslos? Diese Frage habe ich ihr nie gestellt, weil ich sie nie ausfragen wollte. Und sie hat es mir nie erzählt. Also weiß ich nur, dass Gregor an einem Sonntag seine Koffer in sein Auto geladen hatte, den kleinen, weinenden Felix tröstete und davonfuhr. In Nürnberg fing er neu an. Das war's.

Auf mein Klingeln rührte sich erst mal nichts, und mich beschlich ein seltsames Gefühl, als sich die Haustüre schließlich öffnete. Felix starrte mich blass und hohlwangig an. »Ach, du«, sagte er, drehte sich um und schlurfte zurück in die Wohnung.

»Ja, ich«, antwortete ich und trat schnell ein. Also waren Lars und Felix gemeinsam auf Achse gewesen, dachte ich und sah seiner knochigen Gestalt in der zu weiten Schlafanzughose nach, bis er, ohne sich noch einmal umzublicken, am anderen Ende des Flurs in seinem Zimmer verschwunden war. Demnach musste Susanne noch oben sein. Entweder noch im Schlafzimmer oder schon im Bad. Sollte ich hochgehen? Nein, ich entschied mich für die Küche. Die Kaffeemaschine lief schon, und der kleine Küchentisch war für zwei Personen gedeckt. Aha, dachte ich, also doch, und packte meine Schätze aus. Bis ich alles auf Tellern verteilt hatte und das, was ich im fast leeren Kühlschrank fand, auch noch dazugestellt hatte, stand Susanne im Türrahmen.

»War mir doch so, als ob ich etwas gehört hätte ...«

Um ihren Kopf hatte sie ein Handtuch gewickelt, und ihr flauschiger, lila Bademantel stand offen.

»Ja«, sagte ich, während sie nach ihrem Gürtel fingerte, »Felix hat mir geöffnet.«

Sie nickte und drehte sich wieder um. »Ich brauch noch fünf Minuten.«

Ich stellte Wasser für die Eier auf, suchte Eierbecher, Eierlöffel und einen Salzstreuer, goss mir aus einer angebrochenen Milchtüte etwas Milch in eine Tasse und füllte sie mit Kaffee auf. Dann setzte ich mich hin und wartete.

Es dauerte länger als gedacht, aber als Susanne endlich kam, sah sie wieder aus wie meine Schwester.

»Entschuldige, ich war auf deinen Besuch nicht vorbereitet«, erklärte sie, während sie mir einen Wangenkuss gab.

»Ja«, ich nickte, »manchmal bin ich sogar spontan!«

Sie musste lachen und goss sich eine Tasse Kaffee ein. »Scheint so.«

Dann setzte sie sich und ließ den Blick über den Tisch gleiten.

»Lecker! Was verschafft mir die Ehre? Sogar Schinken und Frischkäse. Das wird Felix freuen, er hat schon gemault, dass ich nichts Gescheites im Kühlschrank habe.«

»Ist er auch spontan zu Besuch?«

Sie zuckte die Schultern, und ich nahm an, dass der Grund doch eher im Kumpeltreffen mit Lars lag.

»Geht es dir nicht gut?«, fragte ich vorsichtig. Rein äußerlich sah sie nun wieder aus wie immer. Das gleiche runde Gesicht wie ich, die gleichen braunen Haare, nur kürzer, und einen ähnlichen Mund. Man sieht uns an, dass wir Schwestern sind. Nur ist sie ein Stück größer geraten, Zuschuss unseres Vaters, hatte ich immer gefrotzelt.

Sie holte nur tief Luft und biss sich auf die Lippen. Dann wich sie meinem Blick aus und griff nach einem Brötchen.

»Gut«, sagte ich, »dann kann ich mit einer guten Nachricht vielleicht helfen.«

Susanne blickte auf. »Du hast einen netten Mann gefunden«, mutmaßte sie.

»Nein, nach meinen jüngsten Erfahrungen gehe ich lieber ohne Mann durchs Leben, das weißt du.«

»Ich auch«, murmelte sie.

»Und außerdem möchte ich mein Glück nicht von einem Mann abhängig machen, sondern nur von mir selbst.«

»Leichter gesagt als getan.«

»Das stimmt. Aber dann wird man zumindest nicht enttäuscht – und wenn doch, dann nur von sich selbst.«

»Da ist was dran.« Sie griff nach dem Messer, um das Brötchen durchzuschneiden. »Aber was ist es sonst? Hast du einen neuen Heilsbringer, Guru, oder so was? Yoga-Meister vielleicht?«

»Yoga? Im Yoga war ich zuletzt, als meine Familie noch intakt war.«

»Schien.«

»Wie?«

»Sie *war* nicht mehr intakt, sie *schien* intakt. Zumindest für dich.«

»Tja …« Darauf wollte ich jetzt nicht eingehen. »Nein, es ist etwas anderes. Etwas, das einen wieder freier atmen lässt, das einem den Druck von der Brust nimmt, das Licht am Horizont verspricht.«

»Jetzt machst du mich neugierig.« Ihre linke Hand ließ das Brötchen aufgeklappt in der Luft schweben, sie sah mich aufmerksam an.

»Ich habe hier«, und damit nahm ich das Kuvert aus meiner Handtasche und schob es ihr über den Tisch zu, »etwas, das dich an meinem Glück teilhaben lassen soll.«

Sie musterte zuerst das Kuvert, dann mich. »Neuer Job? Einladung? Lars heiratet?«

Das gab meiner Euphorie einen kurzen Dämpfer – weiß sie mehr als ich? –, aber dann fasste ich mich wieder.

»Nein. Weder noch. Aber du darfst weiterraten.«

»Darf ich auch einfach nachsehen?« Sie legte das Brötchen aus der Hand und schlitzte das Kuvert mit dem Messer auf. Danach erstarrte sie.

»Ein Gutschein?« Ihr Blick fuhr hoch. »Über so viel Geld?!?«

»5000 Euro.«

»5000?« Ihre Stimme wurde hoch. »Hast du eine Bank überfallen? Oder euren Drogeriemarkt? Sonst was Kriminelles getan?«

Ich schüttelte nur den Kopf. »Überhaupt nichts Kriminelles. Ich habe für 8,20 Euro ein einziges Lotto-Feld getippt und 50 000 Euro gewonnen. Fünftausend für meinen Sohn, fünf für dich und der Rest geht als Alterssicherung auf ein Sparbuch. Und der Gutschein, weil das Geld noch ein paar Tage braucht, um auf meinem Konto zu sein.«

»50 000?« Ihre Stimme wurde noch höher. »Das darf nicht wahr sein! Wahnsinn! Wie hast du das denn gemacht?«

»Getippt. Wie ich immer tippe. Einmal im Monat, immer die gleichen Zahlen.«

»Nicht zu fassen!« Sie sprang auf und hielt das Kuvert in die Luft. »Dich und deine Lottozahlen schickt der Himmel! Du weißt nicht … du kannst nicht ahnen … nein, das ist einfach wunderbar! Mit den 5000 rettest du mir den Arsch.«

»Den Hintern«, korrigierte ich.

»Wenn ich Arsch sage, meine ich Arsch. Das Wasser steht mir bis zum Hals. Ich dachte schon, ich müsste hier raus ... jetzt bin ich wieder im Haben! Gewaltig! Herzlichen, allerherzlichsten Dank, liebstes Schwesterlein!« Und sie sauste um den Tisch und nahm mich in den Arm.

»Müsst ihr so laut ...« Die Stimme hinter mir ließ mich erstarren. Hoffentlich plaudert Susanne nicht gleich alles brühwarm aus. »Was ist denn los?«, wollte er wissen.

»Stell dir vor«, begann Susanne, aber dann besann sie sich. »Nimm dir erst mal einen Kaffee, du siehst ja zum Fürchten aus!«

Felix warf einen schnellen Blick auf das Kuvert, das Susanne gerade neben ihren Teller schob, und goss sich einen Becher Kaffee ein.

»Magst du frühstücken?«, fragte Susanne ihn, und ich hoffte, dass er ablehnen würde. So wie er aussah und roch, würde er momentan gut unter eine Brücke passen.

»Später. Mir ist noch nicht danach.« Damit drehte Felix sich um und verschwand wieder.

Ich wartete ab. Leise Befürchtungen hatte ich schon, denn sollte Felix das Geld wollen – wie würde sich Susanne verhalten? Wahrscheinlich ähnlich wie ich. Wir lassen uns leicht überreden – und von unseren Söhnen allzu leicht.

»Wenn ich meine Schulden getilgt habe, kann ich ihn mit meinem Gehalt auch wieder beim Studium unterstützen«, sagte sie schnell. »Aber das braucht er nicht zu wissen. Das ist unser Geheimnis. Sonst will er womöglich eine Weltreise machen ...« Sie kicherte wie ein junges Mädchen. »Stefanie«, sagte sie feierlich und erhob sich mit der Kaffeetasse in der Hand, »das ist ein großer Moment. Ich möchte auf dich anstoßen. Du bist die beste Schwester auf der ganzen Welt!«

So, dachte ich auf dem Nachhauseweg, 10 000 Euro sind jetzt schon mal weg. Aber ich hatte ein gutes Gefühl, als würden mich Glückshormone durchströmen. Ich war leicht und beschwingt. Ich habe Gutes getan, ich habe meine Schwester gerettet, und den Gedanken, ob sie das umgekehrt auch für mich gemacht hätte, verbot ich mir. Klar, wir sind doch eine Familie. Oder etwa nicht?

Egal. Ich war jetzt jedenfalls die beste Schwester auf der ganzen Welt, und diesen Zustand genoss ich. Könnte ich mir jetzt selber auch etwas Gutes tun? Es war Samstag. Vielleicht heute Abend mal ins Kino? Oder ein ganz verwegener Gedanke: ins Theater oder ins Ballett? Das Stuttgarter Ballett hatte mich schon immer fasziniert, aber selbst die Preisgruppe 9, ganz hinten, war in meinem monatlichen Finanzhaushalt einfach nicht drin. Was ich für Vergnügungen abzweigte, fehlte unweigerlich woanders. Aber jetzt? Ich machte einen großen Sprung. Mitten auf der Straße. Einen Freudensprung. Mag für andere komisch ausgesehen haben, aber für mich war es wie ein Vulkanausbruch, irgendwann musste die überschäumende Freude ja mal raus. Zu Hause deckte ich an diesem Tag zum zweiten Mal einen reichhaltigen Frühstückstisch. Als Lars endlich aus seinem Zimmer auftauchte, sah er ähnlich vergammelt aus wie Felix.

»Könntest du dir nicht wenigstens die Zähne putzen?«, moserte ich, denn seine Alkoholfahne stand mit ihm im Raum.

»Sei doch nicht so spießig! Deinem Sohn geht es gut, das muss dich als Mutter doch freuen.«

Ich zog nur die Augenbrauen hoch.

»Ich war gerade bei meiner Schwester. In eurem Zustand könnten Felix und du Zwillinge sein.«

Er grinste. Dann wollte er wissen: »Und? Was hast du bei meiner Tante gemacht?«

»Ich habe mit ihr gefrühstückt. Schwestern machen das manchmal.« Es erschien mir nicht ratsam, Felix durch meinen geschwätzigen Sohn über den neuen Geldsegen seiner Mutter aufzuklären.

»Siehst du«, sagte er, »und Männer gehen eben manchmal saufen!«

»Und huren«, sagte ich, aber er winkte ab.

»Ich bin verliebt. Ernsthaft. Das habe ich dir gestern ja schon gesagt.«

Ich sagte ihm nicht, dass ich wenig begeistert war, schließlich ist Verliebtheit ein wunderbares Gefühl. Ich erinnerte mich vage daran.

»Wann bringst du sie mal mit, deine Marie?«

»Wenn die Zeit gekommen ist.«

»Wovon hängt das ab?«

»Von Marie.«

»Warum muss eigentlich immer alles so kompliziert sein?«, fragte ich, aber da war er schon zur Tür hinaus. »Ich gehe duschen«, hörte ich ihn noch sagen, was ich begrüßte, aber wahrscheinlich wollte er nur weiteren Fragen ausweichen.

»Marie«, sagte ich leise vor mich hin. Ein schöner Name. Lars und Marie. Na ja, wir würden sehen, anfangs war ich auch überzeugt, Otto und Stefanie klänge gut.

Drei Tage später ging das Telefon, und ich glaubte es kaum, Otto war dran. Ich war eben von der Arbeit zurückgekommen und hatte einen Topf mit Wasser für Kartoffeln aufgestellt, als mein Handy vibrierte. Eigentlich dachte ich an Lars, weil er sicher wieder etwas vergessen hatte, aber dann war es die Stimme meines Ex-Mannes.

»Hoi«, sagte ich, vor lauter Überraschung. »Was verschafft mir die Ehre?«

»Lars war am Samstag kurz bei uns und hat uns von deinem Lotto-Glück erzählt«, kam er gleich zur Sache. Wusste ich doch, dass Lars eine elende Schwatzbase ist, ärgerte ich mich, und noch etwas ärgerte mich: Mein Sohn war zwar früher abgereist, hatte aber keinen einzigen Ton über sein Ziel verloren.

»Ja, und?«, wollte ich wissen und beobachtete dabei angestrengt das Wasser, ob es bereits zu kochen begann. Am liebsten hätte ich aufgelegt, ich kann Otto nicht mehr hören.

»Bei so einem Gewinn denke ich, dass ich die Zahlungen für Lars für die nächste Zeit doch aussetzen kann. Du hast ja jetzt genug Geld.«

»Wie?« Ich glaubte, mich zu verhören. »Du zahlst doch sowieso nur 250 Euro im Monat. Was denkst du denn, wie weit Lars im Monat mit 250 Euro kommt? Miete, Studium, Leben? Was glaubst du denn, wer den Rest bezahlt?«

»Na ja, sieh's doch mal so: Eine neue Familie kostet Geld, die Kleine brauchte ein neues Kinderzimmer, und deine Küche ... die hat Luise rausgeworfen, verstehe ich auch, wer will schon in der Küche der Ex hantieren.«

»Und im Bett der Ex schläft sie noch?«

»Sei nicht albern!«

»Aber doch bestimmt in der Bettwäsche, die ich dir mal geschenkt habe.« Von alleine käme er ja nie auf den Gedanken, für so etwas Geld auszugeben.

»Werd nicht albern.«

»Du wiederholst dich!«

»Und wenn schon. Es ist mir ernst. Und bei der Gelegenheit – könntest du uns vielleicht 10 000 Euro leihen? Luise braucht einen Zweitwagen, denn die Kleine kommt bald in den Kindergarten, in den Kindergarten der International School of Stuttgart. Der ist nicht gerade um die Ecke.«

»Spinnst du?«

Er meinte es ernst, ich hörte ihm das an.

»Stell dich nicht so an, du hast ja auch ein ziemlich sattes Leben an meiner Seite geführt. Da kannst du dich jetzt ruhig mal revanchieren.«

»Ein sattes Leben?« Ich musste aufpassen, dass ich nicht zu schreien begann. »Ich habe dir den Dreck weggeputzt, für deine Bequemlichkeit gesorgt und dir zum Schluss auch noch die Wohnung überlassen, obwohl ich die Mutter, die Haupterzieherin unseres Sohnes …«

»Aber ich war der Hauptverdiener«, schnitt er mir brüsk das Wort ab. »Aber okay, Schwamm drüber, ich bezahle eben nicht mehr, dann lease ich mit den 250 Euro einen Kleinwagen, so geht das natürlich auch. Mit dir kann man ja nicht reden! Genau wie früher. Hätte ich mir gleich denken können!« Und damit legte er auf.

Ich hätte das Handy gegen die Wand knallen können, so stieg die Wut in mir hoch. Hatte Lars ein Glück, dass er nicht mehr da war, ich hätte ihn für sein loses Mundwerk an die Wand geklatscht. Otto! So eine Dreistigkeit, nicht zu fassen! Da betrügt der Kerl mich, verlässt mich, und dann soll ich noch daran schuld sein, dass er seiner Schnepfe eine neue Küche kaufen muss? Ich kickte mit meiner Schuhspitze wütend gegen eine der Türen in meiner Küchenzeile und erschrak gleich darauf, weil ich ein Loch in das Bambusmuster getreten hatte. »Sperrholz!«, schrie ich die beschädigte

Tür an. »Dreckszeug! Billiger Mist! Alles nur billig! Billig, billig, billig!«

Ich tobte durch die Wohnung und brauchte ein paar Minuten, bis ich mich wieder beruhigt hatte. Dann ließ ich mich aufs Sofa fallen. Nach der Wut kamen die Tränen, das kannte ich schon an mir. Aber heute nicht, beschwor ich mich selbst. Lass doch diesen Idioten von Otto!

Weiß Lars überhaupt, was er da angerichtet hat?

Die 250 Euro stehen mir zu, das ist das Einzige, was wir ausgehandelt haben. »Du bist ja noch jung und kannst arbeiten«, hatte er bei der Scheidung erklärt. »Jeder versorgt sich selbst. Muss ich ja auch. Und Frau und Kind dazu. Da hast du es doch viel einfacher.«

Schweinepriester. Und ich hatte so neben mir gestanden, dass ich all dem einfach zugestimmt habe. Ich war einfach nur eine hirnlose Idiotin! Völlig paralysiert!

Aber das nützte jetzt nichts! Vorbei ist vorbei, ich musste mir was überlegen.

Ich stand wieder vom Sofa auf. Mir war etwas eingefallen. Ich übergebe das Ganze einem Anwalt, dachte ich und spürte ein Lächeln, dass sich auf mein Gesicht schlich. Das kann ich mir ja jetzt leisten. Ich stellte mir Ottos Miene vor, wenn er ein offizielles Anwaltsschreiben bekommen würde. Mit dem Briefkopf des erfolgreichsten Anwalts der ganzen Stadt. Zunächst würde er nur denken: Die Antwort kostet mich jetzt eine Stange Geld. Und das würde ihn wahnsinnig ärgern.

Schon das würde es wert sein.

Und sofort ging es mir besser. Er hat ja keine Ahnung, dachte ich. 50 000 Euro. Ha, ha! Soll er doch. Ich spürte, wie meine gute Laune zurückkehrte. Dich lasse ich jetzt mal so richtig an der langen Leine verhungern!

Doch bevor ich mich während der nächsten Tage nach einem guten Anwalt erkundigen konnte, stand abends plötzlich meine Schwester vor der Tür.

»O!« Ich freute mich. »Spontaner Überfall? Das passt, gerade heute habe ich für Spaghetti aglio olio eingekauft, schön scharf mit Peperoncino, und außerdem habe ich eine gute Flasche Rotwein da, die reicht auch für zwei. Magst du?«

Sie mochte, aber irgendwas war komisch. Wie fahrig sie die Flasche entkorkte und die Gläser füllte, wie sie mir gelegentlich Blicke zuwarf, während ich kochte, alles signalisierte mir, dass sie irgendwas auf dem Herzen hatte, das sie nicht richtig anpacken konnte.

»Ist eigentlich was?«, fragte ich sie denn auch, als wir endlich am Tisch saßen, ich die Kerze anzündete und sie die Teller füllte.

»Eigentlich nicht«, sagte sie, doch nachdem wir angestoßen hatten, änderte sie ihre Meinung. Sie holte tief Luft und sagte: »Eigentlich doch!«

»Aha, und was?«

»Ich dachte nur …«

»Ja, was?«

»Dass es ein bisschen unfair ist.«

»Was denn?« Eigentlich hätte ich gedacht, sie bringt mir ein paar Blümchen mit und fällt mir noch einmal um den Hals, denn inzwischen hatte ich das Geld meiner Gutscheine sowohl meinem Sohn als auch meiner Schwester überwiesen.

Unfair?? Mit so etwas hatte ich nicht gerechnet.

»Was soll denn unfair sein?«

»Ja, siehst du«, verlegen drehte sie an dem Stil ihres Weinglases. »Du hast doch 50 000 Euro gewonnen.« Jetzt sprach sie schneller und wurde lauter. Das kannte ich an ihr. Immer wenn sie sich ungerecht behandelt fühlte, griff sie an.

»Ja, stimmt«, versuchte ich, ihre Emotionen einzudämmen. »Und was ist damit? Dein Konto ist doch ok?«

Sie ging gar nicht darauf ein.

»Ich denke nur«, begann sie wieder, »du hast doch mit unseren Geburtstagsdaten gespielt. Das weiß ich von Lars.«

Ich stutzte und wollte etwas darauf sagen, aber sie war schneller: »Ja, also, pass auf. Lars hat Felix von den 5000 Euro erzählt, die er von dir nach deinem Lottogewinn bekommen hat. Für sein Studium. Und, na ja, ich habe Felix dann doch von den 5000 Euro erzählt, die du mir überwiesen hast. Aber Lars sagte ja auch, es waren unsere Geburtsdaten, also deine, Lars und meine. Also stehen doch Lars und mir auch jeweils ein Drittel des Gewinns zu. Also 16 666 Euro statt nur 5000.«

Ich glaubte, mich verhört zu haben, und reagierte zunächst nicht.

»Wie kommst du denn auf diese Idee?«, fragte ich schließlich und spürte, wie sich meine Stirn kräuselte.

»Na ja«, erklärte sie und sah mir direkt in die Augen. »Ohne unsere Geburtstagsdaten hättest du die falschen Zahlen getippt – und natürlich nichts gewonnen. So aber, mit unseren Geburtstagsdaten, sind wir doch irgendwie alle gleichermaßen beteiligt.«

Es gibt Momente im Leben, da wirft man alles über den Haufen. Nachdem Susanne gegangen war, hatte ich so einen Moment. Ich saß am Küchentisch, starrte auf meinen noch vollen Teller und dachte, dass sich mein Leben auf seltsame Art veränderte. Es erschien mir nicht besser, sondern eher schlechter. Die Menschen um mich herum waren plötzlich nicht mehr berechenbar, sie veränderten sich. Und ich? Ich müsste doch eigentlich glücklich sein. Bin ich es, fragte ich mich. Im Moment: nein. War ich es? Ja, für eine kurze Zeit, als ich dachte, für mich selbst das große Los gezogen zu haben – und meiner Familie eine Freude machen zu können. Was wäre erst los, wenn sie die Wahrheit erführen?

Ich war so niedergeschlagen, als hätte ich gerade einen großen Verlust erlitten. Vielleicht hatte ich das ja auch. Ob ich wollte oder nicht, die Zeit mit Otto kam plötzlich wieder hoch. Unsere Wohnung, unser Leben, unser kleiner Sohn. Und jetzt? Saß in unserer Wohnung eine andere, und Otto wollte sich sein Leben von mir mitfinanzieren lassen. Ich hätte heulen können. Besaß er gar keinen Anstand? Was habe ich in diesem Menschen damals nur gesehen? Auf Kosten anderer hatte er damals schon gern gelebt. Bei jeder Tischrunde hatte er sich zurückgehalten, und hätte ich ihm unter dem Tisch nicht zwischendurch gegen das Schienbein getreten, hätten wir im Freundeskreis sicher als die größten Schmarotzer gegolten.

Egal, beruhigte ich mich und griff nach meinem Glas Wein. Jetzt trinke ich auf die Vergangenheit. Aus und vorbei. Nun muss sich die Neue mit ihm herumärgern, und wenn er für Lars nicht mehr bezahlt, schnippe ich nur mit dem Finger, und er bekommt den entsprechenden Brief vom Anwalt.

Aber weh tat's trotzdem.

Und an Susanne mochte ich gar nicht erst denken!

Und Lars? Eigentlich müsste ich ihn anrufen und ihn fragen, warum er alles ausgeplaudert hat. Aber hatte ich ihn eigentlich um Stillschweigen gebeten? Ich konnte mich nicht erinnern. Außerdem brachte ich im Moment keine Energie für ein solches Gespräch auf.

Ich stand auf und räumte die Teller ab. Die Reste wanderten direkt in den Abfalleimer. Essen wegwerfen ist eine Sünde, klang mir dabei im Ohr. Und ich musste der Mahnung recht geben: Ja, stimmt. Aber Spaghetti aglio olio würden mich nun zeitlebens an Susanne und ihren Auftritt hier erinnern.

Dann nahm ich mein Glas mit ins Wohnzimmer, zündete eine Kerze an und stellte das Glas genau vor mich hin, auf den Couchtisch.

»Dir geht es gut«, erklärte ich mir laut. »Dir geht es sogar sehr gut.«

Einen Dreck geht es dir, sagte dagegen meine innere Stimme. Und eine andere Stimme sagte: Du musst weg. Ja, gut. Aber wohin? Egal. Weit weg!

Hach, ich fühlte mich so schlecht.

Bekam ich etwa eine Depression?

Ich hatte mein ganzes Leben lang noch keine Depression gehabt. Nicht mal mit Otto. Nicht mal beim Blick auf mein Bankkonto-Desaster. Nicht mal, als Lars studieren wollte und ich keine Ahnung hatte, wie das gehen sollte. Manchmal war ich fertig, ja, stimmt. Aber niemals mutlos.

Ich schaltete den Fernseher ein. Ich musste mich ablenken. Es war kurz nach acht, vielleicht würde ich ja irgendwo ein Programm finden, das mich retten konnte. Im Ersten die Nachrichten, da zappte ich direkt weiter. Bitte jetzt nichts von Bomben, Schüssen und Toten. Egal wo. Ich musste erst mal meine eigenen Leichen begraben.

Dann also das ZDF. Und ich platzte direkt in wunderbare Bilder einer Gruppe von Geparden, die so majestätisch und schön waren, dass mir der Atem stockte. Der Kamerablick öffnete sich, erfasste in der Weite der Landschaft eine Elefantenherde, und ich lauschte den Worten des Mannes, der mir diese Wunder nach Hause in mein Wohnzimmer brachte: der Tierfilmer Andreas Kieling. Afrika! Das ist der Wahnsinn!!! Das war die Antwort! Seit »Jenseits von Afrika« hatte der Wunsch nach Afrika irgendwo tief in mir drin gesteckt. Ich durfte nichts verpassen, deshalb sprang ich auf, holte die Flasche Rotwein, die noch auf dem Küchentisch stand, und angelte mir das Baguette, das ich beim besten Bäcker der Gegend frisch gekauft hatte, aus dem Brotkorb.

Dann füllte ich mein Glas auf, kuschelte mich bequem in die Sofakissen hinein, zog die Fleecedecke über mich und legte die Füße auf den kleinen Couchtisch. So, jetzt konnte nichts mehr passieren. Und über der Reportage von Andreas Kieling und diesen wunderbaren Tierbildern aus nächster Nähe vergaß ich alles, was mich vorhin so wahnsinnig aufgeregt hatte. Und am nächsten Tag in der Mittagspause fand ich mich in einem Reisebüro wieder.

»Afrika«, sagte die junge Frau und strahlte mich an. »Soll ich Ihnen nur Informationsmaterial mitgeben, oder soll ich Sie direkt beraten?«

»Ich will buchen«, erklärte ich bestimmt und setzte mich mit diesen Worten auf den Stuhl vor ihrem Schreibtisch.

»Haben Sie es eilig?«, fragte sie überrascht.

»Sehr«, sagte ich. »Ich bin in der Mittagspause.«

»Nein«, sie lächelte. »Haben Sie es eilig mit Ihrem Reisetermin? Soll es gleich sein?«

»Am liebsten morgen«, sagte ich, »aber ich muss noch nach Urlaub fragen.«

»Wollen Sie das nicht lieber zuerst erledigen?«

»Nein! Dann verlässt mich vielleicht der Mut! Ich muss das gleich tun …«

Sie warf mir einen zweifelnden Blick zu.

»Im Notfall kündige ich«, schob ich hinterher.

»Olala!«, sagte sie nur und verbarg sich hinter ihren Bildschirm. »Sind Sie auf der Flucht?«

»Gewissermaßen!«

Offensichtlich verkniff sie sich weitere Fragen, kam dann aber doch wieder zum Vorschein. »Afrika ist groß«, erklärte sie mir. »Soll es denn eher Ostafrika oder eher Südafrika sein?«

Ich überlegte. »Ich weiß nicht«, sagte ich dann. »Wie ist dort denn zurzeit das Wetter?«

»Frühling. Es wird jeden Tag wärmer.«

Frühling! »Das hört sich gut an«, sagte ich. Das passt zu mir, dachte ich, in meinem Leben ist auch gerade Frühling. Den Herbst habe ich hinter mir gelassen.

»Und wollen Sie einfach nur in ein Hotel, also Badeurlaub am Meer, oder lieber eine Rundreise mit verschiedenen Zielen machen? Oder denken Sie an eine Safari?«

»Safari? Was heißt das?«

»Safaris finden in den großen Wildreservaten statt, dabei ist der Gast in einer Lodge untergebracht. Von dort aus fährt man mit einem Geländewagen hinaus in den Busch oder in die Savanne und beobachtet die wilden Tiere.«

»Ist das nicht gefährlich?«

»Nein, die Tiere sind an die Autos gewöhnt, sie empfinden das weder als Gefahr noch als Beute.«

»Beute ...«

»Na ja, es gibt ja auch Raubtiere. Vom Geländewagen aus ziemlich nah und trotzdem gefahrlos zu beobachten.«

»Fährt man da selbst?«

»Im Krügerpark in Südafrika gibt es Strecken, die Sie selbst fahren können, wenn Sie das wollen, aber sonst gibt es Guides, die sich sehr gut auskennen. In deren Obhut ist man sicher.«

»Hört sich gut an.« Ich nickte. »Und die, was haben Sie gesagt, die Unterkünfte?«

»So eine Lodge müssen Sie sich wie ein Camp vorstellen. Das gibt es in der Form von befestigten Zelten oder auch kleinen Bungalows mit einem Haupthaus. Dort sind ganz normal Rezeption, Restaurant, Bar oder was sonst noch angeboten wird, untergebracht. Das ist eine Preisfrage.«

Bei dem Wort »Preisfrage« wurde mir heiß. Bloß nicht zu viel ausgeben, hämmerte es in meinem Hinterkopf.

»Also«, ich überlegte, »hätten Sie denn eine Empfehlung? Irgendwas, wo Sie selbst gern hinfahren würden?«

»Wo ich schon war«, sie lächelte und nickte, »die Lodge heißt Garonga, liegt in Südafrika in der Nähe des Krügerparks und bietet wirklich einen Traumurlaub. Sie haben Wildnis, sie haben Komfort, es wird innerhalb des Camps viel geboten, die Küche ist gut und das Publikum auch.«

»Ich reise aber alleine.«

»Das stellt kein Hindernis dar. Ich war auch alleine und habe schnell Anschluss gefunden. Solche Urlaube fördern den Gemeinschaftsgeist der Gäste, denn sie erleben gemeinsam außergewöhnliche Dinge.«

»Dann möchte ich dorthin!«

»Ja«, sagte sie und verschwand wieder hinter ihrem großen Bildschirm, »eine Woche oder zwei?«

»Darüber muss ich noch nachdenken.«

»Hier habe ich einige Bilder.« Sie drehte den Bildschirm zu mir.

Was ich zu sehen bekam, warf mich fast um.

»Afrika«, sagte ich und musste mich beherrschen, dass mir nicht die Tränen kamen.

Mein Chef wollte die Weihnachtsferien für die Mitarbeiter mit Familie und Kindern sichern. Dafür hatte ich volles Verständnis. Er schaute auf sein Tablet. »Sie haben in diesem Jahr ja noch überhaupt keinen Urlaub gemacht.« Er warf mir einen fragenden Blick zu. »Wie kommt's?«

»Kein Geld für Urlaub …«

»Und jetzt? Wo soll es denn hingehen?«

»Meine Schwester hat mich eingeladen. Sie reist nicht gern allein. Allgäu.«

Er nickte. »Ja, da soll es schön sein.«

»Kleine Pension«, erklärte ich, »ein Doppelzimmer, das ist nett. Schwestern haben sich immer was zu erzählen.«

Er lächelte. »Das glaub ich gern.« Dann versank er in den Tabellen auf seinem Display. »Für uns hier wäre Ende November, Anfang Dezember ganz gut. 14 Tage. Dann haben Sie die für dieses Jahr schon mal weg.«

»Ja, und ich bin auch weg«, sagte ich albern. »Hin und weg.«

»Wunderbar, Frau Weiss, erholen Sie sich gut.«

Erholen, wirkte ich etwa angegriffen?

Egal, was ein Filialleiter über mich denkt! Ich werde jedenfalls eine unglaubliche Zeit erleben und aus dem Allgäu sonnengebräunt zurückkommen.

Mein Abreisetermin kam schneller als gedacht und stellte mich vor einige Probleme. Was sollte ich meinem Sohn sagen?

Er hatte mir schon per WhatsApp verkündet, dass er gern einen Urlaub zu dritt machen würde, um mir Marie vorzustellen. Vielleicht auf eine Insel? Gemütlich Wellness für mich im schönen Hotel und das wilde Leben einer ausgelassenen Jugend für die beiden?

Ich möchte das Geld nicht für irgendwelche Vergnügungen ausgeben, hatte ich ihm zurückgeschrieben. Und es sei ohnehin bereits fest angelegt. Daraufhin hat er sich nicht mehr gemeldet. Das fehlt mir noch, dachte ich. Als altes Eisen ins Hotelzimmer abgeschoben zu werden, während die beiden ihren Liebesurlaub genießen. Sponsered by Mama. Wer bin ich denn?

Trotzdem war mir nicht ganz wohl in meiner Haut. Ist das so ganz richtig, was ich da mache?, fragte ich mich. Immerhin könnte ich einen solchen Urlaub locker finanzieren. Das könnte doch auch schön sein. Auf der anderen Seite war ich der Meinung, dass er sich einen kleinen Urlaub mit Marie ja auch selbst verdienen konnte. Das erhöhte den Wert. Und weil er offensichtlich nichts für sich behalten konnte, erschien es mir am besten, ihm einfach gar nichts zu sagen. Sollte er mir tatsächlich eine SMS schreiben, könnte ich die auch von Afrika aus beantworten.

Gar nichts zu sagen ist das eine. Aber darüber hinaus hatte ich meinen Sohn ja richtig angeschwindelt. Das löste mein ungutes Gefühl aus. Meine Schwester übrigens auch, aber das wog nicht so schwer. Früher habe ich Lars stets gepredigt, dass Lügen kurze Beine hätten und meist etwas Schlechtes nach sich zögen. Und ich bin abergläubisch. Nicht immer, aber manchmal. Und tief in mir drin, wenn ich in mich hineinhorchte, hatte ich ein ungutes Kribbeln. Du und deine Vorahnungen, sagte ich mir, hör nicht auf sie, wisch sie beiseite! Es wird alles gut werden, es wird grandios werden, es wird eine unvergessliche Reise werden. Stell dir vor, Afrika! Da musst du dich freuen und keine blöden Vorahnungen hegen.

Ich schaffte es, meine Vorahnungen tatsächlich beiseitezuwischen, und konzentrierte mich lieber auf die Kleiderfrage. Tagsüber sollte es in meinem Urlaubsgebiet bis zu 32 Grad haben, nachts kühlte es auf 19 Grad ab, was für uns hier ja nun eher Zimmertemperatur war. Sowieso, wenn man an der Heizung sparte. Allerdings konnte es dort auch mal regnen. Und abkühlen.

Super, dachte ich, da habe ich alles beieinander. Und wie zog man sich abends an? Kamen dann auch noch alle im Safarilook, oder war feinere Garderobe angesagt?

Das Dumme war, dass ich niemanden fragen konnte. Erstens kannte ich niemanden, der schon mal eine Safari gemacht hätte, und zweitens würde ich mit jeder Frage im Bekanntenkreis nur schlafende Hunde wecken. Die verrückte Idee, Andreas Kieling direkt anzurufen, überfiel mich abends kurz vor dem Einschlafen. Schließlich war er mit seiner Dokumentation an meinen Afrika-Plänen schuld. Aber dann verwarf ich den Gedanken wieder. Selbst wenn ich an ihn herankommen würde, müsste er mich ja für eine völlig durchgeknallte Person halten.

Also: Zwiebelmuster. Ich machte mir einen genauen Plan und durchforstete meinen Kleiderschrank. Viel gab er ohnehin nicht her, aber alles, was mir passend erschien, legte ich nebeneinander auf mein Doppelbett. Dann erstellte ich eine To-do-Liste. Einen Teil konnte ich ablesen, denn das Reisebüro hatte mich mit praktischen Reise-Tipps versorgt, den Rest überlegte ich mir selber.

Am Tag meiner Abreise packte ich meinen Koffer noch einmal um. Alles raus. 23 Kilo waren zwar für den Flug von Frankfurt nach Johannesburg erlaubt, im Anschluss für den Weiterflug zum Krügerpark allerdings nur noch 20 Kilo. Also gingen nur 20 Kilo Höchstgewicht. Und sollte ich etwas kaufen wollen, sollte ich möglichst nur mit 17 Kilo hinfliegen, man wusste ja nie ...

Es war schwierig. Schon meine Apotheken-Utensilien und meine Kosmetikartikel waren zu schwer. Ich packte den Föhn wieder aus, füllte von der großen Sonnencremeflasche etwas in einen kleineren Behälter ab. Aber würde das für die Zeit dann auch reichen? Und Shampoo? Was, wenn ich mir täglich die Haare waschen musste? Eine ganze Woche lang? Irgendwann saß ich auf der Bettkante und war der Verzweiflung nahe.

Ja, ich reiste zum ersten Mal.

Und ja, schon der Gedanke, ob ich die richtigen Tickets hatte, wo ich am Flughafen hinmusste, wie man richtig eincheckte, wie das mit der Sicherheitskontrolle funktionierte und ob ich mich überhaupt zurechtfand und in Johannesburg den Anschluss nicht verpasste, diese Gedanken machten mich wahnsinnig. Ach, wäre ich doch ins Allgäu gefahren!

Aber schließlich sah ich auf die Uhr, die Zeit tickte. In zwei Stunden würde das Taxi kommen und mich zum Stuttgarter Hauptbahnhof bringen. Hoffentlich hatte der Zug zum Frankfurter Flughafen keine Verspätung, denn um 20:45 Uhr startete die South African Airlines, die SA, meine Maschine. Nur noch zwei Stunden! Und ich wollte noch duschen und die Haare waschen. Aber zuerst musste der Koffer fertig sein. Und das Handgepäck? Da durfte nicht viel rein, hatte ich gelesen. Und nichts Flüssiges. Dafür gab es irgendwelche Plastiksäckchen, die man verschließen musste. Bloß, wo bekam ich die?

Ach, du lieber Himmel, warum musste ich auch in meinem Alter zum ersten Mal fliegen?

Nur weil Otto so ein Hausmuffel gewesen war!

Erstaunlicherweise ging alles glatt. Ein paar Mal war ich, vor lauter Sorge, es könne etwas nicht klappen, kurz vor einem Nervenzusammenbruch, aber das bildete ich mir nur ein, schon klar.

Und beeindruckend ist der Frankfurter Flughafen ja schon. All die fremden Menschen, all die verschiedenen Hautfarben und Kleidungen und all die wichtigen Anzugsmenschen, die abends von wichtigen Geschäften kommend mit Krawatte und Laptoptasche unter dem Arm zu den Ausgängen eilen. Und auch eine Menge junge Damen in Kostümen und mit Laptop, trotz November mit hohen Absätzen, und coolem Gesichtsausdruck. Ehrlich, als ich endlich vor dem Gate saß und alles richtig gemacht hatte, war ich stolz auf mich. Aber das könnte ich ja keinem sagen, für viele schien es ja nur eine andere Form von Busfahren zu sein. Ticket, Kontrolle, einsteigen, aussteigen.

Für mich war das Einsteigen jedenfalls ein Abenteuer für sich. So groß hätte ich mir das Flugzeug von innen gar nicht vorgestellt. Und dann? Wohin? Eine Stewardess wies mir meinen Gang, und alles war gut. Ich hatte einen Fensterplatz und neben mir einen dicklichen Herrn, der so ein bisschen zu mir herüberquoll, aber ganz nett zu sein schien.

»Hi, dear«, sagte er zur Begrüßung, und ich vermied, in seine Richtung zu schnuppern. Sicher hatte er es eilig gehabt und war ins Schwitzen geraten. Aber gut, sagte ich mir, ich fliege nach Afrika. Was kann mir da so ein bisschen Körpergeruch anhaben. Nichts. Absolut nichts!

Garonga.

Acht Tage. Vierzehn Tage waren mir dann doch zu teuer gewesen, da gerät mein Herzschlag außer Kontrolle. Aber acht Tage wollte ich mir gönnen – allerdings mit ein paar Vorsichtsmaßnahmen, die ich mir selbst auferlegt hatte: keine teuren Drinks, beispielsweise, denn die gingen extra. Und keine Massagen, denn die waren nicht nötig. Und nur mit einer genau festgelegten Geldsumme in eine Boutique gehen, was drüber war, blieb liegen.

Als wir starteten, glaubte ich, im Himmel zu sein. Schade, dass es bereits dunkel war, aber das Gefühl war unbeschreiblich, und die Lichter unter uns waren es auch, bis wir durch die Wolkendecke stießen, danach herrschte dunkle Nacht. Ich sah weder Mond noch Sterne. Trotzdem klebte ich am Fenster.

Als es Abendessen gab, stellte ich fest, dass mein Sitznachbar nun doch recht viel Platz beanspruchte. Ich quetschte mich an die Bordwand, so gut es ging, und löffelte in ständiger Sorge um Tomatenflecken meine Pasta aus der Aluschale. Ansonsten war mein Nachbar nett, er hieß Ion und war ein echter Schotte, der öfter geschäftlich in Johannesburg zu tun hatte. Er erzählte mir alles Mögliche, aber ich hatte Probleme mit seinem Dialekt. Oder mit meinem Schulenglisch. Jedenfalls war es ganz schön mühsam, mir immer eine passende Antwort einfallen zu lassen. Und nach einer Weile dachte ich, entweder hörte er mir nicht zu, oder er war einfach ein sehr höflicher Mensch. Schließlich rettete mich aber das Entertainment-Programm, aus dem er sich einen Spielfilm aussuchte, der recht schnell seine ganze Aufmerksamkeit beanspruchte. Ich versuchte es auch, blieb aber an der Landkarte hängen, über die unser animiertes Flugzeug flog. Es faszinierte mich, auf diese Weise unseren Flug nachvollziehen zu können. Am liebsten hätte ich auch noch ein paar Informationen dazu bekommen, aber das gab dieses Programm nicht her. Macht nichts, ich brauchte nichts außer dem Gefühl, endlich eine Fernreise zu machen. Das erste Mal in meinem Leben. Und irgendwann zog ich die leichte Decke aus der Plastikhülle, deckte mich zu und dämmerte in den Schlaf. 10 Stunden Flug. Und ich flog schlafend 10 000 Meter über der Erde und über 8000 Kilometer weit. Für mich war das ein kleines Wunder.

Während das Frühstück serviert wurde, erlebte ich durch das Bullauge den Sonnenaufgang. So etwas Schönes hatte ich überhaupt noch nie gesehen. Weit unter mir die Wolkendecke, und wir flogen der Sonne buchstäblich entgegen. Das Glücksgefühl strömte mir durch sämtliche Adern, und ich wusste eines: wenn Sterben so schön ist, dann habe ich davor keine Angst, sondern setze mich auf eine der weißen Wolken und fliege mit ihr um die Welt.

Ion half mir am Flughafen in Johannesburg. Dieses Menschengewühl machte mir Angst. Er wartete mit mir auf meinen Koffer und brachte mich dann über die Rolltreppe ein Stockwerk höher zum erneuten Einchecken. Die Kofferträger, die sich anbiederten, lehnte er mit knappen Sätzen ab. »Zu teuer«, erklärte er mir. »Die wollen von den Touristen nur Euros oder Dollar. Und wer sich nicht auskennt, glaubt, fünf Euro seien angemessen. Alter Trick!«

Ion ließ es sich auch nicht nehmen, mir den Weg zu meinem Gate nach Hoedspruit zu zeigen. Ich blieb leicht beschämt zurück. Da hatte ich mich über meine beengte Sitzposition geärgert, dabei war er der netteste Mensch, der mir seit Langem begegnet war.

Die Propellermaschine nach Hoedspruit war mit jeweils zwei Sitzen rechts und links des Ganges eher klein, dafür dauerte der Flug zu unserem Zielflughafen aber auch nur etwas über eine Stunde. Ich saß alleine und drückte meine Nase gegen die Plastikscheibe des Bullauges. Der Blick über das Land war grandios. Grüne, endlose Flächen, Farmen, ein breites, helles Flussbett, steile Berge, schnurgerade Straßen, von hier oben war alles ganz genau zu erkennen, und ich konnte mich den ganzen Flug über nicht sattsehen. So unglaublich viel Land im Vergleich zu den verschwindend wenigen Siedlungen. Gut für die Tiere, dachte ich. Dann haben sie genügend Platz.

Tiere. Was ich wohl zu sehen bekommen würde? Tatsächlich die Big Five, wie sie auf der Garonga-Homepage beschrieben waren? Elefanten, Nashörner, Büffel, Löwen und Leoparden?

Ich konnte es mir nicht wirklich vorstellen, dass wir nah an sie herankommen würden. Geländewagen hin oder her. Ich war gespannt. Und aufgeregt. Und um dieses Gefühl für mich zu konservieren, kramte ich mein Handy hervor und machte einige Fotos. Einmal mit der silbern glänzenden Tragfläche im Vordergrund und der endlos grünen Fläche darunter, dann den Flügel und dahinter die malerischen Wolkengebilde, und gerade versuchte ich mich an der Kombination Wolken, Flügel und Land, da stand die Stewardess vor mir und redete auf mich ein. So schnell, dass ich nichts verstand. Versuchsweise bestellte ich eine Coke, das erschien mir jetzt das genau Richtige für meinen Geist und den Magen.

»Please, one Coke.«

Sie verstand mich nicht. Kennen die hier in Südafrika Coke unter einem anderen Ausdruck?

»Coca-Cola?«, fragte ich.

Sie schüttelte unwillig den Kopf und deutete auf mein Handy.

Ich zuckte die Schultern. Was ist damit? Ich habe doch den Flugmodus eingeschaltet? Ich nahm es hoch und zeigte es ihr.

Sie schüttelte den Kopf und sprach etwas von Police. Dieses Wort verstand ich. Polizei? Warum?

Ein junger Mann auf der anderen Seite des Ganges im roten Poloshirt beugte sich zu mir herüber.

»Sie möchte, dass Sie das Handy ganz ausschalten«, erklärte er mir in langsamem Englisch und deutete auf sein eigenes Smartphone und das dunkle Display. »Forbidden.«

»Ah!« Ich musste ihn wohl ziemlich verwundert angesehen haben, denn er setzte in holprigem Deutsch hinzu: »Sind Sie Deutsch?«

Ich nickte.

»Es ist verboten«, sagte er langsam. »Und sie droht mit der Polizei, wenn Sie es nicht jetzt gleich ausschalten.«

Mein Gott. Kaum in Südafrika und schon verhaftet. Vor lauter Aufregung bekam ich es nicht aus. Er schnallte sich ab, und während die Stewardess mit kritischem Blick einen Schritt zurücktrat, setzte er sich neben mich und half mir. Schließlich kam der Schieber aufs Display: »Ausschalten«, und er betätigte ihn vor den Augen der Stewardess. Sie nickte und ging weiter.

»Sind Sie das erste Mal in Südafrika?«

»Ja«, sagte ich. »Und Sie?«

»Ich bin Südafrikaner.«

Komisch, für mich sah so ein Afrikaner eigentlich anders aus, nicht unbedingt dunkelblond mit blauen Augen, aber er setzte bekräftigend hinzu: »Aus Johannesburg.«

»Aha«, sagte ich und um meine Verlegenheit zu überspielen, fragte ich: »Und jetzt machen Sie eine Safari?«

»Das mache ich mit meiner Belegschaft jedes Jahr, das tut dem Betriebsklima gut.«

»Oh! Wie toll! In so einer Firma würde ich auch gern arbeiten.«

Er lachte. »Gute Mitarbeiter sind stets willkommen ...«

»Was machen Sie denn?«

»Gewürzhandel.«

»Und weshalb können Sie so gut Deutsch?«

»Nun, *gut* ist relativ. Meine Großeltern kamen aus Pommern. Deutsch habe ich als Kind gelernt.«

»Aha.« Pommern, denke ich, die Großeltern. Das hatte sicherlich mit dem Zweiten Weltkrieg zu tun, ich frag lieber nicht weiter. »Gibt es bei den Safaris wirklich Löwen und Elefanten hautnah zu sehen?«

Er grinste, dann schaute er sich kurz um und zog sein Handy hervor. Unbemerkt fuhr er es hoch und zeigte mir dann Fotos, die unglaublich waren: so nah fotografiert, dass er eine Fotoausrüstung mit Teleobjektiv gehabt haben musste. Er schüttelte lächelnd den Kopf.

»Alles mit dem Handy.«

»Haben Sie noch mehr Bilder?«

Es war einfach unfassbar.

»Aber so nah«, zweifelte ich, »das ist doch gefährlich!«

»Nein, es ist ganz ungefährlich, Sie werden sehen. Die Tiere sind nicht weiter entfernt als von hier bis zum Piloten vorn in der Kanzel.«

Der aber war nicht mehr dort, denn plötzlich stand er vor uns, oder zumindest der Co-Pilot. Da hatte die Stewardess doch wohl mehr mitbekommen, als wir dachten. »Das mit der Polizei war ernst gemeint«, erklärte er mit verschränkten Armen und so deutlich, dass selbst ich sein Englisch verstand.

Mein Nachbar entschuldigte sich, er wolle einer Deutschen nur ganz kurz die Schönheiten des Landes zeigen, dann schaltete er sein Handy aus und steckte es weg. Kaum war der Co-Pilot verschwunden, zog er es wieder hervor, aber jetzt wurde es mir mulmig.

»Lieber nicht«, wehrte ich ab. »Nicht, dass uns tatsächlich die Polizei in Empfang nimmt.«

»Möglich ist alles …«. Mein Sitznachbar wiegte den Kopf hin und her. »Aber verraten Sie mir doch, was Sie in Deutschland arbeiten? Und wo?«

»Stuttgart. Im Verkauf.«

»Im Verkauf? Na, prima! Da wären Sie doch schon fast für unseren deutschen Gewürzmarkt prädestiniert?«

»Ich, ich weiß nicht.« Das kommt ein bisschen schnell, dachte ich.

»Was verkaufen Sie denn?«, fragte er nach.

»Drogerieartikel.«

Er zuckte mit den Schultern. »Verkauf ist Verkauf«, sagte er. »Ein guter Verkäufer kann alles verkaufen, Autos, Eisenbahnen, Gewürze. Völlig egal.«

»Aber ich habe keine Ahnung von Gewürzen … nur so Hausfrauenahnung halt«, erklärte ich.

»Das kann man lernen.«

Ich betrachtete ihn nun zum ersten Mal genauer. Meinte er das ernst? Mit seiner Sonnenbrille im vollen Haar und den jugendlichen Gesichtszügen schätzte ich ihn auf höchstens Anfang vierzig, das rote Poloshirt und die ausgewaschenen Jeans unterstrichen den jugendlichen Eindruck.

»Gehört Ihnen die Firma?«

Er fischte eine weiße Spucktüte aus dem Netz des Vordersitzes, zog einen Kuli aus der Brusttasche seines Poloshirts und schrieb mir Firmenname, Telefonnummer und Mail-Adresse auf. »Wir landen gleich, aber melden Sie sich, wenn Sie darüber nachgedacht haben. In welcher Lodge wohnen Sie denn?«

»Garonga.«

»Okay, da sind wir eine Stunde voneinander entfernt.« Er schnallte sich ab. »Macht nichts, unser Stichwort ist Handy-Polizei.«

»Ich heiße Stefanie«, sagte ich und reichte ihm die Hand.

»Thomas.«

Gut, Thomas ist tatsächlich ein deutscher und ein internationaler Name, überlegte ich und sah ihm zu, wie er sich auf seinem Sitz wieder anschnallte.

Verrückt, dachte ich. Ist das nun die viel beschworene amerikanische Offenheit, die man aber nicht ernst nehmen darf? Sind die Südafrikaner auch so drauf? Ich weiß es nicht, aber die Spucktüte verstaute ich sorgfältig in meiner Tasche. Und während ich das tat, betrachtete ich seine Schrift: großzügige, weite Buchstaben, raumgreifend. Eigentlich ein gutes Persönlichkeitszeichen.

Die Landung bewies, dass der Pilot diese Strecke wohl regelmäßig flog – alles ging so reibungslos, schnell und zügig, als gäbe es nur ein Ziel: schnell wieder zurück nach Johannesburg. Ich war froh, als ich an der Stewardess vorbei die steile Treppe hinunter ins Freie gelangt war. Um Thomas herum gruppierten sich etwa zehn Leute, fast alles Frauen, und ich dachte mir, auch nicht schlecht, das werden sicherlich fröhliche Tage. Die Gruppe brach auf, Thomas hob die Hand zum Abschiedsgruß, und ich winkte zurück. Im Gegensatz zu den meisten anderen Passagieren blieb ich allerdings noch stehen. Ich musste mir einfach erst einmal klarmachen, dass ich angekommen war: Afrika. Das war also Südafrika! Ein sanfter, warmer Wind wehte, und die Luft schien weicher als in Deutschland. Meine Haut fühlte sich umschmeichelt, und ich breitete die Arme aus. Und es roch – ja, wonach eigentlich? Nach fremden Pflanzen? Nach Sand? Ich konnte es nicht definieren und schloss mich den Leuten vor mir an, die auf das kleine Flughafengebäude zustrebten. Vor dem Eingang wurde ich schon mit einem Schild erwartet. *Stefanie Weiss.*

»Das bin ich«, sagte ich, glücklich, nicht suchen zu müssen. »Welcome«, sagte die burschikose Frau in kakifarbenen Shorts und reichte mir die Hand. »I'm Dorisa, your driver to Garonga. We're looking for your luggage.«

Sie hatte alles im Griff. Kaum waren die Koffer ausgeladen, hatte sie meinen schon in Empfang genommen und rollte ihn vor mir her zu einem offenen Geländewagen, der nach hinten gestaffelte, erhöhte Sitzplätze hatte. Während ich über das seltsame Gefährt noch staunte, trat sie neben mich.

»It's a Land Rover Defender Safari. And it's all yours.« Und sie machte eine einladende Handbewegung. »You can choose your seat.«

Meinen Koffer warf Dorisa mit Schwung auf den Beifahrersitz, und ich stieg zwei schmale Eisenstufen empor auf den höchsten Sitzplatz. Ganz hinten. Was für ein Lebensgefühl!, dachte ich, als sie losfuhr. Was Otto alles verpasst hat, nur weil er nie reisen wollte.

Wir fuhren zunächst an Häusern, kleinen Märkten und vielen bunt gekleideten Menschen vorbei, die ich neugierig betrachtete. Dann wurde es einsam, die Landstraße zog sich dahin, mal säumten Plantagen mit unendlich vielen Bäumen, die ich nicht kannte, die Straße, dann wieder einfach nur

Wildnis. Zwischendurch waren Menschen am Straßenrand unterwegs, alleine, einfach so. Wo wollten sie hin? Wo kamen sie her? Ich konnte meine Fahrerin nicht fragen, vielleicht hätte ich mich doch neben sie setzen sollen, anstatt ganz nach hinten? Ständig drängten sich mir Fragen auf: Was transportieren die vielen Lastwagen? Wovon leben die Menschen hier? Warum sehe ich eigentlich nur die Automarken Toyota und Land Rover? Gibt es eine Geschwindigkeitsbeschränkung? Und ist die Polizei, deren Dienstwagen ich an manchen abgelegenen Kreuzungen stehen sehe, rigoros?

Nach einer gefühlten Stunde bogen wir von der Teerstraße auf eine breite Sandpiste ab. Rechts und links hohe Gitterzäune, die sich über Kilometer längsseits der Straße hinzogen, unterbrochen nur von verschlossenen Toren. Dahinter Busch, aber ich sah keine Tiere. Nun fühlte sich die Fahrt schon holpriger an, manchen Schlaglöchern konnte meine Fahrerin geschickt ausweichen, aber bei allen gelang das nicht. Falls es mal einen richtigen Schlag tat, sah ich ihren Blick im Rückspiegel und nickte ihr lächelnd zu. Ja, ich bin noch da, ich bin nicht aus dem Sitz geflogen, es geht mir gut.

Irgendwann bogen wir von der breiten Sandpiste durch ein großes, offenes Holztor in eine Seitenstraße ab. Dorisa hielt neben einem Wachgebäude an. Ein Uniformierter trat heraus, der ihr eine Kladde mit einem Formular reichte, das sie gewissenhaft ausfüllte. Aha, dachte ich, Bürokratie auch in Afrika. Aber sicher ist es hier zu was gut. Dorisa drehte sich zu mir um und fragte, ob ich mich auf eine tiefere Sitzreihe setzen wollte? Ich nickte und kletterte ganz nach unten, hinter ihren Sitz, damit ich sie fragen konnte, falls ich wieder etwas wissen wollte. Wir fuhren los, und ich sah die ersten Wegweiser mit »Garonga«. Wow, dachte ich, wir kommen der Sache näher. Inzwischen waren wir auf einem ausgefahrenen Weg aus Sand und Steinen unterwegs, zeitweise mit freiem Blick über den ocker gefärbten Erdboden, meistens aber gesäumt von hohen Büschen, die rechts und links die Sicht einschränkten. Gerade kurvten wir wieder um eine Baumgruppe herum, da stand uns plötzlich ein Elefant im Weg. Ich erschrak zu Tode. Dorisa bremste, der Wagen blieb stehen, der Elefant drehte den Kopf und betrachtete uns. Wie kann ein Tier so groß sein? Und was wird es tun?

Gerade noch hatte der Elefant an den Zweigen eines Baumes frische, grüne Blätter gezupft, aber jetzt schienen wir interessanter zu sein. Und da – ich fasste es nicht – kam ein zweiter. Von der anderen Seite, er stand etwas erhöht und betrachtete uns. Mir rutschte das Herz in die Hose. Wir kleinen Menschen gegen solche Giganten. In einem offenen Auto. Wie sollte das gehen?

Ungerührt drehte sich Dorisa zu mir um.

»They are young«, erklärte sie mir. »And curious.«

Jung und neugierig also. Was bedeutete das? Nahmen nicht auch junge Rowdies im Halbstarken-Alter alles auseinander, nur um zu sehen, ob sie dazu stark genug waren? Vor lauter Schreck kam ich gar nicht dazu, die Tiere genauer zu betrachten. Mir wäre lieber gewesen, sie wären etwas weiter weg. Aber als der zweite Elefant begann, zwischen den Büschen hindurch den Abhang zu seinem Kumpel hinunterzusteigen, fiel mir doch etwas auf: Er bewegte sich ganz und gar lautlos. Wie auf Luftpolstern. Und tatsächlich waren seine Füße gepolstert. Rund, leicht unförmig und gepolstert. Wie der untere Gummiring eines Boxautos beim Jahrmarkt. Allerdings waren ihre Stoßzähne, so aus der Nähe, auch nicht ohne. Und die riesigen Ohren, die sich schnell von vorn nach hinten und zurück bewegten. Wie große Fächer. Bedeutete dies Unwille, Angriff, oder verscheuchte er nur die Fliegen? Und wenn doch Angriff, was dann? Wir standen so nah bei ihnen, dass sie uns einfach überrennen konnten.

»What are we doing?«, flüsterte ich nach vorn.

»Wait and see«, gab Dorisa laut zur Antwort. »Two young bulls. The family is not far from here.«

Na, das sind ja schöne Aussichten, dachte ich. Abwarten und sehen, was passiert. Zwei junge Bullen also. Mit ihrer Elefanten-Familie, die hier irgendwo in der Nähe ist – und wenn diese Familie nun nach den beiden Youngstern sehen will? Was dann?

Vielleicht hätte ich für den Anfang doch besser eine Kreuzfahrt buchen sollen. Mittelmeer.

Der zweite Elefant drängte sich nun an unserem Dickhäuter vorbei und ging den Weg entlang zu einem umgerissenen Baum, dessen grüne Krone verlockend tief auf der Erde lag. Das schien für ihn attraktiver zu sein als zwei Frauen in einem Geländewagen. So von hinten gesehen tänzelte er direkt. Das breite Hinterteil verjüngte sich zu den Beinen hin, und der dünne Schwanz pendelte bei jedem Schritt. Ich konnte nicht anders, mir fiel sofort das Dschungelbuch von Walt Disney ein. Es fehlte nur die Musik. Unglaublich, wie naturgetreu die Zeichner diese fließenden Bewegungen eines Elefanten eingefangen hatten.

Wir standen noch immer da, doch auch unser Elefant verlor langsam das Interesse an uns, stellte sich wieder quer und suchte erneut die hohen Zweige nach frischem Grün ab. Allerdings standen beide Elefanten noch immer mitten auf der Fahrbahn. Trotzdem – mein Herzschlag beruhigte sich zusehends.

Dorisa lächelte mich an und zuckte mit den Schultern. »African delay.« Sie schüttelte grinsend den Kopf. »This has been our welcoming committee«, und damit legte sie den Rückwärtsgang ein, stieß ein Stück zurück und fuhr abenteuerlich durch Büsche und über Geröll um die blockierte Straße herum. Ein Stück hinter den Elefanten bog sie wieder auf unseren Weg ein, und wir fuhren weiter, als ob nichts geschehen wäre.

Na, dachte ich, das Begrüßungskomitee also. Welcome, Africa.

Meine Unterkunft, zu der mich eine aparte Frau im gewickelten, roten Gewand führte, erschien mir wie aus einem Film. Halb Haus, halb Zelt. Unten gemauert, spannte sich oben eine hohe Zeltplane wie ein Dach über den Raum. Ein breites Doppelbett stand zum Ausgang hin ausgerichtet, einladend weiß aufgedeckt. An seinen vier Ecken waren hohe Stangen befestigt, deren obere Enden durch Querstangen verbunden waren. Und über diesem leichten Gestell hing ein aufgerafftes Moskitonetz, was wie ein klassisches Himmelbett wirkte. Ich war überwältigt. Mir wurde alles erklärt: die Dusche, der Kühlschrank, die Trillerpfeife für den Notfall.

Als ich wieder alleine war, ging ich auf meine Veranda hinaus und stand wie gebannt vor dieser unendlichen Weite, die sich vor meinen Augen erstreckte.

Die Anlage war direkt am Rande eines hohen Ufers über einem breiten, trockenen Flussbett gebaut worden, das sich in der Ferne zwischen grünem Busch und dem Horizont verlor. Jenseits von Afrika, dachte ich, mein Traum geht in Erfüllung.

Ein junger Schwarzer im weißen Outfit brachte meinen

Koffer und erklärte mir, dass es einen Empfangscocktail für mich gebe.

Soll ich mich umziehen?

Ich hatte noch meine Reisekleidung an, Jeans, T-Shirt und rustikale Stiefeletten. Den dicken Winterpullover hatte ich längst in mein Handgepäck gestopft, den gefütterten Parka trug ich seit Johannesburg über dem Arm. Nein, entschied ich mich, ich bin so angekommen, also gehe ich auch so. Auspacken werde ich nachher in aller Ruhe.

Über einen schmalen Weg gelangte ich am nierenförmigen, hellblau gefliesten Swimmingpool vorbei zum Restaurant. Die eine Seite des Beckens endete haarscharf über dem abfallenden Hang, auf der anderen standen einige Liegestühle, alle leer. Im offen angelegten Restaurant, das übergangslos auf die Terrasse hinausging, sah ich einige Gäste. Meist Paare, wie es schien, zwei junge Frauen saßen etwas abseits, und ich fühlte mich erst mal ein bisschen unwohl. So alleine herumzustehen liegt mir nicht. Ich fühle mich dann immer wie eine Garderobenstange, hölzern und unattraktiv.

Ein junger Mann in hellem Poloshirt und Kaki-Shorts steuerte mit einem Tablett auf mich zu. Darauf standen zwei Cocktailgläser, eines davon reichte er mir. »Sie müssen Stefanie Weiss sein«, sprach er mich auf Deutsch an.

»Ja, nickte ich, »die bin ich.«

»Dann herzlich willkommen, ich bin Nico und hier für alles verantwortlich. Sollten Sie also irgendetwas brauchen oder Fragen haben, kommen Sie einfach zu mir.«

Ich bedankte mich höflich.

»Sind Sie zum ersten Mal auf einer Safari?«, fragte er mich.

»Ich bin überhaupt zum ersten Mal in Afrika.«

»Ach! Und dann wurden Sie auch direkt von zwei Elefanten begrüßt, das ist ja spaßig!«

»Ja, im Nachhinein ist es spaßig. Im ersten Moment war ich allerdings erschrocken.«

»Sie werden es genießen. Es gibt zwei Game-Drives am Tag, morgens um 6 Uhr und abends um 16 Uhr. An beiden können Sie teilnehmen. Unsere Guides sind sehr erfahren, können Spuren lesen, tauschen sich untereinander aus, ich denke, Sie werden auf Ihre Kosten kommen.«

Ich nickte.

Game-Drives, das hatte ich schon kapiert, waren die Pirschfahrten mit den Geländewagen.

»Hier«, Nico machte eine Handbewegung, »unsere Gäste kommen gerade zurück. Soll ich sie Ihnen vorstellen?«

Ich zögerte. »Eigentlich möchte ich erst meinen Drink genießen, mich duschen und den Koffer auspacken.«

»Auch gut.« Er lächelte. Hat er meine Scheu erraten? »Heute Abend gibt es vor dem Dinner ein Kennenlern-Lagerfeuer. Da sitzen dann alle zwanglos beieinander und können sich austauschen. Es reisen gerade noch vier Gäste an, Sie sind also nicht die einzige Newcomerin.«

Ich war froh, als er mich mit meinem Drink alleine ließ, trat an das aus hellen Rundhölzern gesetzte Geländer der Restaurant-Terrasse und ließ meinen Blick über das Land schweifen. Und dann sah ich sie. An dem anderen Ufer, auf meiner Höhe, mir genau gegenüber, standen Giraffen. Mein Herz schlug Salto. Giraffen! Eine ganze Familie! Wie wunderbar!

»Ist das nicht wunderbar?«, sagte eine Frauenstimme neben mir auf Englisch. Ich drehte mich zu ihr um, aber sie meinte nicht mich, sondern ihren Partner. Ich antwortete trotzdem. »Ja, ganz wunderbar!«

Ihr Partner sah an ihr vorbei zu mir.

»Es ist unsere Hochzeitsreise«, schwärmte er glückselig.

Ich hätte die beiden auf gut siebzig geschätzt und war erstaunt.

»Oh! Ich gratuliere!«

Sie lachte.

»Wir machen das jedes Jahr, seit unserer Hochzeit vor 45 Jahren. Einmal im Jahr suchen wir uns ein neues Ziel aus. So lernen wir die Welt kennen. Seit 45 Jahren.«

Ich war ehrlich beeindruckt. »Eine schöne Idee«, sagte ich und dachte sofort an Otto. Dreiundzwanzig Jahre, dreiundzwanzig Reisen. Was uns alles entgangen ist!

»Ich bin John«, erklärte er und drückte meine Hand. »Aus den USA. Und wo kommen Sie her?«

»Europa«, sagte ich, »und mein Name ist Steffi.«

Nun drückte auch seine Frau meine Hand. »Und ich bin Ellen.«

»Nice to meet you!«

»Und woher aus Europa?«, wollte John wissen.

»Germany.«

»Oh, Germany! Sehr gut!«

»Und Sie? Von wo aus den USA?«

»Connecticut.«

Ich hatte keine Ahnung, ob ich Connecticut auch als sehr gut loben konnte, keinen blassen Schimmer, ob es dort Arbeitslosigkeit oder eher Vollbeschäftigung gab. Ich wusste nicht mal, wo Connecticut überhaupt lag.

»Unser Motto ist *Qui transtulit sustinet*.«

Ich musste ihn völlig verständnislos angesehen haben, denn er lachte und sagte auf Deutsch: »Wer herüberbringt, bleibt erhalten.«

Mein Gesichtsausdruck schien sich nicht verändert zu haben, denn er lachte noch immer. »Meine Vorfahren kommen aus Bayern«, erklärte er auf Deutsch.

»Ah«, sagte ich. »Und wer herüberbringt, bleibt erhalten, heißt ...?«

»Na«, sagte er, »Europa hat doch im Moment so viele Flüchtlinge. Alle, die herübergebracht werden, bleiben.«

Ich wusste nicht, wie er das meinte. Nahm er mich jetzt auf den Arm?

»Ach, das geht alles ganz gut«, wehrte ich ab und trank mein Glas rasch aus. »Ich bin eben erst angekommen, ich packe jetzt besser mal aus.«

»Gute Idee«, bestärkte mich Ellen und fuhr sich mit der Hand tastend über ihre honigblonden Dauerwellen, »wir sehen uns dann später.«

Das Mittagessen nahm ich auf der Terrasse an einem kleinen Tisch ein, der sehr hübsch für mich gerichtet war. John und Ellen winkten mir zu, und ich grüßte zurück. An meinem Nachbartisch saßen zwei Frauen. Die eine in meinem Alter, sehr gepflegt, dem ersten Anschein nach vermögend, ihre Begleitung schätzungsweise Mitte zwanzig, ein hübsches, ungeschminktes Gesicht und eher nachlässig gekleidet. Ich tippte auf Mutter mit Tochter. Sie erwiderten meinen Gruß und lächelten mir beide zu. Tatsächlich, dachte ich, die Frau vom Reisebüro hatte recht, die Menschen hier sind ziemlich gesellig, Kontakt scheint nicht schwierig zu sein. Heute habe man Glück mit dem Wetter, sagte die eine zu mir, gestern habe es geregnet. Nicht stark, aber immerhin. Sie sprach Englisch, und ich dachte, oh, schon wieder, und bemühte mich um eine gute Antwort, wies aber auch gleich auf mein kümmerliches Schulenglisch hin. Sie antwortete lachend, dafür könne sie kein Wort Schwedisch.

»Ich auch nicht«, erwiderte ich, »ich komme aus Deutschland.«

Das brachte sie noch mehr zum Lachen.

Deutsch könne sie auch nicht. Sie heiße Karin und komme aus Kapstadt, sei also eine echte Südafrikanerin.

»Eine Südafrikanerin, die in Südafrika Urlaub macht.« Das kam mir irgendwie witzig vor, wie ein urlaubender Süddeutscher am Bodensee.

Ob es denn in Kapstadt nicht so wie hier sei?

Sie lachte wieder und schüttelte den Kopf. »Zumindest ist es momentan in Kapstadt sehr viel kälter als hier«, erklärte sie, während ich einen Blick auffing, den sich die beiden jungen Frauen am Tisch dahinter zuwarfen. Als ob ich total blöd wäre. Aber sorry, ich kann doch mal fragen, ich komme schließlich aus einem völlig anderen Land. Und außerdem, hey, wir sind doch im Urlaub, oder? Kurz verstummte ich, dann ärgerte ich mich über mich selbst. Ich lasse mich viel zu schnell einschüchtern, dachte ich. Aber da nun gerade das Essen gereicht wurde, wandten sich meine beiden Nachbarinnen sowieso ihren Tellern zu.

In meinem Zelt fühlte ich mich wohl. Es strahlte Geborgenheit aus, und die vielen schönen Details entzückten mich. Es war alles so liebevoll arrangiert, die farbenprächtigen Blumen und auch das »Welcome«, das mich, in den hellen Sand eines kleinen Tabletts geschrieben, im Badezimmer empfing. Ich fühlte mich hier sehr viel wohler als in meiner Wohnung zu Hause, und als ich mich, nur mit einem Badeanzug bekleidet, in die Hängematte auf meiner Terrasse legte, war mein Glück vollkommen. Konnte es noch schöner werden? Fast hätte ich die erste Safari-Tour meines Lebens einfach ausfallen lassen, aber dann zog ich mich in letzter Sekunde doch noch um. Nein, ich bin nicht müde von der Reise, wie Nico meinte, ich bin nur einfach im Ruhe-Modus und muss mich aufraffen, etwas anderes zu tun, als nur faul in der Hängematte zu liegen und das Leben zu genießen.

Zwei Land Rover Defender standen startklar nebeneinander auf dem Parkplatz der Lodge. Einer war bereits voll besetzt, bei dem zweiten war die oberste Sitzreihe noch frei. Offensichtlich war ich die Letzte. Ich grüßte die anderen und entschuldigte mich. John und Ellen winkten mir aus dem zweiten Geländewagen zu, während ich auf meinen Sitz kletterte. Zwei Frauen aus der ersten Sitzreihe drehten sich zu mir um und erwiderten den Gruß, es waren Mutter und Tochter vom Mittagessen, nur die beiden jungen Frauen vor mir beachteten mich nicht. Dafür konnte ich sie, während der Fahrer die Sicherheitsregeln erklärte, prima betrachten. Während ich eine Jeans, knöchelhohe Sneakers und ein dunkelgrünes T-Shirt trug und mir eine leichte Regenjacke um die Taille gebunden hatte, schienen die beiden einer Safari-Boutique entsprungen zu sein. Von den sandfarbenen Timberlands über die Kaki-Baumwolljacken bis zum entsprechenden Halstuch waren sie perfekt gestylt, dazu dezent auf naturell geschminkt. Ingesamt fast authentischer als unser Fahrer, der sich als Ranger Dave vorgestellt hatte, und als der zweite Mann Aaron, unser Fährtenleser. Der setzte sich auf einen kleinen, aufklappbaren Sitz, der links vorn über der Motorhaube befestigt war, während Dave uns noch einmal ermahnte, unter keinen Umständen aufzustehen. Solange wir gelassen auf unseren

Plätzen sitzen blieben, könne bei der Begegnung mit Wildtieren nichts passieren. Ich dachte an meine Begegnung mit den beiden Elefanten. Wenn Aaron dort vorn gesessen hätte, was wäre wohl passiert? Rein von der Entfernung her hätte er ja fast umsteigen können: von seinem Sitz direkt auf den Elefantenrücken. Bei dem Gedanken musste ich lächeln und spürte einen Blick. Dave war losgefahren und musterte mich im Rückspiegel. Als sich unsere Blicke trafen, nickte er mir leicht zu. Ich nickte auch und spürte ein wunderbares Gefühl in meinem Bauch aufsteigen. Genau konnte ich es nicht definieren, aber es hatte etwas mit dem Einverständnis unter Menschen zu tun. Eine andere Form von Liebe, jemanden mögen. Man sieht sich und kann sich leiden – oder eben nicht. Die beiden Frauen vor mir konnten mich offensichtlich nicht leiden. Warum auch immer. Aber womöglich konnten sie niemanden leiden? Und ich bezog das einfach zu sehr auf mich? Oder sie waren wie Ellen und John auf Hochzeitsreise und wollten ihre Ruhe haben? Könnte doch alles sein?

Ich war so in Gedanken versunken, dass ich überhaupt nicht verstand, warum der Defender plötzlich anhielt. Wir waren noch nicht weit gefahren. Hinter der Lodge machte der Weg eine lange Rechtskurve und führte danach durch ein ausgetrocknetes Flussbett. Genau mittig in diesem Flussbett hatte Dave gestoppt. Dichtes Buschwerk, das am Ufer wuchs, nahm uns die Sicht auf die Umgebung, und trotzdem standen wir da, und alle schauten auf einen bestimmten Punkt. Dave erklärte, sie sei völlig friedlich, da sie heute Morgen ein Impala-Baby gefressen habe und nun pappsatt sei.

Was, ein Baby? Wie grausam. Und wer? Wo?

Dann sah ich sie. Eine Hyäne lag unter einem der dichten

Büsche. Ihr Gesicht uns zugewandt, betrachtete sie uns mit halb geschlossenen Augen. Mein Gott, war das Tier groß, direkt unheimlich groß! Ich hätte mir eine Hyäne viel kleiner vorgestellt.

Es sei eine Tüpfelhyäne, erklärte Dave. Ich wusste nicht, ob dieser Name von den braunen Flecken kommt, die sich auf dem gelblich braunen Fell ausbreiten, aber das schien mir logisch. Zumindest hatte das Tier dadurch eine perfekte Tarnung. Auf den ersten Blick verschmolz sie tatsächlich mit ihrem Hintergrund. Die Weibchen seien etwas größer als die Männchen und äußerlich vom Geschlecht her sehr schwierig zu unterscheiden, erklärte Dave weiter. Sie lebten in großen Clans, die von einem dominanten Weibchen angeführt würden. Wieder trafen seine Augen meine. Hoppla, dachte ich. Wirke ich so? Dominant? Oder grinse ich unbewusst? Aber ja, die Vorstellung vom dominanten Weibchen gefiel mir. Matriarchat, dachte ich, das wäre auch in unserer Welt die Lösung aller Probleme. Weg mit diesen männlichen, gewalttätigen Fanatikern und Kriegstreibern überall auf dieser Welt. Allerdings haben wir die weibliche Vorherrschaft mit dem Ende der Amazonen aus der Hand gegeben, spann ich den Faden weiter, bemerkte dann aber, dass sich hier augenscheinlich niemand Gedanken über griechische Mythologie machte, eher über die besten Fotos.

Außer mir waren alle gut ausgerüstet. Die Objektive der teuren Kameras richteten sich auf die Hyäne, und das Klicken der Auslöser übertönte den gleichförmigen Lautteppich, der ohne Unterbrechung mit vielschichtigen Tönen, Geräuschen und Gesängen über dem Busch schwebte. Ich hatte beim Packen weder über eine Kamera noch über ein Fernglas nachgedacht, so schoss ich nun mit meinem Handy zwei

Fotos. Wem sollte ich sie auch zeigen? Es ging ja nur um eine Erinnerung für mich selbst.

Die Hyäne bewegte sich nicht. Keinen Millimeter. Einmal gähnte sie, und ihre Zähne blitzten auf und ließen mich kurz erschaudern. Wenn die sich in dein Fleisch bohren ..., dachte ich. Apropos Fleisch. Da musste ich nachfragen.

»Ich dachte, Hyänen seien Aasfresser«, rief ich nach vorn. Und weil ich das englische Wort für »Aasfresser« nicht wusste, übersetzte ich es mit »dead animals« ... tote Tiere. Gleichzeitig erschrak ich über meine eigene Lautstärke. War es jetzt falsch gewesen, über den halben Wagen nach vorn zu schreien? Die beiden vor mir drehten jedenfalls ihre Köpfe etwas weg.

»Good question«, lobte dagegen Dave und erklärte, dass dies die landläufige Meinung sei, aber so nicht stimme. Klar fräßen sie auch Aas, sehr viel häufiger aber rissen sie Gnus, Gazellen oder sogar Zebras, denn sie seien mit 60 Stundenkilometern sehr schnell. Und hätten eine enorme Beißkraft. Außerdem seien sie die Todfeinde der Löwen. Gegen ein angriffslustiges und aggressives Hyänenrudel seien Löwen machtlos.

Kaum vorstellbar, dachte ich und betrachtete die Hyäne, die nun beide Augen geschlossen hatte und offensichtlich ihr Mittagsschläfchen hielt. Hyänen sollen gefährlicher sein als die erklärten Könige der Tierwelt, das hätte ich nicht gedacht. Ob wir wohl Löwen sehen würden?

Dave ließ den Motor wieder an. Wir fuhren eine Weile durch die Landschaft, sahen grazile Antilopen, von Dave als Impalas vorgestellt, wunderschöne Tiere mit feinen Köpfen und großen Augen. Viele mit Jungtieren, andere hoch trächtig, wie uns Dave verriet. Zur Geburt sondern sie sich ab, gebären irgendwo und stoßen danach mit ihrem Nachwuchs wieder zur Herde. Ich stellte mir das vor, nachts, zwischen all den Raubtieren, irgendwo im Busch ein Kind zu bekommen, das man im Notfall nicht mal beschützen konnte. Eine harte Welt für Beutetiere – ständig von allen Seiten bedroht zu werden. Aber sie zu beobachten machte Freude. Wie schnell sie laufen konnten und welch hohe und weite Sprünge sie dabei machten und das mit diesen dünnen Beinen und den schmalen Knöcheln. Da flitzten sie über die Hindernisse hinweg, und ich fragte mich, ob sie sich während des Sprungs orientierten oder wie sie das anstellten, dass sie sich beim Landen nicht verletzten? Sie sahen beim Absprung ja oft nicht einmal, wohin sie überhaupt sprangen. Und dann bei dieser wahnsinnigen Geschwindigkeit. Und ihre Jungen? Gleich hinterher.

Dave stoppte den Land Rover, denn jetzt begegneten wir Zebras. Ich staunte noch über diesen erhabenen Anblick, da erhielt er eine Nachricht über sein Walkie-Talkie und sah uns verschwörerisch an. Ein Leckerbissen, erklärte er. Auf alle Fälle etwas, womit wir uns den heutigen Sundowner dann verdient hätten. Die junge Frau vor mir runzelte die Stirn, und ich dachte, ich hätte mich verhört. Alles verstand ich sowieso nicht. Teils, weil mein Englisch nicht gut genug war, teils aber auch durch den Motorenlärm des Geländewagens. Und während Dave nun einen abenteuerlichen Weg einschlug, fragte ich mich nach einer Weile, wie der Wagen so etwas aushalten konnte – und vor allem die Reifen? Es ging atemberaubend steile Böschungen hinunter, kurz vorm Überschlag, bevor wir woanders wieder hochfuhren, dazu Wege voller Geröll, große und kleine Steine, und manchmal auch direkt durch die Büsche hindurch. »Achtung, ducken«, hieß es dann, vor allem an mich gerichtet, weil ich ja ganz oben saß. Ich hatte längst keine Ahnung mehr, wie sich Dave hier noch zurechtfinden konnte, für meine Augen sah alles gleich aus. Doch dann hielt er an.

Aaron stieg von seinem Sitz herab, besprach sich kurz mit Dave und verschwand dann vor unseren Augen im Busch. War er verrückt? Was konnte für einen Löwen oder eine Hyäne ein besseres Beutetier sein als ein Mensch? Kann nicht fliegen, kann nicht schnell rennen, hat keine scharfen Zähne, hat gar nichts. Da lacht sich doch jedes Raubtier kaputt.

Dave startete den Motor und fuhr los. Mein Gott, jetzt ließen wir den Kerl auch noch allein im Busch zurück. Unvorstellbar, was da passieren konnte. Mutter und Tochter in der ersten Reihe schienen auch beunruhigt zu sein, während sich die beiden anderen vor mir seelenruhig weiter miteinander unterhielten. Keinen Blick für das Geschehen um sich herum. Ich war nervös und spähte angestrengt zwischen den Büschen hindurch. Es war Frühling in Südafrika, wie bei uns der Mai, das hatte ich nachgelesen. Manche Bäume waren schon grün, an anderen sprossen erste zarte Blätter. Es gab auch Blumeninseln, hübsche weiße oder blaue und auch gelbe Blüten, die auf dem von zahlreichen Zweigen und abgestorbenem Elefantengras bedeckten Boden wuchsen. Es sah alles hübsch aus, aber es konnte nicht darüber hinwegtäuschen, dass da irgendwo auch die Gefahr lauerte.

»Attention!«, rief Dave. Diesen Ast, dessen lange und spitze Dornen jetzt meinen Unterarm entlangkratzten, hatte ich zu spät gesehen. Er hinterließ zwei parallele blutige Spuren. Wahnsinn, diese Dornen. Es gab sie überall, man musste wirklich aufpassen. Sich in so einen Dornenbusch zu verwickeln war sicherlich keine gute Idee.

Aber trotz aller Eindrücke fragte ich mich, wo Aaron abgeblieben war?

Plötzlich tauchte er wieder auf. Seine sehnige Gestalt in der dunkelgrünen Uniform kam von rechts auf den Wagen zu, und er gab uns ein Zeichen. Wie hatte er das denn gemacht? Dave nickte und fuhr ihm hinterher. Nach einer kurzen Wegstrecke blieb der Wagen stehen, Aaron setzte sich auf den Beifahrersitz. Ich glaubte es nicht: Zwei männliche Löwen lagen auf einer von rötlichem Sand bedeckten Lichtung. Der eine wälzte sich gerade, der andere drehte seinen Kopf in unsere Richtung.

Nein, dachte ich. Das ist wahr. Ich träume nicht. Kein Zoo, kein Zirkus, freie Wildbahn, zwei Löwen.

»They are brothers«, erklärte uns Dave und fuhr, als wären wir nicht schon beängstigend nah bei ihnen, noch ein Stück dichter heran. Wieder klickten die Kameras, nur ich vergaß vor lauter Aufregung, ein Foto zu machen. Wie majestätisch sie dalagen und wie offen sich der eine Löwe hinlegte – den weichen Bauch nach oben zum Himmel gerichtet, streckte er alle viere von sich. So legt sich eine Katze nur hin, wenn sie absolut nichts zu befürchten hat. Wie zu Hause auf dem Sofa. Doch hier war es der Löwe, und er präsentierte der Welt seine verletzliche Brust – und seinen Bauch. Unfassbar. Sein Bruder angelte spielerisch mit der Tatze nach seinem Schwanz, richtete sich dann aber auf und schaute in eine andere Richtung.

Ich folgte seinem Blick, und auch Dave zeigte mit dem Finger nach rechts. Hinter einem Busch trat eine Löwin hervor, dann noch eine. Völlig gelassen schritten sie an den Löwen-Männchen vorbei, direkt auf uns zu. Und hinter ihnen: zwei Löwenjunge. Der eine Löwe rollte sich von der einen auf die andere Seite und sah ihnen kopfüber hinterher. Derweil kamen die beiden Löwinnen unserem Wagen immer näher. Und – es erschien noch eine dritte. Und ein weiteres Junges. Sie waren nicht mehr weit von uns entfernt.

Sollten wir nicht langsam die Flucht ergreifen? Mir wurde es mulmig. Fünf erwachsene Löwen und drei Junge. Sind nicht gerade die Mütter die Beschützerinnen ihres Nachwuchses? Was, wenn sie ihre Jungen gegen uns verteidigen wollen?

Jetzt waren sie so nah, dass auch ich mein Handy zückte. Mein Blick fiel auf Aaron. Sein schwarzes Gesicht strahlte, die weißen Zähne blitzten. Er drehte sich zu uns um: »They are my friends«, sagte er, und es klang so stolz, als ob er ein echtes Mitglied des Rudels wäre. Ich fotografierte auch ihn, derweil streiften die Löwen direkt vor der Motorhaube unseres Defenders vorbei auf die andere Seite. Dort lagen einige von Elefanten gefällte Bäume kreuz und quer wie Mikado-Stangen herum, das schien ihr Ziel zu sein: der Spielplatz für die Kleinen. Während sich die Weibchen niederließen, sich eines der Kleinen noch einmal Milch-Nachschub an der Zitze einer der Löwinnen holte und sie währenddessen seinen Kopf genüsslich ableckte, kletterten die beiden anderen schon auf den Stämmen herum, fingen sich gegenseitig, fielen herunter, spielten miteinander, jagten sich und empfingen das nachkommende Löwenbaby hoch auf den Hinterbeinen aufgerichtet zum Spiel. Der eine spreizte seine kleinen Tatzen, der andere kippte direkt um. Es war so drollig, dass man wirklich vergaß, wo und vor allem wer man war, ein Zuschauer und eigentlich ein Fremdkörper in dieser afrikanischen Idylle.

»Thank you«, sagte ich inbrünstig zu Dave und Aaron.

»Yes, thank you!«, schloss sich auch Karin an. Dem hochmütigen Blick der beiden jungen Frauen vor mir entnahm ich, dass dies, da bezahlt, doch wohl selbstverständlich zum Programm gehörte. Ich mochte sie nicht, das spürte ich immer deutlicher.

Lass dich nicht beeinflussen, sagte ich mir, aber ich bin halt so ein Typ, ich mag Harmonie und gegenseitiges Einverständnis, alles andere belastet mich. Immerhin schaffte ich es, diese Gedanken abzuschütteln und den Moment zu genießen. Blende diese beiden hochnäsigen Personen aus und beschränke dich auf den Genuss. Mit allen Sinnen.

Und das tat ich dann auch.

Als Dave den Wagen wieder startete, hatte sich der Himmel verändert. Es wurde langsam dunkel. Die Jungen kuschelten sich an ihre Mütter, die beiden Löwenmännchen erhoben sich und strecken sich ausgiebig. Der eine gähnte herzhaft, zeigte dabei sein unglaubliches Gebiss und kam langsam auf uns zu. Seine bernsteinfarbenen Augen hatten uns so fest im Blick, dass ich kaum hinsehen mochte. Wenn ich ihn genauso anstarre wie er mich, dann muss er doch merken, dass ich ein lebendiges Wesen bin?

Er lief an der Längsseite des Land Rovers vorbei, und ich bemühte mich, das ganze Tier zu sehen, und löste mich von seinen Augen. Da blieb er stehen und sah mich an. Nur mich. Und ich konnte nicht anders, ich gab seinen Blick zurück. Es kam mir wie eine Zwiesprache vor, und ich dachte, dass nun etwas passieren müsste. Mein ganzer Körper stand unter Hochspannung, bis er den entscheidenden Schritt tat und weiterlief. Es war ein mystischer Moment, etwas Spirituelles. Sollte mir diese Begegnung etwas sagen? Irgendetwas in mir verkrampfte sich. Dann holte ich tief Luft und blickte ihm nach. Er ging um die Löwinnen herum, blieb hinter ihnen stehen und drehte sich noch einmal um. Zu mir. Mein Atem stockte. Gleichzeitig schlug er einige Male mit seinem Schwanz, sodass die Fellquaste zu fliegen schien, und verschwand schließlich hinter einigen Büschen. Ich konnte mich kaum von diesem Anblick lösen. Noch immer starrte ich auf die Stelle, an der er verschwunden war. Am liebsten wäre ich hinterhergegangen. Als seine Gefährtin.

Mein Gott, was dachte ich da nur?

Dave wendete den Wagen, und ich kam in die Wirklichkeit zurück. Auch der zweite Löwe steuerte nun auf die Büsche zu, hinter denen sein Bruder verschwunden war. Es würde bald Nacht werden, Zeit für die Jagd.

Wir fuhren eine gute Weile weiter, aber ich nahm nicht mehr viel auf, zu sehr hing ich dieser Begegnung nach. Erst als Dave den Wagen anhielt, tauchte ich wieder aus meinen Gedanken auf. Es war ein sandiger Platz, der uns einen freien Blick zu den Bergen weit im Hintergrund schenkte. Dave lud uns zum Aussteigen ein. Während alle vom Land Rover kletterten, blieb ich noch sitzen. Wo sollten wir jetzt hin?

»Time for a sundowner«, klärte er mich auf, und ich stieg ebenfalls aus.

Gut, das muss man ja wissen.

Aaron holte ein paar Kisten aus dem Wagen, baute einen Klapptisch auf, breitete ein weißes Tischtuch darüber, stellte einige Schüsseln mit unterschiedlichen Snacks darauf, während Dave nach unseren Getränkewünschen fragte.

Ich wusste nicht, was man normalerweise bei einem Sundowner so trinkt, und deshalb erklärte er mir, entweder Bier oder Wein, Weißwein, Rotwein, sie hätten alles da. Klassisch sei allerdings ein Gin-Tonic.

Dann hätte ich es gern klassisch. Kurz darauf reichte er mir einen kühlen Zinnbecher und zudem einen Teller voll dunkelroter, klein geschnittener Fleischstücke. Getrocknetes Gnufleisch, sagte er mir, das solle ich dazu probieren.

Na denn, dachte ich, ich habe noch kein lebendes Gnu gesehen, esse es aber schon. Es schmeckte leicht salzig, war hart und nicht auf den ersten Bissen meine Lieblingsspeise. Aber gut, es mag schließlich auch nicht jeder Kutteln. Da muss man durch.

Mit Karin und deren Tochter Madeleine stand ich mit meinem Becher in der Hand am Rand des Parkplatzes, und wir beobachteten, wie die Sonne langsam hinter den hohen Bergen unterging und alles in ein goldgelbes Licht tauchte.

»Das sind die Drakensberge«, klärte Karin mich auf.

»Wunderschön«, sagte ich, und wir drei stießen miteinander an. Ich erfuhr, dass Mutter und Tochter jedes Jahr einmal miteinander unterwegs waren. Meist hier, denn diese Gegend gefalle ihnen am besten, und die Game-Drives seien einfach unbeschreiblich schön.

Komisch, dachte ich, dabei sah gerade sie mit ihrer Goldkette, dem teuren Armband, der lockeren Jogginghose aus Seide und dem Kaschmirschal eher nach Goßstadt-Shopping als nach Wildnis aus. Vielleicht ist das hier für sie aber auch alles so selbstverständlich, dass sie sich nicht mehr safarimäßig verkleiden will. Ich sah mich nach den beiden anderen Frauen um, sie saßen schon wieder im Auto und warteten augenscheinlich darauf, dass es weiterging.

Die Dunkelheit kam schnell, und als wir zurückfuhren, leuchtete Aaron mit einer starken Taschenlampe die Bäume ab. Zwischendurch traf der Lichtstrahl auf Augen, die wie eigene Lichtquellen zurückblitzen. »Allen-Galago«, erklärte

Dave. »Sie sehen nachts sehr gut, und die Reflektoren in ihren Augen werfen unser Licht zurück.«

Ich erkannte im Lichtstrahl niedliche, bräunliche Tiere, die sich wie Äffchen an den Bäumen festklammerten, klein mit buschigem Schwanz und riesigen Augen. Und wir sahen eine Menge Impalas, die, geblendet vom Licht, neben dem Weg stehen blieben und uns einfach nur nachsahen. Der Gedanke, dass nun Löwen und Hyänen durch die Nacht schlichen, ließ mich nicht los. Wie viele dieser süßen Impala-Kitze würden die Nacht wohl überleben? Aber auch die Löwen-Jungen wollen groß werden, sagte ich mir. Ich schüttelte den Gedanken ab, er brachte mich nicht weiter.

Nico und seine Mitarbeiter empfingen uns im Eingang zum Haupthaus mit warmen, feuchten Tüchern und einem kühlen Drink. Das Tuch erfrischte mich, und durch den offenen Eingang hindurch sah ich, dass auf der Terrasse bereits ein Lagerfeuer in einer großen Eisenpfanne loderte.

»Zum Kennenlernen«, sagte Nico und wies zu dem Feuer. Etwa zwanzig Stühle waren darum herum aufgereiht worden, klassische Afrika-Stühle, wie ich sie aus dem Fernsehen kannte, aus Bambusholz und Leder. Ich ging zunächst mal an dem Feuer vorbei zum Geländer. Das Flussbett konnte ich in der Dunkelheit nur noch vage erkennen, aber über mir breitete sich nun dieser viel beschriebene afrikanische Himmel aus. Es blinkte überall, und zunächst dachte ich, es müssten Flugzeuge sein. Blödsinn. Sie blinken nicht, es waren nur einfach Abertausende von Sternen, die sich über mir ausbreiteten. Und dann die Geräusche. Sie waren ganz anders als am Tag, dieses gleichförmige Gesumme war weg, es knirschte und knackte und ich hörte Tierstimmen, die ich nicht einordnen konnte.

Eine große Ruhe breitete sich in mir aus. Ich fühlte mich schwerelos, ganz in mir selbst angekommen, ein wunderbares Gefühl.

»Kommen Sie?« Nico stand neben mir.

»Ein Traum«, sagte ich und machte eine allumfassende Handbewegung. »Sehen Sie das überhaupt noch? Kann man das noch genießen, wenn man hier lebt?«

Er nickte. »Ich bin in einer Großstadt aufgewachsen, um mich herum nur hohe Häuser, ein kleines Fleckchen Grün vor unserem Wohnblock mit einem Schild: Betreten verboten.« Er sah mir in die Augen. »Dies hier ist auch mein Traum!«

»Freiheit für die Seele«, sagte ich, einer spontanen Eingebung folgend.

»Ja«, stimmte er mir zu, »so könnte ich es auch ausdrücken.« Dann wies er zu dem Lagerfeuer. »Es sind noch ein paar junge Gäste angereist, wenn Sie sich setzen mögen?«

Ich mochte nicht, tat es aber trotzdem. Lieber wäre ich mit meinen Gedanken alleine geblieben. Nico führte mich zu einem der Stühle, die meisten waren schon besetzt. John und Ellen, Karin und ihre Tochter Madeleine saßen leider genau auf der anderen Seite des Feuers, links neben mir waren noch zwei Sitze frei, dann kamen zwei junge Pärchen, die ich noch nicht gesehen hatte, und rechts neben mir saßen einige Gäste, die heute im anderen Geländewagen unterwegs gewesen waren, dahinter die beiden jungen, unnahbaren Frauen. Ich gab meinem Nachbarn die Hand und stellte mich vor. Ich schätzte ihn so Mitte fünfzig. Er sei Spanier und spreche kaum Englisch, erklärte er mir radebrechend. Und seine Frau auch nicht. Gut so, dachte ich, dann kann ich wieder in meine Gedankenwelt versinken und brauche keine mühsamen Dialoge aufrechtzuerhalten.

Eine junge Frau ging herum und fragte nach den Getränkewünschen. Eigentlich hätte ich gern ein Glas Rotwein gehabt, aber das sparte ich mir besser bis zum Abendessen auf. Nicht zu viel Alkohol, sagte ich mir und bestellte stattdessen ein Glas Wasser.

Nico erklärte kurz, warum wir hier ums Lagerfeuer versammelt waren: kennenlernen untereinander. Im Anschluss würden an verschiedenen Plätzen kleine Tische gedeckt, romantisches Candle-Light-Dinner unter dem üppigen Sternenhimmel.

Also doch nicht unbedingt eine Reise für Singles, dachte ich. Manchmal ist das Leben zu zweit eindeutig schöner. Aber bevor die Mutlosigkeit allzu mächtig würde, beschloss ich, mich hier im Kreis ein bisschen einzubringen.

Gerade stellte sich der eine Neuankömmling, ich schätzte ihn auf Mitte dreißig, auf Englisch in der Runde vor. Er sprach so schnell und sicher, dass ich auf einen Amerikaner tippte. Oder Engländer. Jedenfalls konnte ich seinem Redefluss kaum folgen, aber dann hörte ich, dass er, Mark, und seine Freunde aus Frankfurt stammten, Frankfurt am Main, und auf einer Afrika-Rundreise waren.

Frankfurt. Ich war wirklich erstaunt. Auch nicht schlecht, dachte ich, dann gab es zumindest Gäste, mit denen ich Deutsch reden konnte. Er gab den Vorstellungsball weiter an Ellen und John, danach erklärte Karin, woher sie und ihre Tochter stammten – und langsam wurde ich nervös. Oje, dann musste ich in dieser Runde also auf Englisch erklären, wer ich war, woher ich kam und warum ich ausgerechnet in dieser Lodge gelandet war. Ich spürte schon, wie meine Handinnenflächen feucht wurden. Ich bin sowieso nicht der Typ, der sich vorn irgendwo hinstellt, das habe ich mein Leben lang vermieden. Aber jetzt? Außerdem war ich die Letzte in der Reihe, mein Englisch-Gebrabbel würde in Erinnerung bleiben. Vor allem bei den beiden jungen Frauen, die mich sowieso schon für minderbemittelt hielten.

Egal, sagte ich mir, die Spanier neben mir sprechen noch schlechter.

Aber es nützte nichts, die Aufregung wuchs. Ach Gott, würde ich doch schon an meinem einsamen Candle-Light-Dinner-Tisch sitzen und hätte das Ganze hinter mir.

Aber nun waren die beiden jungen Frauen dran, und eine von ihnen erwachte plötzlich zum Leben. Sie richtete sich direkt an den Deutschen und fragte ihn, ob er in Frankfurt im Bankwesen sei. Als er bejahte, Investment, kam sie richtig in Schwung. Sie sei Sarah, und dies sei ihre Freundin Laura, beide arbeiteten sie in New York, Fifth Avenue, im Headquarter der größten und umsatzstärksten Wirtschaftsprüfungsgesellschaft der Welt.

Ich hörte nur »Fifth Avenue« und konnte mir ungefähr vorstellen, wie die beiden zu ihren Safari-Outfits kamen, während sich Mark sofort vorbeugte und genau wusste, von welchem internationalen Unternehmen die Rede war. Daraufhin blühte Sarah augenscheinlich auf. Sie streckte ihren Körper und gab ein paar Insider-Kalauer zum Besten, auf die von den deutschen Kollegen auf der anderen Seite des Feuers lautes Gelächter folgte. Dabei sprach sie so hoch, klar und dozierend, dass ich den Eindruck hatte, sie hielte einen Vortrag. Ziemlich schnell spielten wir anderen keine Rolle mehr. Ich entspannte mich. Auch gut. Also hatte die Anerkennung gefehlt, die Anerkennung, dass Sarah und Laura in der Gruppe der doofen Touris etwas Besonderes darstellten, sich durch ihren Job vom Durchschnitt der Menschheit deutlich abhoben. Jetzt konnte Sarah es endlich zum Ausdruck bringen und blühte sichtlich auf.

Mein Spanier zur Rechten sah mich nach einer Weile an und wollte wissen: »What they talk?«

Das ist mein Niveau, stellte ich fest und erklärte ihm in ähnlichem Englisch, dass die Deutschen und die beiden New Yorkerinnen aus der Consulting-Branche waren und ein gemeinsames Thema gefunden hatten.

Er nickte und griff nach der Hand seiner Frau. Die Geste berührte mich. Sie war so innig und vertraut, dass mir mein Alleinsein so richtig bewusst wurde.

»My wife hungry«, erklärte er mir. Wie rührend, er will mich einbinden. Wahrscheinlich tu ich ihm leid, so alleine. So ohne Mann.

Ich nickte seiner Frau zu. »Me too«, sagte ich schnell, denn es stimmte, auch ich war in der Zwischenzeit hungrig geworden, und siehe da, als hätten wir ein Signal ausgesandt, standen Ellen und John auf. Sarah und Laura setzten sich sofort auf deren Plätze und waren jetzt direkt an ihren Business-Gesprächspartnern dran.

»Good«, erklärte mein Sitznachbar, gab seiner Frau einen Kuss, und gemeinsam standen auch sie auf. »Good evening«, sagte er zu mir, und Hand in Hand gingen sie davon. Warum kann es nicht in jeder Beziehung so sein? Diese Harmonie, dieses gegenseitige Vertrauen?

Ich stand ebenfalls auf. Duschen, dachte ich, und dann ziehe ich für heute Abend mein neues weißes Leinenkleid an. Es passte zum Sternenhimmel, und mir war danach.

Mein Zelt war für die Nacht hergerichtet worden. Die Zeltfront, deren Eingang tagsüber komplett offen blieb, war für die Nacht mit einem Moskitonetz geschlossen, und rund um das Bett war das Moskitonetz ebenfalls heruntergelassen worden. Es sah heimelig aus. Eigentlich hätte ich jetzt Lust gehabt, die Außendusche zu benutzen. Ich stellte mir das schön vor, draußen unter dem Sternenhimmel bei diesen warmen Temperaturen ... Aber gleichzeitig dachte ich an Skorpione und Schlangen, über die ich gelesen hatte, und entschied mich gegen dieses Abenteuer. Vielleicht morgen, wenn ich mich schon besser eingelebt hatte. Andererseits, dachte ich, haben die Tiere wahrscheinlich genauso viel Angst vor mir wie ich vor ihnen. Und wahrscheinlich ist es auch besser, vor Menschen Angst zu haben. Selbst als Mensch.

Mein Tisch für das Candle-Light-Dinner wurde direkt neben dem beleuchteten Swimmingpool gerichtet. Damit ich in der Dunkelheit nicht so alleine sei, sagte Nico. Ich stand noch einmal auf, um zu sehen, wo denn die anderen so saßen. Tatsächlich. Treppen rauf, Treppen runter, überall an geschützten, lauschigen Plätzen standen nun Tische mit weißen Tischdecken und brennenden Kerzen in großen Silberleuchtern. Es sah edel und sehr feierlich aus. Aber nichts für mein Seelenheil, stellte ich fest, denn als ich wieder an meinen Tisch zurückkehrte, kam ich mir schon sehr einsam vor.

Die Tage vergingen. Tage voller neuer Eindrücke, voller wunderbarer Erfahrungen und dem Gefühl, dass ich mir selbst sehr wohl genug sein konnte. Doch die Nächte waren anders, sie gehorchten anderen Gesetzen, erfüllt von fremden Geräuschen. War das ein Löwengebrüll ganz in der Nähe? In der ersten Nacht schlief ich kaum, denn ein Gedanke jagte den nächsten. Ein Moskitonetz hält ja wohl keinen Löwen ab, dachte ich. Oder was, wenn so ein Elefantenbulle an den Stelzen rüttelt, auf denen mein Zelt steht? Wenn er Bäume umreißen konnte, würde das ja wohl kein Problem für ihn sein. Mit der Zeit aber wurde ich gelassener, schlief tief und fest und fing sogar an, Afrika und seine Geräusche in meine Träume einzubinden.

Ellen und John waren am zweiten Tag abgereist und hatten sich überaus herzlich von mir verabschiedet, inklusive Visitenkarte und der dringlichen Bitte, mich sofort zu melden, sollte ich jemals nach Connecticut kommen. Und natürlich sei ich dann ihr Gast, worauf sie sich jetzt schon freuten. Ich hatte eine Gegeneinladung ausgesprochen und zugleich gehofft, dass es nie eintreten würde. Wo sollte ich sie unterbringen? In meiner Rumpelkammer?

Bei den Pirschfahrten hatten sich die vier Deutschen und die beiden New Yorkerinnen zusammengetan und besetzten nun ihren eigenen Safari Defender. Ich hatte mich in der Zwischenzeit Karin und Madeleine angeschlossen und dabei erfahren, dass auch da nicht alles so golden war, wie es glänzte: Der Ehemann verdiente zwar viel Geld, hatte dafür aber keine Zeit für seine Familie. »Eigentlich bin ich eine Halbwaise«, hatte mir Madeleine nüchtern erklärt. Zumindest eine vermögende Halbwaise, antwortete ich im Stillen. Was sollte erst Lars sagen? Oder Felix?

Die Fressorgien der Raubtiere am Morgen fand ich wenig angenehm. Gestern waren wir nah an einer Löwenfamilie dran, die gerade einen erlegten Büffel zermalmte. Interessant fand ich dabei die Hackordnung untereinander – oder auch die Gelassenheit, mit der sich die Löwen, die nicht dran waren, entspannt danebenlegten und einfach abwarteten. Die Abend-Ausfahrten waren mir lieber. Nicht nur wegen des Sundowners, der zusammen mit den wunderbaren Sonnenuntergängen die Abende einleitete, sondern auch weil mir die Tiere relaxter erschienen. Oder weil ich sowieso kein Morgenmensch bin und mir das frühe Aufstehen um 5:30 Uhr einfach schwer fiel. Daran konnte auch ein fröhlich gerufenes »Good morning« des Personals nichts ändern. Und der morgendliche Tee schon dreimal nicht.

Insgesamt fühlte ich mich aber rundherum wohl und bedauerte nur, dass nun auch Karin und Madeleine abreisen würden. Es war unsere letzte gemeinsame Ausfahrt, und auch Karin schob mir ein Kärtchen mit der Aufforderung zu, mich auf jeden Fall zu melden, sollte ich jemals in Cape Town sein. Ich nickte artig, da bog unser Wagen um eine Kurve, und ich traute meinen Augen nicht: Eine Gruppe Reiter passierte unseren Weg. Ganz normale Pferde, ganz normale Menschen, Männer und Frauen – und das mitten im afrikanischen Busch! Eine Fata Morgana?

Dave hielt an, und der Anführer der Reitertruppe kam längsseits geritten. Sie begrüßten sich wie alte Bekannte, während der Rest der Gruppe sich abseits hielt. Sechs Reiter zählte ich, Männer und Frauen. Pferde! Wie bitte? Sind das nicht auch Beutetiere? Was ist mit den Löwen, mit den Leoparden, den Geparden, den Hyänen? Was ist mit so angriffslustigen Tieren wie den Afrikanischen Büffeln? Nicht umsonst gehörten sie ja neben den Elefanten, den Nashörnern, den Löwen und Leoparden zu den Big Five, wie Dave erklärt hatte. Und da ritten die so einfach in der Gegend herum? Das war doch lebensgefährlich!

Ich betrachtete den Anführer, unter dessen Knie eine kurze Bullenpeitsche steckte und der sich ein Gewehr umgehängt hatte, den Riemen quer über der Brust.

Oder jagen sie? Das konnte ich mir nicht vorstellen, hier stehen die Tiere ja unter Schutz. Also doch zur Verteidigung. Aber das alleine sagte ja schon was aus …

Ich würde Dave nachher fragen. Als die beiden sich verabschiedeten, wendeten die Reiter ihre Pferde und verschwanden wieder im Busch. Schon kurz darauf war nichts mehr von ihnen zu sehen.

Ich war nicht die Einzige, deren Neugier geweckt war. Madeleine fragte nach. Und wir erfuhren, dass diese Truppe einen Fünf-Tages-Ritt machte und dabei täglich in einem anderen Camp übernachtete. Heute würden sie auf Garonga sein, die Vorbereitungen für die Unterbringung der Pferde liefen schon.

Wahnsinn, dachte ich und spürte mein Herz schneller schlagen. Was für ein Zufall. Auf diese Begegnung freute ich mich schon. Madeleine offensichtlich auch. »Zu Hause reite ich auch«, erklärte sie mir strahlend, »aber dass es hier so etwas gibt, habe ich nicht gewusst.«

Während unseres Sundowners war die Reitergruppe das beherrschende Gesprächsthema. Dave erzählte, dass Philip und seine Frau vor zwanzig Jahren aus Stuttgart hierhergekommen waren und diese Pferdesafari gegründet hatten. Seither hatten sie so viel Erfahrung gesammelt, dass es immer mehr interessierte Reiter gab. Und zwar international.

»Und wo ist deren Camp?«, wollte Madeleine wissen.

»Die Lodge heißt WAIT A LITTLE«, erklärte Dave. »Sieben Reitstunden von hier auf dem direkten Weg. Aber natürlich reitet Philip so viele Umwege, dass man tagelang unterwegs sein kann. Morgen werden sie allerdings direkt zurückreiten, Garonga ist ihre Endstation.«

Und auf diesem Weg erfuhren wir auch, dass die Dornbüsche auf Afrikaans Wait-a-little hießen. Das bedeutete, solltest du dich in seinen Dornen verfangen haben, musst du dich gedulden, um wieder heil herauszukommen.

Ich fand das sinnig und freute mich auf den Abend. Hoffentlich würden wir mit den Reitern ins Gespräch kommen, und hoffentlich hatten sie keinen solchen Dünkel wie unsere beiden Consulting-Ladys, dachte ich.

»Da mag ich auch mal dabei sein«, versuchte derweil Madeleine ihrer Mutter ein Reiter-Abenteuer schmackhaft zu machen.

»Ja, die Pferde sahen sehr gut aus«, stimmte Karin zu, »sehr gepflegt. Muskulös, gute Hufe, gesund, lebhaft.«

Ich staunte. Aber dann wurde mir klar, dass die Wahrscheinlichkeit einer sachkundigen Mutter bei einer reitenden Tochter groß sein musste.

»Dann darf ich?«, freute sich Madeleine, und ihre bisherige Zurückhaltung war wie weggeblasen.

Karin legte den Arm um sie. »Wenn du dein Examen in der Tasche hast ...«

Immer die Erpressungen, dachte ich. Wenn du dies, wenn du das, dann ... Das Bestrafungs- und Belohnungsprinzip.

Als hätte sie es gespürt, schloss sie ihre Tochter in die Arme und flüsterte ihr so laut ins Ohr, dass ich es hören konnte: »Wir erkundigen uns heute Abend bei diesem Philip. Und wenn es uns gefällt, wagen wir beide das ganz große Abenteuer. Was sagst du?«

»Du?« Madeleine klang erstaunt und löste sich etwas von ihrer Mutter, um ihr in die Augen sehen zu können.

»Warum nicht?«, lachte Karin, »schließlich war ich auch mal eine erfolgreiche Reiterin, und Angst vor großen Tieren hatte ich noch nie.« Dabei zwinkerte sie mir zu, und ich zwinkerte zurück.

Ach, wie schön, fand ich und dachte an Lars und seinen Vorschlag eines Urlaubs zu dritt. Vielleicht waren Mütter-Töchter-Beziehungen doch inniger?

Es war schon dunkel, als wir zurück zur Lodge kamen. Das große Eingangstor in dem steinernen Rundbogen stand wie immer offen, und wie immer fuhren wir schwungvoll hindurch. Doch aus dem Augenwinkel sah ich eine enorme Silhouette und hätte schwören können, dass es ein Elefant war. Ganz im Schatten des Tores, direkt dahinter.

Sollte ich was sagen?

Aber was, wenn es nur eine Sinnestäuschung war? Ich wollte mich ja nicht lächerlich machen. Beim Aussteigen wies ich Dave leise darauf hin, und er versprach, sich darum zu kümmern, und gab es an Aaron weiter. Dieser nickte und begann die großen Getränkeboxen auszuladen. Ich konnte mir denken, dass die beiden mich nicht ernst nahmen, und ließ es dabei bewenden. Wieso sollte sich ein Elefant auch ausgerechnet in unser Camp verirren? Meistens waren sie doch als Familie unterwegs, zumindest hatte ich noch keinen Einzelgänger gesehen.

Ich schüttelte den Gedanken ab und genoss meine Außendusche unter dem Sternenzelt, es war herrlich, unter dem warmen Wasserstrahl zu stehen und nach oben in ferne Galaxien zu blicken. Das ist Leben, dachte ich, richtiges Leben. Ich trocknete mich ab, cremte meinen Körper ein und überlegte, was ich anziehen sollte. Es war eine warme Nacht, nach den 27 Grad des Tages hatte es nicht sehr abgekühlt. Also entschied ich mich für ein Kleid. Das weiße Leinenkleid noch einmal? Ich hatte das gleiche Modell auch in rot und in dunkelblau gekauft, weil das ein spezielles Angebot gewesen war: Kauf zwei, dann bekommst du eines geschenkt. Das war mir gerade recht gewesen. Außerdem fand ich alle drei wirklich hübsch. Sie hatten einen tiefen, ovalen Halsausschnitt, der leicht über die Schultern ging und von einer breiten Borte eingefasst war, was dem Kleid etwas Besonderes gab. Ein bisschen Kleopatra, fand ich. Ansonsten war es sportlich körperbetont geschnitten und endete direkt über dem Knie. Ich betrachtete mich nackt im Spiegel. Inzwischen war ich gebräunt, also könnte das rote Exemplar gut zur Geltung kommen. Ich hielt mir abwechselnd das rote, das weiße und das blaue vor den Körper und entschied mich schließlich für das rote. Dazu einen passenden Lippenstift und Wimperntusche, so fühlte ich mich gewappnet. Nur die Haare. So trug ich sie nun schon die ganze Zeit. Ich wagte einen frechen Versuch, verrieb Festiger in meinen Handflächen und strich mir die Haare streng hinter die Ohren. Das veränderte mich total, plötzlich sah ich irgendwie italienisch aus. Dunkler Typ aus dem Süden. Ich warf meinem Spiegelbild eine Kusshand zu und ging aus meinem Zelt.

Heute wurden wir alle zum Aperitif an die große Stein-Bar gebeten, die oberhalb des Restaurants ringförmig auf einem Hang gebaut worden war. Rechts und links der langen Steintreppe, die hinaufführte, brannten Fackeln, und auch der ganze obere Platz war von Kerzenlicht erhellt. Sie geben sich wirklich viel Mühe, dachte ich und trat in das halb offene Rund der Bar. Zwei Angestellte standen mit Tabletts am Eingang und reichten jedem Neuankömmling ein Glas Sekt.

Viele waren noch nicht erschienen. Die deutsche Truppe mit den beiden New Yorkerinnen hatte sich im hinteren Teil einige Stühle zusammengezogen, Karin und Madeleine fehlten noch, und an der Bar standen einige Gäste, mit denen ich bisher kaum Kontakt gehabt hatte. Was nicht ist, kann ja noch werden, dachte ich und beschloss, mich einfach mal dazuzustellen. Bevor ich dort war, kam Nico auf mich zu und fragte mich, ob alles zu meiner Zufriedenheit sei, ob ich den Aufenthalt genießen könne?

»Ja, sehr!«, bekräftigte ich. »Es ist …« Doch im Moment fehlten mir die passenden Worte.

»Haben Sie es sich so vorgestellt?«, wollte er wissen.

»Ich hatte eigentliche gar keine Vorstellung«, gab ich zu. »Nicht von den Pirschfahrten, diese Faszination, wohin man auch blickt, und auch nicht von den Nächten in einem Zelt und überhaupt.« Ich musste lachen. »Ich glaube, es ist etwas, nach dem man süchtig werden kann.«

»Schön«, sagte er, »das freut mich!« Sein Blick ging an mir vorbei zum Eingang. »Entschuldigen Sie mich kurz?«

Ich blickte ihm nach. Eine neue Gruppe bekam eben Sekt gereicht. Nico und der Mann an der Spitze dieser Gesellschaft begrüßten sich freundschaftlich mit einer herzlichen Umarmung, und ich erkannte in ihm den Reiter vom Nachmittag, Philip. Augenblicklich fing mein Herz an, schneller zu schlagen. Wow, dachte ich, das sind sie nun also. Wie toll. Vielleicht komme ich ja mit ihnen ins Gespräch …

Ich überlegte gerade, ob ich Philip direkt ansprechen sollte oder einfach die blonde Frau, die mit dem Glas in der Hand so fröhlich lachte, da stürmte Madeleine zum Eingang herein und hätte fast einen der Kellner mitsamt seinen Sektgläsern umgestoßen.

»Draußen läuft ein Elefant!«, rief sie. »Oberhalb des Fußwegs, ganz nah an unserem Zelt!«

Augenblicklich war es still, dann erhob sich ein Stimmengewirr, und alle strömten zusammen, während Nico nach seinem Walkie-Talkie griff.

»Die Pferde!«, rief ein hoch aufgeschossener Mann neben Philip, und Philip fragte Madeleine: »Hast du ihn gerochen? Riecht er streng nach Urin? Dann wäre es ein Bulle in Musth und dann wäre es nicht lustig!«

»Nein«, sagte Madeleine aufgeregt, »ich habe nichts gerochen. Wir kamen aus dem Zelt, und da stand er plötzlich. Direkt vor uns. Mama ist ins Zelt zurück, und ich bin losgelaufen.«

»Bleibt am besten alle hier«, rief Nico den Gästen zu, »hier passiert euch nichts, wir regeln das. Es wird der junge Bulle sein, der uns schon einmal beehrt hat!«

Er machte noch ein paar beruhigende Gesten, aber dann lief er hinaus, gefolgt von den Reitern, die offensichtlich nach ihren Pferden sehen wollten. Ich schloss mich ihnen einfach an, und mit einem Blick über die Schulter sah ich, dass sich auch die anderen diese Attraktion nicht entgehen lassen wollten: ein Elefant im Garten – das hat man schließlich nicht alle Tage! Und, ich bin mir sicher, es ist *mein* Elefant. Es hat mir nur niemand geglaubt ... Wir waren kaum losgelaufen, da sahen wir ihn. Es war wirklich unglaublich. Oberhalb des Weges schlenderte er recht gelassen, wie es schien, durch die niedrigen Sträucher. Man hörte das leise Knacken der Äste, ansonsten bewegte er sich lautlos. Dann blieb er stehen. Er hatte uns gehört und wandte den Kopf zu uns um. Da er etwas oberhalb von uns stand, sah er gewaltig aus. Er wedelte mit seinen Ohren, und seine Stoßzähne schimmerten im schwachen Licht der Wegbeleuchtung. Und, tatsächlich, er war recht nah an eines der Zelte herangekommen, und auch die anderen lagen in seiner Richtung.

Nico drehte sich beschwörend zu seinen Verfolgern um. »Go back«, sagte er. »Im Angriff sind Elefanten schnell. Schneller als wir. An der Bar ist es sicher!«

Einige befolgten seine Anweisung, ich nicht, denn die Reiter kehrten auch nicht um. In der Zwischenzeit waren die alarmierten Ranger dazu gekommen.

Wie würden sie es nun schaffen, den Elefanten von seinem Weg abzubringen? Ich war gespannt. Sie bildeten vor den Zelten eine Reihe und gingen sehr langsam und geschlossen auf ihn zu. Er sollte sich also umdrehen. Das tat er auch, aber dann lief er los. Geradewegs auf uns zu. Ich stand wie angewurzelt, da riss mich eine Hand zur Seite. Der Bulle preschte dicht an uns vorbei, allerdings nicht in Richtung Ausgang, sondern den Hang hinunter zum Restaurant.

»Be careful«, sagte der hoch aufgeschossene Mann neben mir, und ich stammelte: »Thank you!«

»Wenn er auf dem unteren Weg weiterläuft«, rief Philip, »kommt er direkt zu den Pferden!« Er fing an zu rennen, den oberen Weg entlang, wohl um vor dem Bullen an der Pferdekoppel zu sein. Die anderen rannten ihm hinterher – und ich auch. Warum, wusste ich nicht genau. Vielleicht war es einfach nur die Angst, völlig alleine zurück zu bleiben.

Kurz vor dem steinernen Torbogen änderte Philip die Richtung und lief uns voraus quer über den großen Parkplatz. Im Näherkommen nahm ich nun die Behelfskoppel wahr, die auf dem Gelände hinter dem Parkplatz aus mobilen Zäunen angelegt worden war. Und im Licht einiger provisorischer Lampen erkannte ich die Pferde, wie sie friedlich an den ausgelegten Heuballen zupften, sich gegenseitig kraulten oder neckten. Jetzt, da wir alle auf sie zukamen, reckten sie neugierig die Köpfe. Neben der Koppel stand ein Land Rover mit einem langen, an der Seite offenen Anhänger für die Sättel und das Pferdefutter. Ein Schwarzer in Kakikleidung kam uns entgegen. »Ich habe schon gehört«, rief er. »Aber das hier liegt nicht auf seiner Route.«

»Danke, Said, besser ist, wir passen auf.« Philip bat alle, möglichst in der Nähe des schützenden Anhängers zu bleiben, dann holte er seine Bullenpeitsche aus dem Geländewagen, die ich am Nachmittag schon an ihm gesehen hatte.

»Damit will er einen Elefanten vertreiben?«, fragte ich den Mann neben mir, der mich zuvor so fürsorglich beiseitegezogen hatte.

»Das kann er«, bestätigte er. »Das hat er schon mal bei einem Bullen in Musth gemacht, der uns bei einem Ausritt angegriffen hat. Philips Pferd war bei der schnellen Drehung zum angreifenden Elefanten hin ausgerutscht und gestürzt, da ist er aufgesprungen und hat sich mit der knallenden Peitsche vor den Bullen gestellt. Wenn der durchgebrettert wär, hätten wir keine Chance gehabt. Erstaunlicherweise hat er abgedreht.«

Ich mag mir das nicht vorstellen. »Was ist denn eigentlich ein Elefant in Musth?«, wollte ich wissen.

»Das sind Verhaltensänderungen bei Bullen«, erklärte er, »durch zu viel Testosteron. Sie werden dann höchst aggressiv und greifen alles an, was ihnen in den Weg kommt. Das hat nichts mit einem Paarungstrieb zu tun, es hat hormonelle Gründe. Ein Bulle in Musth produziert bis zu 60-mal mehr Testosteron als ein normaler Bulle. Die Tiere drehen dann einfach durch. Vielleicht haben sie durch diese körperliche

Veränderung auch Schmerzen, das weiß man nicht. Jedenfalls kann das Tage, aber auch Monate dauern. Man erkennt die Musth schon von Weitem, weil sie penetrant nach Urin riechen.«

»Ach, deshalb hat Philip vorhin nach dem Urin-Geruch gefragt.«

Der Mann neben mir nickte. »Dieser hier scheint aber einfach nur ein Jungbulle zu sein, der ein kleines Abenteuer sucht!«

»Kleines Abenteuer«, wiederholte ich. »Für mich auch ...«

Ich sah im Halbdunkel, wie er lächelte. Er war groß und recht schlank, hatte markante Gesichtszüge, zurückgekämmte Haare und trug ein blau-weiß gestreiftes Hemd.

»Ich bin Mike«, sagte er und reichte mir die Hand.

»Steffi«, sagte ich und ergriff sie.

»Reiten Sie auch?«, wollte eine Frauenstimme hinter mir wissen. Ich drehte mich um.

»Nein, ich muss gestehen, ich war nur neugierig.«

Es war die blonde Frau, die ich schon in der Bar gesehen hatte. Sie lächelte mir zu.

»Gabriele, Steffi«, stellte Mike uns einander vor.

»Ich habe Ihre Truppe heute Nachmittag gesehen. Und das hat mich ehrlich erstaunt«, erklärte ich.

»Dann waren Sie in dem Defender? Mit Dave?«

»Genau!«

Saids Walkie-Talkie brummte, und ich hörte Sprachfetzen, die ich nicht verstehen konnte. »Hi, Boss«, rief er zu Philip, der einige Meter von uns entfernt das Gelände beobachtete. »Er ist zum Flussbett runter. Sie geben Entwarnung.«

»Besser einen Elefanten als Löwen«, bemerkte Mike trocken. »Das hatten wir bei einem Sleep Out auch schon mal.«

Gabriele nickte. »So eine Pferdesafari kann schon spannend sein.«

»Löwen?« Ich schüttelte mich. »Sleep Out? Was ist denn das?«

»Pferde und Menschen schlafen draußen. Wir schlafen in einer Art offener Höhle, und die Pferde sind draußen an Führleinen frei beweglich.«

Ich musste sie mit großen Augen angeschaut haben, denn sie zuckte mit den Schultern.

»Und warum macht man so was? Ist doch gefährlich«, wollte ich wissen.

»Adrenalin?« Die Frau sah Mike fragend an. »Und die Tierwelt präsentiert sich für einen Reiter völlig anders als für einen Menschen im Auto.«

»Gabriele hat recht«, ergänzte Mike. »Das ist das eine. Und Philip. Philip ist unsere Lebensversicherung. Er macht das seit zwanzig Jahren und kennt sich mit den Verhaltensweisen der Tiere aus. Und im Übrigen auch mit den Verhaltensweisen der Menschen, denn die sind manchmal gefährlicher, sagt er.«

Ich musste lachen. »Ja, das denke ich auch manchmal.«

»Alles gut«, Philip kam wieder auf uns zu, »ach, haben wir ein neues Mitglied?«

Auch die anderen sahen mich jetzt interessiert an.

»Das ist Steffi«, klärte Mike auf. »Sie hat uns heute Nachmittag gesehen, als sie mit Dave im Land Rover unterwegs war, und sie kann sich nicht vorstellen, wie man auf so eine abwegige Idee kommen kann, auf einem Pferd durch den Busch zu reiten.«

»Recht hat sie«, sagte Philip und nickte mir zu. »Aber ein Leben ohne Verrücktheiten wäre doch ziemlich eintönig, nicht wahr?«

Ich konnte nicht widersprechen.

»Dann gehen wir jetzt wohl endlich was trinken«, schlug eine männliche Stimme vor, und als alle zustimmend lachten, verabschiedeten wir uns mit einem letzten Blick auf die Pferde von Said, dem Wächter, der uns jetzt entspannt zuwinkte.

Das war eine Gemeinschaft, die mir lag, das merkte ich, sobald wir wieder in der Bar standen. Sie redeten nicht darüber, wer sie waren oder was sie hatten, sondern einfach nur über die Tiere, über ihre Erlebnisse und über den nächtlichen Sternenhimmel beim Sleep Out. Ständig gab es etwas zu lachen, und trinkfest waren sie auch, das stellte ich recht schnell fest. Ich freute mich, dass ich so ohne Weiteres aufgenommen wurde, und auch Madeleine und Karin waren dazugestoßen. Madeleine war schon voll im Pferdesafari-Fieber und fragte Philip mit roten Wangen Löcher in den Bauch. Karin unterhielt sich mit einer schlanken Frau, die ihre Schwester hätte sein können, und ich stand bei Mike, Gabriele und einem zurückhaltenden Schweizer, der sich als Frank vorstellte. Inzwischen waren wir zum lockeren Du übergegangen. Unter Reitern sei das sowieso so, hatte Gabriele mich aufgeklärt.

»Löwen«, wollte ich wissen, »ernsthaft?«

Die drei warfen sich Blicke zu. Gabriele mit ihrem ansteckenden Lachen und den blitzenden Augen fasste Frank am Arm. »Er hier«, erklärte sie mir, »ritt als Schlusslicht. Normalerweise reitet da ein Back-up-Reiter vom Camp, ich weiß grad gar nicht, wo der war, jedenfalls schnaubte Franks Pferd, also drehte er sich um und meldete nach vorn, so entspannt, als würde ein Hase hinter uns her hoppeln: zwanzig Meter hinter mir ein Löwe!«

Ich hielt die Luft an. »Ja, und dann?«

»Dann waren es plötzlich sieben«, schilderte Mike, »und wir mitten drin.«

»Und dann? Philip hat doch ein Gewehr«, wollte ich wissen.

»Er sagt, wenn er das jemals benutzen müsste, wäre es eine Bankrotterklärung für alles, was er seit zwanzig Jahren hier gelernt hat. Dann würde er aufhören.«

»Ja ... aber ...«

»Er ist gegen die Löwin los, die Chefin, die das Rudel anführte.«

»Ich werd verrückt. Die anderen könnten aber doch auch angreifen?«

»Sie schlichen um uns herum. Aber wenn wir im Pulk zusammenbleiben, sind wir optisch sowohl für Löwen als auch für Elefanten ein recht großer Haufen. Und Löwen achten auf das, was ihre Anführerin macht.«

»Und Philip? Wie hat er ... wieder mit der Peitsche?«

»Er lässt die Peitsche knallen, das verschafft Respekt. Und für uns andere gilt, nicht vor und nicht zurück. Zusammenbleiben.«

Ich richtete mich direkt an Gabriele neben mir. »Hast du nie Angst?«

»Nicht mehr als wir alle«, antwortete Mike an ihrer Stelle. »Vielleicht ist es wie Bungee-Springen. Steht man oben, hält man sich selbst für irre. Ist man unten angekommen, will man wieder rauf.«

Nico unterbrach uns. Er stand in der Mitte der Bar und bat um Aufmerksamkeit.

»Es mag sich vielleicht etwas seltsam anhören, aber wir essen heute im Flussbett. Wir haben dort heute Nachmittag eine große Tafel gerichtet, und es wäre schade, wenn wir das nun verlegen müssten.«

Einer der jungen Gäste fragte nach dem Elefanten, aber Nico schüttelte den Kopf. »Er ist weg, das ist sicher.«

»Meine Freundin und ich haben gestern das Outdoor-Bad genossen«, er schüttelte den Kopf, »wir haben uns gerade vorgestellt, wie es gewesen wäre, wenn der Bulle aus der Dunkelheit aufgetaucht wäre und aus unserer Badewanne getrunken hätte.«

Alle lachten, und ich wurde hellhörig. Eine Outdoor-Badewanne?

»Das ist noch nie passiert«, erklärte Nico. »Aber danke für den Tipp, vielleicht könnten wir es als besonderen Effekt einbauen?«

Wir gingen gemeinsam die Steintreppen hinunter, und Mike bot mir galant seinen Arm an.

»Wie muss ich mir denn eine Outdoor-Badewanne vorstellen«, fragte ich ihn, während ich aufpasste, wo ich hintrat.

»Die steht irgendwo dort hinten im Freien. Soll recht hübsch gemacht sein, auf gepflastertem Boden, mit einer halbrunden Mauer, Kerzenlicht und Champagner. Und mit dem Gefühl, mitten in der Wildnis ein Schaumbad zu nehmen. Zu zweit.«

»Offensichtlich kriege ich hier nichts mit«, sagte ich.

»Dann hast du das Baumhaus auch noch nicht gesehen?«

»Baumhaus?«

»Sleep Out. Eine Plattform hoch in den Bäumen mit Himmelbett. Für zwei. Eine halbe Stunde Autofahrt von hier.

Blick über den Busch, Candle-Light-Dinner und eine ganze Nacht fernab der Zivilisation. Nur die Sterne schauen zu.«

»Die Sterne?« Ich schüttelte den Kopf. »Für mich hat der Busch nachts tausend Augen.«

Er lachte. »Ja, aber nicht alle wollen einem etwas Böses.«

Wir waren während der Gespräche im Flussbett angekommen. Da stand tatsächlich eine festlich gedeckte lange Tafel mit weißem Tischtuch und silbernen Leuchtern. Mitten im leeren Flussbett. Es hatte etwas grandios Unwirkliches.

»Es ist gespenstisch schön«, sagte ich zu Mike, der noch immer an meiner Seite ging.

»Und es wäre noch schöner, wenn ich mir den Platz neben dir sichern dürfte«, sagte er und warf mir einen schellen Blick zu. »Ich weiß ja nicht … bist du alleine hier?«

Ich nickte.

»Und für heute Abend noch nicht vergeben?«

»Mit Tanzkarte – oder so?«

Er lachte. »Man weiß ja nie.«

»Nein. Ich freu mich, wenn ich Gesellschaft habe.«

»Und ich freue mich, wenn ich dich zur Gesellschaft habe«, betonte er. »Dann setzen wir uns zu unserer Gruppe, denn heute ist unser letzter Abend. Morgen reiten wir direkt zu unserem Ausgangspunkt WAIT A LITTLE zurück, und von dort aus geht es dann auch schon wieder nach Hause.«

»Du auch?«

»Hatte ich vor.«

Warum auch immer, aber ich spürte einen Stich. Und dieses unbestimmte Gefühl ließ mich auch während des ganzen Dinners nicht los, dabei war alles fantastisch. Insgesamt vier Gänge, drei davon wurden heiß aufgetragen. Kaum zu glauben, dass Küche und Personal dies über eine so weite Strecke schafften: cremige Hühnersuppe mit Curry, Kingklip, ein saftig gebratener Fisch mit festem, weißem Fleisch, danach ein zartes Kudu-Steak mit kleinen Süßkartoffeln und Chakalaka, der traditionellen Gemüsebeilage, und zum Dessert Malva-Pudding mit einer Eiskugel. Dazu südafrikanische Weine und die Freude, endlich mal nicht alleine unter dem romantischen Sternenhimmel zu sitzen. Und trotzdem. Irgendetwas rumorte in mir. Ich könnte mich verlieben, dachte ich. War es das, was mir so im Magen lag? Tu's nicht, sagte ich mir. Du kennst ihn ja nicht, und morgen ist er schon wieder weg. Und ganz bestimmt – und das gab mir den Rest – ist er verheiratet. Alle guten Männer sind verheiratet.

Wir hatten schöne Gespräche, das weiß ich noch, allerdings habe ich das meiste davon vergessen, denn ich hatte zu viel Alkohol. Und es war auch zu viel passiert. Alles geisterte in meinem Kopf herum, als ich endlich in meinem großen Bett lag. Die Security-Männer hatten uns zu unseren Zelten gebracht, aber Mike hatte es nicht nehmen lassen, mich zu begleiten.

»Wann startet ihr morgen?«, wollte ich vor meinem Zelteingang wissen.

»Um sechs Uhr. Frühmorgens ist es für die Pferde angenehmer, und wir haben einen Sieben-Stunden-Ritt vor uns, das ist für die Tiere anstrengend genug.«

Ich nickte. »Schon morgen«, sagte ich. »Schade!«

Er warf mir einen Blick zu, der mich anrührte. Intensiv? Forschend? Jedenfalls war er tief, und ich spürte ihn.

»Wir schauen noch nach den Pferden«, erklärte er, während er sich zum Gehen wandte. »Gute Nacht, schöne Träume. Und ... auf Wiedersehen.«

Daran glaubte ich nicht. Trotzdem dachte ich darüber nach, als ich im Bett lag.

Ich wollte doch überhaupt keinen Mann mehr. Nach Otto war ich mir sicher gewesen, dass ich so etwas in meinem ganzen Leben nicht mehr brauchte, lieber würde ich alleine bleiben. Aber so einfach war es nicht. Selbst hier, wo man nicht unbedingt auf eine Begleitperson angewiesen war, zeigte es sich doch, dass das Leben zu zweit schöner war. Man konnte sich mitteilen, die Dinge gemeinsam genießen. Ob nun Mann, Freundin oder Tochter – zu zweit erlebte man gemeinsame Augenblicke, konnte sich beim Dinner unterhalten, beim Sundowner zuprosten und mal kurz nach der Hand greifen, wenn es aufregend wurde. Man fror gemeinsam, man schwitzte gemeinsam.

Aber wen hätte ich mitnehmen können? Vielleicht hätte ich meine Schwester gefragt und ihr eine gemeinsame Reise vorgeschlagen. Aber nach ihrem fordernden Auftritt? Nie und nimmer!

Mit einem Seufzer kuschelte ich mich unter meine Decke. Sechs Uhr, dachte ich noch. Um sechs Uhr brechen sie auf. Reiter und Pferd quer durch den Busch nach Hause. Ich werde hingehen und zum Abschied winken. Abschied. Ich mochte gar nicht daran denken.

Das Löwengebrüll, das ich gedämpft durch die Zeltwand hörte, ängstigte mich nicht mehr. Es war weit genug entfernt. Und warum sollte sich ein Löwe an einen zähen Menschen heranmachen, wenn er in seinem Revier ganz andere Leckerbissen vorfand?

Ich dämmerte meinem Schlaf entgegen, da schreckten mich gedämpfte Schritte auf. Ich hörte etwas an der Außenwand entlangstreifen, leise nur, kaum hörbar, aber es weckte alle meine Sinne. Da war etwas. Ein Mensch? Ein Tier? Ein Bamboon? Nein, die Paviane schliefen um diese Uhrzeit. Ich schlug die Augen auf. Die Nacht war hell, und an das spärliche Licht, das durch die verhangenen Fenster sickerte, gewöhnten sich meine Pupillen schnell. Trotzdem überlegte ich, ob ich die Lampe über mir einschalten sollte. Aber wenn wirklich etwas wäre, dann säße ich auf dem hell erleuchteten Präsentierteller, während der Angreifer unsichtbar im Dunkeln bliebe.

Ich richtete mich auf, bereit, aus dem Bett zu springen. Im Notfall könnte ich mich in der Toilette einschließen. Aber welcher Notfall? Ich machte mich nur selbst verrückt! Und die Trillerpfeife? Die lag auf dem Sideboard neben dem Zelteingang.

Es war wieder still. Also hatte ich mich getäuscht.

Ich wollte gerade wieder unter mein Deckbett gleiten, da hörte ich es wieder. Diesmal war es eindeutig: ein Kratzen an der Zeltplane. Am Eingang. Direkt vor mir.

Das war jetzt nicht mehr lustig, und mit der Gänsehaut, die den Rücken hinaufkroch, stellten sich meine Körperhaare auf. Ich starrte wie gebannt auf den stabilen Reißverschluss, der die beiden Eingangsplanen zusammenhielt, und glaubte an eine Sinnestäuschung, als er sich bewegte. Von unten wurde der breite Schlitten langsam nach oben geschoben. Ich hielt die Luft an und schlug die Decke zurück, bereit zur Flucht. Jetzt fiel verstärkt Licht von außen herein, aber sehen konnte ich noch immer nichts. Da war nichts. Nur die Plane, die in der Mitte auseinanderklaffte. Ich hatte schon einen Fuß draußen, als direkt auf dem Boden etwas hereinkam. Ich musste kurz blinzeln, denn ich traute meinen Augen nicht: eine Rose? Eine langstielige, rote Rose.

Mein erster Gedanke: Mike. Mike kommt. Er kommt zu mir. Oder er bringt nur ein kleines Geschenk, eine liebe Geste. Und verschwindet danach wieder. Eine Überraschung für morgen früh. Nach dem Aufwachen.

Aber dann erkannte ich, womit die Rose hereingeschoben wurde – es war keine Männerhand, es war eine gewaltige, behaarte Tatze. Eine Löwentatze! Und in dem Moment teilte sich die Plane weiter oben, und ein Kopf wurde sichtbar. Ein mächtiger Löwenkopf schaute herein. Seine Augen fixierten mich, bernsteinfarben, eindringlich.

Ich sprang auf, verhedderte mich im Moskitonetz, stürzte – und wachte auf.

Völlig benommen blieb ich einen Moment liegen, dann setzte ich mich auf und starrte auf den Eingang. Nein, die Plane war dicht, trotzdem flatterten meine Nerven. Der Löwe. Draußen, im Busch. Der Löwe, der mich mit seinem Blick festgehalten hatte. Diese bernsteinfarbenen Augen. Warum träumte ich von ihm? Und eine rote Rose. Was wollte mir dieser Traum sagen?

Ich schaltete das Licht an. Es war wirklich nichts da. Keine Rose, kein Grashalm, nichts. Ich stieg aus dem Bett und ging zum Sideboard neben dem Eingang. Dort schenkte ich mir aus der Karaffe ein Glas Wasser ein. Dann stieg ich wieder ins Bett.

Wie kam ich bloß auf eine Rose?

Die könnte mit Mike zu tun haben.

Aber der Löwe?

Ich schlief schlecht in dieser Nacht. Ständig wachte ich auf, hörte Geräusche, träumte unsinniges Zeug und war wirklich froh, als um halb sechs der Wecker klingelte. Noch bevor mein obligatorischer Morgentee gebracht wurde, war ich schon angezogen. Die junge Frau mit ihrem wiegenden Gang und dem breiten Tuch um die Hüfte lachte, als ich ihr bereits am Zelteingang entgegenkam.

»So early?«, fragte sie, weil ich ihren »Guten-Morgen-Tee« sonst immer noch im Bett genoss und mich erst auf die letzte Sekunde anzog.

»Horses«, sagte ich nur, weil es mir zu kompliziert war, alles auf Englisch zu erklären.

»Horses instead of lions«, sagte sie nur und lachte ihr schönes tiefes Lachen, bei dem sie ihre Schätze zeigte, ihre beiden goldenen Schneidezähne.

Ich nahm ihr das Tablett mit der Thermoskanne, der Teetasse, dem Zuckerdöschen, der Milchkaraffe, den Teebeuteln und dem Gebäck dankend ab und stellte es auf mein Sideboard. Da hat sie recht. Pferde sind mir tatsächlich lieber als Löwen, dachte ich, während ich mir eine Tasse Tee machte. Eine Tasse werde ich mir wohl zeitlich leisten können, rechnete ich mir aus und nahm das Tablett mit hinaus auf meine Veranda. Der Morgen dämmerte gerade, und die weite Ebene vor mir löste sich von ihren nächtlichen Schatten. Was wohl heute Nacht alles passiert ist, fragte ich mich. Wie viele Impala-Babys und Zebras erlebten diesen Sonnenaufgang nicht mehr? Fressen und gefressen werden. Ich griff nach einem der harten Kekse. Wie bei den Menschen. Wer nicht aufpasst, kommt unter die Räder.

Ich kam gerade rechtzeitig.

Frank sah mich als Erster. »Na, haben wir eine neue Amazone?«

Ihm wurde gerade ein schwarzes, wunderschönes Pferd zugeführt, das er mir stolz als »Walker« vorstellte. »Der ist ganz besonders«, sagte er. »Eines von Philips Leitpferden! Ich freu mich, dass ich ihn reiten darf!«

Ich tätschelte das weiche Fell, während Frank von einem Baumstumpf aus aufstieg. Dann sah ich Gabriele. Sie saß auf einem eleganten Pferd, einem Fuchs, würde ich sagen, mit ausgefallener, schöner Zeichnung am Kopf.

»Guten Morgen, Steffi«, rief sie von Weitem und trabte auf mich zu. »Darf ich dir Eric vorstellen?«

Ich tätschelte auch Eric, und sie beugte sich zu mir herunter. »Willst du mit?«

»Ja«, sagte ich, »am liebsten würde ich das. Aber ich kann leider nicht reiten!«

»Das kann man lernen!« Hinter mir stand Philip. »Wir haben alle mal angefangen.«

»Aber sicher nicht in meinem Alter«, gab ich zu bedenken. »Mitte 40 fällt man nicht mehr so leicht ...«

»Du sollst ja auch nicht runterfallen, sondern oben bleiben«, grinste er und legte seine Hand kurz auf meinen Oberarm. Eine warme Geste. Er strahlt Ruhe aus, dachte ich. Kein Wunder, dass sie ihm alle ihr Leben anvertrauten.

Und um die Ecke bog jetzt Mike. Noch zu Fuß.

»Unser Grandseigneur«, witzelte Philip.

Auch sein gesatteltes Pferd wurde zu dem Baumstumpf geführt, aber bevor er aufstieg, kam er zu mir. »Welch schöne Überraschung«, sagte er, und ich spürte mein Herz schneller schlagen.

»Ich wollte euch zumindest zum Abschied nachwinken«, sagte ich laut, auch für die anderen hörbar, »nachdem ihr mich gestern so nett in euren Kreis aufgenommen habt.«

»Das Vergnügen war ganz auf unserer Seite«, erklärte Frank, und Mike fügte leise an: »Vor allem auf meiner!«

Dann spürte ich den leichten Druck seiner Hände auf meinen Schultern. »Wir sehen uns«, sagte er, nickte mir zu und ging zu seinem Pferd, das mit heruntergelassenen Steigbügeln am Baumstumpf auf ihn wartete.

»Wieso steigt ihr von dort aus auf?«, fragte ich Gabriele, die mir am nächsten stand. »Geht das nicht auch so?«

Sie lachte das fröhliche Lachen der Rheinländerin. »Klar. Jeder Reiter sollte auch ohne Aufstiegshilfe auf sein Pferd kommen, aber es schont den Rücken der Pferde beim Aufsteigen, der Sattel verrutscht nicht.«

»Aha«, sage ich, »erste Lektion gelernt.«

»Wird schon«, sagte Philip, der inzwischen ebenfalls aufgestiegen war. »Habt ihr alles? Dann los!«

Ich sah ihnen nach, wie sie durch den steinernen Bogen davonritten, und versuchte die leichte Wehmut, die in mir hochstieg, zu ignorieren. Auf zum Land Rover, dachte ich, sie werden schon auf mich warten. Aber ich hatte keine rechte Lust.

Dave winkte mir zu.

»Vielleicht sollten wir Sie als Fährtensucher einstellen?«, rief er schon von Weitem. »Mit dem Elefanten hatten Sie jedenfalls recht!«

Der Wagen war erst halb voll. Karin und Madeleine reisten ja heute ab ... ein weiterer Grund, um traurig zu sein, dachte ich.

»Und heute Nacht habe ich von einem Löwen geträumt, der in mein Zelt kommt«, sagte ich, als ich neben ihm stand.

»Na, Ihre Eingebungen müssen ja nicht unbedingt alle wahr werden.« Er zwinkerte mir zu. »Heute haben wir eine echte Exklusiv-Fahrt. Die neuen Gäste kommen erst gegen Mittag an.«

Ich grüßte das Pärchen, das ich vom Sehen kannte, und setzte mich hinter sie auf die mittlere Höhe.

»Können wir den Reitertrupp noch sehen?«, fragte ich nach vorn.

»Bestimmt!« Er drehte sich zu mir um. »Allerdings nur von Weitem. Sie benutzen keine Wege, das ist ihr großer Vorteil.«

Ich sagte nichts, aber ich träumte mich in die Vorstellung hinein, mit Mike und den anderen auf einem Pferderücken unterwegs zu sein.

Als wir mittags zurückkamen, waren die neuen Gäste da. Erneut Pärchen – ein Gefühl der Verlorenheit erfasste mich, das ich bisher nicht gekannt hatte.

He, sagte ich mir, du bist hier unter lauter Menschen. Die meisten sprechen mit dir, du bist dabei und nicht ausgegrenzt.

Und trotzdem ...

Ich bekam Heimweh. Heimweh? Oder was ist das eigentlich, dieses Ziehen im Bauch? Ich versuchte, dieser Beklemmung nachzuspüren. Heimweh? Ich stellte mir meine Wohnung vor, vollgestopft, wenig heimelig, dazu in einer Gegend, die auch schon bessere Zeiten gesehen hat. Heimweh? Nach meiner Arbeitsstelle? Ja, komischerweise bewegte mich das stärker. Meine Kolleginnen, meine Arbeit, jetzt, da ich sie nicht mehr unbedingt machen musste, gefiel sie mir. Oder sehnte ich mich nach meiner Familie? Ich rief mir die letzten Begegnungen in Erinnerung und war sicher, dass es das auch nicht war.

Du bist eine seltsame Frau, sagte ich mir und ging zu meinem Tisch, der für das Mittagessen gedeckt war. Ob das andere auch so empfanden? Dass ich irgendwie seltsam war?

Elias, einer der Jungs, die hier bedienten, kam sofort. Er versprühte stets gute Laune, und seine Kleidung sah immer aus, als sei sie eben frisch gestärkt worden. So roch er auch. Leicht nach Kernseife und Wäschestärke. Ich mochte ihn. Er war so unkompliziert, so lebensfroh, dass es einfach ansteckend war.

»M'am, heute gibt es vorweg eine Afrikanische Bananensuppe mit Mais und Chili.« Er strahlte mich an. »Mögen Sie das?«

»Keine Ahnung. Hört sich jedenfalls interessant an.« Das brachte ihn zum Lachen.

»Wait and see«, sagte er und tanzte davon, um Tafelwasser zu holen. Und da will ich nach Deutschland zurück, fragte ich mich nun ernsthaft. So viel gute Laune, so viel Lebenslust, so viel Frohsinn gegen die deutsche Morgen-wird-alles-schlechter-Mentalität eintauschen? Ich beschloss, meine trüben Gedanken abzuschütteln und zu genießen, was mir hier geboten wurde. Die Umgebung, die Landschaft, die Tiere, das Wetter, das Leben, die Menschen.

Elias brachte mir die Suppe, und während er mir ein Glas Wasser einschenkte, sah ich an ihm vorbei zu zwei Frauen, die offensichtlich gerade angekommen waren. Da sie von einigen Angestellten sofort herzlich begrüßt wurden, ging ich davon aus, dass es nicht ihr erster Aufenthalt war. Elias drehte sich nach ihnen um.

»Oh, my friends«, sagte er. »My best friends from Germany.«

»Und ich?«, fragte ich scherzhaft.

»You are my second best friend from Germany!«

Ich musste lachen. Ich bin also die zweitbeste Freundin aus Deutschland, auch gut. Damit konnte ich leben.

Auch Nico kam dazu, brachte die obligatorischen Willkommen-Drinks und freute sich ganz offensichtlich ebenfalls, die beiden zu sehen.

»They are very funny«, erklärte Elias mir noch, bevor er ebenfalls zu ihnen ging.

Funny? Lustig? Oder komisch? Aus dem Kabarett? Oder einfach so?

Ich hatte etwas zu beobachten und vergaß meine Gedanken. Dafür stellten sich andere ein: Zwei Frauen? Auch gut, dachte ich. Mit einer Freundin zu reisen ist ja auch super. Wenn man sich versteht, vielleicht sogar weniger anstrengend als mit einem Mann. Und die beiden schienen sich gut zu verstehen. Ich schätzte sie auf fünfzig. Vielleicht Mitte fünfzig? Beide blond. Beide sportlich schlank. Oder waren es doch Schwestern?

Ich löffelte meine Suppe, die wirklich interessant schmeckte, ich wusste nicht so recht, ob ich sie mochte oder eher nicht, aber ich konzentrierte mich auch nicht auf meine Geschmacksnerven, sondern eher auf meine Augen und Ohren.

Nico hatte den beiden einen Tisch vorn auf der Terrasse richten lassen, erste Reihe mit freiem Blick bis zum Horizont. Während die beiden Frauen von Nico zu ihrem Tisch geleitet wurden, beobachtete ich im Hintergrund, wie ihr Gepäck abtransportiert wurde. In meine Richtung. Bewohnten sie vielleicht das Nachbarzelt? Meines lag dem Swimmingpool am nächsten, wenn das Pärchen, das nebenan untergebracht war, heute ebenfalls abgereist war, könnte es ja sein … Das wäre doch nett! Vielleicht bekomme ich Kontakt? Und kann für meine eigene Reise-Zukunft etwas lernen?

Elias brachte den beiden ebenfalls eine Suppe und öffnete an ihrem Tisch, ich staunte, eine Flasche Champagner. Na, dachte ich, das ist ja mal was! Champagner am helllichten Mittag.

Das muss doch sündhaft teuer sein. Ich beschloss, den Preis in Erfahrung zu bringen. Bisher hatte ich mir zum Abendessen ein oder zwei Gläser Wein gegönnt – aber gleich Champagner? Das war ein Ding!

Elias schenkte zwei Champagnerflöten ein und stellte die Flasche in einen hochbeinigen Kühler neben den Tisch. Die beiden Frauen stießen miteinander an und nahmen einen tiefen Schluck. Warum nicht, dachte ich. Sie sind angekommen, sie genießen ihren ersten Afrika-Tag. Sie haben doch recht!

Nach der Suppe das Buffet. Das liebte ich, denn dann konnte ich von allem ein bisschen nehmen und mich durch die afrikanische Küche probieren.

Ich war gerade aufgestanden, da hörte ich: »Honey, bringst du mir einen kleinen Salat mit?«

Ich wollte nicht neugierig sein, trotzdem drehte ich mich um. Tatsächlich! Die eine war aufgestanden und war mir ans Buffet gefolgt. Honey? Das hörte sich in meinen Ohren doch sehr zärtlich an. Honey? Habe ich jemals eine meiner Freundinnen Honey genannt? Aber vielleicht … Ich fühlte mich sehr aufgeklärt, aber mit zwei Lesben hatte ich noch nie Kontakt gehabt. Das machte mich neugierig. Aber wie würde ich an sie rankommen, ohne aufdringlich zu wirken? Singles gerieten schnell in den Verdacht, Anschluss zu suchen. So fühlte ich mich wenigstens – so wollte ich aber nicht erscheinen.

Aber es ging dann alles leichter als gedacht. Honey stand neben mir und griff nach einer der Salatsoßen, die alle in Glaskaraffen ordentlich nebeneinander aufgereiht standen und beschriftet waren.

»Oh, sorry«, entschuldigte sie sich auf Englisch, »habe ich mich nun vorgedrängelt? Das wollte ich nicht.«

Ich antworte auf Deutsch: »Ja, ich hatte schon Sorge, Sie würden mir nichts übrig lassen ...«

Sie lachte herzlich. »Das könnte schon passieren, meine Freundin und ich sind heißhungrig. Aber das ist wohl jeder, der nach dem langen Flug hier ankommt!«

»Wo kommen Sie denn her?«

»In München abgeflogen. Bei ekelhaftem Wetter. Was für ein Genuss, hier zu sein.«

»Nicht zum ersten Mal, wie es scheint.«

»Oh!« Sie warf mir einen schnellen Blick zu. »Sind wir aufgefallen? Unangenehm? Muss ich mich schon wieder entschuldigen?«

Wir lachten beide.

»Ich bin Marina«, sagte sie und reichte mir die Hand.

»Steffi.«

»Und wir sind tatsächlich schon zum dritten Mal hier. Wir lieben es einfach, und wir erleben hier auch ständig was Neues. Die vielen Angebote, die vielen Möglichkeiten, es ist einfach immer was los. Nicht Ballermann, laut und grässlich, sondern intim und ganz anders. Traumhaft!«

Da schien ich gar nicht so falsch zu liegen, ein Pärchen. Und während ich mit meinem Salat zum Tisch zurückging, dachte ich darüber nach. Ist vielleicht auch nicht so verkehrt? Es sind doch nur die Konventionen, die einem einen Mann einflüstern. Vielleicht hätte ich mit einer Frau im Leben sehr viel mehr Spaß? Aber sexuell?

Ich weiß nicht so recht. Ich habe mich noch nie zu einer Frau hingezogen gefühlt.

Ich setzte mich und beobachtete, wie Marina ihrer Freundin etwas erzählte. Die hob das Glas und prostete mir zu. Ich winkte zurück. Jedenfalls sind sie beide aufgeschlossen, dachte ich, das tut nach Karins Abreise gut.

Nah dem Mittagessen war für die meisten Gäste Siesta in ihren Zelten angesagt. Ich hatte mir bis dahin immer einen Schattenplatz am Pool gesucht und lag dort meist alleine. Das war mir recht, denn ich stellte mich ungern im Badeanzug zur Schau. Das war schon immer so gewesen, und ich hatte schon als junge Frau gerätselt, woran das lag. Mein Körper war nicht besser oder schlechter als der anderer Frauen in meinem Alter, aber trotzdem mochte ich nicht im Badeanzug herumspazieren, wenn andere mich beobachteten. Ich beobachtete lieber selbst, beispielsweise das junge Pärchen, das, wie die junge Frau mir erzählte, nach dem Uni-Abschluss auf einer großen Afrika-Rundreise war. Die beiden boten an einem der Nachmittage mit ihren sehnigen, durchtrainierten Körpern im Swimmingpool ein schönes Bild. Er hatte seine dichten, dunklen Haare zu einem Pferdeschwanz zusammengebunden, und sie hing so abgöttisch verliebt an ihm, dass meine Gedanken zu Lars und seiner Freundin abschweiften. Marie. Genau, Marie. Was soll's, dachte ich, gönn ihm doch seine Marie. Wenn die beiden so glücklich sind wie dieses Pärchen hier, was kann es Schöneres geben? Wie oft im Leben bekommt man das Geschenk, sich so sehr zu verlieben?

Genau das dachte ich jetzt auch, als ich meinen Liegestuhl so ausgerichtet in den Schatten eines Baumes zog, dass ich rechts neben mir den Rand des Beckens hatte und vor mir den freien Blick über das breite Flussbett zum gegenüberliegenden Ufer, wo auf gleicher Höhe eine Wasserstelle für die Tiere angelegt worden war. Es war wie ein abwechslungsreiches und exotisches Fernsehprogramm, das einem den ganzen Tag über geboten wurde. Elefanten mit ihren Jungtieren, Giraffen, Kudus, Impalas, alle kamen und teilten sich friedlich die große, künstliche Tränke. Während ich mein Badetuch auf der Liege in Form zog und meine Sonnencreme griffbereit auf das kleine Tischchen neben mir legte, stellten sich wieder die Bilder ein. Die beiden Frauen, mein Sohn, das junge Pärchen, alle strahlten vor Glück. Und ich? Unwillkürlich sah ich Mike vor mir.

Nein, ich wollte nicht an ihn denken, denn ich würde ihn nie wiedersehen, davon war ich überzeugt. Wie auch. Hatte er nicht gesagt, dass er abreiste? Aber wann? Und wohin? Und selbst, wenn er noch da wäre – ich würde mich auf kein Liebesabenteuer einlassen, denn da gab es immer nur eine Verliererin: mich. Und das tat weh. Er flog zurück zu seiner Familie, und ich blieb übrig. Das mag ich mir nicht einmal vorstellen, schon der Gedanke schlug mir auf den Magen.

Eben hatte ich mich auf der Liege ausgestreckt, da fiel mir mein Traum wieder ein. Er stand so deutlich vor meinen Augen, dass ich ihn regelrecht verdrängen musste. Eine Rose – und dann der Löwe. Nein, das kann nichts Gutes bedeuten. Ich stand wieder auf und rutschte über den Beckenrand ins Wasser. Es war recht kühl, aber das vertrieb die Gedanken, vor allem wenn man sich mit den Unterarmen auf die geflieste Kante lehnte, die Beine vom Wasser tragen ließ und über den Steilhang in die Gegend schaute. Das bescherte einem ein so gutes Gefühl, dass alles andere unwichtig wurde. So musste es einem Astronauten gehen, der von oben auf die Erde sieht. Da fragt man sich doch bestimmt auch, weshalb sich die Menschen das Leben gegenseitig so schwermachen, wo ihnen doch so ein grandioser Planet mit einer so wundervollen Natur geschenkt worden ist.

Hinter mir hörte ich Stimmen, und ich drehte mich um. Marina und ihre Freundin rückten sich zwei Liegestühle zurecht. Weit genug von meinem entfernt, um meine Privatsphäre zu wahren, aber doch so nahe, dass ich ihre Stimmen hören konnte. Sie waren fröhlich, rieben sich gegenseitig mit Sonnencreme ein und ließen sich mit einem lauten »Einfach herrlich!« auf ihre Liegen sinken. Und sogleich war auch Elias da, der nach ihren Wünschen fragte. Blonde Frauen schien er eher zu beachten als brünette. Sie baten um Wasser und deuteten dann auch auf mich. Ich hätte jetzt wirklich gern, allein aus dem Drang heraus, auch mal was Verrücktes zu tun, ein Glas Champagner bestellt, aber dann bestellte ich doch nur Wasser.

Ich sah noch, wie sich Marina Headphones in die Ohren steckte und ihre Freundin zu einem Buch griff, dann besann ich mich wieder auf mich selbst. Ich werde hier ja noch zum Voyeur, dachte ich. Ständig beobachtete ich andere Leute – ich musste aufpassen, dass das nicht zur Manie wurde.

Das tägliche frühe Aufstehen bescherte mir in meinem Liegestuhl eines ganz sicher: Schlaf. Ich musste traumlos geschlafen habe, denn ich baute die Hand, die mich sachte an der Schulter griff, nicht in meinen Traum ein, sondern wachte langsam auf und sah geradewegs in ein weibliches Gesicht. Es war Marinas Freundin, die mich warnte: »Die Sonne ist gewandert, du kriegst einen Sonnenbrand, wenn du so liegen bleibst!«

Sie hatte recht, ich lag voll in der prallen Sonne. Die Tage zuvor war die Temperatur angenehm gewesen, aber inzwischen war es richtig heiß geworden. Und trotz meiner leichten Vorbräunung begann sich meine Haut am Brustansatz und an den Schultern zu röten.

»Danke!«

Ich richtete mich auf und rutschte von der Liege über die Beckenkante ins kühlende Wasser.

»Gute Idee!«, sie nickte mir zu, »mach ich auch.«

Um richtig zu schwimmen, war der Pool zu klein, so kamen wir nebeneinander an der Kante zum Stehen.

»Und deine Freundin?«, es erschien mir richtig, sie nun auch zu duzen, »kommt sie nicht?«

Sie wies mit dem Kopf in Marinas Richtung. »Sie sieht und hört nichts. Sie hat ihren Liebling im Ohr.«

»Hörbuch?«

»Depeche Mode. Sie steht auf den Leadsänger. Tag und Nacht.«

»Echt?« Ich war ehrlich erstaunt und warf ihr einen Blick zu. Marina lag in ihrem schwarzen Bikini auf einem Badetuch, die Haare zusammengebunden, die Augen mit einem versonnenen Gesichtsausdruck geschlossen. Beide haben eine gute Figur, stellte ich fest. Sportlich, aber dabei auch weiblich. Zumindest sahen sie nicht nach exzessivem Fitnessstudio aus.

»Ich bin Leska«, sagte sie und reicht mir über Wasser die Hand.

»Steffi«, stellte ich mich vor.

»Weiß ich schon«, sie grinste, »hat mir meine Freundin verraten.«

Nicht, dass ich jetzt eine von beiden eifersüchtig mache, dachte ich. Es entstand eine kleine Pause. »Deine Freundin steht auf Depeche Mode? Dave Gahan?« Immerhin wusste ich das. Das hatte ich meiner Schwester zu verdanken, die war auch ein Fan.

»Auf seine Bauchmuskeln«, antwortete Leska trocken.

Auf seine Bauchmuskeln? Na ja, warum sollte eine homosexuelle Frau nicht auf männliche Bauchmuskeln stehen?

»Und du?«, fragte ich neugierig.

»Ich stehe nicht so auf Synthie-Rock«, erklärte sie. »Und der Typ? Na ja, vielleicht weckt er durch sein Auftreten bei der einen oder anderen den Wunsch, so einen Kerl mal im Bett zu haben. Bad Boy. Bei mir nicht.«

»Wir hätten kürzlich fast einen Elefanten im Bett, also eher im Zelt, gehabt«, erklärte ich, ohne darüber nachzudenken. Als sie mich ungläubig ansah, erzählte ich ihr die Geschichte von dem jungen Elefantenbullen, der sich unsere Schlafgemächer mal genauer hatte ansehen wollen.

»Das muss ich nachher Marina erzählen!« Sie lachte herzlich, und die vielen Lachfältchen an den Augen verrieten, dass sie die Welt eher aus der heiteren Perspektive sah.

»Ja, das war spannend«, begann ich, »aber auch irgendwie witzig ...«

»Besonders witzig«, schnitt sie mir das Wort ab, »wäre, du hättest ein Sektglas in der Hand, sitzt in der Outdoor-Badewanne, und aus der Dunkelheit heraus kommt plötzlich ein Elefant an, steht vor dir und will mitspielen.« Sie schüttelte amüsierte den Kopf.

»Genau das hat ein junges Pärchen, das kurz vorher in dieser Badewanne saß, auch gesagt.« Ich warf ihr einen Blick zu. »Die Badewanne scheint ja ziemlich beliebt zu sein.«

Sie zuckte mit den Achseln, dann hielt sie meinen Blick fest.

»Ahh«, sagte sie mit erkennendem Ton, »du glaubst also ...« Sie lachte wieder: »Du glaubst, wir seien ein Pärchen?«

»Ja«, sagte ich und fühlte mich ertappt. »Ist doch nichts dabei, ist doch ... ist das nicht so?«

Sie grinste schelmisch. »Das ist ein ganz einfacher Trick. Wir sagen überall, wir seien im Honeymoon, dann haben wir die zotigen Vorstellungen der Männer, alleinreisende Frauen seien auf Anmache aus, schon mal ausgeschaltet. Die Jungs halten Abstand, sind freundlich und kameradschaftlich, aber sie nerven nicht. Und die Frauen müssen sich um ihre edlen Prinzen auch keine Gedanken machen, also genießen wir unser Image und haben unsere Ruhe, verstehst du?«

»Perfekt!« Ich staunte. »Ja, und ... dann?«

»Marina ist verheiratet, und ich bin liiert, wir mögen uns ganz einfach und kommen gut miteinander aus. Das ist die entspannteste Art von Urlaub, das kann ich dir nur empfehlen. Wir ticken gleich, beide sind wir Genussmenschen, wenn mal was schiefgeht, finden wir eine Lösung, keine Bevormundung, keine Uneinigkeit, keine schlechte Laune wegen irgendwas, alles völlig unangestrengt.«

»Hört sich verdammt gut an!«

»Aber«, sie legte den Finger auf den Mund, »das ist unser Geheimnis.«

Ich nickte. »Ich werde es nicht verraten«, versprach ich. »Ich werde es höchstens abschauen.« Ich überlegte. »Ich weiß bloß noch nicht, mit wem.«

»Keine Freundin?«

Leska sah mich fast mitleidig an.

»Keine, die so ...«, ich verharrte in Schweigen, während ich die Reihe meiner Bekannten durchging, »nein«, offenbarte ich ihr dann. »Nein, ganz ehrlich, da fehlt mir wohl was.«

»Dann kommt sie noch.« Leska wandte sich ab. »Ein Gläschen Champagner gefällig? Wir haben noch was in unserer Flasche. Und dann ist ja schon gleich wieder Tea Time und Game Drive.«

Ich schüttelte den Kopf. »Danke für die Einladung, aber jetzt Champagner? Heute Abend vielleicht!«

»Gut. Dann heute Abend.«

Jede Pirschfahrt war anders, jede Pirschfahrt überraschte mit einem eigenen Abenteuer. Bei den ersten Pirschfahrten dachte ich noch, ob wir die Tiere nicht zu sehr stören? Mochte es ein Wildtier, ständig gaffende Touristen vor sich zu haben, die einen aus ihren Geländewagen beäugen und einem mit ihren klickenden Kameras – wie sagen es die Einheimischen – das Gesicht wegfotografieren? Aber dann war ich selbst jedes Mal aufs Neue so fasziniert, dass ich über die Gegenseite nicht mehr nachdachte, zumal mir Dave versicherte, dass wir für die Tiere wie ein komischer Blechhaufen waren, der nichts wollte und vor allem nichts zu melden hatte. Der stank und war da, basta!

Auf der anderen Seite gewährte das Geld der Touristen den Tieren auch Schutz, hatte er mir erklärt, denn jedes Reservat kostete natürlich Geld. Die Ranger, der Schutz vor Wilderern, die Maßnahmen bei starker Raubtiervermehrung. Dieses Reservat, das Greater Makalali Private Game Reserve, hatte immerhin 22 000 Hektar. Trotzdem wurde jedes männliche Löwenbaby auch groß und würde irgendwann sein eigenes Revier beanspruchen. Und auch jeder andere junge Raubtierwurf wurde erwachsen und brauchte Nahrung. Und die bestand aus Beutetieren, den Impalas, den Kudus, den Büffeln. Also musste man auf das Gleichgewicht der Arten achten.

»Und diese Großwildjäger?«, sagte ich darauf, denn ich

wollte noch etwas einbringen, »die angeblich 20 000 Euro für ein Tier, welches habe ich vergessen, hinlegen, was ist mit denen?«

Daves Blick wurde sanft. »Ein alter Löwe, der besiegt wurde, der früher stark und furchterregend war, der mit seiner Familie fremde Löwen vertrieben hat, der sich stets gestellt hat und stets der glorreiche Sieger war, wenn der alt wird, zum ersten Mal im Kampf unterliegt und den Rang abgeben muss, wenn der dann alleine durch den Busch muss, wo er früher der Herrscher war, dann steht ihm in dieser Natur kein gutes Ende bevor. Da kommen die Jäger, aus welchen Gründen auch immer sie so eine Trophäe brauchen, gerade recht. Wenn der Schuss sitzt, ist dieser Löwe sofort tot. Ein gnädiges Ende, vergleichsweise. Und das Geld hilft den anderen Tieren beim Überleben. So einfach ist das.«

So einfach war das. All das ging mir heute Abend durch den Kopf, während ich im Defender saß und die Tiere beobachtete. Aaron hatte einen Leoparden ausfindig gemacht, und das war an sich schon eine Sensation. Wir sahen ihn nur von Weitem und folgten ihm quasi auf dem Fuße, aber es war auch für mich ein herzklopfendes Abenteuer. Anders als Löwen griffen Leoparden sofort an, wenn ihnen etwas nicht passte, hatte uns Dave erklärt. Dieser hier sei allerdings sehr gelassen, er tippe auf ein sattes Weibchen, das einfach nur ihres Weges gehe und keine anderen Interessen habe. Schade, dachte ich, dass Marina und Leska in einem anderen Wagen unterwegs waren. Ich hätte so gern mit ihnen darüber gesprochen. Über meine Erfahrungen, das erste Mal überhaupt auf einer Safari zu sein. Außerdem hatte ich das Gefühl, von ihnen lernen zu können. Ihre Lebenserfahrung, ihre Art zu denken. Und ich hätte gern zum Sundowner mit ihnen angestoßen. So trank ich meinen Zinnbecher mit Gin-Tonic heute alleine, denn es war keiner da, mit dem ich hätte plaudern können.

Das alte Gefühl der Einsamkeit holte mich wieder ein, und bei der Einfahrt zur Lodge wurde es noch schlimmer. Hier, im Schatten, hatte der Elefant gestanden. Und dann ... Mike. Schrecklich, wie sich ein Erlebnis mit einem Gesicht verbinden konnte.

Alle würden jetzt miteinander auf der Terrasse stehen, zur Wassertränke auf der anderen Seite des Flusses spähen, die Ereignisse der Pirschfahrt rekapitulieren, jedes Pärchen für sich, ein paar andere vielleicht gemeinsam. Ich beobachtete, was für den heutigen Abend vorbereitet wurde: einzelne Tische überall, romantisch, liebevoll gedeckt und dekoriert. Für Pärchen. Ich würde wieder alleine am Pool sitzen. Sollte ich überhaupt hin zu diesem Dinner?

Oje. Depression, dachte ich. Die »Ich-bin-so-allein-Depression«. Konnte man das bekämpfen? Mit Geld nicht. Mir fiel wieder ein, dass ich ja Geld hatte, viel Geld. Aber das verdrängte ich. Ich mochte gar nicht daran denken, denn das flößte mir Angst ein. So viel Geld. Was, wenn ich alles falsch machen würde? Hörte man nicht ständig von Lottogewinnern, die irgendwann mehr Schulden hatten als vorher?

Ich spürte schon, ich wurde immer unglücklicher.

Und ich schlich an allen vorbei zu meinem Zelt. Bitte, lasst mich unglücklich sein, ich möchte den Schmerz des Unglücklichseins genießen, ich möchte mich in meiner Einsamkeit suhlen, ich möchte darüber nachdenken, was sein könnte, aber nicht ist.

Sein könnte, dass ich einen Menschen an meiner Seite hätte.

Hab ich aber nicht. Hab ich aber nicht!

Und so wie ich war, in meinen staubigen Klamotten, ließ ich mich erst mal aufs frisch gemachte Bett fallen. Durfte man nicht auch mal Anwandlungen haben, die die gute Kinderstube verbot? Man durfte. Ich starrte die Moskito-Himmelbettdecke über mir an, was denn für eine Kindheit? Meine Kindheit war nicht besonders schön gewesen. Ich hätte Stefan werden sollen, der Junge, der nicht kam. Und deshalb hatte ich mich nie wirklich geliebt gefühlt, nie wirklich als Mädchen angenommen. Kinderstube ja, aber Glücksgefühle? Das hatte ich erst, als ich Otto kennenlernte. Und vor allem, als Lars auf die Welt kam. Lars. Otto. Beide weg. Nur ich bin noch da.

An diesem Abend würde ich nicht zum Dinner gehen. Ich würde hierbleiben, vielleicht auf meiner Veranda sitzen und ganz allein über mein Leben nachdenken, über Marina und Leska, über John und Ellen, über Karin und Madeleine, über all die Lebensmodelle, die ich hier, in dieser kurzen Zeit, kennengelernt hatte – und, ach ja, die beiden New Yorkerinnen, die gestern abgereist waren – fast hätte ich sie vergessen. Bis zum Schluss hatten sie getan, als wäre ich Luft. Eher Smog. Irgendetwas Unappetitliches jedenfalls.

Warum hatte ich sie eigentlich nicht gefragt, was ich ihnen getan hatte?

Ach, vergiss es, gab ich mir selbst die Antwort, wie viele Menschen gab es, denen du im Stillen eine Frage oder eine Antwort formuliert hast, wenn der Moment längst vorüber war? Schlimm genug. Meistens fielen mir die besten Sätze nachts im Bett ein, wenn der geniale Einfall nichts mehr nutzte. Ach, Steffi, du Spätzünderin.

Ich hätte heulen können. Es war ein Abend zum Heulen.

Und worüber? Über mich. Und warum? Eigentlich hatte ich keinen konkreten Grund, es war mir nur danach. Sehr.

Suna kam, um mein Zelt für die Nacht zu richten. Ich bat sie, mir nachher doch bitte eine Flasche gekühlten Champagner zu bringen – und außerdem könne sie meinen Tisch heute vergeben, ich mochte nichts essen.

»Aber Ma'm, Sie haben doch heute einen besonders schönen Tisch.«

»Ja, ganz lieb, aber dann vergeben Sie bitte meinen ganz besonders schönen Tisch, ich habe keinen Hunger.«

Ich lag tatsächlich noch immer auf dem Bett und starrte nach oben, als Suna die Flasche Champagner im eiskalten Kühler brachte.

Au weia, dachte ich, was habe ich denn da gemacht? Was kostet das denn überhaupt?

Sie lachte, als sie mich noch immer auf dem Bett liegen sah.

»Tired?«, fragte sie und stellte den Kühler mit zwei Sektgläsern auf ein kleines Tischen. »Oder ein schöner Moment?«

Jetzt geht es aber los, dachte ich. Zwei Gläser? Vermutet sie einen Liebhaber? Wo soll der denn herkommen?

»Just for fun«, antwortete ich, nur zum Vergnügen, denn was sollte ich schon sagen? Die passende Antwort würde mir einfallen, wenn sie schon längst weg war.

»Enjoy«, sagte sie nur und war aus meinem Zelt verschwunden, bevor ich überhaupt meine Beine aus dem Bett schwingen konnte. Im schmutzigen T-Shirt und meiner tagelang getragenen Safarijeans stand ich vor dem Sektkühler und starrte die Flasche an, als könnte sie sich von alleine öffnen. Das hätte Suna wirklich noch für mich machen können ... aber wahrscheinlich hatte sie gedacht, dass sei die Aufgabe des Mannes. Zumindest sprachen die beiden Gläser für diese Annahme.

Ich seufzte, zog die Flasche zu schwungvoll aus dem Eiswasser, benässte mein T-Shirt und hätte sie schon beinah entmutigt zurücksinken lassen, wenn sich nicht meine innere Stimme gemeldet hätte: Jetzt reiß dich aber mal zusammen! Und ich riss mich zusammen und stellte mir zur Aufmunterung ein Programm zusammen: Ich schenke mir nun ein Glas ein, dann gehe ich unter meine Außendusche, danach ziehe ich nur das weite Hemdblusenkleid über meine nackte Haut und setze mich mit meinem Champagner auf meine eigene Zeltterrasse. Von da aus habe ich genau denselben Blick wie alle anderen vom Haupthaus. Ich lass mich nicht entmutigen, schon gar nicht durch mich selbst! Dieser Abend wird nur mir gehören, das Dinner setze ich einfach flüssig um.

Der Gedanke gefiel mir, und ich zelebrierte ihn.

Als ich zwanzig Minuten später geduscht und eingecremt auf meiner Veranda saß, die Füße bequem auf die unterste Holzsprosse des Geländers gelegt, sah ich wie am Swimmingpool mein Tisch gerichtet wurde. Haha, dachte ich, Dinner der einsamen Herzen, aber ohne mich. Ich werde hier sitzen bleiben, den Sternenhimmel von hier aus genießen und die Sternschnuppen zählen. Jede Sternschnuppe ein Wunsch.

Was wünschte ich mir? Den Gedanken verbot ich mir.

Inzwischen war es stockdunkel geworden, und ich spürte, wie ich mit meiner Welt wieder in Einklang kam, wie sich meine Seele erweiterte, wie die Beklemmung einer Entspannung wich. War es der Alkohol, der dieses Befinden ausmachte, oder war es die Tatsache, dass »mein« nur von Kerzen beschienener Tisch am Pool von einem Pärchen besetzt wurde? Von hier aus konnte ich nicht sehen, wer genau es war, aber es machte mich zufrieden. Gut, die Würfel waren gefallen, mein Tisch war besetzt. Selbst wenn ich es mir jetzt anders überlegen würde, wäre ich zu spät dran.

Die Ruhe, die mich überkam, war so gewaltig, als ob ich mich in ein höheres Etwas gefügt hätte, das ich nicht benennen konnte. Ich hatte auch kein Wort dafür, ich schenkte mir nur ein weiteres Glas ein und saß einfach da. Ohne Handy, ohne Ablenkung, einfach da, wie im luftleeren Raum. Ich hing noch nicht einmal irgendwelchen Gedanken nach, mein Kopf war leer. Alles war weg, weit, weit weg.

Während ich mich in meiner Haut endlich so richtig wohl fühlte, sah ich plötzlich eine weiß gekleidete Gestalt durch die Dunkelheit auf mich zukommen. Es musste jemand vom Personal sein. Suna? Wollte sie jetzt mein Bett für die Nacht frisch beziehen, nachdem ich vorhin so schmutzig darin gelegen hatte? Wollte ich jetzt aber nicht. Ich mochte jetzt keine Störung. Es war gerade so befreiend.

Die Schritte auf dem Holzsteg zu meiner Veranda zeigten, dass dieser Besuch tatsächlich mir galt. Unwillig schaute ich hoch, als Suna um die Ecke bog.

»Hi Ma'm«, grüßte sie mit bekümmertem Gesichtsausdruck, »kommen Sie wirklich nicht?«

»Nein, das habe ich doch gesagt: Sie können meinen Tisch vergeben, ich komme nicht.«

»Ihr Tisch ist aber gerichtet.«

»Nein, er ist schon vergeben«, sagte ich und zeigte zu dem Pärchen am Schwimmbecken, das durch das flackernde Kerzenlicht und das bläuliche Licht des Pools etwas gespenstisch angestrahlt wurde.

»Es ist ein anderer Tisch«, sagte sie, »und ich soll Ihnen dieses hier geben.«

Die linke Hand, bisher hinter ihrem Rücken verborgen, zauberte eine rote Rose hervor. Es hätte nicht viel gefehlt, und ich wäre aufgesprungen.

»Was bitte ist das?«

Ich musste irgendwie entsetzt geklungen haben, denn sie legte den Kopf schief. »Your invitation.«

»Meine Einladung? Von wem?«

»Ich führe Sie hin.«

Nein!, sagte meine innere Stimme sofort. Was soll das sein? Und eine weitere Stimme in mir fügte hinzu: Und wie siehst du aus? Hemdblusenkleid, nichts drunter. Haare gewaschen, aber nicht geföhnt, ohne Make-up und überhaupt – warum sollte ich jetzt meinen Abend aufgeben? Für was, für wen?

»Look at me«, sagte ich und machte eine entsprechende Handbewegung.

»Kein Problem.« Sie legte die Rose quer auf meinen Tisch, »ich warte.«

»Ich will aber wissen, für wen ich so einen Aufwand betreiben soll?«

Sie zuckte nur die Achseln und wiederholte: »Ich führe Sie hin. Das ist mein Auftrag.« Und dazu begann sie zu grinsen, als hätte sie sich einen besonderen Coup ausgedacht.

Ich war noch immer im Zweifel. Aber dann siegte die Neugier – und Suna, die ganz den Eindruck machte, als ob sie ohne mich nicht wieder gehen würde. Also steckte ich die Rose neben die halb leere Champagnerflasche in den Eiskübel und ging ins Zelt. Dort wählte ich den bewährten Festiger für die Haare, Wimperntusche und roten Lippenstift, schlüpfte in mein weißes Sommerkleid und war selbst erstaunt, dass ich kurz darauf tatsächlich gut aussah. Es musste am Klima liegen, an der Sonne oder an sonst etwas, aber mein Spiegelbild dokumentierte mir: Du hast dich optisch von der Steffi aus Stuttgart entfernt. Ich war ein flotterer Typ geworden, attraktiver. Meine Niedergeschlagenheit war wie weggeblasen, ich fand mich selbst gut und lächelte meinem Spiegelbild zu, bevor ich zu Suna hinaustrat.

»Okay, Suna, dann sehen wir uns das mal an«, sagte ich und hätte genauso gut: »Okay, Suna, let's dance«, sagen können, denn diese Worte lagen mir auf der Zunge.

Sie musterte mich kurz und schenkte mir ein Nicken. Während ich hinter ihr herging, dachte ich, dass sich Nico sicher etwas für mich ausgedacht hatte. Ganz bestimmt ging es gegen seine Ehre, wenn sich ein Gast absonderte, anstatt die besonderen Arrangements seines Hotels zu genießen. Wir gingen am beleuchteten Restaurant vorbei und direkt hinter dem Gebäude eine schmale Steintreppe hinunter, in der Dunkelheit nur von einzelnen Fackeln beschienen. Landen wir jetzt im Flussbett, fragte ich mich schon, als Suna stehenblieb und zur Seite trat. Ich war auf alles gefasst, aber darauf nicht: Unten, auf einem kleinen Terrassenvorsprung, stand ein festlich beleuchteter Tisch, und da saß jemand, der jetzt aufstand, um mich zu begrüßen. Noch war er in der Dunkelheit nicht zu erkennen, doch als er uns einige Stufen entgegenkam, trat er ins Licht.

»Mike?«

Ich glaubte es nicht.

»Ich sagte doch: Auf Wiedersehen.«

»Ich dachte, ihr seid alle abgereist?«

»Ich nicht.«

Ich freute mich, ich freute mich so sehr, dass mir fast die Tränen kamen. Er nahm mich in den Arm und küsste mich leicht auf beide Wangen. »Ich wollte dich wiedersehen«, flüsterte er.

Er wollte mich wiedersehen. Was für ein Satz! So lange hatte ich so etwas Liebes nicht mehr gehört. Die letzten Jahre wollte mich nur mein Arbeitgeber wiedersehen, sonst niemand.

»Hallo, Mike«, flüsterte ich. »Diese Überraschung ist dir gelungen! Ich freu mich sehr!«

»Gott sei Dank! Es hätte ja auch sein können, dass du entsetzt davonläufst!«

Ich musste lachen.

»Warum sollte ich so etwas tun?«

»Nun, einfach aufzutauchen, ohne Vorankündigung, ist doch immerhin ein Risiko. Eine Rose aufs Zimmer zu schicken ebenfalls, was ist, wenn dort ein bärenstarker Typ wenig Verständnis zeigt?«

»Möchten Sie ein Glas Champagner?«

Suna. Ich hatte sie ganz vergessen. Sie stand abwartend hinter mir.

»Ja, natürlich.« Wir stiegen die wenigen Stufen zum Tisch hinab, und Mike rückte mir den Stuhl zurecht. »Suna hat recht, setzen wir uns, und trinken wir auf diesen Abend.«

»Gern«, sagte ich, »aber nach diesem Glas brauche ich mindestens einen Liter Mineralwasser, und außerdem habe ich ganz viele Fragen.«

Suna bediente uns den ganzen Abend, sie lief treppauf und treppab, brachte einen Gang nach dem anderen und schien sich zu freuen, dass wir sie kaum bemerkten. Und das fiel auch nicht schwer, denn wir hatten uns einfach unglaublich viel zu erzählen. Es war, als hätte ich jemanden getroffen, auf den ich schon lange gewartet hatte. Außerdem sah er gut aus. Gebräunt, wie er war, leuchtete sein weißes Hemd in der Dunkelheit. Hinter ihm die schwarze Weite des Busches, vor ihm die flackernden Kerzen, es war ein unglaubliches Bild. Ich war sicher, dass sich das für ewig in meinem Gedächtnis einbrennen würde. Und auch seine Art. Sie gefiel mir. Wie er erzählte, wie er die Dinge schilderte, wie er Menschen beschrieb – es war einfach gut, ihm zuzuhören. Seine Ehe mit Monique, die Frau, die er so abgöttisch geliebt hatte, für die er vor acht Jahren seinen Wohnsitz in Hamburg aufgegeben hatte und nach Schweden gezogen war. Sie, eine Schönheit, eine große Tierfreundin, eine erfolgreiche Künstlerin, Malerin, Sängerin, eine Frau, die ein großes, offenes Haus führte, diese Frau war an Krebs erkrankt und innerhalb kürzester Zeit verstorben. Da war für ihn eine Welt zusammengebrochen.

Ich griff nach seiner Hand. Gleichzeitig dachte ich, eine Schönheit? Eine Frau, die ein großes, offenes Haus geführt hat, eine erfolgreiche Künstlerin? Was wollte er dann mit mir? Bin ich nur eine Seelentrösterin für ihn?

»Und jetzt?«, fragte ich. »Wie sieht dein Leben jetzt aus?«

Wahrscheinlich hatte er längst eine andere und sich heute Abend nur hierher verirrt, weil er noch nicht zurück nach Deutschland in den Winter wollte.

»Und jetzt? Ich habe alles verkauft, drei Koffer stehen bei meinem Sohn aus erster Ehe in London. Ein Koffer für Sport, einer für den Alltag und einer für Gala. Und je nach dem, was ich vorhabe, tausche ich die Koffer aus.«

»Du hast …?« Ich versuchte im flackernden Kerzenschein sein Gesicht zu deuten. »Nimmst du mich auf den Arm?«

»Nein, ich gehe noch meinem Job nach, dann und wann,

wenn sich der Auftrag lohnt, aber ansonsten bin ich ein Weltenbummler, ein Heimatloser. Ich brauche keinen festen Wohnsitz mehr, kein Heim, das ich mir einrichte. Die Welt ist mein Heim.«

Ich schüttelte den Kopf. »So was habe ich noch nie gehört!«

»Oh, ich schon. Ich treffe überall auf der Welt Menschen, die umherziehen, die ihren Besitz aufgegeben, die sich verschlankt haben, die außer einem gefüllten Bankkonto nichts mehr besitzen.«

»Wenigstens das«, sagte ich, »sonst wären es ja Obdachlose.«

Er lachte. »Ja, genau, in gewissen Sinne stimmt das sogar, wir sind Obdachlose.«

Ich überlegte, wie viel Geld man wohl brauchte, wenn man ständig in Hotels lebte? Reisen machte? In Restaurants essen musste?

»Keine eigenen vier Wände, kein Platz, um an einem eigenen Tisch zu sitzen, zu kochen, Gäste einzuladen … Für mich wäre das unvorstellbar«, sagte ich.

»Womit wir bei dir wären«, antwortete er. »Was hat dich aus der Bahn geworfen, dass du alleine reist?« Seine Hand legte sich auf meine. »Also was ist der Grund?«

Ich überlegte. Was ist, wenn er ein Heiratsschwindler ist? Dann wäre eine ehrliche Antwort möglicherweise fatal. Also halb ehrlich? Wie bei meiner Familie?

»Aus der Bahn geworfen«, ich lächelte ihn an, »ja, das ist vielleicht sogar der richtige Ausdruck. Zwei Dinge haben mich aus der Bahn geworfen. Meine Scheidung vor drei Jahren, mit der ich nicht gerechnet hatte, und ein kleiner Lottogewinn vor Kurzem, mit dem ich auch nicht gerechnet habe.«

»Scheidung und Lottogewinn!« Er lachte. »Fantastisch! Da hat dich dein Mann wohl zu früh verlassen. Wird ihn das nicht ärgern?«

»Zumindest hat er mich gleich angepumpt und will die Zahlungen für unseren gemeinsamen Sohn einstellen.«

Mike schüttelte den Kopf. »Männer! Manche von uns sind schon armselige Gestalten.«

Ich nickte und dann gab es kein Halten mehr: Bis das Dessert kam, kannte Mike meine ganze Lebensgeschichte. Inklusive des letzten Auftritts meiner Schwester.

»Ich wäre auch geflohen«, erklärte er zum Schluss. »Irgendwann muss man raus, Abstand bekommen, die Dinge von außen betrachten. Das tut gut.«

»Aber muss man deshalb gleich alles aufgeben, mit drei Koffern um die Welt reisen?«

»Ich reise mit einem Koffer«, er lächelte, »denn was braucht der Mensch?«

Ich sah die Bilder meines Umzugs vor mir und die Umzugskartons, die noch aufeinander gestapelt in meinem kleinen Keller standen. Bis zur Decke. Ich weiß schon nicht mehr, was überhaupt drin ist. Bisher habe ich nichts vermisst.

»Vielleicht hängt der Mensch einfach an den Dingen, die er im Laufe seines Lebens erworben, gesammelt, bekommen hat?«

»Woran hängt er denn zum Beispiel?«, fragte Mike.

»An Bildern? Alten Fotos?«

»Wann hast du zuletzt alte Fotos von dir oder deiner Familie angesehen?«

Ich überlegte. Ja, tatsächlich, ich weiß in welcher Schublade sie liegen, aber das ist auch alles. Und Bilder von Otto wollte ich überhaupt nicht mehr sehen.

»Die wirklich wichtigen Bilder trägt man ohnehin in seinem Herzen«, sagte er.

»Besitzt du ein Foto von deiner Frau?«

»Das ich dir jetzt zeigen könnte?«

»Ja ...«

»Nein. Nichts könnte sie wiedergeben, wie sie war.«

Ich schluckte. »Hattest du seither wieder eine Frau?«

Er zuckte die Schultern. »Keine wahre Gefährtin.« Seine Hand hatte er wieder zurückgezogen.

»Wie lange ist es denn her, dass sie gestorben ist?«

»Etwas über ein Jahr.«

»Seither reist du durch die Welt?«

Er nickte. »Sie hatte keine Kinder, also habe ich alles abgewickelt, den Erlös ihrem Wunsch gemäß gespendet und bin gegangen.«

»Das macht mich traurig.«

»Das macht dich traurig?« Seine Stimme klang erstaunt.

»Ja. Es hört sich so verlassen an. Einsam. Traurig eben.«

Er sagte eine Weile nichts, dann spürte ich erneut seine Hand auf meiner. »Ich will dich mit meiner Geschichte nicht belästigen, ich möchte dir mein Leben nur nahebringen.«

»Und wieso?«

»Weil etwas in dir zu mir gesprochen hat, als wir uns das erste Mal gesehen haben.«

Ich dachte an diesen Moment des Kennenlernens, an die Bar, den Elefanten, die gemeinsame Tafel, das Dinner und den Abritt. Heute früh. Erst heute früh.

»Und was war das?«

»... an einer fremden stillen Stelle, die nicht weiterschwingt, wenn deine Tiefen schwingen. Doch alles, was uns anrührt, dich und mich, nimmt uns zusammen wie ein Bogenstrich, der aus zwei Saiten eine Stimme zieht. Auf welches Instrument sind wir gespannt? Und welcher Spieler hat uns in der Hand?«

Ich lauschte dem Klang seiner Stimme nach. Es ist so besonders, wenn Männer Gedichte aufsagen können, gut aufsagen können, auswendig aufsagen können.

»Ich kenne das«, sagte ich und kramte in meinem Gehirn. Irgendwo hatte ich es schon einmal gehört.

»Liebeslied. Von Rainer Maria Rilke.«

»Und was willst du mir damit sagen?«

»Dass es da eine Schwingung gibt. Zwei Seelen, die aufeinandertreffen.« Er drückte meine Hand. »Spürst du nichts?«

Ich spüre die Wärme deiner Hand, dachte ich. Aber Schwingungen?

»Ich fühle mich wohl bei dir, und ich freue mich sehr, dass du gekommen bist.«

»Ich möchte dir morgen etwas zeigen.«

»Ja, was denn?«

»Ich habe bei Nico einen Land Rover für uns beide bestellt. Und Gerti.«

»Gerti?«

»Eine Rangerin, die nicht hier arbeitet, aber genau weiß, was ich dir zeigen will.«

»Du machst mich neugierig.«

»Und du musst dir keine Gedanken machen.«

»Wie meinst du das?«

»Ich bringe dich nachher zu deinem Zelt, aber ich habe mein eigenes Zelt. Ich möchte dich nicht überfallen.«

Ich löste meine Hand von seiner und hob mein Glas zum Anstoßen.

»Und wenn ich überfallen werden möchte?«

»Dann überlege ich mir das noch mal.« Er lachte, dass seine Zähne weiß aufblitzten, und stieß mit mir an.

Ein ungewöhnlicher Mann, dachte ich, ganz anders als andere. Ein echtes Unikat. Ich werde mir wirklich keine Gedanken machen, ich werde es einfach auf mich zukommen lassen. Aber schön wäre es schon, einen solchen Mann an meiner Seite zu haben.

Eine gewisse Scheu brachte uns dazu, uns tatsächlich vor meinem Zelt zu verabschieden. Er nahm mich kurz in den Arm.

»Lass uns Zeit«, raunte er in mein Haar. »In der Eile liegen Fehler.«

Wir legten nur unsere Wangen aneinander. »Morgen um sechs, lass uns noch einen Tee zusammen trinken, bevor wir starten.«

»Wo?«

»Auf deiner Veranda. Ich hole dich ab.«

Als ich allein ins Zelt hineinging, fühlte sich das irgendwie falsch an. Wenn er jetzt mitgegangen wäre, hätte es fast etwas Selbstverständliches gehabt. Stimmte es vielleicht doch? Gab es Menschen, die es einfach zueinander hinzog? Also nicht so wie Otto und mich damals, die wir uns, ohne uns zu kennen, völlig blind ineinander verliebt hatten, sondern genau umgekehrt? Man fühlte, dass da was war, konnte es aber nicht genau benennen?

Beim Abschminken sah ich mir in die Augen. Steffi, was willst du? Ich weiß es nicht, ich habe keine Worte dafür. Keine Fantasie. Ein anderes Leben? Ein Leben voller Liebe und Zärtlichkeit? Geschätzt, geachtet werden?

Meine Gedanken schweiften ab, zu meinem Sohn. Wo bliebe er, wenn ich mich zu einem anderen Leben entschließen würde? Aber spielte das eine Rolle? Ich hatte ihn lang genug behütet, beschützt, bemuttert – er ging jetzt seinen eigenen Weg. Mit Marie. Ich würde über kurz oder lang sowieso alleine dastehen. Wenn die große Liebe kommt, wird die Mutter durch die neue Frau abgelöst, rückt in den Hintergrund. Dann darf die Mutter wieder ihr eigenes Leben leben.

Darf?

Oder muss?

Ich putzte meine Zähne und sah dabei durch das kleine Fenster in die Dunkelheit hinaus. Afrika. Ich war in Afrika. Mit einem Koffer. Und Mike reiste mit drei Koffern durch sein Leben. Verrückt.

Mike. Könnte er der Mann sein, auf den ich insgeheim gewartet hatte? Anders? Entschlossen? Selbstsicher?

Ich stellte meinen Handywecker auf fünf Uhr und ging ins Bett.

Die Rose fiel mir ein, und ich ließ meinen Blick noch einmal durch den Raum schweifen. Dann entdecke ich sie auf dem Sideboard. Sie steckte in einer schmalen Vase, der Sektkühler mit der angebrochenen Champagnerflasche war verschwunden.

Die Rose und der Löwe. Was für ein Bild. Und über diesem Gedanken schlief ich ein.

Das Aufstehen fiel mir nicht schwer. Als der Wecker um fünf Uhr klingelte, schlug ich das Moskitonetz an meinem Bett zurück, öffnete den Reißverschluss des Zelteingangs, befestigte die beiden Planen rechts und links und legte mich aufatmend ins Bett zurück. Nun hatte ich von hier aus einen wunderbaren Blick auf den erwachenden Morgen, der die Natur zuerst wie durch einen Weichzeichner in sanften Grüntönen und Graunuancen malte, bevor er plötzlich ein buntes Farbenspiel entfachte. Der Sonnenaufgang war wunderschön, und ich hätte ewig zuschauen können, normalerweise trank ich dazu meinen Morgentee, den mir Suna zuverlässig brachte. Nur heute nicht. Was war los? Mein Morgentee im Bett fehlte mir. Ich warf einen Blick auf das Handy. Oh, schon später als gedacht. Nun musste ich mich fast schon beeilen.

Beim Aufstehen überlegte ich, was ich von Mikes Ankündigung halten sollte. Ich wusste es nicht so richtig. Ein Ranger und einen Land Rover nur für uns alleine?

Ich zog meine neue, beigefarbene Safaribluse aus gestärkter Baumwolle an, die ich in der Boutique gekauft hatte, und die helle Jeans, die noch frisch in meinem Koffer lag. Gegen die Morgenkühle legte ich mir eine gefütterte Fleecejacke über die Schultern, dunkelgrün, denn das hatte ich gelernt: Der Busch mag gedeckte Farben. Dann verstaute ich Sonnencreme und Handy griffbereit in meinem Bauchgürtel, warf einen letzten Blick in den Spiegel und zog los.

Mike kam mir auf dem Fußweg entgegen, er trug ein Tablett mit Teekanne, Tassen und Croissants. Das hatte ich vergessen, er wollte mich ja abholen. Und den »Good-Morning-Tea« bei mir auf der Veranda trinken. Er sah frisch und unternehmungslustig aus. Und auch er trug farblich gedeckte Kleidung und dazu eine Baseball-Kappe. Wie alt war er eigentlich? Ich musste ihn das fragen.

»Wolltest du mir davonlaufen?«

Er lachte mir entgegen, und ich blieb stehen.

»Entgegenlaufen«, schwindelte ich, »um dir etwas abzunehmen.«

»Alles im Griff.«

»Du verwöhnst mich.«

»Das ist mir ein Bedürfnis.«

Ich lächelte. Das konnte er nicht sehen, weil ich nun hinter ihm herlief, aber ich war sicher, dass er es spürte. Als er das Tablett auf dem Verandatisch abstellte und sich nach mir umdrehte, lächelte er auch.

»Wunderbar«, sagte er und zog zwei Korbstühle an den Tisch.

»Was meinst du?«

»Wunderbar, dass ich dir begegnet bin. Manchmal möchte man doch an Fügungen glauben.«

Ich setzte mich in den Korbsessel und beobachtete Mike, wie er eine Tasse Tee einschenkte und mir zunächst die Tasse, dann die kleine Zuckerdose reichte.

»Es war der Elefant«, sagte ich. »Ich glaube, der Elefant hat uns zusammengebracht.«

Er nickte. »Seit Jahrtausenden gilt der Elefant als Glückssymbol. Das wäre also naheliegend.«

»Meinst du?« Ich rührte einen Teelöffel Zucker in meine Tasse und beobachtete Mike, wie er sich nun selbst seinen Tee zubereitete.

»Wenn du meinst, dass er uns zusammengebracht hat, dann ist das schon Glück genug.«

So schnell wusste ich darauf nichts zu antworten. Es war ein Glücksfall, dass wir uns kennengelernt hatten? Sah er das wirklich so, oder kokettierte er nur?

Er reichte mir ein Croissant, aber ich hatte noch keinen Appetit, es war mir noch zu früh. Und außerdem fühlte ich mich gerade etwas seltsam. Meinte er wirklich, das sei ein Anfang? Ein Anfang für uns beide?

Wegen der räuberischen Affen trugen wir das Geschirr zurück ins Restaurant und gingen dann gemeinsam weiter zum Parkplatz. Den ganzen Weg über unterhielten wir uns, obwohl ich nicht wirklich bei der Sache war. Es war so überwältigend, dass da plötzlich jemand sein sollte. Einfach so? Aus dem Nichts? Wir kannten uns doch überhaupt nicht …

Die anderen Geländewagen waren schon zu ihren Pirschfahrten aufgebrochen, es stand tatsächlich nur noch ein Wagen da. Eine sportliche, gut aussehende Frau kam auf uns zu und stellte sich mir auf Deutsch als Gerti vor. Das erleichterte mich, und offensichtlich waren sie und Mike alte Freunde, denn die beiden nahmen sich zur Begrüßung herzlich in den Arm.

Mike und ich saßen direkt hinter Gerti, als wir losfuhren. Anfangs kannte ich den Weg, aber nicht lange, und wir folgten einer ausgewaschenen Autoreifenspur, die stellenweise durch recht dicht bewachsenes Gelände führte. Zwischendurch warnte Gerti vor tief hängenden Zweigen, die uns verletzen könnten: »Achtung, ducken!« Wir duckten uns beide, und nach einer Weile bemerkte ich, dass Mike meine Hand hielt. Wie lange schon? Ich hatte es gar nicht wahrgenommen, unglaublich! Aber es fühlte sich so selbstverständlich an – wie konnte das sein?

Ich warf ihm einen Blick zu, und er gab ihn mir unter seiner Schirmmütze hervor zurück. Ein warmer Blick, vertrauenerweckend. Aber irgendetwas in mir sperrte sich plötzlich dagegen. Pass auf, Steffi, hörte ich meine innere Stimme sagen. Du kennst ihn nicht. Rose und Löwe. Ein Löwe hat Krallen, eine Rose Dornen. Beide können Schmerzen verursachen.

In diesem Moment stoppte Gerti den Wagen, stieg aus und bedeutete uns, sitzen zu bleiben. Wir waren mitten im Busch, um uns herum noch frühlingshaft knospende Bäume, sandfarbene Erde, Inseln von hohem braunem Gras, nur an manchen Stellen spärliches Grün. Was sollte es hier so Geheimnisvolles geben?

Mike drückte meine Hand, vielleicht spürte er meine Skepsis.

Wir saßen da, sprachen nicht, sondern lauschten nur auf die Geräusche, das Knacken von Ästen, die Rufe mir unbekannter Vögel, das Rascheln der Gräser und Blätter, wenn ein Windstoß durchzog. Sonst passierte nichts.

Und da, wie von Zauberhand, stand Gerti unversehens neben dem Wagen und signalisierte uns, leise auszusteigen und ihr zu folgen. Mike kletterte als Erster vom Wagen herunter und reichte mir dann die Hand. Ein Gentleman, dachte ich, auch schon vorhin mit dem Tee – eigentlich doch typisch englisch. Oder einfach nur gute Erziehung, ein vornehmes Elternhaus?

Ein vornehmes Elternhaus und jetzt nur noch drei Koffer? Irgendwie passte das nicht zusammen. Ich musste ihn mal nach seiner Herkunft fragen.

Dicht hinter Gerti gingen wir nun um Büsche und Bäume herum, und ich schüttelte innerlich den Kopf darüber, wie tollkühn wir eigentlich waren, denn immerhin gab es hier ja auch wilde Tiere. Doch dann blieb Gerti stehen, drehte sich zu uns um und legte den Zeigefinger auf den Mund. Das wäre gar nicht nötig gewesen, ich hätte in freier Wildbahn sowieso keinen Ton von mir gegeben. Aber dann trat sie einen Schritt zur Seite, und mir wäre fast ein »Ohh!« entschlüpft. Auf diese Überraschung war ich wahrlich nicht gefasst.

Vor mir, höchstens zehn Meter entfernt, lag ein ausgewachsener Gepard. Im ersten Moment war er durch sein erdfarbenes Fell kaum vom Boden zu unterscheiden, doch dann hob er den Kopf, um uns zu mustern. Der Blick dieser dunkelbraunen, fast rötlich schimmernden Augen, ließ mir den Atem stocken. Dann wandte er den Kopf seinem Bauch zu, und erst jetzt erkannte ich, was dort noch lag: zwei Gepardenjungen. Ein Weibchen. Ein Gepardenweibchen mit zwei Jungen!

Es war so unglaublich, dass ich stocksteif verharrte. Sie war zum Weinen schön, diese Gepardin, mit ihrem schwarz gepunkteten Fell und den beiden schwarzen Streifen, die sich von der inneren Seite ihrer Augen beidseitig an der Nase entlang bis zum Maul hinunterzogen. Wie gemalt. Eine edle, große Katze, die sich ganz offensichtlich durch uns nicht gestört fühlte. Eines ihrer Jungen stand nun auf, streckte sich und betrachtete uns neugierig, während die Mutter begann, sich langsam und sorgsam die Vorderbeine zu lecken. Das Kleine gähnte, dann tapste es zu seinem Geschwisterchen und stupste es an. Gemeinsam kuschelten sie sich an die Gepardin, die von ihren Beinen abließ und stattdessen die beiden kleinen Fellbündel leckte. Ein Bild voller Friede und Harmonie, so liebenswert, als könne es hier keine Bedrohung geben, keine Gefahr.

War es so?

Das würde ich Gerti nachher fragen. Da fiel mir auf, dass die Gepardin etwas um ihren Hals trug. Ein Halsband mit einem Sender?

Wir standen eine ganze Weile regungslos da, bis mir aufging, dass ich ja vielleicht ein Foto machen könnte? Ich gab ein entsprechendes Zeichen, und Gerti nickte. Bisher hatte ich ja nicht viel fotografiert, aber dies hier musste sein. Diese Erinnerung würde ich mir groß ausdrucken und zu Hause aufhängen. In meinem Schlafzimmer, dem Bett genau gegenüber, sodass ich es vor dem Einschlafen stets vor Augen haben würde.

Nach einer Weile des unentwegten Bewunderns gingen wir langsam und leise zurück zum Wagen. Dort bat mich Gerti, mein Foto in keinen Sozialnetzwerken zu veröffentlichen, die Tiere sollten geschützt bleiben und ihre Ruhe haben. Ich versprach, dass ich das Foto nur für mich privat nutzen würde, fragte nach dem Halsband und erfuhr die Geschichte der Gepardin:

Sie war selbst noch ein Junges, als Löwen ihr Versteck aufgespürt und sowohl ihre Mutter als auch das zweite Junge getötet hatten. Ein Ranger fand die tote Gepardin mit ihrem Jungen und entdeckte ein weiteres Junge unter einem Dornenbusch – lebend. Das war unsere Gepardin hier. Das Junge wurde aufgezogen und kam dann in ein weitläufiges Gehege, um sich nicht zu sehr an Menschen zu gewöhnen. Nun bestünde die Aufgabe darin, die Gepardin mit ihren Jungen zu schützen und zu hoffen, dass die drei nicht wieder Opfer von Löwen würden, denn gegen Löwen hätte die Gepardin alleine und dazu mit Jungen keine Chance.

»Oh, wie schrecklich«, sagte ich. »Was ist denn mit dem Geparden-Männchen? Die Löwen halten als Familie doch auch zusammen?«

»Die Geparden nicht. Und außerdem sind Geparden von ihren Genen her besonders gegen Inzucht anfällig. Es müsse also darauf geachtet werden, dass ihr männliches Junges, sobald es geschlechtsreif ist, in ein anderes Reservat kommt. Damit er weder Mutter noch Schwester decken kann«, meinte Gerti.

Ganz schön kompliziert, dachte ich. Und ich wünschte der Gepardin und ihren Jungen alles Glück der Erde.

Später erfuhr ich dann, wie viele Aktionen im Hintergrund liefen, damit das Gleichgewicht zwischen Raubtieren und Beutetieren ausgewogen blieb, ich erfuhr, welcher Aufwand gegen Wilderer betrieben wurde, wie sehr diese aber wiederum von Stellen unterstützt wurden, die nur an Geld interessiert waren, wie die Korruption blühte und trotzdem der tägliche Kampf gegen die kriminelle Ausbeutung der Tiere Erfolge brachte. Ich erfuhr in diesen Stunden mehr als in all den zurückliegenden Tagen. Gerti erzählte auch von der benachbarten Buschschule »Daktari«, die verwaiste Wildtiere aufzog und gleichzeitig schwarzen Kindern eben diese Tiere nahebrachte. Zusätzlich zeigten die Lehrer den Kindern eine berufliche Zukunft außerhalb der Großstädte auf, damit sie nicht irgendwann in irgendwelchen Slums endeten.

Bis wir wieder in unserem Camp zurück waren, hatte ich das Gefühl, im Leben etwas falsch gemacht zu haben. Ich hätte mich engagieren sollen, anstatt hinter einer Drogerie-Kasse zu sitzen, ich hätte etwas Sinnvolles tun sollen, anstatt Otto hinterherzutrauern. Und bis mir Mike zum Aussteigen die Hand reichte, war ich davon überzeugt, überhaupt nur eine Sache in meinem Leben richtig gemacht zu haben: Lars. Alles andere würde ich wahnsinnig gern anders machen, mein Leben zurückdrehen, die Weichen anders stellen.

Beim Mittagessen erzählte ich Mike von meinen Gedanken und konnte mich kaum beruhigen.

»Wie alt bist du?«, wollte er von mir wissen.

»45.«

»Und du denkst, das sei zu spät?«

»Klar doch! Mit 45?«

»Es ist nie zu spät. Ich bin zehn Jahre älter und habe mein Leben auch noch einmal umgekrempelt. Und sollte es nötig sein, kann ich es auch ein weiteres Mal umkrempeln.«

Darauf sagte ich nichts. Vielleicht bin ich einfach feige? Kann doch sein? Vielleicht denke ich nur, dass ich es früher hätte machen sollen, weil ich mich jetzt nicht mehr traue?

Einfach nur eine Ausrede, dachte ich. Mike hat ganz recht. Wenn man etwas ändern will, hat das sicher nichts mit dem Alter zu tun, sondern mit dem Willen.

»Ich hätte noch einen Vorschlag für heute Abend …«. Mike holte mich aus meinen Gedanken zurück in die Wirklichkeit.

»Noch einen?«, fragte ich. »Ich bin nicht so sehr kreativ, was ist es denn?«

»Sagt dir *Sleep Out* etwas?«

Sleep Out. Von wem hatte ich das schon gehört? Outdoor, Badewanne im Busch, ja, irgendwo dort hinten, aber Sleep Out? Da war doch was …

»Ja, schon«, zögerte ich, »aber nicht konkret.«

Er nickte. »Es erfordert ein bisschen Mut.«

»Wie meinst du das?«

Mike machte ein verschmitztes Gesicht. »Du würdest eine Nacht mit mir verbringen. In einem Doppelbett hoch auf einer Plattform zwischen Baumwipfeln. Also quasi in einem Baumhaus ohne Dach.«

»Mitten im Busch?«

»Mitten im Busch. Eine halbe Stunde Autofahrt von hier entfernt.«

»Und wenn etwas passiert?«

»Dann sind die Ranger in einer halben Stunde zur Stelle. Über Walkie-Talkie.«

Ich wusste nicht, was ich darauf antworten sollte.

»Sie richten ein Dinner für zwei, so, wie du es von hier kennst, mit Kerzenlicht und drei Gängen, und dann verschwinden sie und lassen dich unter dem Sternenhimmel alleine. Nachts hörst du die Tiere, bist mitten unter ihnen. Und in der Nähe ist eine Wasserstelle, mit einer starken Taschenlampe kannst du beobachten, welches Tier nachts zur Tränke kommt.«

»Ich weiß nicht.«

»Stört dich eher der Gedanke, eine Nacht in der Wildnis zu erleben, oder eher der Gedanke, eine Nacht mit mir alleine zu sein?«

Er war so schnell. Und so direkt. Ich war mir nicht sicher. Fand ich das eher gut oder schlecht? Im Moment bereitete es mir leichte Bauchschmerzen.

»Geht das nicht ein bisschen schnell?«, fragte ich ihn.

»Das Doppelbett ist breit genug, man kann auch völlig gefahrlos nebeneinanderliegen.«

»Du kennst es also schon?«

»Ich habe es einmal genossen. Allerdings alleine, nach Moniques Tod. Das tat gut.«

»Dann hast du dort deine traurigen Gedanken. Ich glaube, die mag ich nicht teilen.«

»Wir werden neue Gedanken haben. So ist das mit dem Leben. Es geht weiter.«

Es geht weiter, dachte ich. Eigentlich ist es doch wunderbar, dass etwas weitergeht, vor Kurzem hatte ich noch gedacht, alles in meinem Leben sei eher Stillstand.

»Gut«, sagte ich kurz entschlossen. »Wann fahren wir? Und was muss ich mitnehmen?«

Alles in seinem Gesicht drückte Freude aus. »Fein, ich freu

mich … ich freue mich wirklich sehr! Bequeme Kleidung, warme Jacke, alles, was du an Kosmetik brauchst.«

Kosmetik? Ein Baumhaus mit Badezimmer?

»Und die Toilette?«, wollte ich wissen, »muss man da vom Baumhaus runterklettern in den Busch?« Dann würde ich nämlich lieber verzichten.

Er lachte. »So war es früher. Jetzt gibt es dort oben um die Ecke eine komfortable Toilette.«

Eine komfortable Toilette. Vor einem Mann, den ich noch nicht einmal richtig geküsst hatte. Na, ich weiß nicht.

»Nicht einsehbar, wenn man nicht hinschaut«, ergänzte er.

»Sehr beruhigend«, sagte ich.

»Vertrau mir!« Er schenkte mein leer getrunkenes Glas Wasser nach. »Wir ordern ein perfektes Dinner und nehmen beste Getränke mit. Der Rest wird sich zeigen.«

Mit diesem »Rest« ist ja dann wohl das Bett gemeint. So ganz wohl war mir bei der Sache nicht. Ich blickte mich nach Marina und Leska um. Vielleicht hatten sie dieses Baumhaus im Busch ja auch schon genossen? Ein paar Erfahrungswerte konnten schließlich nicht schaden. Aber ihr Tisch war noch leer. Sicher waren sie noch unterwegs, wir hatten ja heute eine individuelle Pirschfahrt. Schade.

»Magst du ein Dessert?« Ich sah auf. Elias stand neben uns und betrachtete uns lächelnd. Sicher dachte er, so ist es richtig, eine Frau alleine geht nicht.

»Ja!« Ich nickte. »Gern.« Süßigkeiten helfen ja, setzen Glückshormone frei. Wenn ich auf Wolke sieben schwebe, mache ich mir nicht so viele Gedanken.

»Willst du es ernsthaft?« Mike war wirklich sensibel, das musste ich ihm lassen. Er griff über den kleinen Tisch nach meiner Hand.

Jetzt, dachte ich, jetzt ist der Moment da, alles noch einmal abzublasen.

»Ja«, sagte ich. »Ich vertrau dir!«

Nach dem Mittagessen begleitete mich Mike zu meinem Zelt.

»Keine Lust auf eine Erfrischung im Swimmingpool?«, fragte ich ihn vor meinem Zelteingang, aber er lehnte ab. Er hatte eine Massage gebucht. Donnerwetter, dachte ich, ich hatte bisher keinen Mann gekannt, der sich eine Massage gebucht hätte. »Massiert werden tut gut«, erklärte er mir, »das entspannt wunderbar, und außerdem schlafe ich jedes Mal ein.«

»Das ist ja prima«, musste ich lachen, »da kann die Masseurin ja so lange ein Päuschen machen und dich nach der halben Stunde wieder wecken.«

Er lachte ebenfalls. »Möglich ist alles.« Er nahm mich kurz in den Arm und roch an meinem Hals. »Du riechst so gut.«

»Ich habe nichts ...«

»Ich meine kein Parfum, ich meine dich. Deine Haut. Deinen eigenen Geruch.«

Eigengeruch? So etwas konnte ja nun auch eher unangenehm sein.

Er löste sich von meinem Hals und drückte mir einen Kuss auf die Stirn.

»Kurz vor vier hole ich dich ab, um vier starten wir, ist dir das recht?«

Ich nickte und sah ihm nach, wie er den schmalen Weg entlangging. Er hatte eine gute Figur, besonders in den Jeans. Gerade lange Beine, schmale Hüften. Sexy.

»Ja, ganz gut, Herr Mike«, sagte ich leise, und als er außer Sichtweite war, schnüffelte ich unter meinem Arm. Nein, da war kein Schweißgeruch, er hatte also tatsächlich meine Haut gemeint. Trotzdem ging ich duschen. Es war einfach herrlich, unter der Außendusche zu stehen und sich lauwarm berieseln zu lassen. Nass, wie ich war, legte ich mir meinen Bikini zurecht, aber dann hielt mich ein Blick in den Spiegel zurück. Ich hatte doch einige rote Stellen, also hatte ich gestern tatsächlich zu viel Sonne abbekommen. Und außerdem war ich müde. Ich warf einen Blick auf die weißen Laken meines Bettes. Sie zogen mich unwiderstehlich an. Ich würde mir einen gemütlichen, altmodischen Mittagsschlaf gönnen. Vorschlafen. Wer wusste schon, was in diesem obskuren Baumhaus alles auf mich wartete.

Das Packen für diese einzige Nacht kostete mich genau so viel Kopfzerbrechen wie das Packen für die ganze Reise. Um halb vier stand ich ratlos vor meinen Kleidungsstücken. Sollte ich meinen leichten Schlafanzug mitnehmen, den ich hier immer trug? Ein Negligé hatte ich nicht dabei – bei diesem Gedanken musste ich kichern. Ich besaß gar keines. Warme Kleidung, hatte er gesagt. Ja klar, auf so einem Baum zog es ganz bestimmt. Aber sollte ich mich jetzt in meinem Parka zum Dinner bei Kerzenlicht setzen? So hatte er es bestimmt auch nicht gemeint.

Schließlich zog ich meine Jeans und meine knöchelhohen Sneakers an, wegen der Schlangen, falls ich im Busch herumstapfen musste, ein schwarzes T-Shirt mit Spitzenausschnitt, für die Festlichkeit des Dinners, darüber meine dicke Fleecejacke. Das war nun ein Kompromiss. In meine Umhängetasche steckte ich meinen Schlafanzug, eine bessere Idee hatte ich nicht, dazu als Alternative ein lang geschnittenes, weites T-Shirt, das bis über den Po reichte. Zahnpasta und Zahnbürste, ein Abschminktuch, damit ich nicht mit verschmierter Wimperntusche neben ihm aufwachen musste, einen Handspiegel, Gesichtscreme und Wimperntusche zum morgendlichen Aufrüsten. Lippenstift. Sonnencreme. Papiertaschentücher. Fertig.

Um Punkt vier Uhr stand der Land Rover für uns bereit, und meine zurückhaltende Stimmung hatte sich in Vorfreude verwandelt.

Wir setzten uns hinter den Fahrer, der sich mit Kiano vorgestellt hatte, und Mike legte den Arm um mich. »Nun bin ich wirklich gespannt«, erklärte ich, und er drückte mich.

»Darfst du auch. Ich glaube, das wird eine unvergessliche Nacht. Ein Himmelbett in einer Baumkrone mitten im afrikanischen Busch. Liebste Stefanie, ist das zu toppen?«

»Ich glaube nicht. Ich könnte mir jedenfalls nichts Verrückteres vorstellen.«

»Wir werden es gemeinsam genießen, mit allem, was dazu gehört.« Und mit einem seitlichen Blick zu mir fügte er an: »Und was wir nicht wollen, lassen wir einfach weg.«

»Sprichst du vom Dinner?«, zog ich ihn auf.

»Das sowieso.« Er grinste. »Aber da ich es zusammengestellt habe, hoffe ich, dass es perfekt ist. Und wenn nicht ... nun ja, Geschmäcker sind verschieden.«

»Köche auch ...«

»Und wenn uns gar nichts schmeckt, rufen wir an, beschweren uns lauthals, damit es auch alle Tiere im Busch mitkriegen, und bestellen ein neues Menü.«

Ich musste lachen. So unbeschwert war ich schon lange nicht mehr gewesen. War ich es überhaupt je?, fragte ich mich.

»Sehr gut«, alberte ich, »aber dann bestellen wir eine Eisbombe! Mit Schokoladeneis, heißem Himbeerüberzug und Wunderkerzen!«

»Da bin ich dabei. Eis mag ich auch. Vor allem in afrikanischen Baumwipfeln!«

Kiano unterbrach uns und zeigte auf etwas, das wir nicht erkennen konnten. Er stoppte den Wagen. Ein Nashorn. Nicht weit von uns entfernt, aber durch die Farbe gut getarnt. Es kam direkt von der Seite auf uns zu. Und, ich kniff Mike in die Seite, mit einem Jungtier.

»Wird die uns nicht rammen?«, fragte ich aufgeregt.

»Sie sehen nicht gut«, klärte Mike mich auf. »Das ist auch mit den Pferden immer spannend. Wir stehen, sie kommen, laufen fast auf uns drauf und sind dann ganz verdutzt, dass da was im Weg steht.«

»Ja, aber«, ich zeigte auf das spitze Horn, »damit ist so ein Pferdebauch doch mal schnell durchlöchert …«

»Nur die Spitzmaulnashörner sind aggressiv. Die sehen uns dann schon mal als Spielkegel und möchten Kugel sein. Aber die hier, die Breitmaulnashörner, wollen einfach nur ihre Ruhe haben. Vor allem mit einem Jungtier.«

Wir beobachteten, wie sie grasend auf uns zukamen, dann blieb die Kuh plötzlich stehen und beäugte uns, das Kalb an ihrer Seite. Unglaublich, dachte ich, was für ein Tier! Die kleinen Ohren bewegten sich, sie hob den Kopf und witterte, dann drängte sie das Kalb ab und lief in die andere Richtung weiter.

Kiano wollte schon starten, ließ es aber und zeigte stattdessen noch einmal in die Richtung, diesmal allerdings weiter nach links.

»Ah, thank you«, bedankte sich Mike und zu mir: »Schau,

da vorn ist der Bulle! Die Kälber sind etwa drei Jahre alt, bevor sich die Mütter nach der ersten Geburt wieder decken lassen. Wahrscheinlich denkt er, seine große Zeit sei gekommen.«

»Alle drei Jahre?« Ich reckte den Hals, um den Bullen besser sehen zu können. Ein imponierend großes Tier. »Ist das nicht zu wenig für so einen Bestand?«

»Normalerweise nicht. Nashörner werden bis zu 45 Jahre alt – wenn der Mensch nicht eingreift.«

Wenn der Mensch nicht eingreift. Bilder von toten Nashörnern mit blutenden Hornstümpfen schoben sich vor mein geistiges Auge. Ich holte tief Luft.

»Gut, dass sie hier geschützt werden«, sagte ich.

»Das ist ein täglicher Kampf. Aber hier gibt es sie wenigstens noch. In freier Wildbahn sind sie fast ausgestorben.«

Ich beobachtete den Bullen. Er ging mit erhobenem Kopf langsam hinter der grasenden Kuh und ihrem Kalb her. Sein Horn erschien mir wirklich unglaublich lang und angsteinflößend.

»Schade, dass er die Wilderer damit nicht aufspießen kann«, sagte ich inbrünstig, »das würde ich diesen Typen gönnen!«

Mike drückte mich und sagte nichts.

Kiano fuhr weiter, und etwa zwanzig Minuten später hob er erneut den Arm und deutete in eine Richtung. Diesmal war es das Baumhaus. Allerdings lag es noch ziemlich weit entfernt und sah zwischen den vielen Büschen und Bäumen, die uns von hier aus die Sicht versperrten, völlig unspektakulär aus. Eine Plattform auf Stelzen. Ich war gespannt.

Beim Näherkommen erkannte ich, dass es nicht ganz

so hoch in den Baumwipfeln lag, wie ich mir das vorgestellt hatte. Die Baumwipfel breiteten sich darüber aus. Das bedeutete im Umkehrschluss ja auch, dass die Plattform erreichbar war. Und zwar nicht nur für uns Menschen. Ich sagte nichts. Besser mal abwarten. Kiano fuhr den Wagen um einige Bäume herum, und dann endete der Weg vor einer Holztreppe, die bequem nach oben zur Plattform führte. Während Kiano eine Kiste nach der anderen aus dem Auto lud, ging ich mit Mike zur Treppe. Ja, der große Baum war zwar in die Plattform integriert worden, aber sie war nicht an ihm befestigt, sie stand auf eigenen Pfählen.

»Soll ich dich hochtragen?«, bot Mike an.

»Über die Schwelle?«

»Wir können ja eine improvisieren.«

»Aber zuerst musst du die Gartentür aufmachen«, sagte ich lachend.

Wir blieben auf halber Höhe vor einem niedrigen Holztor stehen. Aha, dachte ich, das also ist das Abwehrgitter für Löwen, Leoparden, Geparden und – ja, konnten Hyänen eigentlich klettern? Mike öffnete das Tor, und Hand in Hand gingen wir hinauf auf die Plattform.

Es war überwältigend – und auch irgendwie witzig.

»Wahnsinnsblick«, sagte ich.

Mike nickte.

»Und Wahnsinnsbett!«

Mike nickte erneut.

Das war wirklich der Knaller. Hier oben stand das zusammengezimmerte Bett, eine dicke Boxspringmatratze auf einem Podest, vier lange Holzpfosten, die in den Himmel ragten und durch Querstangen miteinander verbunden waren, darüber, wie überall, ein Moskitonetz gespannt. Dazu hübsche Bettwäsche, das Bett schon aufgeschlagen, viele bunte Kissen, kuschelig.

»Ich glaub's nicht«, sagte ich, »tatsächlich ein Himmelbett mitten im Busch.«

Mike nahm mich in den Arm. »Und das Menü kommt auch gleich ...«

Dann küsste er mich. Zum ersten Mal spürte ich ihn, seinen Mund, seine Hände auf meinem Rücken, seinen Körper. Es fühlte sich gut an, und ich bemerkte mit Freude, dass sich auch mein Körper regte. Es war also noch nicht alles eingeschlafen, meine Sinne funktionierten noch.

Als wir voneinander abließen, sah er mir in die Augen.

»Das war der Willkommensgruß«, sagte er. »Sobald die Kisten hier oben sind, gibt es einen Aperitif.«

Wie schön, dachte ich. »Wahnsinn!«

»Mach's dir irgendwie gemütlich, ich gehe mal Kiano helfen.«

Ich setzte mich auf das breite Bettpodest und lehnte mich mit dem Rücken an die Matratze. Ein herrlicher Platz. Derweil schleppten die Männer die Kisten hoch. Bei meinem Angebot zu helfen winkten beide ab.

Der blanke Holztisch nahe dem Geländer bekam eine weiße Tischdecke, darauf wurden Porzellanteller, Gläser und Besteck verteilt, ein mehrarmiger Kerzenleuchter aufgestellt, und schließlich, als Kiano uns auch noch eine Speisekarte auf den Tisch gelegt hatte, entkorkte Mike eine Flasche Champagner.

Das Leben meinte es gut mit mir.

Nicht nur wegen meines Lotto-Gewinns, auch wegen Mike.

Ich spürte ein bis dahin nicht gekanntes Hochgefühl.

Drei Alukisten stellte Kiano neben den Tisch. Eine mit gekühlten Getränken und zwei mit unserem Dinner. Mike ließ sich alles genau erklären, und als Kiano sich mit einem breiten Grinsen und guten Wünschen verabschiedete, zog vom Horizont her schon ganz fein die Dämmerung herauf.

Mike schenkte zwei Gläser Champagner ein und hielt mir eines hin. »Über allen Wipfeln ist Ruh«, zitierte er, »und von allen die Liebste bist mir du!«

Ich musste lachen. »Bravo! Ist das auch von Rilke?«

»Eine Goethe-Improvisation.«

»Ja«, sagte ich und nickte, »ich erinnere mich. Aber das ist ein trauriges Gedicht, wenn mich nicht alles täuscht.«

»Deshalb habe ich auch improvisiert.« Er stellte sein Glas ab. »Achtung, Ma'm, wir kommen zum ersten Gang. Wenn du schon mal die Kerzen anzünden würdest, das Feuerzeug …«, er drehte sich im Kreis, »das Feuerzeug … müsste dort liegen.«

Er wies auf den kleinen Beistelltisch. Dort lagen das Walkie-Talkie für Notfälle, ein Korkenzieher und andere nützliche Kleinigkeiten, aber kein Feuerzeug.

»Er ist Raucher«, sagte ich. »Bestimmt hat er es eingesteckt. Aus Versehen.«

»Na!« Mike richtete sich auf. »Das geht ja nun gar nicht. Ein romantisches Dinner im Baumhaus ohne Kerzenlicht?« Er griff nach dem Walkie-Talkie.

»Da muss er gleich mal zurückkommen.«

»Halt, stopp«, bremste ich Mike. Im Abendlicht glitzerte etwas an der Kante des Tischbeins, und ich ging auf die Knie, um es besser sehen zu können. »Problem gelöst«, sagte ich und legte das Feuerzeug auf den Tisch. »Gefunden.«

»Wunderbar!«, Mike schenkte mir ein Lächeln. »Wir sind ein gutes Team, das sehe ich schon.«

Ich zündete die Kerzen an, und er nahm die Speisekarte in die Hand.

»Erster Gang: Biltong Snack. Hauptgericht: Kudu-Lende. Nachspeise: Giraffencreme.« Er sah mich erwartungsvoll an. »Was sagst du?«

»Fantastisch. Ich habe nur keine Ahnung, was das ist.«

Er grinste. »Ein typisch afrikanisches Menü für einen typisch afrikanischen Abend. Also, rohes Biltong ist wie Bündnerfleisch, das Ganze wird in einem Teigkorb serviert, übrigens aus Weizenteigblättern gebacken. Danach, Hauptgericht, Kudu-Lende. Kudu-Fleisch ist klar, dazu Kartoffel-Wedges-Mix. Da müssen wir natürlich Abstriche machen, denn die Speisen sind ja schon seit etwa einer Stunde fertig. Und Giraffencreme ist ein leckeres Schichtdessert aus Pfirsichpüree und Joghurt Mix, darüber geriebene dunkle Schokolade. Und jetzt – was sagst du?«

»Ich bin begeistert!«

Während Mike den ersten Gang aus den Wärmebehältern herausholte und auf den beiden Tellern verteilte, sah ich ihm abwechselnd zu und dann wieder einfach nur in die Ferne. Es war die Vogelperspektive, die mich so faszinierte. Unter mir und weit bis zu den Bergen im Hintergrund wechselten sich Buschland und offene Ebenen ab. Nicht weit von uns entfernt lag eine große Wasserstelle, fast schon ein Teich, mit steilen Böschungen und breiten Sandufern. Es war wohl nicht die Uhrzeit für die Tiere, denn bisher wirkte alles wie ausgestorben. Aber ich war sicher, dass sich das ändern würde. Wie aufregend! Das Dinner war für mich inzwischen völlig zweitrangig, mir hätte auch ein Brot mit einem Glas Wasser gereicht, Hauptsache, wir konnten hier sitzen und alles beobachten.

»Bleibst du noch beim Champagner, oder magst du ein Glas Rotwein?«

Ich mag vor allem nicht betrunken werden, dachte ich, nicht dass ich beim Toilettengang über die Brüstung stürze.

Ich drehte mich nach Mike um. Er hatte die Speisen liebevoll auf den beiden Tellern angerichtet und sogar noch mit einer kleinen, roten Blumenblüte dekoriert. Es sah einfach umwerfend aus. Und während sich mein Appetit regte, griff ich nach meinem Handy.

»Halt«, sagte ich. »Diese Teller auf weißer Tischdecke, das Champagnerglas und dahinter der grüne afrikanische Busch, da ist ja unfassbar! Das muss ich festhalten.«

Mike wollte auf die Seite gehen, aber ich bat ihn, stehen zu bleiben. »Ich brauche ein Foto«, sagte ich, »aber ich werde dieses Bild auch in meinem Herzen tragen.«

Er schob mir den Stuhl zurecht. »Und jetzt noch einmal die Frage, bleibst du beim Champagner, oder magst du ein Glas Rotwein?«

»Jetzt gern noch Champagner und zum Hauptgang bitte ein Glas Rotwein.«

Es war wie im Film. Lars, wenn du mich jetzt sehen könntest, dachte ich. Oder besser noch, Susanne. Ihr würdet es nicht glauben. Ich glaubte es ja selbst kaum!

Die Nacht zog herauf, und wir saßen an unserem von Kerzen beleuchteten, weiß gedeckten Tisch und tafelten wie die Könige. Drei Gänge, und alle schmeckten gut. Es war unbeschreiblich. Zunächst war es stockdunkel, aber nach einer Weile wurde es heller, der Mond ging auf. Atemberaubend, wie er als große, volle Kugel aufstieg. Zuerst saharafarben hinter den Bäumen, dann immer höher hinauf. Trotzdem reichte sein Licht nicht aus, um bis zur Wasserstelle sehen zu können, sodass Mike dann und wann die starke Taschenlampe zur Hand nahm und den Teich ableuchtete. Noch war dort kein Tier aufgetaucht.

»Die Tiere finden noch überall Wasser«, erklärte Mike. »Später im Jahr, wenn es knapper wird, hat man hier mehr Glück.«

»Sie werden schon noch kommen«, sagte ich. »Hauptsache, wir sind da.«

Er warf mir einen Blick zu, stand auf und kam um den Tisch herum. Hinter mir blieb er stehen, und ich spürte seine Hände auf meinen Schultern und dann seine Stimme ganz nah an meinem Ohr.

»Ich habe unbändige Lust auf dich«, raunte er und verstärkte den Druck seiner Hände. Da hatte ich ja wohl mit meinem Satz ein Tor geöffnet. Ich fühlte mich etwas überrumpelt. Und vor allem verweigerte mir mein Körper genau in diesem Moment eine Antwort: Hatte ich denn Lust auf ihn? Aber bevor ich mich entscheiden konnte, hatte er schon zur Flasche gegriffen und schenkte mir nach. Es war ein ausgezeichneter Rotwein, das fiel sogar mir, der Nicht-Kennerin, auf.

»Ich dachte, ich muss dir das sagen«, erklärte er und erhob sein Weinglas zum Anstoßen.

Ich nickte unsicher. »Ja ...« und nahm einen kleinen Schluck, bevor ich mein Glas schnell wieder abstellte.

Mein Gott, Stefanie, sagte ich mir, was ist mit dir los? Einen aufregenderen Ort für Liebe wirst du nicht mehr finden. Was waren deine Höhepunkte bisher? Sex in einem Golf. Ja, toll! Und ansonsten im Schlafzimmer, mal auf dem Sofa und auf der Wiese. Ach ja, und, ganz aufregend, mit Otto Sex auf dem Balkon. Jetzt bist du hier, mitten in Afrika, mitten in der Wildnis, und das macht dich nicht an? In einem Himmelbett in den Baumwipfeln?

Ich wollte gerade aufstehen, um zu ihm hinüberzugehen, als es unter mir brüllte. Direkt unter mir. Hätte ich das Glas noch in der Hand gehalten, hätte ich es vor Schreck fallen lassen. So saß ich nur wie erstarrt und sah zu Mike hinüber.

Er zeigte keine Regung.

»Scheint ein Löwe zu sein«, konstatierte er nur.

»Psst«, machte ich und legte den Zeigefinger auf den Mund. Sofort sah ich das niedrige Gartentörchen auf halber Treppe vor mir, das die Raubtiere von uns fernhalten sollte. Hatte Kiano es überhaupt hinter sich geschlossen?

»Er steckt nur sein Territorium ab. Oder kommuniziert mit seinen Rudelmitgliedern«, erklärte Mike ungerührt. »Sie rufen sich über mehrere Kilometer.«

Kommuniziert, wie bitte? Rief er sie nun alle her? Ich wagte nicht zu sprechen. Würden ihn menschliche Laute nicht anlocken? Wenn es unser Geruch nicht längst getan hatte. Oder unser Dinner. Kudu-Fleisch. Sicherlich waren Kudus auch eine Leibspeise der Löwen.

Er brüllte wieder, und er bekam Antwort. Da war ich mir sicher, das war ebenfalls Löwengebrüll. Wie viele würden es wohl sein? Ein Rudel konnte aus bis zu dreißig Tieren bestehen, das hatte ich vor meiner Abreise irgendwo gelesen. Gab es das hier auch? In diesem Reservat? Ich konnte es mir nicht vorstellen, aber streng genommen reichte auch ein einziger Löwe für uns beide.

»Und jetzt?«, flüsterte ich und deutete zu dem Walkie-Talkie.

Für Notfälle, hatte es geheißen.

War das kein Notfall? Ein Löwe unterm Hintern und 29 andere im Anmarsch?

Ich holte tief Luft.

Und Mike? War ihm jetzt die unbändige Lust vergangen?

Überhaupt, was wäre geschehen, wenn wir uns dort auf dem Himmelbett herumgewälzt hätten, hätte der Löwe da nicht vielleicht auch mitmischen wollen?

»Das wollten wir doch sehen«, sagte Mike ungerührt. »An der Wasserstelle. Jetzt sind sie halt ein bisschen näher dran an uns.«

»Psst!«, machte ich mit Nachdruck. Ich wollte nicht gefressen werden, nur weil er Vorträge hielt.

Es rumorte unter uns. Ein Brüllen und Fauchen und Knurren, beängstigend.

»Komm, das schauen wir uns an«, sagte Mike.

War er lebensmüde?

»Wie, das schauen wir uns an?«, fragte ich. Das konnte doch nicht wahr sein. Wollte er tatsächlich zu den Löwen hinuntersteigen? Mal schauen, was der Löwe so machte?

»Keine Sorge.« Mike kam um den Tisch herum, nahm mich bei der Hand und ging mit mir in Richtung Treppe. Dort blieb ich stehen und drückte mich gegen das hölzerne Bettgestell. Im Notfall würde ich unter das Podest kriechen.

Aber dann sah ich, was Mike meinte.

»Sie haben keine Augen für uns«, beruhigte er mich.

Im fahlen Mondlicht wurden wir Zeugen ihres Liebesspiels.

»Die Löwin fordert das ein«, erklärte Mike mir. »Bis zu

vierzigmal am Tag. Und das über mehrere Tage. Wird sie trotzdem nicht trächtig, ist er schuld, und es beginnt von Neuem.«

Ich war sprachlos.

Er war auf seine Partnerin gestiegen, suchte seine Position und biss sie dabei leicht in den Nacken. Das war ihr wohl zu viel, denn sie verpasste ihm mit ihrer Tatze eine saftige Ohrfeige. Er glitt von ihr herunter, Fauchen und Knurren, dann wieder von vorn.

»Nur andeuten«, sagte Mike. »Nackenbisse mag sie nicht, da wird sie wütend.«

»Ist ja Wahnsinn!«, sagte ich. Und dachte sofort an mein Handy. Das wäre mal eine echte Foto-Sensation. Aber ich traute mich nicht, es zu holen.

»Das ist übrigens auch das Problem mit ihrer starken Vermehrung«, erklärte Mike leise. »Löwinnen bringen zwei bis vier Jungtiere auf die Welt, das wird für ein Reservat schnell zu viel. Man könnte den Löwinnen ja Antibaby-Hormone geben, aber sie würden das nicht verstehen. Wahrscheinlich würden sie ihren Mann zum Teufel jagen, weil sie ihn für unfruchtbar hielten.«

»Was du alles weißt«, sagte ich bewundernd und spürte eine leichte Erregung. War es das Animierprogramm dort unten – oder was? Plötzlich hatte ich Lust auf Sex.

Inzwischen glaubte ich auch, dass die dort unten kein Auge für uns hatten. Allerdings konnte ich nicht sehen, ob sie tatsächlich alleine waren, oder ob der Rest der Familie direkt unter unserem Baumhaus saß und vielleicht Lust hatte zu klettern.

Egal, dachte ich mir, liebe Steffi, du lebst nur einmal. Heute eben etwas intensiver.

»Ich habe unbändige Lust auf dich«, flüsterte ich Mike zu und drückte mich an ihn.

»Aha?« Er warf mir einen Blick zu und legte dann den Arm um mich. »Ist das so?«

»Es ist so!«, bekräftigte ich.

»Schön …« Sein Mund spielte in meinem Haar, und ich roch ihn. Eine Mischung aus herbem Rasierwasser und Leder, das bildete ich mir zumindest ein. Doch dieser Geruch weckte Erinnerungen. Ich sah ihn wieder vor mir, auf dem Pferd, den frühmorgendlichen Abritt in den Busch. Das machte mich nur noch mehr an.

Ich stellte mich direkt vor ihn. Damit drehte ich den Löwen sträflicherweise den Rücken zu, aber der Wunsch meines Körpers war jetzt stärker als die Furcht vor den Raubtieren. Und Mike schien zu spüren, dass ich ihn nun wirklich in Richtung Bett drängte, denn er bückte sich leicht zu mir herunter und küsste mich nun so fordernd, dass ich auf die Erfüllung drängte. Über drei Jahre keinen Sex mehr, es war Zeit, dass ich wieder in die Gänge kam, und außerdem – und das gefiel mir am besten – hatte ich ja schon befürchtet, dass in meinem Alter das Thema wohl abgeschlossen war, dabei spürte ich jetzt, dass es überhaupt erst richtig losging.

Wir schoben uns küssend an der Längsseite des Bettes entlang, bis wir den Eingang durch das hochgebundene Moskitonetz gefunden hatten, dann fielen wir umklammert auf das Bett und zogen uns gegenseitig wie im Rausch aus. Herrlich, dachte ich, meine Gefühle sind wieder da, ich spüre mich, mein Unterleib übernimmt die Führung, wow!!! Gehirn ausschalten, sagte ich mir, genießen.

Wir entdeckten uns, Stück für Stück, im fahlen Mondlicht. T-Shirt, BH und Hemd lagen schon irgendwo neben dem Bett. Mike lag schräg über mir und streichelte meinen Busen. Die Brustwarzen zogen sich zusammen und richteten sich auf. Das Gefühl war fantastisch, dann glitt er etwas tiefer und umkreiste sie mit seiner Zunge, das hatte ich bei Otto schon geliebt, aber an ihn wollte ich jetzt nicht denken. Als seine Finger nach dem Hosenknopf meinem Jeans tasteten, nahm ich seine Hand weg und drehte ihn auf den Rücken. Er hatte einen muskulösen, sehnigen Brustkorb, kleine Brustwarzen, kaum Behaarung, einen flachen Bauch und einen Penis, der gegen den Reißverschluss der Jeans drückte. Perfekt! Genau mein Fall. Und das wurde mir hier geschenkt, mitten in Afrika!

Wir öffneten gegenseitig unsere Hosen und strampelten sie dann weg. Unter uns noch immer Fauchen und Knurren, zwischendurch ein röhrendes Brüllen, und uns beide trennten nur noch zwei Slips. Jetzt würde sich zeigen, ob wir füreinander geschaffen waren. Zu groß war nichts, zu klein auch nicht. Zu dick war nichts und zu dünn auch nicht. Er musste passen, sonst machte es keinen Spaß. Maßgeschneidert, dachte ich. Es war ein ungeheuerlicher Glücksfall, wenn alles passte. Und die Lust auch. Zu viel war nichts und zu wenig auch nicht.

Wobei, ich brannte gerade vor Lust.

Er streifte mir meinen Slip zuerst ab. Mein Blick nach unten war gigantisch. Der Männerkopf zwischen meinen Beinen, das Bett im Freien, der noch immer von Kerzen beleuchtete Tisch, dahinter der Busch, erhellt von einem Mond, der auf alles ein unwirkliches Licht warf. Und meine Nerven, die angespannt darauf warteten, endlich erlöst zu werden. Endlich wieder aufzucken und tanzen zu dürfen, endlich mal wieder in den Taumel eines Orgasmus zu fallen. Einen, den ich mir nicht selbst verschaffen musste. Ich spürte seine Zunge, er traf den Punkt. Schneller und schneller, und ich wurde da unten hart, ich spürte es und ... oh! Gleich würde ich kommen. Das kannte ich schon an mir. Entweder es kam schnell, oder es kam gar nicht. Und jetzt ... Wahnsinn! Und ich weiß nicht, hatte ich geschrien, oder war es die Löwin?

Ich lag reglos da. Meine Bauchdecke vibrierte noch. Ich brauchte ein paar Minuten für mich, aber nach dem Aperitif musste jetzt ... Ich nahm ihn bei den Schultern. »Komm hoch«, raunte ich, denn jetzt wollte ich ihn spüren, ganz und gar. Er rutschte hoch. An der Art, wie er das tat, spürte ich gleich, dass etwas nicht stimmte. Und tatsächlich. Er hatte seinen Slip noch an, aber das, was vorher die Jeans so schön gespannt hatte, war weg.

Hmm, dachte ich. So einen Fall hatte ich noch nie gehabt. Was sollte ich jetzt tun?

»Entschuldige«, sagte er, »Kopfsache.«

»Hoppla«, entgegnete ich, »ich dachte immer, Männer hätten beim Sex keinen Kopf.«

Er lächelte schwach, und ich sah mich genötigt, meine Erregung herunterzufahren. War jetzt mütterliches Verständnis gut – oder sollte ich meine Hilfe anbieten?

»Soll ich ...«, ich griff zu seinem Slip, »darf ich mal ...?«

Seine Hand legte sich auf meine. »Es ist wirklich Kopfsache.«

»Aber vorhin ...«

»Da habe ich nicht gedacht.«

»Und jetzt?«

»Jetzt habe ich gedacht.«

Dass erregte Männer denken, war mir auch neu.

»Macht nichts«, sagte ich. Also doch die mütterliche Nummer. Waren Frauen nicht für alles gut? Mutter, Ehefrau, Geliebte, Kinderfrau, Putzfrau, Köchin, Organisatorin, Trösterin, Aufpeitscherin, Versorgerin ... Ich bremste mich. Ich hätte noch stundenlang weiter aufzählen können.

»Es tut mir leid«, sagte er.

»Alles gut«, schwindelte ich. »Ich hatte meinen Orgasmus ja schon, und es war genial!«

»Aber ich hätte dir gern noch einen beschert.«

»Und dir auch.«

»Und mir auch.«

»Es braucht dir nicht leid zu tun«, sagte ich, denn plötzlich tat er mir leid. Was aber auch für eine beschissene Situation für einen Mann, da lädt er eine Frau ein, Sleep Out, Dinner, Champagner, Wein, lehnt sich weiß Gott wie aus dem Fenster, ist scharf auf sie – und als sie endlich zündet, ist es bei ihm vorbei.

Ich legte mich auf den Rücken und nahm ihn in meinen Arm. Unter uns war es auch still geworden. Was eine Löwin wohl täte, wenn ihrem Löwenmann das passierte? Bekam er eine Ohrfeige, wie vorhin? Der Gedanke erheiterte mich, aber ich konnte mir das Lachen gerade noch verkneifen. Das wäre in dieser Situation bestimmt nicht gut gekommen.

»Hast du an sie gedacht? An Monique?«

»Nicht bewusst. Aber mein Unterbewusstsein vielleicht doch.«

Jetzt hatte ein Mann auch noch ein Unterbewusstsein, es wurde immer besser. Otto war eine einfache Maschine gewesen: Essen, Trinken, Schlafen, Sex. Von Unterbewusstsein keine Spur. *Mein Inneres ist ein unentdeckter Garten, und das soll auch so bleiben.* Jeder Psychoanalytiker hätte Freude an ihm gehabt. Aber Mike? Das war ja schon ein rechtes Sensibelchen.

»Wir trinken was«, kam mir die rettende Idee, und ich setzte mich ruckartig auf. »Bleib liegen, ich bring uns zwei Gläser Champagner ans Bett.«

»Wenn noch was in der Flasche ist.«

»Sonst Rotwein. Davon ist noch genug da.«

Mike sagte nichts. O Gott, ich hatte einen Patienten.

»Mike!«, ich drehte mich zu ihm um, »es ist kein Drama! Wir genießen jetzt einfach den schönen Abend, trinken was, und vielleicht kommt es ja wieder.«

Au, das hätte ich nicht sagen dürfen. Das setzte ihn garantiert unter Druck.

»Und wenn nicht, ist es auch nicht schlimm.«

An seinem Gesichtsausdruck sah ich, dass dieser Nachsatz die Sache auch nicht besser machte.

Ich zog mich aus der Affäre, indem ich aus dem Bett stieg und im Kerzenschein die Kühlbox öffnete und die Flaschen untersuchte. Champagner erschien mir jetzt die bessere Wahl, der hatte angeblich eine stimulierende Wirkung. Rotwein dagegen schläfert ein. Ich war noch nicht so ganz gewillt, meine Wiedererweckung so einfach aufzugeben.

Die Champagnerflasche schien mir noch zwei Gläser herzugeben. Während ich einschenkte, ging mir die Situation auf. Da lief ich vor aller Augen einfach so nackt auf der Plattform herum. Menschenaugen waren dabei zweitrangig, aber bekam man nach dem Sex nicht Hunger? Ich dachte eher an unsere Untermieter, pustete vorsichtshalber die Kerzen aus und robbte mit den beiden Gläsern einigermaßen elegant über das Bett zu Mike zurück. Er hatte die Decke zurückgeschlagen, saß aufrecht da und nahm mir die beiden Gläser ab.

»Das wäre eigentlich meine Aufgabe gewesen«, sagte er. Ich atmete auf. Zumindest hörte sich sein Ton nicht weinerlich an, sondern ganz normal.

Das war doch schon mal was.

»Ich kann dich doch auch mal verwöhnen.«

Kaum gesagt, dachte ich, dass auch dieser Satz nicht gerade glücklich war. In so einem Fall bekam einfach alles einen anderen Zungenschlag.

Wir stießen miteinander an, und bevor wir trinken konnten, drückte ich ihm einen Kuss auf die Lippen. »Erzähl mir von ihr«, sagte ich und nahm einen Schluck.

»Willst du das wirklich?«

Nein, eigentlich nicht. Aber ich dachte an Otto und wie lange ich gebraucht hatte, um mit diesem Verlust fertig zu werden, dabei war er doch wirklich als mieser Verräter aus dieser Ehe herausgegangen. Und trotzdem hatte es wehgetan. Oder vielleicht gerade deshalb. Aber wie musste sich Mike da erst fühlen? Sein Verlust war noch frisch. Und vor allem hatte Monique ihn nicht betrogen. Sein Feind war kein anderer Mann, sondern ein wucherndes Etwas, das man nicht treten, nicht beschimpfen, nicht würgen konnte. Es war viel fieser, als es jede Geliebte je hätte sein können.

»Ja, bitte«, ermutigte ich ihn. Wir stellten die Gläser hinter unseren Kopfkissen auf dem breiten Holzbort ab und rutschten hinunter, unter die Decke. Ich kuschelte mich an Mike, und er legte den Arm um mich. Dann fing er an zu erzählen, und ich merkte bald, dass ich keine Antwort zu geben brauchte. Wahrscheinlich therapierte er sich gerade selbst, und so konnte ich ihn einfach festhalten und ihm schließlich ein paar tröstende Worte sagen, bevor wir gemeinsam einschliefen.

Ich wachte auf, weil es nach Kaffee duftete. Noch bevor ich die Augen aufschlug, hörte ich die nahen, ungewohnten Geräusche, wähnte mich aber in meinem Zelt. Brachte Suna heute Kaffee statt Tee? Und wie spät war es überhaupt?

Wie immer hatte ich mich unter meiner Decke vergraben und musste mich erst einmal herausschälen, aber dann war alles schlagartig wieder da. Mike. Das Baumhaus. Das Dinner. Die Löwen. Der Sex.

Oje! Dazu brummte auch noch mein Schädel. Ich richtete mich auf, Mike stand neben dem Bett, hatte das Moskitonetz angehoben und betrachtete mich lächelnd.

»Guten Morgen, my dear, habe ich dich erschreckt?«

»Du mich? Nein!« Ich musste mich erst einmal sammeln, bevor ich zurückgrüßen konnte.

Er streckte mir den Becher hin. »Etwas Zucker habe ich hineingetan, Milch auch. Passt das?«

Ich nickte und griff danach. Er war bereits angezogen und sah völlig okay aus, fröhlich und zufrieden. Also hatte er sein nächtliches Desaster gut verkraftet. Vielleicht hatte ja die Therapiestunde geholfen? Und aufgeräumt hatte er auch schon, alles war wieder in den Kisten verpackt. Ich musste nichts mehr tun, als mich anzuziehen, das heißt, zunächst musste ich einmal nach meinen verstreuten Kleidern suchen. Aber auch das hatte er bereits erledigt, sie lagen ordentlich zusammengelegt auf einem Stuhl.

»Magst du einen Keks dazu?« Als ich verneinte, setzte er sich neben mich auf das Bett und griff nach meiner Hand.

»Wir haben noch Zeit«, sagte er, »gut zwanzig Minuten, bevor sie uns abholen.«

Zwanzig Minuten sind nicht viel, wenn man noch die Spuren einer Nacht aus dem Gesicht tilgen will, noch zur

Toilette muss, sich ankleiden sollte und einen Kaffee in Ruhe trinken mag. Aber gut.

»Wie sehe ich denn aus?«, fragte ich, das Schlimmste befürchtend.

»Wunderschön«, sagte er.

Wunderschön?

Ich dachte eher, dass man sich in so einem Zustand am Anfang einer möglichen Beziehung eigentlich nicht zeigen sollte. Aber vielleicht war es ja kein Anfang einer Beziehung, sondern schon das Ende? Dann war es eigentlich auch egal.

»Ich möchte dir etwas sagen«, begann er.

Oje, dachte ich, jetzt kommen bestimmt Dinge, die ich lieber nicht hören möchte. Die Begründung, warum es zwischen uns leider nichts werden kann, die Begründung, warum es nicht geklappt hat, das Beteuern, dass ihm dies zum ersten Mal passiert ist. Ich mochte es nicht hören, wirklich nicht.

»Ja?« Ich hob meinen Blick und stellte mir im selben Moment vor, wie sich meine Wimperntusche um die Augen herum verteilt hatte. Musste grandios aussehen.

»Es war ein schöner Abend gestern«, fuhr er fort, »auch für mich. Dass der letzte Rest nicht funktioniert hat, ist schade, tut der Sache in meinen Augen aber keinen Abbruch. Es war sehr fröhlich mit dir, sehr innig und sehr nah. Das wollte ich dir sagen.«

Das war die nette Einleitung, dachte ich, jetzt kommt der Abschied.

Aber er schwieg, und ich war mir nicht mehr sicher. Wartete er auf eine Antwort?

»Ja«, sagte ich ohne großen Enthusiasmus, »ja, das war es. Fand ich auch.«

Ich spürte selbst, wie mager das klang.

Er nahm einen Schluck aus seiner Tasse, und ich tat es ihm gleich, vor allem aber, um das Schweigen zu überbrücken.

Meine Hand hielt er noch immer.

»Ich muss heute nach Bangkok abreisen. Eigentlich hätte ich schon gestern fliegen müssen, deshalb lässt sich der Flug jetzt nicht länger aufschieben. Ich habe einen Termin, der sehr wichtig ist. Wäre nur eine andere Person beteiligt, ginge es vielleicht noch. Aber es geht um mehrere Menschen, die genau zu diesem Termin zusammenkommen, da ist eine Verschiebung leider unmöglich.«

Ich nickte nur.

Also Bangkok. Dann ist er weg. Weg aus meinem Leben und überhaupt.

War das ein Vorwand? Das hatte er doch gar nicht nötig. Er konnte doch auch einfach sagen: *Liebe Steffi, mit uns beiden passt es nicht, schade und tschüss. Du bist halt keine Frau, die ihn hochbringt.* Nein, diesen Gedanken verbot ich mir ganz schnell. Es lag nicht an mir, das war er selbst. Kopfkino. Vorher hatte er ja immerhin noch unbändige Lust auf mich.

»Ich werde heute Mittag ab Huitsproed fliegen, es bleibt also nicht mehr viel Zeit.«

»Zeit für was?«, fragte ich.

»Zeit, dich um etwas zu bitten.«

Aha, dachte ich. Jetzt kommt die Männerbitte: Sag's keinem weiter.

»Ja?«, fragte ich, schließlich drängte nun langsam die Zeit für mich, der Wagen würde bald kommen, und ich war noch immer völlig nackt.

Er ließ meine Hand los und umfasste nun seinen Becher mit beiden Händen.

»Ich möchte dich bitten, dass du nachkommst.«

»Nachkommen? Wohin?«

»Nach Bangkok.«

»Bangkok? Ich muss aber nach Frankfurt zurück.«

»Überlege es dir. Ich bezahle dir den Flug.«

»Nein!« Ich winkte ab. »Es geht nicht ums Geld. Es geht ...« Mir fiel kein schlüssiges Argument ein. Mir fiel auch kein richtiger Grund ein.

»Wegen deiner Arbeitsstelle?«

Ich schüttelte den Kopf. Ich hatte ja noch eine zweite Woche Urlaub.

»Familie?«

Ich verneinte noch einmal.

»Also doch jemand, der auf dich wartet?«

Noch ein Nein.

»Also, gut, ich verstehe.« Er richtete sich auf. »Es hat mit mir zu tun. Schade. Ich hatte gehofft, du hast auch diesen Funken gespürt, ich hatte gehofft, wir könnten zusammenfinden.«

»Aber ja doch!« Erschrocken griff ich nach seiner Hand, und der Kaffee schwappte über seine Hose.

»Oh, das tut mir leid! Das wollte ich nicht, entschuldige!«

Er wischte lächelnd mit der Hand über den Fleck. »Es gibt Schlimmeres. Beispielsweise, wenn ich mich in eine Frau verguckt habe und dieses schöne Gefühl einseitig bleibt.«

»Aber das ist doch nicht wahr!«, protestierte ich lautstark. »Ich dachte eher, mein Gefühl für dich ist stärker als umgekehrt.«

»Wegen heute Nacht?« Er lächelte schräg. »Das hat nichts damit zu tun. Nachdem du Lust bekommen hast, wollte ich um jeden Preis mit dir schlafen, aber meine Psyche hat mir einen Strich durch die Rechnung gemacht. Das war so nicht abgemacht!«

Das war so nicht abgemacht? Die Formulierung fand ich witzig. »Kann man mit seinem Körper etwas abmachen?«, fragte ich.

»Eben nicht. Offensichtlich nicht, das hast du ja gesehen.«

Wir mussten beide lachen. Ach, wie gut das tat, dieses Lachen. Es befreite, es nahm diese Schatten weg, die irgendwo noch auf dieser Sache lasteten.

»Ich müsste umbuchen«, sagte ich. »Und ich weiß nicht, wie das geht. Ich bin zum ersten Mal in meinem Leben geflogen.« Ich sah ihn bedeutungsvoll an. »Dies ist meine erste Fernreise überhaupt. Und das war schon mühsam genug. Wie soll ich je nach Bangkok kommen, wenn mein Flug nach Frankfurt geht?«

Er stellte seinen Becher ab und schloss mich in die Arme.

»Ich buche für dich um«, sagte er. »Und ich bezahle das auch.«

»Nein«, wehrte ich ab, »das möchte ich nicht. Ich möchte nicht in deiner Schuld stehen. Wenn wir uns in Bangkok streiten, dann möchte ich ohne schlechtes Gewissen einfach heimfliegen können. Ich möchte dir nichts schuldig sein.«

»Das wärest du so oder so nicht. Und außerdem streiten wir uns nicht!«

Wir sahen uns in die Augen.

»Also abgemacht?«, fragte er.

»Abgemacht!«, sagte ich und dachte: je oller, je doller. In diesem Moment hörten wir den Land Rover kommen.

»Halt sie auf!«

Ich drückte Mike meine Kaffeetasse in die Hand und sprang aus dem Bett.

»Ich muss mir zumindest noch was anziehen! Und schau nach, ob die Löwen weg sind. Die haben bestimmt auch noch nicht gefrühstückt!«

Die nächsten Stunden vergingen wie im Flug. Ich winkte Mike noch nach, dann packte ich selbst. Am nächsten Tag um 14 Uhr würde auch mein Flug ab Hoedspruit gehen. In Johannesburg würde ich drei Stunden Aufenthalt haben, bis der Flug nach Nairobi startete, Ankunft Nairobi gegen 23 Uhr, Weiterflug gegen Mitternacht, alles geplant, alles gut durchdacht, ich musste mich um nichts mehr kümmern, ich würde nur den Anzeigetafeln folgen müssen.

Mit diesem guten Gefühl trank ich nach dem Abendessen mit Marina und Leska noch das versprochene Glas Champagner, vor allem, weil ich auf meiner Rechnung gesehen hatte, dass die ganze Flasche umgerechnet 24 Euro gekostet hatte. Das hätte ich mal vorher wissen sollen ... Da war ja mein Rotwein teurer, aber – ich wollte nicht hadern – das Schicksal hatte es gut mit mir gemeint. Und ich hinterließ ein respektables Trinkgeld für alle.

Marina fand auch, dass ich die Schicksalsqueen sei.

»Toll«, sagte sie. »Da kommen die Buschmänner angeritten und prompt verliebst du dich ...«

»... und folgst ihm in seine Hütte bis nach Thailand«, ergänzte Leska. »Das muss man sich mal vorstellen!«

Ja, das fand ich auch. Einfach unvorstellbar. Und weil wir gerade bei unvorstellbaren Ereignissen waren, erzählte ich ihnen vom Löwenkonzert mit Liebesspiel unter unserem Baumhaus. Den Rest ließ ich allerdings weg. Immerhin fanden die beiden das auch ohne weitere Ausführungen so reizvoll, dass sie direkt selbst buchen wollten. Für die nächste Nacht.

»Na, dann viel Spaß«, sagte ich, und wir umarmten uns zum Abschied. Auch Nico umarmte mich, und alle anderen ebenfalls. Ich verstand, warum sich die beiden Freundinnen hier so wohl fühlten: Es lag an der großen Herzlichkeit, mit der man hier behandelt wurde.

In Johannesburg hatte ich mein Gepäck für den Weiterflug nach Bangkok ohne Schwierigkeiten eingecheckt und mich auch noch erkundigt, ob ich mich darauf verlassen könne, dass es durchgestellt werde? Ja, das sei sicher. Ich rechnete meine Zeit bis zum Boarding aus, besah mir den Weg zum entsprechenden Gate, um keine Fehler zu machen, stöberte noch ein bisschen in einem großen Geschäft mit afrikanischer Kunst, kaufte zwei wunderschöne silberne Geparden-Kerzenleuchter, von denen ich wusste, dass sie überhaupt nicht in meine Wohnung passen würden, genehmigte mir schließlich in einem Restaurant mit Blick auf die Startbahn eine Cola und ein Club-Sandwich und stellte fest, dass es dort Wlan gab. Eine gute Gelegenheit, um nach langer Zeit mal wieder auf mein Smartphone zu schauen.

Von meiner Schwester waren drei WhatsApps eingegangen, von meinem Sohn fünf. Eine von Bine, meiner Kollegin, sonst hatte niemand meine Nummer.

Aha, dann also Susanne. Sicherlich würde sie sich entschuldigen wollen, das wurde ja auch Zeit. Dann wollte ich auch nicht so sein, immerhin war sie ja meine Schwester. Und vielleicht würde ich ja sogar noch was drauflegen. Für einen Urlaub. Im Allgäu.

Bei diesem Gedanken kicherte ich und öffnete ihre Nachricht.

»Wie kannst du uns so anlügen?!«, las ich gleich in ihrer ersten Mitteilung, und dann versteinerte ich. »Felix hat deinen angeblichen Gewinn recherchiert. Mehr als eine Million! Von wegen 50 000! Mit unseren Geburtstagszahlen! Schämst du dich nicht?!«

Ich ließ das Handy sinken und nahm erst einmal einen Schluck aus meinem Glas. Eiskalte Cola mit viel Eis. Das tat jetzt gut auf den ersten Schreck.

Dann öffnete ich erwartungsvoll die Nachricht meines Sohnes.

»Mutter!!!« stand da. Mutter! Mit drei Ausrufezeichen. Mutter hat er mich noch überhaupt nie genannt. »Hast du so ein Versteckspiel nötig? Bin ich nicht dein Sohn? Ich bin tief enttäuscht von dir!«

Aha, mein Sohn ist also tief enttäuscht. Ob ich wollte oder nicht, es schlug mir auf den Magen. Das üppige Club-Sandwich schob ich zur Seite und trank noch einen tiefen Schluck aus meinem Glas. Dann nahm ich meinen Mut zusammen und las die nächste Nachricht, direkt darunter.

»Und ich frage dich noch nach einem Urlaub! Um dir Marie vorzustellen! Und was machst du? Sagst, dafür hast du kein Geld. Und haust einfach ab. Alleine. Egoistisch. Fernreise. Susanne hat es herausgefunden.«

So, dachte ich, Susanne hat es herausgefunden. Da haben die drei ja gut zusammengearbeitet.

Ich öffnete erneut Susannes Nachrichten, schließlich hatte ich nur die erste gelesen. »Es ist einfach eine totale Sauerei!!!! Du betrügst uns um unseren Anteil. Und nicht nur das, dazu lügst du auch noch infam! Ich lasse das jetzt durch einen Anwalt prüfen!«

Und in der letzten stand nur noch: »Du hörst von mir!«

Ich hatte einen Kloß im Hals und spürte den Schock am ganzen Körper. Mir war halb schlecht. Zögerlich öffnete ich die nächste Nachricht meines Sohnes. Eigentlich wollte ich sie gar nicht mehr lesen.

»Hab wenigstens den Anstand, und komm zurück, damit wir darüber sprechen können. Ich gönne dir ja das Geld, aber wieso schließt du mich da aus? 5000 Euro? Bei über einer Million? Findest du das nicht ein bisschen schäbig?«

Finde ich das schäbig? Ich weiß nicht. Ich hatte einfach nur Angst, dass er mir ständig in den Ohren liegen würde. Und ich hatte Angst, dass das Geld blitzschnell weg sein könnte – Auto kaufen, reisen, höherer Lebensstandard ... Ich wollte es einfach vor zu schnellem Zugriff schützen.

Möglicherweise war die Idee mit den angeblichen 50 000 Euro doch nicht so gut gewesen. Und vielleicht würde er das Geld auch gar nicht verschleudern – vielleicht schätzte ich ihn nur falsch ein?

Die nächste Nachricht. Man spürte den Zorn dahinter.

»Und jetzt meldest du dich nicht einmal. Jetzt bist du auch noch feige!!«

Stimmt, dachte ich, denn Bammel hatte ich nun schon, ihnen unter die Augen zu treten. So viel Feindschaft, wenn nicht sogar Hass von meiner Schwester. Und Lars? Da kam er nach seinem Vater. Kein Wunder, er hatte ja auch das letzte Schuljahr bei ihm gewohnt. Und sicher wusste Otto auch schon, dass seine Ex plötzlich Millionärin war. Welche Gefühle das wohl bei ihm auslöste?

Das brachte mich trotz allem zum Grinsen. Das geschah ihm recht. Mit Geld konnte man ihn treffen, das wusste ich aus eigener langjähriger Erfahrung. Und dass *er* knabbern und sparen musste und ich in Saus und Braus würde leben können, wirkte sich sicher auch auf die heile Welt mit seiner neuen Königsblume aus.

Am wichtigsten aber war mir Lars und was er von mir dachte. Ich musste zurückfliegen und alles klären. Jetzt, von Johannesburg aus, war es zu spät. Aber in Nairobi würde ich meinen Flug nach Bangkok abbrechen und stattdessen nach Frankfurt fliegen. Irgendwie würde ich diese neue Buchung schon hinkriegen, und auf einen nicht angetretenen Flug mehr oder weniger kam es jetzt auch nicht mehr an. Und der Koffer? Würde in Bangkok auf dem Gepäckband kreisen, bis er unter »lost and found« landen würde. Zumindest war die Stuttgarter Adresse auf dem Koffer-Anhänger vermerkt. Vielleicht würde er nachgesendet werden? Und wenn nicht, dann war es halt so. Kein allzu großer Verlust.

Entschlossen legte ich mein Handy weg.

Gut, dachte ich, es ist entschieden. Mike würde ich von der neuen Sachlage unterrichten, dann konnte er daraus seine Schlüsse ziehen, wie er wollte.

Schade ist es ja schon, dachte ich. Ich habe mich ehrlich auf ihn und Bangkok gefreut. Aber jetzt ist es eben so, machen wir das Beste draus. Und mit diesem Gedanken zog ich mein Club-Sandwich zu mir heran.

Ein langer Flug gibt einem die Gelegenheit, noch einmal über alles nachzudenken, die Dinge noch mal zu durchleben. Ich habe mich entschieden, denke ich, und jetzt sitze ich nach dem etwas turbulenten Zwischenstopp in Nairobi nun eben nicht im Flugzeug nach Frankfurt, sondern im Flugzeug nach Bangkok. Meine Vorahnungen haben sich zwar erfüllt, aber ich darf auch nicht zum Sklaven meines Gewissens werden. Natürlich, ich habe sie angeschwindelt. Aber gibt ihnen das das Recht, so auf mich loszugehen? Vor allem Susanne. Anwalt! Wahrscheinlich versucht sie jetzt ihren Anteil einzuklagen. 33 Prozent von 1 171 349,10 Euro. Wie viel ist das überhaupt? Ich beschäftige mich eine Weile damit, das im Kopf auszurechnen, und komme auf rund 390 450 Euro. Warum sollten Susanne also rund 400 000 Euro zustehen? Nur weil sie an dem Tag geboren ist, der mir zu meinem Lottoglück verholfen hat? Ich schüttelte den Kopf. Unsinn! Aber man weiß ja nie, vorsichtshalber werde ich doch auch lieber einen Anwalt fragen.

Die Stewardessen schieben mit ihren Servierwagen die Gänge entlang. Mittagessen. Also haben wir fast die Hälfte der Flugzeit schon hinter uns, und ich war die ganze Zeit in meiner Vergangenheit versunken. Es wird Zeit, dass ich nach vorn sehe, und es wird Zeit, dass ich reagiere. Ich nehme mein Handy heraus und überlege mir eine passende Antwort. Susanne schreibe ich: »Tu, was du nicht lassen kannst. Aber vielleicht fragst Du Dich mal, wie Du im umgekehrten Fall gehandelt hättest?«

Und meinem Sohn schreibe ich: »Warum freust du dich nicht einfach über das, was du hast? Ich bin nicht feige. Ich habe zwei Wochen Urlaub, Montag in einer Woche arbeite ich wieder. Dann können wir reden.«

So lasse ich es zunächst einmal stehen. Bis ich wieder Wlan habe, formuliere ich es vielleicht noch ein, zweimal um, aber im Prinzip werde ich es so losschicken. Nun ist die Flugbegleiterin bei meiner Sitzreihe angelangt und schlägt drei Möglichkeiten vor, ich verstehe aber nur Curry chicken and rice, also nehme ich Curryhühnchen mit Reis. Ich habe wieder einen Fensterplatz und dazu das Glück, dass der mittlere Sitz unbesetzt geblieben ist, so haben meine Nachbarin und ich ausreichend Platz beim Essen. Wir klappen alle drei Tischchen herunter und nicken uns zu. »khwām krahāy thī dī«, sagt sie freundlich nickend, und da sie asiatisch aussieht, nehme ich an, es soll »Guten Appetit« heißen und wünsche ihr auf Deutsch ebenfalls einen guten Appetit.

Den Rest des Fluges vergnüge ich mich mit einem Film. Auf Englisch, um mich zu schulen. »The Midwife«. Ich habe keine Ahnung, was ein *midwife* ist, komme im Lauf der Handlung aber darauf, dass es wohl Hebamme heißen muss, jedenfalls fesselt mich der Film ungemein. Ein typisch französischer Film, unschlagbar, mit Catherine Deneuve und Catherine Frot, ohne Mord, ohne Blut, ohne Knallerei – einfach sagenhaft menschlich. Wenn die Handlung stimmt und die Schauspieler die Figuren tatsächlich verkörpern, denke ich mal wieder, braucht es keine große Kulisse. Wie bei einem Kleidungsstück. Wenn es einen wirklich kleidet, braucht es keine großen Accessoires. Ich bin so in die Handlung versunken, dass mir die Landung in Bangkok zu früh kommt, der Film ist noch nicht zu Ende, dabei möchte ich doch unbedingt wissen, wie es ausgeht. Bis zur letzten Sekunde hänge ich am Bildschirm und gebe erst auf, als er schwarz wird.

Angekommen!

Ich bin in Bangkok.

Bangkok! Mein Gott, jetzt bin ich auch noch in Bangkok, die kleine Stefanie aus Stuttgart! Und vor lauter Film habe ich total vergessen, über meine nächsten Tage mit Mike nachzudenken. Wie wird es wohl werden? Was empfinde ich für ihn? Ich freue mich, das steht fest. Aber richtig wissen werde ich es erst, wenn ich ihn gleich wiedersehe. Er holt mich ab, hat er versprochen. Noch eine halbe Stunde, vielleicht ist er ja schon da.

Es dauert seine Zeit, bis wir endlich aussteigen können, aber im Zubringerarm holt mich die Römerin ein.

»Guten Flug gehabt?«, fragt sie mich.

Ich nicke. »Es war sehr entspannt. Und bei Ihnen?«

»Ich hatte im Mittelgang drei Sitze für mich und habe die ganze Zeit über geschlafen!« Sie lacht. »Jetzt bin ich ausgeschlafen und freue mich auf die thailändische Garküche.«

»Ja«, sage ich. »Wir haben es geschafft. Kaum zu glauben. Und danke für Ihre Tipps und die Hilfe …«

Sie winkt ab. »Die beste Möglichkeit, um Geld zu wechseln, ist übrigens gleich da vorn im Gang links. Die Wechselstube ist fair, dann hat man schon mal ein bisschen Bares in der Tasche.«

Darüber hatte ich noch gar nicht nachgedacht. Ich weiß nicht einmal, wie die einheimische Währung heißt. So ganz der Reiseprofi scheine ich dann doch noch nicht zu sein. Aber ich trau mich jetzt auch nicht, sie zu fragen.

Vor dem Währungshäuschen ruft sie mir einen Abschiedsgruß zu und geht weiter in Richtung Gepäckausgabe. Ich lasse 50 Euro wechseln, mal lieber vorsichtig, und bekomme dafür 1800 Baht ausbezahlt. Das ging ja schon mal prima.

Doch als Nächstes sehe ich ein großes Schild mit »Visa« und eine Menge Menschen darum herum. Ich frage einen Beamten, ob denn jeder ein Visum für Thailand bräuchte? Er sagt ja. Ich kämpfe mich bis zum Eingang vor, sehe die Ländertafel. Viele Staaten, aber Germany ist nicht dabei. Idiot, denke ich, wozu steht der dann da, wenn er sich nicht auskennt? Also beschließe ich, in Richtung Gepäckausgabe zu gehen. Vor dem Eingang steht eine Uniformierte, verlangt meinen Passport und einen ausgefüllten Zettel. Welchen? Ich schau mich nach einem Tisch um, wo schon wieder zahlreiche Formulare in verschiedenen Farben liegen, manche schon beschrieben ... welches soll es jetzt sein? Sie lächelt und drückt mir ein unbeschriebenes Blatt in die Hand. Das da! Gott sei Dank. Ran an den Tisch, ausfüllen, Passnummer, Flugnummer, Home-Address, Adresse in Bangkok, keine Ahnung, ich schreibe »Peninsula« hin, davon habe ich schon mal gelesen, und marschiere wieder zurück zur Uniformierten.

Sie: »Ah, you came with KQ?«

»Yes«

»From where?«

»Nairobi.«

»So, sorry, if you came from Nairobi, you need a health-okay.«

»A what?«

»Don't worry, the Health-Center is not far from here ... this direction!«

Sie zeigt mit der Hand in die Richtung, aus der ich vom Flugzeug gekommen bin.

Ich brauche einen Stempel, sonst komme ich nicht an mein Gepäck ran und schon gar nicht rein nach Bangkok, denn Nairobi liegt in Kenia, und dort herrscht aktuell Ebolagefahr. Unser Zwangsaufenthalt in Nairobi zeigt also Folgen ...

Ich gehe zum Health-Center. Schlange. Einige aus meinem Flugzeug erkenne ich wieder. Und ich sehe, dass alle einen Impfpass in den Händen halten.

Du lieber Himmel!

Was passiert jetzt dort vorn? Wie soll das gehen bei hundert Leuten? Ich recke den Hals. Ganz vorn erkenne ich meine Römerin. Klar. Auf irgendeine geheimnisvolle Weise schafft sie das ja jedes Mal. Aber immerhin sehe ich jetzt, dass zwei Beamtinnen Impfpässe prüfen und anschließend den gelben Zettel abstempeln.

Was für ein Glück, dass ich überhaupt einen Impfpass dabeihabe und der auch noch im Handgepäck bei meinen Reiseunterlagen ist. Hätte ich sonst zurückfliegen müssen?

Es kostet mich vierzig Minuten, dann stehe ich wieder bei meiner Uniformierten. Sie lächelt und lässt mich zur Gepäckausgabe durch. Ich lächle zurück.

Na, bitte. Geht doch!

Auch die anderen sind jetzt da und suchen ihre Gepäckstücke, die seit vierzig Minuten auf dem Gepäckband kreisen. Die Koffer der nächsten Maschinen kreisen bereits mit.

Doch nun ist es so weit. Meinen Koffer hinter mir her ziehend, gehe ich am Zoll vorbei durch die offene Glastür in die Ankunftshalle.

So viele Menschen stehen da wartend hinter der Absperrung, dass ich Mike überhaupt nicht entdecke, doch während ich mich noch suchend umsehe, kommt er auch schon auf mich zu.

»Wie schön, dass du da bist!« Er überreicht mir eine rote Rose und nimmt mich in den Arm. Mir fällt sofort mein Traum mit dem Löwen ein. Und die Nacht mit den Löwen. »Ich habe uns ein gutes Hotel ausgesucht, lass dich überraschen!«

»Ich freu mich!«, sage ich. »Ich freu mich, dich zu sehen, ich freu mich, hier zu sein, ich freu mich, dass ich mich über mich selbst hinweggesetzt habe.«

»Wie meinst du das?«

»Das erzähle ich dir nachher.«

Er nimmt meinen Koffer, und ich sehe zu ihm hinüber.

Das ist der Mann, den ich im Busch auf einem Pferd gesehen habe, und jetzt geht er neben mir her, in Bangkok, in unser gemeinsames Hotel. Es ist einfach unbeschreiblich.

»Wir nehmen ein Taxi«, erklärt er, »die stehen im 1. Level.«

Ich nicke und verlasse mich darauf, dass er sich auskennt. Wir treten aus dem Gebäude hinaus, und ich atme erst einmal tief durch. Frische Luft! Wie gut! Die ist hier feuchter als in Afrika, aber trotzdem angenehm. Und es ist warm, das ist mir das Wichtigste. Vor uns stehen die Taxen, und ich will direkt darauf zusteuern, aber Mike hält mich zurück.

»Das ist in Bangkok anders als in anderen Städten. Die offiziellen Taxifahrer stehen zwar hier in der Schlange, aber du musst zuerst an einem Taxiautomaten ein Ticket ziehen. Darauf ist die Nummer des betreffenden Taxis angegeben.«

Aha. Was ich nicht alles lerne, ich hätte es prompt falsch gemacht. Und ich sehe auch keinen Taxiautomaten, aber Mike erledigt das rasch. Während ich mit dem Gepäck warte, kommt er auch schon wieder zurück, und gleich drauf sitzen wir in einem geräumigen Taxi. Der Fahrer spricht kaum Englisch, aber ich sehe, wie Mike ihm einen Zettel mit dem Hotelnamen gibt und nachdrücklich auf das Taxameter zeigt. Der Fahrer murmelt etwas und startet.

»In Bangkok!«, sage ich und rutsche näher an Mike heran. »Ich glaube es kaum.«

»Und ich glaube es kaum, dass du tatsächlich hier bist.«

Er legt den Arm um mich und drückt mich an sich. Es tut so gut. Es vermittelt ein Gefühl von Geborgenheit, es streichelt meine Seele.

Bangkok bei Nacht ist hell erleuchtet, laut und voll. Vor allem fahren hier Gefährte herum, die ich nur aus dem Fernsehen kenne. Ständig denke ich, gleich gibt es einen Unfall, aber irgendwie schaffen es alle Mopeds, Rikschafahrer und Autos aneinander vorbeizukommen. Unwahrscheinlich! Alle Geschäfte sind hell erleuchtet, viele Menschen eilen die Gehwege entlang, manche stehen Schlange an den Garküchen, andere haben Pappbecher in der Hand und essen im Gehen. Tobendes Leben und tosender Verkehr. Dazu, das sehe ich mit Staunen, hängen überall schwarze Kabel. Dicke, zusammengebundene Kabelstränge ziehen sich an den Fassaden entlang und über die Straßen hinweg. Unglaublich, kreuz und quer und tief herabhängend. Ein hoher LKW könnte in so einer Seitenstraße doch glatt im Kabelgewirr hängen bleiben. Und sicher kommt der eine oder andere Strang auch mal runter, denn so vertrauenerweckend sehen die Halterungen nicht aus.

»Haben die keine Angst?« Ich weise auf einen besonders wilden Kabelsalat.

»Wovor?«

»Na, was weiß ich, Sabotage, da kommt doch jeder ran.«

Er lächelt. »Auf so eine Idee kommt man hier gar nicht.«

Aha, nur wir Ausländer sehen also in allem eine Gefahr. Wo keiner was Böses will, gibt es auch keine Gefahr. Ein schöner Gedanke.

»Gibt es hier keine Kriminalität?«

»Mit dem westlichen Einfluss leider zunehmend, aber es ist hier immer noch vergleichsweise sicher. Im Mai 2017 gab es in Bangkok einen Bombenanschlag in einem Militärkrankenhaus. Wie überall, man muss wachsam sein, aber Diebstahl und Raub sind eher selten. Trotzdem hängt es natürlich von jedem selbst ab, man muss ja auch nicht wie ein Weihnachtsbaum behängt herumlaufen…« Mike grinst.

»Dazu neige ich ohnehin nicht«, sage ich und hebe meine

Hände. Ich trage nicht mal einen Ring, und meine Uhr ist über zehn Jahre alt.

»Was man hier auch wissen sollte, Thais sind recht zurückhaltend.« Er lächelt mich an. »Und Zärtlichkeiten in der Öffentlichkeit werden nicht gern gesehen – wenn sich auch die Jugend etwas freier verhält. Und noch was: In Thailand ist Majestätsbeleidigung ein großes Verbrechen. Also am besten über den König und seine Familie gar nichts sagen.«

Ich nicke. »Das hatte ich auch gar nicht vor.« Königshäuser interessieren mich sowieso nicht so gewaltig.

»Ansonsten werden dir die Thai gefallen. Der überwiegende Teil sind Buddhisten, sie sind sehr tolerant, vor allem anderen Religionen gegenüber. Das genaue Gegenteil also von Christentum und Islam.«

»Erzähl mir noch mehr …«

»Wenn du magst?« Er drückt mir einen Kuss auf die Stirn. »Ich mag dieses menschliche Klima hier, denn die Menschen fühlen sich nicht als Herrscher der Welt und haben keinen Auftrag, sich Erde und Tiere untertan zu machen. In dieser Beziehung sehen sie also keinen großen Unterschied zwischen Mensch und Tier. Der Unterschied besteht ihrer Meinung nach nur darin, dass der Mensch die Fähigkeit zur Reflexion besitzt. Dadurch bekommt er aber keine besonderen Rechte, sondern, ganz im Gegenteil, er sollte aus seinen Erkenntnissen ethisch handeln.«

»Hört sich gut an«, finde ich. »Irgendwie nach heiler Welt, wie im Bilderbuch.«

»Na ja, so richtig heile Welt gibt es wohl nirgends. Aber wie man sieht, kann man eben alles säen, und die Kinder nehmen auf, was die Erwachsenen ihnen vorleben: Friede, Toleranz oder Hass und Gewalttätigkeit.«

»Wo bist denn du aufgewachsen?«, frage ich ihn spontan.

»In einer kleinen Gemeinde in Schleswig-Holstein, heile Welt«, er zuckt mit den Schultern, »bis mein kleiner Bruder von unserem eigenen Traktor überfahren wurde. Das hat sich mein Vater nie verziehen und nahm sich Jahre später das Leben.«

Ich schweige betroffen. »Das ist ja furchtbar!«

»Vieles ist furchtbar auf dieser Welt. Deshalb tut es gut, wenn man den eigenen Horizont etwas erweitert. In der Trauer verharren heißt Stillstand. Auch für einen selbst.«

Ich denke an den Tod seiner großen Liebe. Dazu Bruder und Vater. Manche Menschen trifft es schon brutal.

»Und deine Mutter?«

»Mit drei Kindern hatte sie nicht viel Zeit zum Nachdenken, sie hat einfach weitergemacht.«

»Starke Frau!«

»Von ihr habe ich den Spruch: Wir haben nur dieses eine Leben. Wenn wir das nicht zum Leben nutzen, welches dann?«

»Wirklich starke Frau!« Ich schau zu ihm auf. »Konntest du das beherzigen? Ich denke, es gibt doch immer Situationen im Leben, die drücken einen so nieder, dass einem die Lust am Leben vergeht!«

»Das gehört dazu. Damit muss man fertig werden.«

»Ja«, überlege ich, »Millionen von Jahren waren wir nicht da, dann achtzig Jahre Erdendasein und dann Millionen von Jahren wieder weg. Wahnsinn!«

»Und schau, was in den achtzig Jahren alles Schönes passieren kann. Ich habe dich kennengelernt, und wenn deine achtzig Jahre stimmen, habe ich noch fünfundzwanzig Jahre Zeit. Das ist doch was!«

Er fasst mir zärtlich ins Haar.

»Oder *wir* haben Zeit«, sagt er. »Man weiß ja nie.«

Ups, denke ich, wir?

Mike hat recht! Es ist ein wirklich überwältigendes Hotel, das Banyan Tree Bangkok. Dabei habe ich die Zimmer noch überhaupt nicht gesehen, denn so, wie ich gerade bin, drückt Mike im Lift den obersten Knopf und fährt mit mir in das 60. Stockwerk. Und nachdem wir einige Treppen hochgestiegen sind, stehe ich vor einer überwältigenden Kulisse. Von der Dachterrasse schauen wir auf Bangkok hinunter, und ich würde das gern genießen, doch Mike nimmt mich an der Hand und führt mich durch einige Tischreihen hindurch zu einer Treppe, die sich noch weiter hinaufschraubt, hinauf zu einer Bar, von der man einen wirklich legendären Ausblick hat. Einmal über das beleuchtete Restaurant selbst, wie über einen Schiffsbug, und dann darüber hinaus in die Unendlichkeit, so scheint es wenigstens. Und überall unzählige Lichter und Farben, die sich schließlich im rötlich schimmernden Horizont verlieren. Wahnsinn!

Ich steh nur und staune.

»Ich dachte, für unseren ersten Drink ist das der geeignete Platz.« Mike freut sich offensichtlich über meinen Gesichtsausdruck.

»Ja, es ist gewaltig!« Ich komme aus dem Staunen überhaupt nicht mehr heraus und drehe mich um meine eigene Achse. Dabei fällt mir das Publikum auf, hier oben am Tresen sehe ich nur gut angezogene Leute. Und ich stehe nach meiner langen Reise in Jeans und T-Shirt da. »Aber ich bin doch gar nicht entsprechend angezogen ...«

»Das spielt keine Rolle. Lass uns erst mal einen Begrüßungsdrink genießen, für später habe ich hier im Restaurant einen Tisch reserviert, dazwischen hast du noch genug Zeit, dich in aller Ruhe umzuziehen. Bis dahin dürfte dein Gepäck auch schon auf unserem Zimmer sein.«

Auf unserem Zimmer, denke ich. Verrückt. Ich teile mit einem Mann ein Zimmer, den ich vor einer Woche noch nicht einmal gekannt habe. Und in der Wildnis ein Bett für eine Nacht zu teilen ist ja dann doch etwas anderes als ein Zimmer für eine ganze Woche.

»Was magst du trinken?«, fragt er mich.

»Am liebsten ein Bier. Ich habe einen gewaltigen Durst!«

»Dem schließe ich mich an.«

»Chang-Beer, Singha-Beer, Leo-Beer or Tiger?«, will die junge Frau hinter dem Tresen wissen. Ich zucke hilflos mit den Schultern. »Einfach ein Bier«, sage ich zu Mike.

»Zwei Chang, bitte«, sagt er, und wir setzen uns auf zwei eben frei gewordene Barhocker.

»Ja,« sagt er, »die Moon Bar ist ein Muss für jeden, der zum ersten Mal in Bangkok ist. Und auch ein Muss für alle, die schon lange hier sind.«

»Ich freu mich, dass ich das erleben darf!«

»Das freut mich auch!«

Ich mustere ihn. »Du siehst gut aus«, sage ich, und das macht ihn offensichtlich verlegen. Er winkt ab.

»Das wollte ich eigentlich dir sagen.«

»Das kannst du nachher, wenn ich in meinem afrikanischen Cocktailkleid erscheine.« Ich muss lachen. »Doch, wirklich! Das weiße Hemd steht dir.«

Und vor allem passt es zu seiner gebräunten Gesichtshaut, finde ich. Das hat mir schon an unserem Abend auf Garonga gut gefallen, nur habe ich ihm das damals nicht gesagt. Außerdem hat er für seine 55 Jahre erstaunlich wenig Falten, das mag an seinen hohen Wangenknochen liegen. Und was mir besonders gefällt, sind seine Zähne. Sie sind nicht ganz gerade, was irgendwie zu seinem Leben passt, aber sie sehen sehr gepflegt aus. Fast so weiß wie sein Hemd, denke ich, was von dem Schwarzlicht herrührt, das über dem Tresen installiert ist. Seine Augenfarbe ist in diesem Licht überhaupt nicht zu erkennen, aber ich habe auch schon auf Garonga gerätselt: blau oder grün? Es scheint eine Mischung zu sein, oder die Farbe wechselt. Ich kann es zumindest nicht mit Bestimmtheit sagen. Genau wie seine Haare. Dunkelbraun? Im afrikanischen Busch wirkten sie heller. Eher dunkelblond. Jetzt sehen sie wieder recht dunkel aus. Aus der Stirn zurückgekämmt und offensichtlich frisch geschnitten. Er war beim Friseur. Für mich. Zumindest bilde ich mir das ein, und es freut mich. Ein gut aussehender Mann, auch wegen seiner sportlichen Figur.

Aber schon wieder kommen mir Zweifel.

Einer wie er könnte doch ganz andere Frauen haben. Alleine wie er Monique beschrieben hat, ist sie in meinen Augen eine unerreichbare Prinzessin. Und da komme ich, Verkäuferin in einer Drogeriemarktkette. Bisher fand ich das ganz in Ordnung. Aber im Vergleich zu Monique?

Das Bier wird serviert, und er reicht mir mein Glas. Wir stoßen an und trinken. Es ist gut gekühlt, und ich nehme einen tiefen Schluck durch den Schaum hindurch. Ahhh, das tut gut!

Als ich das Glas wieder abstelle, schaut er mich an. »Wie fühlst du dich?«

»Wie ich mich fühle?« Ich muss erst mal darüber nachdenken, was er überhaupt meint.

»Ja, freust du dich auf die Zeit mit mir, oder findest du das seltsam?«

»Seltsam?«

»Ich meine, ich hätte uns ja auch zwei Zimmer reservieren können, falls du dich unwohl fühlst.«

Das wäre vielleicht eine Idee gewesen, denke ich. Aber was das kostet! Und wer würde es bezahlen? Nein, das geht nicht.

»Denkst du darüber nach?«, forscht er. »Es ließe sich noch immer ändern.«

»Willst du mich nicht in deinem Zimmer haben?«, frage ich.

Er muss lachen. »Nein, nein«, wehrt er ab und legt seine Hand in meinen Nacken. »Ich möchte dich nur nicht unter Druck setzen.«

»Das letzte Mal hast du dich selbst unter Druck gesetzt«, erinnere ich ihn. Er verstärkt seinen Druck, und ich gebe nach, rutsche von meinem Barhocker und stelle mich zwischen seine Beine. Dieser Kuss ist einfach nur schön. Zärtlich, liebevoll, kein bisschen hektisch. Er lässt mich wieder los, und ich stupse ihm mit meinem Zeigefinger auf die Nasenspitze: »Hast du nicht gesagt, in Thailand würden öffentliche Zärtlichkeiten nicht gern gesehen?«

»Das war eine der berühmten Ausnahmen«, entgegnet er, »und außerdem sind hier oben ja kaum Thai.«

Mike begleitet mich zu unserem Zimmer, lässt mich eintreten und fragt dann, wann er mich wieder abholen soll.

»Wieso willst du mich abholen, bleib doch einfach da ...«

»Komm erst mal an. Eine halbe Stunde? Das würde zu unserer Tischreservierung passen.«

Ich bestätige, dann sehe ich mich um. Das ist kein Zimmer, das ist ein Appartement. Und im Badezimmer bekomme ich Lust, das Essen um eine Stunde zu verschieben, denn vor dem Fenster steht eine große Badewanne. Unglaublich! Du liegst im Schaum, und unter dir breitet sich, so weit das Auge reicht, das Lichtermeer von Bangkok aus. Das würde ich jetzt wirklich gern genießen. Morgen, denke ich. Oder nachher? So ein Bad wäre doch ein guter Start in ein Liebesleben, oder?

Meinen Koffer finde ich auf einem Podest im angrenzenden Ankleidezimmer. Es nötigt mir ein Lächeln ab. Hier hängen mehr Bügel, als ich je im Leben Kleider besessen habe. Und überhaupt, was ziehe ich eigentlich an? Ich habe noch nicht einmal entsprechende Schuhe dabei. Ich war beim Packen auf den afrikanischen Busch eingestellt und ganz sicher nicht auf die Moon Bar. Ich ziehe alle drei Kleider aus dem Koffer, schüttle sie aus und betrachte sie. Bei dem Schwarzlicht käme das weiße Kleid ganz gut, da sähe man wahrscheinlich die angegrauten Stellen nicht. Aber im Restaurant? Das rote. Aber das hatte ich damals an, als ich Mike kennenlernte und der Elefant durchs Camp gelaufen ist. Inzwischen kommt es mir schon so vor, als läge dies unendlich lang zurück, dabei sind es nur ein paar Tage. Also das blaue.

Ich dusche, creme mich mit der herrlich duftenden Bodylotion des Hotels ein, kämme die Haare mit Festiger nach hinten und schminke mich. So und jetzt das blaue Kleid und in Gottes Namen dann eben die Ballerinas. Mehr Absatz habe ich nicht dabei. Das blaue Kleid gefällt mir nicht. Zu meiner gebräunten Haut müsste es nun heller sein. Kornblumenblau oder türkis, einfach nur dunkelblau ist es aber langweilig. Ich ziehe es wieder aus. Also doch das rote. Wahrscheinlich weiß Mike sowieso nicht mehr, was ich getragen habe.

Auf sein Klopfen hin öffne ich die Tür.

»Das rote Kleid steht dir sehr gut«, sagt er zur Begrüßung, und ich weiß nicht so recht, ob er mich damit necken will oder es ehrlich meint.

»Danke«, sage ich und trete einen Schritt zurück. »Das ist ja ein gigantisches Appartement!« Größer als meine ganze Wohnung zu Hause, denke ich, aber das sage ich nicht. »Vor allem die Badewanne ist gewaltig, einfach irre!«

»Ja, ich glaube, die war der Grund, weshalb ich genau dieses Appartement wollte.«

»Du überlässt nichts dem Zufall, stimmt's?«

»Ungern!«

Er lacht und bietet mir seinen Arm an. »So, meine Liebe, unser Tisch ist schon gedeckt.« Wir schließen die Tür hinter uns, und ein paar Meter weiter beugt er sich im Gehen zu mir herunter: »Und der Lippenstift steht dir übrigens ausgezeichnet. Genau der Ton deines Kleides. Das ist mir bei unserer Elefantenjagd schon aufgefallen ...«

»Ich habe zu Hause keine große Auswahl eingepackt«, rechtfertige ich mich. Er hat es also doch bemerkt.

»Nein, nimm es als Kompliment. Es gefällt mir, egal wie oft du es trägst. Vielleicht gefällt es mir bei jedem Mal sogar noch einen Hauch besser.«

Der Tisch steht genau am Panoramafenster. Einen Schritt weiter, denke ich, und man läge unten. Wie Batman, nur leider ohne Flügel. Höhenangst darf man da jedenfalls nicht haben, weil das Geländer nicht hoch ist. Dafür hat man den fantastischen Blick, auch wenn man sitzt.

Mike klärt mich auf. »Sie sind hier bekannt für gegrilltes Fleisch und gegrillten Fisch. Du kannst aber auch Meeresfrüchte haben, oder, weil du in Thailand bist, traditionell thailändische Gerichte.«

»Tja«, sage ich. »In Afrika habe ich afrikanisch gegessen, dann werde ich hier doch wohl thailändisch probieren.«

»Ist scharf!«

»Ich liebe scharfe Küche!«

»Und magst du Meeresfrüchte?«

»Was schlägst du vor?«

»Für jeden sechs Austern?«

Ich habe in meinem ganzen Leben noch keine Austern gegessen. Gesehen schon. Das Innere sieht irgendwie wabbelig aus. Und das Geschlürfte finde ich auch nicht gerade appetitlich. Und dass sie im Moment des Öffnens noch leben sollen, finde ich eher abstoßend, es erinnert mich irgendwie an das Vierteilen im Mittelalter. Bei lebendigem Leibe auseinandergerissen werden. Also zögere ich.

»Die dürften hier frisch sein, da musst du keine Befürchtungen haben«, sagt Mike.

In dem Moment kommt eine hübsche Frau grazil auf uns zu, begrüßt uns für den Abend und steckt mir mit einer ruhigen Bewegung eine Blüte ins Haar. In Rot. Ich bin so baff, dass mir im Moment nichts einfällt außer: »Thank you!«

Sie lächelt, nimmt mit einer leichten Verbeugung die Hände vor dem Gesicht zusammen und bringt uns dann die Karte.

»Das ist ja toll«, sage ich. »Eine rote Blüte. Hast du das bestellt?«

»Du traust mir auch alles zu.« Er lächelt. »Konnte ich wissen, dass du heute Rot trägst?«

»Hättest du sonst Blau bestellt?«

Die junge Frau nimmt die Getränkewünsche auf und dann die Vorspeise.

»Austern?«, fragt mich Mike.

Ich bejahe. Zumindest muss ich sie einmal in meinem Leben probieren, dann weiß ich wenigstens, dass sie mir nicht schmecken. Oder eben doch.

»Und du bleibst bei einem thailändischen Hauptgang?«

Ich bejahe erneut.

Er vertieft sich in die Speisekarte, und ich versuche das auch, verstehe aber kaum etwas und entscheide dann, dass ich mich auf ihn verlasse. Bisher bin ich ganz gut damit gefahren.

Auch ein neues Gefühl, denke ich, denn die ganzen Jahre meiner Beziehungen war stets ich die Organisatorin.

»Was hältst du davon?« Er blickt auf. »Gebratener tasmanischer Lachs mit knusprigem Schweinefleisch und einem würzigen Zitrusdressing, Bananenblütensalat mit gegrillten und marinierten Garnelen, serviert mit Kokosnussdressing und gebratenen Bananenblüten?«

»Das hört sich«, ich überlege, »schon ganz besonders an. Ausgefallen. Aber nicht gerade scharf. Bananenblütensalat? Verrückt!«

»Gut«, entscheidet er, »dann lassen wir uns einfach ein paar Schälchen mit verschiedenen Thai-Gerichten zusammenstellen. Dann kannst du dir herauspicken, was du magst.«

»Steht das hier auf der Karte?« Ich hatte nichts dergleichen entdeckt.

»Nein, das tut es nicht, aber das bekommen wir schon hin. Curry und Hähnchen, magst du?«

Ich nicke. Das hatte ich im Flugzeug ja auch schon.

»Na, denn«, sagt er und reibt sich die Hände. »Das gibt ein kulinarisches Feuerwerk!«

Und wirklich!

Die Austern sind allerdings nicht so mein Ding, ich finde,

sie schmecken irgendwie nach Meer. Nach Seetang oder so etwas, jedenfalls sind sie mir zu glibberig und zu schleimig. Das habe ich nun einmal in meinem Leben probiert, und damit gut. Eine gut gegrillte rote Wurst ist mir lieber, aber das werde ich natürlich nicht verraten. Mike scheint jedenfalls ganz begeistert zu sein, er schwelgt direkt in seinem Glück.

Sind Austern eigentlich für irgendwas gut? Mir scheint, ich hätte so was schon einmal gehört: Austern steigern die Potenz. Ist das der Grund, warum gerade Männer so gern Austern essen? Mag sein.

Ich freue mich auf den Hauptgang, und der hält wirklich, was Mike versprochen hat. Was alles genau in diesen Schalen drin ist, kann ich nicht sagen, aber jedenfalls schmeckt alles gut, auch der asiatische Karottensalat und das Gemüse. Und das Curry-Huhn ganz besonders. Völlig anders als im Flugzeug. Aber die Chili-Soße hat es in sich. Davon habe ich zu viel erwischt und muss fast hecheln. Jedenfalls wird es mir bis unter die Haarwurzeln heiß, und den schnellen Griff nach dem Wasserglas kann ich nicht unterdrücken, am liebsten hätte ich die Zunge ins kalte Wasser hängen lassen. Die Chili-Sauce ist für meinen Gaumen eindeutig zu viel.

Mike scheint das nicht so viel auszumachen, aber vielleicht dosiert er die Soße besser und kippt sie nicht wie ich direkt über die Speisen.

Dafür gibt er danach auf und passt beim Dessert. Ich dagegen muss noch unbedingt das Thai-Kokoseis mit Mangosoße probieren.

»Du hast wirklich nicht zu viel versprochen«, sage ich schließlich, als mein leerer Teller weggeräumt wird, »das war tatsächlich ein Feuerwerk.«

»Das freut mich!« Er hat sich statt des Desserts einen

Digestif genehmigt, so wie ich das herausgehört habe, einen besonderen Whisky. Mekhong-Whisky. Ich winke ab. Mir ist der ganze Alkohol schon zu Kopf gestiegen, und außerdem bin ich müde, dabei geht es doch jetzt überhaupt erst los.

»Magst du noch an die Bar oder direkt aufs Zimmer?«, fragt er mich, nachdem er die Rechnung bekommen hat. Ich hätte ja zu gern den Preis gesehen, aber Mike setzt ohne großes Aufheben seine Unterschrift darunter und legt noch eine Banknote dazu, die mir nur groß und fremd erscheint.

»Nein«, sage ich, und trotz Müdigkeit fühle ich eine pulsierende Regung in meiner Komfortzone. So habe ich diese Gegend in früheren, aktiven Zeiten immer genannt, und ich finde, gerade jetzt passt es wieder.

»Fein«, ein Lächeln gleitet über Mikes Gesicht und macht ihn in meinen Augen nur noch attraktiver, »dann lass uns gehen.«

Ich bedanke mich für das feine Essen, und er steht auf, um mir den Stuhl wegzuziehen. Diese höflichen Gesten muss ich aber erst noch lernen, ich stehe schon.

Wir werfen einen letzten Blick rundum, unser Restaurant hat sich schon geleert, dagegen ist die Moon Bar noch immer voller Menschen. Und bei einem zweiten Blick fallen mir vor allem sehr gut gekleidete Männer auf. Besser jedenfalls als einige Frauen, die in meinen Augen über das Ziel hinausgeschossen sind.

»Doch noch einen letzten Drink?«, will Mike wissen, wohl weil ich so lange dorthin schaue.

»Nein, ich betrachte nur die Leute. Ist doch immer interessant. Vor allem in einem anderen Land.«

»Ja«, setzt er lakonisch hinzu, »und die einen oder anderen werden sich für heute Nacht schon noch finden.«

»Eher Männer?«, frage ich.

»Auch.«

Dieses Hotel mit seinen vielen Räumen, Restaurants und Ebenen ist einfach beeindruckend. Und ich frage mich, ob ich das Mike gegenüber erwähnen kann, oder ob ich dann endgültig als Landpomeranze dastehe, die außer ihrem Landgasthof nichts kennt? Aber sollte man nicht gerade am Anfang einer Beziehung ehrlich sein? Oder doch besser mit der Ehrlichkeit etwas warten? Während wir den langen Gang bis zu unserem Zimmer entlanggehen, fällt mir auf, dass ich ihm nichts über meine momentanen Ärgernisse zu Hause erzählt habe. Bei der Ankunft war dies noch das brennende Thema für mich, jetzt stelle ich fest, dass es in weite Ferne gerückt ist. Und ich sollte auch besser nicht daran denken, es ärgert mich nur.

Mike schließt die Tür zu unserem Appartement auf, und kaum eingetreten, bleibe ich auch schon wieder stehen: Jetzt thront ein üppiger Rosenstrauß auf einem kleinen, runden Beistelltisch, mitten in Zimmer. Rote Rosen.

»Was ist denn das?«

»Nennt sich Rosen«, sagt er und nimmt mich in den Arm. »Blumen öffnen die Herzen!«

»Wenn ich rote Rosen sehe, denke ich sofort an Löwen«, erkläre ich und genieße seine streichelnden Hände auf meinem Rücken.

»Wieso denn das?«

»Weil ich einen entsprechenden Traum hatte …« Nun streichele ich ihn auch und ziehe ihm dabei am Rücken das Hemd aus der Hose.

»Einen Traum mit einem Löwen und Rosen?«

»Genau. Ich überlege seither, was das zu bedeuten hat …«

Ich spüre, wie er langsam den Reißverschluss meines Kleides aufzieht.

»War das ein netter Löwe? Ein netter Traum?«

Ich nicke. »Ja ... zuerst etwas erschreckend, aber dann ... immerhin brachte er mir eine Rose ins Zelt.«

»Auf Garonga?«

»Ja, weil es so echt war, bin ich ganz schön erschrocken. Und von dem Schreck dann wohl aufgewacht.«

Ich lege die Arme an und das Kleid fällt leise raschelnd zu Boden. Mike öffnet nur seine obersten Hemdknöpfe und zieht das Hemd wie einen Pullover über den Kopf.

»Ich bin Löwe«, sagt er. »Sternzeichen Löwe, mitten im August. Vielleicht war es das?«

Ich zucke die Achseln, während er den Verschluss meines BHs öffnet. »Dann wäre es eine Vorahnung gewesen«, erkläre ich.

»Ich hoffe, es war ein gut aussehender und stilvoller Löwe«, sagt er, hebt mich aus dem Stand hoch und trägt mich auf seinen Armen zum Bett. Das habe ich auch noch nicht erlebt. Noch nicht mal bei meiner Hochzeit bin ich über die Schwelle der Wohnung getragen worden.

»Ja«, bestätige ich, bevor Mike mich auf dem Bett ablegt.

»Dann ist es ja gut.«

Mit dem Ausziehen kommt die Lust. Ich frage mich nach Mikes Kopfkino, ihn allerdings lieber nicht, denn ich sehe, dass auch er unbändige Lust hat und möchte mir das erhalten. Vielleicht hat er ja was genommen, aber das kann mir egal sein. Hauptsache, es klappt. Nicht nur für seine Psyche, auch für meine. Wir sind schon nackt, streicheln uns immer erregter, und ich beuge mich gerade zu seinem prallen Penis hinunter, da drückt er mich zurück. »Zuerst bin ich dran«, murmelt er, und ich öffne erwartungsvoll meine Beine. Cunnilingus, denke ich. Ob er weiß, wie das heißt? Egal, Hauptsache er macht es.

Und ich sehe von oben, wie sein Kopf nach unten rutscht, zwischen meine Beine, und schon schließe ich genießerisch die Augen, da fahre ich wie von der Tarantel gestochen hoch. Ein Brennen durchzuckt mich, dass ich die Beine zusammengeklappt hätte, wäre nicht sein Kopf dazwischen gewesen. Er lässt ab und schaut hoch.

»Was ist?«

»Oh, es brennt entsetzlich!« Ich ziehe meine Beine weg und springe auf. »Wie Feuer! Ich brauch Wasser!«

Verdutzt bleibt er liegen, dann folgt er mir ins Badezimmer.

Dort presse ich mir ein in der Eile zu nass gemachtes Gesichtstuch gegen meine Klitoris und lasse im Bidet Wasser einlaufen.

»Entschuldige«, sage ich und kämpfe tatsächlich mit den Tränen, so stechend ist der Schmerz. Mike steht hilflos neben mir, sein Penis ist gesunken, also doch kein Potenzmittel, denke ich, während ich mich auf das Bidet setze und Wasser an die betreffende Stelle spritze.

»Wie kann denn das ...« Dann schlägt er sich mit der flachen Hand gegen die Stirn. »Die Chili-Soße. Vielleicht hatte ich noch etwas Fruchtfleisch einer Chili im Mund ... irgendwo versteckt, zwischen den Zähnen ... und das hat sich jetzt gelöst und ist ... ach, du lieber Himmel!«

»Ja, ach du lieber Himmel«, echoe ich, »fühlt sich eher nach *ach du liebe Hölle* an.«

»Entschuldige! Das war meine Schuld, das hätte ich mir denken müssen ... Aber du siehst, Denken ausgeschaltet, wenn alles andere eingeschaltet ist.«

Ich kann nicht anders, ich muss lachen. Eine ganz spezielle Art von Cunnilingus. Nicht zu fassen! Und das Resultat? Nun sitze ich da vor meinem Liebhaber, der noch keiner ist, auf dem Bidet. Intimer geht es wohl nicht.

»Du lachst?« Er sieht erleichtert aus.

»Ja«, sage ich. »Ist das nicht witzig? Das ist der zweite Versuch, und auch der geht schief...«

»Was will uns das Schicksal damit sagen«, fragt er und setzt sich mir gegenüber auf den Badewannenrand.

»Dass wir es lassen sollen?«

»Dass wir es ein drittes Mal versuchen sollen.«

Ich nicke. Das beruhigt mich. Obwohl ich ja nichts dafür kann, denn beide Male war er die Ursache, wie er richtig bemerkt hat.

»Magst du was trinken?«, fragt er mich.

»Ja, jetzt schon. Irgendwas Hartes, einen Schnaps, oder, wenn es so was in Thailand nicht gibt, einen Whisky.«

»Falls du ein brennendes Gegengewicht brauchst, man sagt ja, gleich und gleich neutralisiert sich gern, würde ich auf etwas Europäisches zurückgreifen. In Thailand gibt es tatsächlich eher Rum oder Whisky. Ich schau mal in der Minibar nach.«

Mir egal, denke ich, ich bleib jetzt erst mal im Wasser sitzen, bis es vorbei ist. Hoffentlich gibt das keine Blasenentzündung.

Das würde noch fehlen!

Bei dem Gedanken erhebe ich mich ein Stück und greife nach dem Handtuch, das neben dem Bidet hängt, lass mich aber schnell wieder sinken. Vielleicht klebt dieses blöde Stück Fruchtfleisch ja auch an einer Stelle, wo es absolut nicht hingehört? Ich wasche kräftig, und als Mike mit zwei Gläsern zurückkehrt, kann von dem Chili-Rest nicht mehr viel da sein. Von meiner Komfortzone allerdings auch nicht, so fühlt es sich jedenfalls an.

»So«, sagt er, »auf unsere zweite Liebesnacht!«

Er reicht mir ein schmales, mit heller Flüssigkeit gefülltes Glas.

»Deutscher Schnaps, Obstler. Prost!«

Ich trinke in einem Zug, und es schüttelt mich. Tatsächlich bin ich nun oben am Gaumen beanspruchter als unten. Die Strategie scheint zu wirken.

»Anscheinend ist das ein alter Trick in Asien«, erklärt Mike, »wenn einer Zahnschmerzen hat, dann trete ihm kräftig gegen das Schienbein. Sofort tut das Schienbein weh, und du vergisst deine Zahnschmerzen.«

»Prima«, sage ich, »ich spüre, es wirkt schon!«

Wir lachen beide. Zuerst verhalten und dann haltlos. Ach, es ist herrlich, mal wieder aus vollem Herzen zu lachen, selbst wenn man nackt auf einem Bidet sitzt und wahrscheinlich selbst ein Anblick zum Lachen ist.

»Falls du dich heute Nacht noch mal aus dem Wasser erheben kannst«, erklärt Mike unter Lachanfällen, »dann nehme ich dich zum Einschlafen einfach in den Arm. Ich denke, da kann nichts passieren.«

»Außer, das Haus bricht zusammen«, sage ich.

»Oder der Himmel fällt uns auf den Kopf«, entgegnet Mike.

Der nächste Morgen ist schon fortgeschritten, als ich endlich die Augen öffne. Die Seite neben mir ist leer, ich liege allein in dem großen Bett und brauche eine Weile, bis mir alles wieder einfällt. Schließlich greife ich zwischen meine Beine, denn ich spüre nichts mehr, aber die Berührung tut nicht gut. Aha. Dann werde ich also einen weiteren Klecks Wund- und Heilsalbe verteilen müssen. Die habe ich gestern Nacht noch zwischen den Medikamenten in meinem Apothekenbeutel gefunden. Gott sei Dank, denn der Schmerz ließ gleich darauf nach. Bis dahin hatte ich aus diesem Apothekenbestand noch nichts gebraucht, aber jetzt bin ich dankbar. Gut gesalbt bin ich ins Bett und danach tatsächlich in Mikes Arm eingeschlafen.

Aber jetzt – wo ist er?

Ich schlage die leichte Decke zurück und stehe auf. Mein Gott, ist das ein Zimmer. Wie im Traum. Ich könnte sofort hier wohnen bleiben, mehr bräuchte ich nicht. Alles hell und modern, praktisch eingerichtet mit hübschen und durchdachten Details und mit dieser grandiosen Idee, eine Badewanne einfach direkt ans bodentiefe Fenster zu stellen. Bitte! Mach das mal einer in Stuttgart. Die Nachbarn sterben sofort an Herzinfarkt. Oder liegen auf der Lauer.

Ich bin glücklich. Ja, Donnerwetter, ich bin glücklich!

Jetzt muss ich nur schauen, wo Mike abgeblieben ist …?

Im Appartement ist er nicht. Da nur die Toilette und der Ankleideraum Türen haben, ist es schnell durchsucht.

Hat er mich verlassen?

Trotz aller Glücksgefühle wird es mir kurz flau im Magen. Was dann? Allein in Bangkok. Erst schlucke ich, dann denke ich: He, Steffi, du warst eine Raupe und bist jetzt geschlüpft. Ein Schmetterling kommt überall hin. Im Notfall sogar bis zurück nach Stuttgart.

Aber diesen Notfall möchte ich mir gar nicht erst vorstellen.

Also gehe ich zu der Badewanne und lasse Wasser ein. Lotusblume, heißt das Schaumbad, das daneben auf einem kleinen Beistelltisch steht. Ja, nach Lotusblume ist mir gerade.

Vielleicht hat mir Mike eine Nachricht geschrieben? Auf dem Handy? Das wäre doch unsinnig. Auf einem Zettel? Während das Wasser einläuft, schaue ich mich um. Nichts zu sehen. Auf keinem Tisch, auf keinem Sideboard, ich schüttle sogar die Bettdecke aus, aber auch dort nicht.

Inzwischen ist das Wasser eingelaufen, und ich steige langsam ins warme Wasser. Alles andere nachher, denke ich.

Ich plansche gerade mit den Armen, um den Schaum etwas aufzuwirbeln und mich vor der grandiosen Aussicht über der Skyline von Bangkok wie ein fliegendes Fabelwesen zu fühlen, als die Tür aufgeht. Zuerst erschrecke ich, es könnte ja das Zimmermädchen sein, aber dann beruhige ich mich, und ehrliche Freude kommt auf. Mike. Und er trägt ein Tablett mit zwei Cappuccini.

»Schön, du bist schon munter und übst dich schon im Fliegen?«

Ich muss lachen.

»Und du läufst mit zwei Kaffeetassen quer durch das ganze Hotel?«

»Ich dachte, ich bin schneller als jedes Servicepersonal, und ich trinke den Kaffee gern heiß. Du möglicherweise auch. Vor allem in der Badewanne.«

Mike im Anzug, das fällt mir jetzt erst auf. Ein ungewohnter Anblick.

»Und nach dem Cappuccino hast du was vor?«

»Ja. Aber du auch!«

Er reicht mir meine Tasse, und ich finde es herrlich, im warmen Schaumwasser zu liegen und einen Morgencappuccino zu genießen.

Ist das alles überhaupt wahr?

Mike rückt sich einen Stuhl heran. »Genau. Und das ist schließlich der Grund, weshalb ich in Bangkok bin. Habe ich dir ja gesagt. Ein Meeting, das nicht zu verschieben ist. Aber ich habe dir einen Boy besorgt.«

»Einen Boy?« Ich muss so misstrauisch geklungen haben, dass er lachen muss. »Nein, entschuldige, einen Fremdenführer. Du musst schließlich was von Bangkok sehen. Wir treffen uns abends wieder, Dinner auf dem Schiff.«

»Dinner auf dem Schiff?«

»Richtig. Bangkok by night. Aber zum Wichtigsten – wie geht es dir?«

»Bei Berührung spüre ich es noch, aber kein Vergleich zu gestern Abend.«

»Chili!« Er lacht. »Ich glaube, diese Verbindung bleibt mir nun lebenslänglich, Chili und ein Kuss!« Er trinkt seinen Cappuccino aus und steht auf. »Pfleg dich, lass es dir gut gehen.« Damit küsst er mich auf die Stirn. »Und glaub nicht, dass ich immer so lebe. Es geht auch anders.«

»Wie meinst du das?«

»Auf einem Baumhaus. Beispielsweise.« Seine Hand ruht auf meinem Kopf. »Der Boy ist übrigens kein Boy, sondern ein ausgewachsener Mann und macht eine Sightseeingtour mit dir. Sein Name ist Nawin, den Trip habe ich bezahlt und das Trinkgeld für ihn lege ich dort auf den Tisch. Er holt dich ab. In einer Stunde, hier im Appartement.«

»Aber ich kann das Trinkgeld doch selbst …«, protestiere ich, aber Mike winkt ab. »Wenn man sich nicht auskennt, gibt man entweder zu viel oder zu wenig. Du darfst mich in Stuttgart dafür mal zu echten Spätzle einladen, da kennst du dich aus.«

Ich sehe ihm nach, wie er aus der Tür geht. Wie kann sich ein Leben so von null auf hundert verändern?, frage ich mich. Und bisher bin ich ja noch kein einziges Mal als Millionärin in Erscheinung getreten. Ich könnte genauso gut die Steffi aus dem Drogeriemarkt sein, die sich diese Safari in Südafrika zusammengespart hat. Er hat mir sogar den Flug von Johannesburg nach Bangkok bezahlt – obwohl ich das nicht wollte. Spielt es für ihn keine Rolle ... oder ... ich weiß nicht. Ich bin kein misstrauischer Mensch, aber das hier muss doch alles eine Stange Geld kosten? Er ist weg. Ich könnte ja mal ein bisschen in seinen Sachen stöbern.

Aber nein, pfui, Steffi, so was tust du nicht.

Ich liege in meiner Badewanne und kann es nicht mehr so richtig genießen. Habe ich nun das doppelt große Los gezogen, oder kommt da, eher wie immer, noch irgendwas aus dem Hinterhalt daher? Wie kann ich mich schützen? Oder soll ich mir gar keine Gedanken machen und die Dinge einfach auf mich zukommen lassen?

Zumindest kommt jetzt erst mal Nawin auf mich zu. Das bedeutet, ich sollte nun aus dieser Badewanne raus und meine Sachen richten. Und frühstücken? Bestimmt gibt es ein sagenhaftes Frühstücksbuffet. Bloß wo?

Ich werde es finden.

Nawin steht pünktlich vor meiner Zimmertür, und ich bin pünktlich fertig. Ich schätze ihn um die Vierzig, sehr auf Seriosität bemüht, mit Ausweis und der Versicherung, dass er seit zwanzig Jahren Fremdenführer in Bangkok sei, alle Verhältnisse und die Stadt bis in die kleinsten Details kenne.

Die kleinsten Details ... Sollte das eine Anspielung auf bestimmte Wünsche sein? So genau möchte ich das nun gar nicht wissen, ich habe meine Jeans und ein noch einigermaßen frisches T-Shirt an, den großen Rest meines Koffers müsste ich entweder heute Abend im Hotel noch zum Waschen geben, oder ich müsste shoppen gehen. Schon alleine wegen meiner begrenzten Garderobe.

Jedenfalls spricht Nawin sehr gut Deutsch, an der Schule gelernt, wie er versichert, und ich finde ihn auf Anhieb sympathisch. Also kann es losgehen. Sein Fahrer steht mit einem Kleinbus schon vor dem Hoteleingang. Was für eine Verschwendung, denke ich, ein Bus für sechs Personen ganz für mich alleine. Ich wäre lieber mit so einer Moped-Rikscha gefahren. Wie heißen diese Dinger eigentlich? Das ist meine erste Frage an meinen Fremdenführer: »Tuk Tuk«, sagt er.

»Wirklich? Tuk Tuk? Das ist ja lustig!« Ich glaube, er findet sie nicht so lustig, weil sie mit ihren Fahrgästen an Bord ordentlich Gas geben und sich auch überall reindrängen. Während wir mehr stehend als fahrend vorwärtskommen, erklärt mir Nawin seinen Plan:

Zunächst möchte er mir mit einem der typischen Boote einen der zahlreichen Kanäle, die Khlong, zeigen, an denen Einheimische leben und Handel treiben, weil es für sie die ganz normalen Wasserwege sind. Und dann den Großen Palast, Phra Borom Maha Ratchawang, der von 1782 bis 1925 die offizielle Residenz der Könige von Siam und später Thailand war. Die späteren Könige bevorzugten einen anderen Wohnsitz, nutzen den Großen Palast aber noch immer für offizielle Anlässe.

Ich genieße unsere Tour in vollen Zügen, es sind so viele neue Eindrücke, dass ich das alles kaum aufnehmen kann. Eine so ganz andere Welt. Diese Pracht, diese Kunst, diese Liebe zu den Details, überall, noch in den verborgensten

Winkeln, sind Verzierungen angebracht. So liebevoll und gekonnt, dass ich es kaum fassen kann. Und Nawin versucht mir die Geschichte und Hintergründe nahezubringen, aber irgendwann schalte ich ab. Es ist einfach zu viel. Er lächelt. Es sei sowieso Zeit für ein Mittagessen, dies sei in seinem Plan enthalten. Sehr typisch, sehr gut, sehr thailändisch.

»Eine Garküche an der Straße?«, frage ich.

Da gebe es sogar eine Sterneköchin, erklärt er mir, und ich erinnere mich dunkel, dies schon einmal im Fernsehen gesehen zu haben. Aber trotzdem, er wolle nirgends mit mir anstehen, wir seien in einem echten Restaurant angemeldet. Er lächelt. Und sein Lächeln gefällt mir. Etwas schüchtern, dabei aber auch forsch, ständig eine Mischung zwischen einem Schritt vor und einem Schritt zurück.

»Gut«, sage ich, »ich habe durchaus Appetit.« Und vor allem Durst. Nawin hat ein kleines Restaurant ausgesucht, in einem verwinkelten Stadtteil, nahe am Wasser. »Ein Insider-Lokal«, erklärt er mir, »hier kommen fast nur Einheimische her und Touristen mit entsprechenden Freunden, sonst findet das keiner.«

Er scheint stolz darauf zu sein, dass es so etwas in Bangkok noch gibt. Keine Touristen!

»Nun, ich bin ja auch Touristin«, sage ich, »das trübt nun doch das Bild.« Aber nein, denn ich sei ja mit ihm hier. Einem echten Thai.

»Aha! Und was gibt es nun zu essen?«

Nawin fragt mich nach scharf oder weniger scharf, und nach meinen gestrigen Erfahrungen ist es mir heute nach weniger scharf.

Ob er denn für mich aussuchen dürfe?

Ja, das sei mir sogar besonders recht.

Und während er dem Kellner die Getränke und Speisen diktiert, schaue ich mich um. Es ist ein völlig normales Lokal, mit größeren und kleineren Tischen, Deko-Artikeln und Spiegeln an der Wand, und es ist schon gut besetzt. Einige Tische sind noch frei, aber Nawin hat recht, ich sehe fast nur Asiaten. Ich schau dem Kellner nach, weil sein Gang so extrem tänzerisch ist, und als er bei einem Tisch auf der anderen Seite des Raumes stehen bleibt, fühle ich mich beobachtet. In der nächsten Sekunde erfasse ich es: Der Mann, der an jenem Tisch mit dem Rücken zu mir sitzt, betrachtet mich im Spiegel. Und als sich unsere Blicke treffen, brauche ich noch eine weitere Sekunde, bis ich es kapiere. Dort sitzt, abgesehen von mir, der einzige Europäer und zwar sehr vertraut mit einer Asiatin. Doch dieser Europäer ist in Stuttgart verheiratet und hat zwei Kinder. Und er ist mein Chef.

Kann das wahr sein? Oder ist es eine Verwechslung?

Aber er starrt mich genauso an wie ich ihn.

Nawin fragt mich etwas, aber ich achte nicht auf ihn.

Wie kann das sein?

Da steht er auf und kommt auf mich zu.

»Frau Weiss?«, fragt er und stellt sich Nawin vor. »Hofmann. Guten Tag!«

Nawin grüßt zurück und zeigt sich ebenfalls völlig überrascht. »Sie kennen sich?«

»Herr Hofmann ist mein Chef«, erkläre ich ihm schnell.

»Was machen Sie denn hier?«, möchte Hofmann wissen, »ich dachte, Sie urlauben im Allgäu?«

»Ja«, suche ich eine Ausrede, »aber die Pläne meiner Schwester haben sich kurzfristig geändert. Da musste ich umplanen.«

»Ah, ja…« Herr Hofmann mustert Nawin, als sei er der Alternativplan fürs Allgäu. »Kann ich kurz mit Ihnen sprechen? Unter vier Augen?«

Ich entschuldige mich bei meinem Fremdenführer und folge meinem Filialleiter hinaus vor die Tür.

»Das glaub ich jetzt nicht«, sage ich. »In Stuttgart treffen wir uns nie!«

»In Stuttgart …«, beginnt er, unterbricht sich aber selbst. Wahrscheinlich, so mutmaße ich, wollte er sagen, dass wir in verschiedenen Kreisen verkehren, aber die Situation war für solche Bemerkungen wohl nicht so günstig, denn er räuspert sich.

»Warum auch immer Sie in Bangkok sind«, sagt er schnell, »und nicht im Allgäu, ich bin jedenfalls auch nicht in Bangkok. Es wäre also von Vorteil, wenn Sie das nicht an die große Glocke hängen.«

Ah, denke ich, verstanden. Er denkt, ich ginge fremd. Und hätte den Urlaub mit meiner Schwester bei meinem Mann nur vorgeschoben. Ja, klar, was sollte man in Bangkok auch anderes tun?

»Aha«, sage ich. »Und Ihr … Ausflug fällt nun unter eine Art geheime Freizeitbeschäftigung?«

»Sie erwarten ja wohl nicht, dass ich Ihnen darauf eine Antwort gebe?«

»Nein, eigentlich nicht. Aber was erwarten Sie jetzt von mir?«

»Na, dass diese Begegnung unter uns bleibt.«

»Ich könnte Sie jetzt erpressen!« Ihm quellen fast die Augen aus dem Kopf. »Nein, nein«, sage ich und muss lachen. »Das tu ich nicht. Ihre Liebesangelegenheiten gehen mich nichts an. Das müssen Sie mit sich selbst ausmachen. Und Nawin ist übrigens mein Fremdenführer, kein Liebhaber.«

»Weil man sich bei Ihrem Gehalt Bangkok plus Fremdenführer leisten kann ...« Er lässt es im Raum stehen.

»Tja«, sage ich, »manchmal staune ich selbst. Gehen wir wieder rein?«

Ich staune wirklich. Und zwar die ganze Mittagspause hindurch. Dietrich Hofmann fühlt sich offensichtlich nicht mehr wohl in meiner Gegenwart. Denn kurze Zeit später geht er mit seiner Begleitung und einem knappen Nicken in unsere Richtung zur Tür hinaus. Sie ist zu jung für ihn, das ist offensichtlich. Viel zu jung! Ich sehe Nawin fragend an. Er mich auch. »Und das war Ihr Chef?«, möchte er wissen.

»Ja, ein Zufall. Was denken Sie, was das für eine Frau ist?«

»Wie meinen Sie das?«

»Ja, Sie kennen sich doch aus. Ist sie eine Professionelle?«

Er zögert. »Es gibt Frauen, die würde ich so nicht bezeichnen. Sie sind die Zweitfrauen, wenn Sie so wollen. Sie werden von diesen Männern unterstützt und leben mit ihnen, wenn sie kommen.«

Zweitfamilie. Mich haut es um.

Dietrich Hofmann mit einer Zweitfamilie, und ich platze mittenrein. Wie es das Schicksal so will. Verrückt! Der muss sich ja jetzt richtig in die Hose machen.

Mit Nawin durch die Gegend zu fahren ist wirklich spannend und höchst informativ. Trotzdem bin ich froh, als ich die Geschichte aller Paläste und Königshäuser hinter mir habe und vor dem Hotel aussteigen kann. Er lässt es sich nicht nehmen, mich bis zur Hotelrezeption zu begleiten, und es entsteht ein peinlicher Moment. Wo habe ich jetzt das Trinkgeld hingesteckt? Das hätte ich doch vorher schon bereitlegen können, ich öffne meine Tasche, aber er sieht mir meine Verlegenheit an und kommt mir zuvor.

»Ich wünsche Ihnen einen schönen Aufenthalt in Bangkok, genießen Sie Thailand … und«, dabei sieht er mir direkt in die Augen, »… es ist bereits alles erledigt. Danke!«

»Nein!«, es fällt mir wieder ein, und ich ziehe die zerknitterten Scheine aus der Hosentasche meiner Jeans. »Nein«, wiederhole ich, »das hat mir Mike extra für sie gerichtet, das muss einfach sein.«

Er nimmt es lächelnd und bedankt sich mit der typischen thailändischen Geste. Doch nun der Abschied. Soll ich ihm die Hand geben? Ich muss mich dringend in den thailändischen Knigge einlesen. Nawin hilft mir auch aus dieser Verlegenheit, er hält mir seine Visitenkarte hin, schüttelt dann meine Hand, lächelt, dreht sich um und geht.

Ich sehe ihm kurz nach, aber dann begebe ich mich in unser Appartement. Auf alle Fälle möchte ich jetzt erst einmal wissen, wie es sich in Thailand mit Begrüßungen verhält, damit ich das nicht ständig falsch mache. Ich google und lerne, dass gefaltete Hände ein Wai sind und eine zeremonielle Begrüßungsgeste der gegenseitigen Höflichkeit. Und je tiefer man seine Stirn neigt und je höher dabei die aneinandergelegten Finger gehalten werden, umso größer ist der Respekt, den man damit bezeugt. Der Ausländer wird mit einem höheren Wai begrüßt, sobald aber der soziale Status klar ist, kann dieser hohe Wai auch wieder sinken. Sozial untergebenen Personen nimmt man zwar einen Wai ab, erwidert ihn aber nicht. Vor allem Jugendliche schütteln auch gern mal die Hände. Was aber auf jeden Fall wichtig ist, ist ein Lächeln.

Bei den nachfolgenden Feinheiten des Wais klinke ich

mich aus. Ach, Gott, denke ich, jetzt wird es kompliziert. Also lächeln. Lächeln ist nie falsch. Ich blicke auf meine Uhr. Ich habe noch gut drei Stunden Zeit, bis Mike zurückkommt. Ich muss ihn fragen, was er in dieser langen Zeit denn genau gemacht hat. Und überhaupt. Mike spricht so fließend Englisch, dass ich kaum folgen kann. Wo hat er das denn her? Sein Sohn aus erster Ehe lebt in England – hat Mike auch in England gelebt? War er vielleicht sogar in England verheiratet? Auch eine Frage, die ich noch nicht gestellt habe. Ich habe keine Ahnung, wer er ist, nur dass er sein Hab und Gut in drei Koffern deponiert hat und mit jeweils einem davon um die Welt reist. Könnte ich mir so ein Leben vorstellen? Ich weiß nicht. Ich glaube, ich bin doch sehr konservativ.

Trotzdem. Jetzt habe ich noch gut drei Stunden Zeit. Die werde ich, mit meinem neuen Selbstvertrauen, ganz sicherlich nicht im Hotel verbringen. Also was tun? Ich würde gern mit so einem Tuk Tuk fahren, die sehen doch recht einladend aus. Zurückfinden könnte ja kein Problem sein, ich nehme einfach die Visitenkarte des Hotels mit, das wird ja wohl jeder Tuk-Tuk-Fahrer kennen.

Habe ich eigentlich genug Baht?

Wie ich das bisher beurteilen kann, ist Thailand ein recht günstiges Pflaster, da dürfte ich mit 50 Euro weit kommen. Trotzdem wechsle ich im Hotel lieber noch 100 Euro. Der Kurs ist zwar sicher schlechter als in einer Bank, aber mich hat die Abenteuerlust gepackt, ich will los. Vielleicht kaufe ich mir ja auch irgendwo ein nettes Kleid für heute Abend, dem anstehenden Dinner auf dem Ausflugsschiff. Besser, ich habe etwas Bargeld in der Tasche.

Kaum trete ich auf die Straße, bin ich wie in einem großen

Sog. Die Menschen vor mir gehen in eine Richtung, und ich gehe mit. Allerdings nicht lange, denn bei einer roten Ampel steht ein leeres Tuk Tuk in vorderster Reihe, und ich frage den Fahrer per Handzeichen, ob er frei ist? Er nickt und weist nach hinten auf den breiten Sitz. Ich finde sie wahnsinnig witzig, diese kleinformatigen, dreirädrigen Vehikel mit der Moped-Lenkung. Mein Fahrer hat sich besonders viel Mühe gegeben bei der Gestaltung seines Gefährts, so viel Plüsch und Farben, bunte Zotteln und Spitzen sind schon fast ein Kunstwerk. Er fragt mich, wo ich hin möchte, zumindest interpretiere ich das so. Ich beuge mich etwas zu ihm vor, um ihn besser verstehen zu können.

»What do you suggest?«, will ich wissen. Er kann mir ja was vorschlagen.

»For a young lady?« Na, das ist ja ein Kompliment, denke ich, so jung bin ich mit 45 dann auch wieder nicht, aber ich nicke.

Er dreht sich zu mir um und lacht. Seine Augen blitzen vor Vergnügen. Wie alt er ist, kann ich schlecht einschätzen. Die meisten Asiaten wirken alterslos auf mich, sie scheinen irgendwie immer jung zu bleiben.

»Striptease?«, fragt er mich.

Striptease? Nein, das ist ja langweilig. Ausziehen kann ich mich schließlich selbst. Ich versuche ihm zu erklären, dass Männer für mich allemal interessanter sind als Frauen.

»Oh! Aha! Okay!«

Was das nun bedeutet, weiß ich zwar nicht, aber ich lasse mich mal überraschen. Jedenfalls nimmt sein Tuk Tuk jetzt ordentlich Fahrt auf. Er schlängelt sich zwischen den Autos durch, biegt dann in eine Seitenstraße ab, und ich bekomme die Vielfalt thailändischen Lebens zu sehen. Nun kurven wir durch die Altstadt, mutmaße ich. Jedenfalls leben die Menschen mehr auf der Straße als in ihren Häusern, die für meine Augen auch nicht wirklich bewohnbar aussehen. Und man muss ganz schön aufpassen, um nichts und niemanden zu überfahren, Tiere, Kinder, junge und alte Menschen, alles ist auf den löchrigen, engen Gassen kreuz und quer unterwegs, außerdem steht das halbe Mobiliar auf der Straße. Jedenfalls ist hier das Bangkok-Bild schon anders als auf den großen Geschäftsstraßen.

Wo will mein Fahrer eigentlich mit mir hin?

Müsste ich mir Sorgen machen?

Ich entscheide, dass ich ihm vertraue. Thais sollen friedliebende Menschen sein, und falls er mich hätte überfallen wollen, hätte er das längst tun können. Also genieße ich lieber die Fahrt, das absolute Kontrastprogramm zu heute Morgen. Allein die Gerüche! Ich weiß schon nicht mehr, wonach es riecht, denn die unterschiedlichsten Düfte wechseln einander schnell ab.

Die Fahrt endet in einem Hinterhof.

Jetzt bin ich doch irritiert.

»Lady, especially for you«, sagt der Fahrer und macht ein Zeichen, dass ich aussteigen könne. Anscheinend schaue ich so blöd aus der Wäsche, dass er sich entschließt, mir den genauen Weg zu zeigen. Er lässt sein Tuk Tuk laufen, was mich mit der Sorge erfüllt, er könne einfach davonfahren und mich alleine zurücklassen. Aber das macht irgendwie auch keinen Sinn, also bewahre ich die Ruhe.

Er geht auf eines der gemauerten Häuser zu, dreistöckig, soweit ich das durch den verschachtelten Bau erkennen kann, und öffnet eine dunkle Eingangstür. Kein Schild, kein nix. Was ist dahinter?

Noch sitze ich abwartend im Tuk Tuk und schwanke zwischen Fluchtgedanke und Entdeckergeist, aber dann denke ich: Kleine Steffi aus Stuttgart, das willst du jetzt wissen.

Will ich das?

Ich entschließe mich, es zu wagen. Meine Tasche unter den Arm geklemmt, steige ich aus und gehe auf den Fahrer zu. Ich trage Jeans und T-Shirt, meine Sneakers und keinen Schmuck. Ich sehe also nicht nach Geld aus. Allein der Gedanke amüsiert mich. Ich habe noch nie nach Geld ausgesehen, ganz einfach, weil ich keines hatte. Und ganz genau so sehe ich jetzt auch aus.

»For you«, sagt mein Tuk-Tuk-Fahrer und hält mir die Tür auf. »I'm waiting.«

»Striptease?«, frage ich, und er nickt bekräftigend und grinst. Anscheinend hat er Freude mit mir.

Echt, denke ich, nachdem ich durch die Tür bin, hat er mich jetzt zu einem Männer-Striptease gefahren? Eine Holztreppe führt nach oben, und es riecht süßlich. Räucherstäbchen? Patschuli? Opium? Ich kenne mich zu wenig aus. Die Treppe endet vor einer großen, zweiflügeligen Tür. Ich stehe davor, dann entdecke ich im Halbdunkel eine Glocke. Sieht aus wie eine kleine Schiffsglocke, wird ja wohl was zu bedeuten haben, also greife ich nach der geflochtenen Sisalschnur und läute.

Sofort öffnet sich wie von Zauberhand die Türe vor mir. Rötliches Licht und noch stärkerer Duft und dann ein junger Mann, der weiß gekleidet vor mir steht. Er begrüßt mich mit einem Wai, und da er den etwas höher ansetzt, lese ich daraus, dass er mich als höher gestellte Person empfindet. Oder eben nur als Ausländerin. Ich möchte nichts falsch machen und grüße europäisch mit einfachem Kopfnicken. Und einem Lächeln.

»Please, come in!« Er tritt beiseite. Noch erkenne ich nichts, nur einen langen Gang. Zu einem Theater? Oder bin ich in einer Spielhölle gelandet? Ich kann überhaupt keine Kartenspiele, da wäre ich völlig fehl am Platz. Er geht mir voraus und öffnet eine weitere zweiflügelige Tür, sie führt in einen großen, fast runden Raum. Ich trete an ihm vorbei, bleibe stehen und blicke in die Runde.

Im Halbkreis sitzen junge Männer auf Stühlen. Jeder auf einem Stuhl entlang der holzgetäfelten Wand, und alle sehen mich an. Was wollen sie?

Dann bittet mich der Mann in den Halbkreis zu treten. Das mache ich, und da stehe ich nun. Langsam kommt mir die Situation doch etwas seltsam vor, besonders als der erste aufsteht und sich vor meinen Augen anfängt zu bewegen. Er trägt nur ein weißes Tuch, kunstvoll um die Hüfte geschlungen, sein schlanker Oberkörper ist unbekleidet. Er bietet sich an, schießt mir plötzlich in den Sinn. Mein Tuk-Tuk-Fahrer hat mich missverstanden, er denkt, ich bräuchte ein sexuelles Abenteuer.

Der zweite steht auf. Auch er bewegt sich, indem er mir seine körperlichen Vorzüge zeigt.

Ach, du lieber Himmel, denke ich, wie komme ich jetzt aus dieser Nummer wieder raus? Wenn sie sich mir zeigen, und ich sie ablehne, könnte das irgendwie schiefgehen? Verletze ich dann ihre Ehre? Verlieren sie ihr Gesicht? Schon steht der dritte auf und präsentiert sich. Mir wird etwas mulmig. Was passiert, wenn ich mich jetzt umdrehe und einfach wieder gehe? Auf Zurückweisungen reagieren ja die eigenen Männer schon empfindlich, wie wird es erst bei Liebesdienern sein?

Der vierte steht auf und macht einige Schritte auf mich zu.

Jetzt erschrecke ich wirklich. Was, wenn er handgreiflich wird? Wenn ich auch auf den Zwölften nicht positiv reagiere, dann werden sie doch sicherlich sauer. Irgendeinen werde ich nehmen müssen, das erwarten sie doch sicher. Umgekehrt wäre es ja auch so. Ein Mann, zwölf Liebesdienerinnen – und keine passt ihm? Das wird ja nicht dem zahlenden Mann angekreidet, sondern den dienenden Frauen. Wahrscheinlich werden sie danach direkt als zu unattraktiv entlassen. Ob das hier …

Der fünfte steht auf. Jetzt sind sie schon bald bei der Hälfte angelangt.

Ich wende mich an den jungen Mann, der mich hereingeführt hat.

»Sorry«, sage ich und suche aufgeregt in meinem Hirn nach dem englischen Wort für Missverständnis. Es fällt mir nicht ein. »Es ist ein Fehler«, versuche ich mich verständlich zu machen. »Der Tuk-Tuk-Fahrer hat mich falsch verstanden. Ich möchte keinen Sex, sorry.«

Hoffentlich komme ich hier ungeschoren wieder heraus. Ich hatte vorhin meine Baht sortiert, fasse nun in meine Tasche und ziehe aus dem Geldbeutel 1000 Baht heraus, das erscheint mir angemessen für einen respektvollen Rückzug. Wenn sie mir was Böses wollten, dann hätten sie jetzt die Gelegenheit, mir meine Tasche abzunehmen.

Aber niemand scheint Entsprechendes vor zu haben, sie schauen mich alle nur an. »Sorry«, sage ich noch einmal, und da fällt mir das Wort wieder ein: »Misunderstanding«, sage ich und halte dem jungen Mann den 1000-Baht-Schein hin. Hoffentlich beleidige ich ihn jetzt nicht, aber er nimmt das Geld und verbeugt sich. Gut, denke ich, 25 Euro, das war das Abenteuer wert, bloß jetzt möchte ich hier schnell wieder raus.

Mein Rückzug ist wenig elegant, eher überhastet. Als der weiß gekleidete junge Mann die Türe im ersten Stock hinter mir schließt, bin ich jedenfalls schon unten raus. Das Tuk Tuk steht noch im Hof. Welche Erleichterung!

Nur der Fahrer ist nicht da.

Der nächste Schreck.

Wo ist er denn hin? Ich gehe um das Tuk Tuk herum und betrachte die Gebäude. Im Gegensatz zu den Häusern in diesem Viertel sind sie aus massivem Stein gebaut. Genau genommen sehen sie wie Lagerhäuser aus. Und es gibt tatsächlich nur eine Ausfahrt, durch die wir auch hereingekommen sind. Wenn ich nur schon wieder im Hotel wäre. So eine blöde Idee! Aber da sehe ich den Fahrer sitzen, vor mir in der engen Gasse plaudert er am Straßenrand mit ein paar anderen Männern. Wenn er es überhaupt ist. Im Moment bin ich mir da gar nicht so sicher. Sie sehen sich alle so ähnlich.

Aber da wird einer von ihnen auf mich aufmerksam und sieht zu mir herüber, sagt irgendetwas, worauf die anderen lachen, und mein Fahrer kommt mir dann entgegen.

»Das ging aber schnell«, sagt er.

»Das war ein Missverständnis«, sage ich auf Englisch, denn das Wort habe ich jetzt im Kopf.

»Oh! Das wollten Sie gar nicht? Es sind aber sehr gute Jungs, sehr gut. Beste Adresse!«

Na, denke ich, wenn das die beste Adresse war, dann möchte ich die zweitbeste nicht sehen, trotzdem nicke ich freundlich. »Sehr gute Männer«, sage ich, »aber ich brauche keinen Sex, ich habe einen eigenen Mann.«

Er lacht herzlich. Eigene Männer scheinen in diesem Business nicht viel zu zählen.

»Junge, hübsche Männer mit guten Körpern«, bekräftigt er noch einmal, bevor er sich in seine Fahrerkabine setzt.

Wir fahren los, und ich bin heilfroh, dass ich aus dieser Situation ungeschoren herausgekommen bin. Nach einer Weile muss ich dann aber doch lachen.

Da versuchen Mike und ich zwei Liebesnächte lang ohne Erfolg Sex zu haben – und jetzt hätte ich eine ganze Fußballmannschaft von Sexkandidaten haben können. Mit Ersatzspieler. Schon spannend. Und: Wie die das wohl machen? So auf Knopfdruck wird der bei denen wohl auch nicht stehen.

Ich werde es nicht herausfinden, die Chance ist vertan.

Und mein kleines Teufelchen zwitschert mir zu: Du kannst ja noch mal umkehren.

Nein, sage ich mir, ich fand schon die Geschichten meiner Kolleginnen von Miet-Rastas und Toyboys in Jamaika wenig verlockend. Genauso wenig die von den Strandjungs von Kenia und Tansania. Ich bin das einfach nicht. Ich bin im Grunde meines Herzens eine echte deutsche Hausfrau, die Kind und Mann haben will und dazu ein gepflegtes Zuhause.

Ach je, denke ich, während sich das Tuk Tuk wieder in den zähen Verkehr der großen Geschäftsstraßen einfädelt, da hast du mit Mike genau den richtigen Kandidaten. Drei Koffer und die Welt.

Um acht Uhr sticht unser Schiff in See, Mike meinte, er sei spätestens um sieben Uhr da, denn das Taxi bräuchte eine halbe Stunde durch das Bangkok-Gewühle. Da habe ich ja noch immer Zeit. Ich frage meinen Tuk-Tuk-Fahrer nach einem guten Bekleidungsgeschäft, denn ein weiteres Mal kann ich meine Afrika-Kleidchen wohl nicht anziehen. Vorsichtshalber wiederhole ich meine Frage gleich noch einmal und zeichne mit beiden Händen die Formen eines Kleides nach, nicht dass er mich wieder falsch versteht.

»Striptease?«, fragt er sogleich. »Ahh, girl!«

Da hat er meine Luftzeichnung also gleich als Frauenkörper missverstanden.

»Shopping!«, sage ich, das ist international. Und jetzt scheint er es zu kapieren, denn er hält vor einer der großen Malls in dieser Straße an.

»Very good shopping!«

Aha. »Very good price?«, frage ich ihn, und als er 1000 Baht verlangt, kann ich mir denken, dass dies ein Wucherpreis ist. Vielleicht wäre es günstiger gewesen, wenn ich das Angebot im Hinterhof angenommen hätte, aber ich mag mich auch nicht mit ihm herumstreiten, ich habe einfach keine Erfahrung. Ich gebe ihm die 1000 Baht, und sein Grinsen ist nicht gespielt.

»Thank you, Ma'm«, sagt er und fragt gleich darauf, ob er warten soll.

»Lieber nicht«, sage ich, »das wird mir zu teuer«, und unterstreiche meinen Satz mit einer entsprechenden Geste.

Das versteht er, lacht und fährt zu.

Dass der Knabe mich wirklich abgezockt hat, erkenne ich sofort an den Kleiderpreisen. Für 1000 Baht kann man hier ordentlich einkaufen. Ist man erst mal in dem Gebäude drin, ist es von deutschen Mode-Einkaufszentren kaum zu unterscheiden. Sobald ich mir aber ein Preisetikett ansehe, fange ich zu zwinkern an ... Kann das sein?

Ich finde einen Satz neue Dessous, ein Paar offene Riemchensandalen mit mäßig hohem Absatz, dazu zwei Kleider, eines schwarz und eng und eines sommerlich gemustert mit schwingendem Rock. Außerdem eine sommerliche, kurzärmelige Bluse mit tiefem, geradem Ausschnitt und Stehkragen, eher sportlich, und das gleiche Modell mit Rüschen. Jetzt bin ich für alles gerüstet und bin zudem kaum Geld losgeworden. Kein Wunder, dass alle so von Thailand schwärmen. Freundliche Menschen, gutes Essen, warmes Klima und günstige Einkaufsparadiese. Zumindest für die Ausländer, denke ich, für die Einheimischen wahrscheinlich nicht.

Ich schaffe es gerade, frisch geduscht, mit geföhnten Haaren, meinem neuen schwarzen Kleid und den Riemchenschuhen, für den letzten Wimpernstrich am Spiegel im Bad zu stehen, als ich höre, wie die Appartementtüre zuschlägt.

»Wow!«, sagt Mike, als er mich sieht. »Haben wir heute Abend etwas Größeres vor?«

Ich drehe mich nach ihm um. Er lacht, und ich werde daran erinnert, wie schön es ist, wenn ein Mann heimkommt. Es gibt mir so das Gefühl von Zweisamkeit, Geborgenheit.

»Wer weiß?«, sage ich und will ihn umarmen, aber er wehrt ab.

»Ich bin völlig durchschwitzt. Gib mir zehn Minuten, dann bin ich frisch.«

»Hast du auch noch frische Kleidung?«, frage ich, denn eigentlich müsste ja sein Koffer der Koffer aus Südafrika sein. Reitsafari. Da trägt man nicht unbedingt einen Anzug.

»Es müsste alles frisch gekommen sein«, sagt er, »liegt im Ankleidezimmer nichts?«

Da war ich noch gar nicht, meine Kleidung kam ausschließlich aus der Einkaufstüte.

»Und wie war dein Tag? Wie geht es dir?«, fragt er, während er sich auszieht. Die Frage nach dem Tag beziehe ich auf die Tour mit Nawin und das anschließende Shoppen, die Frage nach meinem Befinden eher auf meine Komfortzone.

»Die Tour war schön, und insgesamt geht es mir, glaube ich ... gut.«

Er nickt und steigt vor meinen Augen in die offene Dusche, seine komplette Kleidung hat er einfach in eine Ecke geworfen. Ich finde das erotisch, wie er sich einseift, alles ganz gründlich wäscht und so überhaupt keine Scheu vor mir hat. »Eigentlich könntest du dazukommen«, sagt er dann plötzlich unter dem Wasserstrahl hervor, »und wir verschieben unseren Schiffsausflug auf morgen.«

Jetzt? Wo ich mich so sorgfältig hergerichtet habe? Na, also, für diesen jugendlichen Anflug von Leidenschaft ist es jetzt zu spät. Mein Programm steht fest: erst Dinner und dann Sex, ich habe nämlich Hunger.

»Aber, es wäre auch schade«, gibt er sich selbst die Antwort, »wo du dir so viel Mühe gegeben hast. Jedenfalls ein neues Outfit, wie ich sehe. Steht dir gut!«

Endlich mal ein Mann, der was sieht und Verständnis zeigt.

»Und was hast du sonst noch so gemacht?«

Soll ich ihm das jetzt wirklich erzählen? Männer bekommen manches so schnell in den falschen Hals. Nachher denkt er noch, ich hätte mir einen der Jünglinge geschnappt – und wie könnte ich ihm das wieder ausreden? Wenn auch sonst in so einem Männerhirn nicht viel Erzähltes drinbleibt – so etwas bleibt bestimmt haften. Und zwar auf der falschen Tonspur, also ihn besser erst gar nicht auf so einen Gedanken bringen.

»Ach, damit war der Tag schon ganz gut ausgefüllt«, sage ich. »Und du?«

»Schwierig.« Er dreht das Wasser ab und greift nach einem Badetuch. So mit nassen Haaren und dem abperlenden Wasser auf seinem schlanken Körper sieht er wirklich sexy aus. Und die Proportionen seiner Körperteile stimmen. »Zu viele Verhandlungspartner, jeder sieht nur seinen eigenen Vorteil. Und die Mimik der Asiaten verrät kaum, was sie wirklich denken. Zumindest kann ich die Zeichen schlecht lesen.«

»Und was genau machst du hier überhaupt?«

»Ich bin beratend unterwegs. Bei Firmenzusammenschlüssen. Aber diesmal ist es zäh.«

Beratung. Darunter kann ich mir nun gar nichts vorstellen. Ich berate zwar auch andauernd, aber eben mit handfesten Produkten. Aber Firmenzusammenschlüsse? Das hört sich so nebulös an. Ob man damit wirklich Geld verdienen kann?

Ich bemerke Mikes Blick. Er hat sich das Badetuch um die Hüfte geschlungen und sieht mich lächelnd an. »Heute machen wir uns einen richtig schönen Abend«, sagt er und nimmt mich in den Arm. »Und eine noch schönere Nacht. Ich freu mich schon auf dich.«

Ich bin gespannt. Vor allem, wie meine Komfortzone reagieren wird. Aber die Menge an Wundsalbe, die ich da hineingegeben habe, müsste für eine ganze gynäkologische Abteilung reichen.

Schon erstaunlich, wie schnell Männer fertig sein können, wenn sie nicht so übertrieben eitel sind. Otto hat vor dem Spiegel meist länger gebraucht als ich, weil er seinen fortschreitenden Haarausfall irgendwie vertuschen wollte. Ich fand immer, ein Radikalschnitt sei die beste Lösung, aber er hütete jedes einzelne Haar. Ha, ha, denke ich, und die restlichen kann er sich jetzt raufen, denn seiner Ex geht es gut.

Ich schmiege mich an Mike. Er fühlt sich gut an. Sollten wir doch dableiben? Aber da löst er sich schon von mir und geht ins Ankleidezimmer. »Bin gleich so weit«, höre ich ihn, und tatsächlich steht er kurz darauf mit weißem Hemd und einer hellgrauen Hose vor mir. »Passt das?«

»Absolut.«

Er legt seine Hand um meine Hüfte, und so gehen wir unserem Abendprogramm entgegen. Das festlich beleuchtete Schiff ist größer, als ich mir das vorgestellt hätte, mit Disco und Livemusik, einem Raum nur für das üppige Buffet und mit unzähligen beleuchteten Tischen auf dem Oberdeck. Für uns ist ein Tisch direkt an der Reling reserviert, und ich frage mich, wie Mike das immer so aus dem Hut zaubert: ständig ist alles organisiert und gut vorbereitet. Wie macht er das nur?

»Gefällt es dir?«, möchte er wissen, und ich überlege, ob er meine Lebensgeschichte, die ich ihm an unserem ersten Abend beim Dinner in Garonga erzählt habe, auch verstanden hat? Hat er verstanden, aus welch kleinen Verhältnissen ich komme? Und hat er verstanden, dass ich vor Kurzem noch einen 5-Euro-Schein mehrmals umdrehen musste, bevor ich ihn ausgab? Diesen Luxus, diesen Überfluss kannte ich bisher nur aus dem Fernsehen – und da waren es Spielfilme, also nichts Echtes. Oder es waren Dokumentationen über Menschen, die so unendlich weit von meinem täglichen Leben weg waren, dass es sich ebenfalls nicht echt anfühlte. Und nun sitze ich in Bangkok auf einem Luxusschiff an einem elegant gedeckten Tisch, und ein Mann fragt mich, ob es mir gefalle. Es hört sich fast bizarr an. Ob mir das gefällt? Ich könnte schreien vor Glück!

»Das ist der Chao Phraya River«, erklärt er. »Er fließt durch das Netz der Kanäle, die du heute mit Nawin schon gesehen hast, und außerdem an der Altstadt Rattanakosin vorbei. Du wirst nun also den Großen Palast und den Tempel Wat Arun vom Fluss aus sehen. Beleuchtet. Das ist ziemlich eindrucksvoll.«

»Wie kannst du dir das alles merken?«

»Was meinst du?«

»Na, allein diese Namen. Ich habe die Gebäude ja heute gesehen, sie sind wunderschön, besonders der eine mit seinen Porzellanscherben, der Tempel der Morgenröte, so hat es Nawin gesagt. Das ist einfach unfassbar! Aber bei all den thailändischen Namen habe ich irgendwann abgeschaltet. Ich kann mir das einfach nicht einprägen!«

»Am ersten Tag sind es auch zu viele Eindrücke. Nach einiger Zeit ändert sich das. Mach dir keine Gedanken.«

»Kennst du dich überall auf der Welt so gut aus?«

Er überlegt, dann zuckt er die Schultern. »Ich war viel unterwegs, da bleibt das nicht aus.«

Der Kellner kommt und fragt nach den Getränken, und dann legen wir ab. Der Fahrtwind trägt warme Luft heran, und ich genieße die Abendstimmung mit allen Sinnen. »Es ist unbeschreiblich. Traumhaft«, sage ich und greife nach Mikes Hand, die er mir über den kleinen Tisch entgegenstreckt. »Was die Menschen schon alles gebaut haben«, füge ich hinzu, denn schon heute Morgen war ich in dem Tempel mit all den Treppen und bemalten Porzellanscherben hingerissen, aber nun strahlt er wie aus Gold.

»Wat Arun«, sagt Mike und streichelt meine Hand. »Tausend Lichter. Und sein Mosaik aus Porzellan, Muscheln und Glasstücken ist einzigartig. Ich habe gelesen, dass es insgesamt etwa eine Million Teile sind, die sich zu den Abertausenden Blumenmustern zusammenfügen.«

»Und«, kann ich auch mal etwas dazu beitragen, »ich weiß, dass der König, diesen Namen habe ich mir behalten, König Rama II, die Bevölkerung dazu aufgerufen hat, jedes Stück zerbrochenen Porzellans abzuliefern. Sie hatten nämlich nicht genug, um den Tempel fertigzustellen. Und so klappte es dann.«

Wir gleiten langsam an diesem Bauwerk vorbei, an dem man sich nicht sattsehen kann.

»Gut, dass du mich überredet hast«, sage ich.

»Was meinst du?«

»Nun, dass ich nach Bangkok geflogen bin statt nach Frankfurt.«

»Dahoim sterbä d'Loit«, erwidert er.

»Was?«

»Das musst du als Schwäbin doch kennen: Zu Hause sterben die Leute.«

Ich muss lachen. »Ja, es hörte sich aus deinem Mund nur etwas fremd an.«

Eine kleine Musikgruppe dreht ihre Runden von Tisch zu Tisch, Mike bestellt ein Lied für uns, und ich denke plötzlich: Wenn etwas ganz toll ist, geschieht bestimmt etwas Schreckliches. So schön kann es einfach nicht bleiben. Es versetzt mir im Moment einen solchen Schreck, dass ich kurz seufzen muss. Aber außer mir hat es niemand gehört.

Und es vergeht auch gleich wieder.

Die laue Sommernacht, das reichhaltige Buffet, die allgemeine fröhliche Stimmung und vor allem das Gefühl, dies alles zu zweit zu genießen, beschwingen mich ungemein.

»Meinst du, es klappt heute mit uns beiden?«, frage ich beim Dessert.

Er legt den Kopf schief: »Noch könnte was schiefgehen.«

»Was denn?«

»Also«, er hält seinen Löffel knapp über der Nachspeise in der Luft, »ich habe alle scharfen Speisen vermieden, bin gut drauf, es ist alles vorbereitet.« Er grinst. »Und trotzdem bleibt ein Restrisiko.«

»Ein Restrisiko?« Ich sehe ihn fragend an, und über meinen Blick muss er lachen.

»Das Schiff könnte untergehen ...«, ulkt er.

»Oder der Himmel könnte uns auf den Kopf fallen«, gebe ich zur Antwort. Hatten wir das nicht schon? Genau. Ich saß auf dem Bidet und er auf dem Badewannenrand. Der zweite Versuch.

»Es ist nichts ausgeschlossen, aber ansonsten«, genießerisch taucht er seinen Löffel in sein cremiges Dessert und sieht mich über seinen vollen Löffel hinweg herausfordernd an, »sollten wir uns heute endlich mal näher kennenlernen.«

Ich nicke. »Okay, ich bin Stefanie Weiss und komme aus Stuttgart. Reicht das?«

»Der Anfang war schon mal gut ...«

»Gut?« Ich muss lachen. Zuerst spielt ihm seine Potenz einen Streich und dann der Chili. »Echt?«

»Na ja, wer sich in solchen Situationen kennenlernt, hat vom anderen doch schon recht viel erfahren. Mehr, als wenn alles glattgeht. So gesehen war der Anfang schon recht gut, Stefanie Weiss aus Stuttgart, ich weiß, wen ich vor mir habe.«

Das kann ich von ihm noch nicht wirklich behaupten. Aber sein Ansatz gefällt mir.

»Wir haben es beide mit Humor genommen«, sage ich.

»Genau das meine ich.« Er lächelt mir zu. »Es hätte schon nach Garonga Schluss sein können.«

Ich nicke. »Ja, ich war knapp davor.«

»Aber nicht wegen unserer ersten Liebesnacht, sondern wegen deiner Familie, wenn ich das richtig sehe.«

»Erinnere mich bitte nicht an die. Jeder Gedanke an meinen Sohn verursacht ein Grummeln im Magen ...«

»Oh...«, unterbricht er, »Grummeln im Magen? Magenverstimmung? Eiweißschock nach zu vielen Meeresfrüchten? Oh nein, das wäre dann die dritte Variante ...« Er zwinkert mir zu. »Bitte denk an was anderes. Schau mal, am Ufer, die beleuchteten Geschäfte und Restaurants, das emsige Treiben überall.«

»Ja, stimmt!« Ich streichle sacht über mein Kleid. »Hier macht selbst das Shoppen Spaß, da fällt man nicht gleich in Ohnmacht, wenn man das Preisschild sieht ...«

»Eigentlich müssten wir von Bangkok aus noch eine Stunde weiterfliegen, nach Ko Samui und von dort mit dem Schiff nach Ko Phangan.«

»Aha.« Mein leeres Dessertschälchen wird gerade abgeräumt, und jetzt wäre wieder Platz für eine neue Leckerei. »Und weshalb?«

»Weil du dort die Freiheit spürst. Du brauchst nur eine Unterkunft, ein Moped und Flip Flops, sonst nichts. Die Insel schenkt dir alles.«

»Hört sich sehr verlockend an.«

»Hast du Zeit?«

Habe ich Zeit? Mein Chef fällt mir ein. Und seine thailändische Zweitfamilie. Da müssten ja wohl ein paar zusätzliche Tage drin sein ... Aber ich verwerfe den Gedanken wieder.

»Diese Woche noch. Am Montag stehe ich dann wieder in Stuttgart hinter meiner Kasse.«

Er wiegt den Kopf. »Vielleicht ist eine kleine Stippvisite

drin, es ist ja nicht weit. An einem Tag hin, einen Tag bleiben, dann wieder zurück, das würde in dein Zeitfenster passen.«

Ein neuer Gedanke. Eigentlich bin ich ja nicht gerade der spontane Typ, ich liebe frühzeitige Planungen, an die ich mich halten kann. Aber seit Südafrika entwickelt sich ja sowieso alles anders. Warum dann nicht Ko Phangan?

»Ich bin für alles offen ...«, sage ich.

Er macht eine leichte abwehrende Handbewegung. »Ich muss noch meine Verhandlungen abwarten, aber ansonsten ... wäre das eine wirklich gute Idee.«

Wir gehen aufgekratzt ins Hotel zurück, beide sind wir auf unsere Art glücklich. Ich bin von innen heraus glücklich. Ein Bauchgefühl, das mir mein Glück sanft durch die Adern fließen lässt, es fühlt sich so samtweich an, so ohne Ecken und Kanten, einfach himmlisch. Und Mike? Auf mich wirkt er ausgeglichen und fröhlich, völlig unbeschwert. Wenn es so bleiben könnte, wäre es wunderbar. Eine neue Beziehung, ein neuer Weg, ein neues Glück.

Im Hotel gehen wir grüßend an der Rezeption vorbei, und schon im Lift kleben wir aneinander. Diesmal küssen wir uns anders, fordernd, erwartungsvoll. Zwei Versuche stacheln an, jetzt wollen wir es beide wissen. Im Appartement ziehen wir uns gleich hinter der Tür gegenseitig aus, und dann schnappt mich Mike an der Hand, und wir gehen ins Bad. Der breite, sanfte Strahl aus der Regenwalddusche perlt über unsere Körper, und so nass und glitschig, wie wir sind, ist es herrlich, den anderen anzufassen, überall und immer begehrlicher. Schließlich hebt mich Mike hoch, presst mich gegen die Wand, und während ich die Beine um ihn schlinge, dringt er in mich ein. Ich hätte nicht geglaubt, dass ich das je erleben würde, aber es macht mich ungeheuer an. Und ich spüre, dass wir unseren

Orgasmen mit jeder Bewegung näherkommen. Nicht mehr lang ... Er beißt in meine Ohrläppchen. »Lass uns zur Couch«. Und so, wie wir sind, trägt er mich zur Couch und schafft es, genauso zum Liegen zu kommen. Und dann spüre ich, wie ich komme, einen solchen Orgasmus habe ich noch nie erlebt, ich laufe förmlich aus. Es schüttelt mich, und gleich darauf kommt auch Mike. Eine Weile bleiben wir so liegen, dann rollt er von mir und der Couch herunter direkt auf den Fußboden. »Ah«, sagt er, »das war gut!«

Ich schau zu ihm hinunter, und er blickt zu mir hoch.

»Gewaltig!«, sage ich.

»Es wirkt immer noch. Ich muss noch eine Weile so liegen bleiben«, erklärt er, »Nachspüren. Hier unten im Bauch«, und damit deutet er auf eine Stelle unter seinem Nabel, »hier ist es noch ganz stark. Wenn ich jetzt aufstehe, ist es vorbei.«

Bei mir ist es schon vorbei. Das wohlige Gefühl ist noch da, aber nachspüren muss ich nicht mehr. Interessant, denke ich, dass er das so empfindet. Ob er wohl auch gleich einschläft, dort, mitten auf dem Parkett?

»Ich hole uns was zu trinken. Mineralwasser?«

Er nickt und bewegt sich ansonsten keinen Zentimeter. Beim Aufstehen denke ich, ob wohl die Couch was abgekriegt hat? Typisch schwäbische Hausfrau, tadele ich mich innerlich, kann es mir aber nicht verkneifen, trotzdem nachzuschauen. Ein Fleck auf dem roten Veloursleder. Vorsichtshalber hole ich ein Handtuch und tupfe das Leder ab, schließlich will ich keinen Schaden anrichten. Dann kümmere ich mich um das Wasser, aber bis ich Mike das Glas reichen kann, schläft er schon.

Ich bin noch nicht müde. Ich stelle mich ans Fenster und sehe hinab auf die Stadt, die keinen Schlaf zu brauchen scheint. Ich entdecke keinen Unterschied zwischen dem Umtrieb am Tag oder in der Nacht. Steckt da ein Müssen dahinter oder ein Wollen? Wahrscheinlich beides. Die, die wollen, sind wahrscheinlich die Touristen, die auf der Suche nach einem Erlebnis sind – und die, die müssen, stehen auf der anderen Seite.

Thomas fällt mir ein, Thomas aus Johannesburg, der Gewürzhändler. Feine Gewürze verkaufen, anstatt im Drogeriemarkt Mädchen für alles zu sein. Oder Afrika. Die Tiere, die Menschen. Kann man nicht überall etwas Sinnvolles tun? Es liegt doch tatsächlich an einem selbst, was man mit seinem Leben anfängt. Und warum nicht mit 45 Jahren noch einmal alles umkrempeln? Mein Gewinn gibt mir die Sicherheit dazu. Vielleicht meint es das Schicksal momentan einfach nur gut mit mir und will sehen, was ich daraus mache?

Ich werfe einen Blick auf Mike. Er schläft immer noch. Soll ich ihn wecken? Ich bin mir nicht sicher. Vielleicht in zwanzig Minuten, wenn er bis dahin nicht von selbst aufgewacht ist. Also gehe ich schon mal ins Bett, schalte den Fernseher ein und zappe mich durch die Programme.

Tatsächlich, ich lande bei einem deutschen Sender. Nachrichten. Das ist gut, dann weiß ich wieder, was in der Welt vor sich geht und vor allem in Deutschland. Aber meine Gedanken schweifen ständig ab.

Schließlich hole ich mein Handy und lese die Nachrichten noch einmal, die mir mein Sohn geschrieben hat. Und ich lese auch meine Antwort auf seine Vorwürfe:

»Warum freust du dich nicht einfach über das, was du hast? Ich bin nicht feige. Ich habe zwei Wochen Urlaub, Montag in einer Woche arbeite ich wieder. Dann können wir reden.«

Darauf habe ich nichts mehr von ihm gehört. Das ist von ihm zwar nicht richtig, aber trotzdem liegt es mir im Magen, ob ich will oder nicht. Ich kann solche Unstimmigkeiten in der Familie schlecht aushalten. Das ist mir schon mit Otto so gegangen, obwohl er meist im Unrecht war. Aber was mein Kopf weiß, ändert oft nichts an dem, was mein Bauch fühlt.

Jetzt reckt Mike den Kopf, und ich stehe auf und setze mich neben ihn auf den Boden.

»Oh, das war gut«, sagt er und legt mir seine Hand auf den Oberschenkel. »Ich glaube, du bringst mein Leben noch einmal ganz enorm durcheinander.«

»Das freut mich!« Ich lege meine Hand auf seine und betrachte ihn. Ein warmes Gefühl der Zuneigung durchflutet mich. Seine sonst so streng nach hinten gekämmten Haare sind ihm in die Stirn gefallen und geben ihm etwas Jungenhaftes. Er dreht sich vom Rücken auf die Seite und zieht mich zu sich herunter. So liegen wir eng aneinandergekuschelt auf dem Fußboden, und er schnüffelt in meinem Nacken. »Ich riech dich so gern«, murmelt er. Als ich nichts darauf antworte, fährt er fort: »Ich meine deinen Körper, deinen ureigenen Duft. Das Parfüm Stefanie. Kannst du mir was abfüllen, damit ich es ständig mit mir herumtragen und daran schnuppern kann?«

Ich muss lachen.

»Nein, im Ernst«, er schnuppert über meine Schulter zu meiner Brust hinunter, »es ist Veilchen, ein zarter Veilchenduft mit etwas, mit Pheromonen, mit irgendwelchen Duftstoffen, auf die ich anspreche. Ganz offensichtlich sogar sehr stark anspreche.« Ich sehe, was er meint. Er ist schon wieder erregt, und der Anblick erregt mich auch. Ich lege ganz einfach ein Bein um ihn, und es passt. Völlig unaufgeregt lieben wir uns auf dem Fußboden und genießen den Reiz, der die Reibung in unseren Körpern aufbaut. Immer stärker, immer schöner, bis die Erlösung kommt, und wir ineinander verschlungen einfach so liegen bleiben.

Nach einer Weile schau ich in sein Gesicht. Schläft er schon wieder? Nein, sein Blick trifft meinen. Seine Augen sind grün. Eindeutig. Meerestiefe, denke ich und flüstere: »Green eye!«

»Green eye?«

»Ja, Grünauge. Das ist mein Kosename für dich …«

»Schön!« Er lächelt. »Green eye. Ich dachte immer, meine Augen sind so ein Mischmasch. In meinem Ausweis steht graugrün. Aber manchmal sind sie eher blau.«

»Hast du überall so chamäleonsche Eigenarten?«

»Chamäleon … was?« Er muss lachen.

»Na, kannst du überall die Farbe wechseln? Nicht nur in den Augen? Ein Mann in tausend verschiedenen Gewändern?«

»Probier's aus …«

Ich nicke nur.

»Das braucht Zeit. Aktuell kann ich nur sagen: Mein Hüftknochen fängt an zu schmerzen.«

»Sehr schade.« Er rückt etwas von mir ab und richtet sich langsam auf. »Jetzt, wo du es sagst …« Er greift nach seiner Hüfte. »Das ist die Sache mit den alten Knochen. Sie wollen zwar noch, aber die Quittung wird dir sofort präsentiert.«

Er steht auf und hält mir die Hand hin. »Komm, wir wechseln das Lager.«

Ich habe nichts dagegen und lasse mich hochziehen.

»Magst du noch etwas trinken?«, möchte er wissen, während ich schon voraus zum Bett gehe.

»Danke, keinen Alkohol«, sage ich, »und Wasser steht schon da.«

Ich wache auf, weil ich etwas höre. Eigentlich bin ich noch zu müde, um aufzuwachen, aber dann will ich doch wissen, was da klappert, und öffne die Augen.

Durch die offene Tür kann ich Mike sehen, er steht nackt im Ankleideraum und packt.

»Was machst du?«

»Guten Morgen!« Er dreht sich nach mir um. »Ich wollte dich nicht wecken. Ich habe eine Mail bekommen, ich muss nachher kurz nach Schanghai fliegen, offensichtlich können die Partner den Deal nicht so vermitteln, wie es nötig wäre.«

Ich höre nur, dass er wegfliegen will, und richte mich auf. »Du willst weg? Ja ... wie lange denn?«

»Nein, ich will nicht weg, ich muss! Aber es ist nur eine kurze Geschäftsreise. Von Bangkok nach Schanghai, kein so großer Akt, viereinhalb Stunden Flug. Ich bin also entweder heute sehr spät oder spätestens morgen früh wieder da.«

»Ist das bei dir immer so?«

»Es geht um eine große Firmenfusion, ich bin beratend tätig, das heißt, ich habe die beiden Firmen zusammengebracht. Jetzt geht es um die Details und um die Abwicklung, da geht es ohne mich nicht.«

Ich kann mir nicht wirklich was darunter vorstellen, aber das ist ja auch nicht mein Thema. Mein Thema heißt Mike – und der packt gerade.

»Und das Appartement hier?«

»Das läuft natürlich weiter. Wenn ich Glück habe, habe ich heute Abend das Projekt so weit zum Laufen gebracht, dass wir die nächsten Tage unbeschwert genießen können. Ko Phangan, wie gesagt ...«

Ich lehne mich in meine weichen Kissen zurück.

»Das kommt jetzt trotzdem etwas überraschend«, sage ich.

»Mach doch einfach einen gemütlichen Shoppingtag, ich lege dir Geld hin. Und schau dir die Tagesausflüge an, unten am Desk findest du tolle Angebote. Genieß die Zeit, bis ich wieder da bin.«

»Ich brauche kein Geld«, sage ich lahm.

Er kommt zu mir, setzt sich auf die Bettkante und nimmt mich in den Arm. »Oder soll ich Nawin anrufen? Der Ausflug mit ihm hat dir doch gefallen – und es gibt in Bangkok noch viel zu entdecken ...«

»Nein, lass nur«, sage ich. »Ich schau mir am Ausflugsschalter mal die Angebote an, sicher finde ich etwas.«

Mike gibt mir einen Kuss. »Ich wusste doch, dass du eine selbstständige Frau bist!«

Was wäre mir all die Jahre auch anderes übrig geblieben, denke ich.

Er legt sich seine Kleidung zurecht, lässt seinen kleinen Koffer zuschnappen und geht dann ins Bad. Ich stehe auf, fülle die kleine Kaffeemaschine mit stillem Mineralwasser, lege eine Kapsel ein und stelle zwei Tassen zurecht. Zumindest einen Guten-Morgen-Kaffee mag ich noch mit ihm trinken.

Ich rücke zwei Sessel an einen Beistelltisch und setze mich. Und Mike trinkt seinen Kaffee, während er sich anzieht und mir von seinen Geschäften erzählt. Ein großer Deal im Jahr reicht, behauptet er, dann ist er für den Rest des Jahres wieder frei. Sein finanzielles Fundament sei allerdings auch ohne weitere Geschäfte gesichert – aber warum sollte er nicht tun, was er gut kann? Auch wenn er gar nicht mehr muss.

»Paradiesische Zustände«, sage ich und frage mich, was so ein Zusammenschluss zweier Firmen denn schon groß an Kohle abwerfen kann? Keine Ahnung.

»Und dann machen wir einen Plan.«

»Einen Plan?«

»Ja, ich bin ein Zugvogel. Und das muss mit deinem Zeitplan ja dann irgendwie abgestimmt werden.«

»Hm.«

Er stellt seinen Koffer bereit, legt Geldbeutel und Handy auf dem Beistelltisch ab, läuft noch mal ins Badezimmer, um sich die Zähne zu putzen, als sein Handy neben mir auf dem Beistelltisch brummt. Eine SMS blitzt auf und verschwindet dann wieder. Allerdings steht sie lange genug, dass ich den Inhalt lesen kann:

»Ich hab dich lieb. Und vermisse dich so sehr. Wann kommst du wieder?«

Stocksteif starre ich auf diese Sätze. Habe ich mich verguckt? Standen da wirklich diese Sätze?

Ich muss bleich geworden sein, denn als er zurückkommt, lächelt er bei meinem Anblick.

»So schlimm? Das ist schön. Aber ich komme ja wieder!«

Damit beugt er sich zu mir herunter, gibt mir einen Kuss auf die Stirn, packt Smartphone und Geldbeutel ein, nimmt seinen Koffer und verschwindet aus der Tür.

Ich sitze völlig regungslos da. Ich weiß nicht, wie lange, dann wird es mir plötzlich übel, und ich renne ins Bad und übergebe mich in die Toilette.

Sind es nur Minuten, oder sind es Stunden? Mein ganzer Elan ist weg, alles, was mich bis vor Kurzem noch so glücklich gemacht hat, alles hat sich aufgelöst. Ich werde mich nie mehr bewegen können, ich bin einfach nur starr. Starr von Kopf bis Fuß. Ich habe mich in mein Bett zurückgeflüchtet, dort liege ich und stiere die Decke an. Und ich kann mich nicht aufraffen, denn ich weiß nicht, wozu. Und für was. Für was soll ich mich aufraffen? Für eine Sightseeingtour durch Bangkok? Für einen neuen Mann, der mich doch nur wieder anlügt? Für meine Familie, die mir alles Schlechte wünscht? So liege ich einfach da und versuche, nichts zu denken. Nichts zu denken und nichts zu fühlen. Es gelingt mir nicht. Ständig schieben sich Bilder vor mein inneres Auge. Sex in der Dusche, Liebe auf dem Fußboden, seine Worte, seine Gesten. Und jetzt? Schanghai? Firmenzusammenschluss? Ich glaube ihm kein Wort. Schanghai wird einen anderen Namen haben. Irgendeinen klangvollen Namen, zu dem er jetzt hinfliegt. Oder ist sie sogar in Bangkok? Warum nicht? Mit dem Übernachtungskoffer von der einen zur anderen. Lebt er nicht aus drei Koffern? Na, also. Dies ist also sein Geschäftsmodell, Marke Frauenfusion. Überall eine andere. Ob es zum Zusammenschluss kommt? Wäre es nicht so traurig, müsste ich lachen.

Aber es ist traurig. Wahnsinnig traurig. Und ich heule. Ich heule Rotz und Wasser und zerfließe so vollkommen in Selbstmitleid, das ich das Klopfen an der Zimmertür überhöre. Das Zimmermädchen schaut mich mit großen Augen an und ist sofort im Badezimmer, um mir Papiertaschentücher zu bringen. Eine ganze Packung stellt sie neben mich ans Bett und will dann wissen, ob sie etwas für mich tun kann. Wir sprechen beide kein gutes Englisch und haben mit der Verständigung Mühe, was uns fast zum Lachen bringt und meine Laune schlagartig bessert. Wie lieb sie sich um mich bemüht, dabei hat sie doch sicherlich Zeitdruck.

»Your husband?«, will sie wissen, und das zeigt mir doch mal wieder, dass alle Kümmernisse dieser Welt mit Männern zusammenhängen. Ich nicke, denn Nicken ist international, und das Zimmermädchen macht eine Geste des Bedauerns. Und fragt mich dann, ob sie mir etwas bringen kann. Einen Tee? Ein Frühstück?

Einen Mann, hätte ich gern gesagt, aber diesen Witz hätte sie sicherlich nicht verstanden.

»Ein Flugzeug«, sage ich stattdessen, und in diesem Moment ist die Idee auch schon geboren.

Ganz klar, ich fliege nach Hause.

Heute noch. Nachher. So schnell wie möglich. Sie lächelt freundlich und erklärt, dass sie für den Zimmerservice nachher noch einmal käme. Das ist mir recht.

Ich ziehe mich schnell an und bin in Rekordzeit unten an der Rezeption. Ich werde an den Concierge verwiesen, der mit Bedauern hört, dass ich meinen Aufenthalt leider sofort abbrechen muss. Ich murmle irgendeine Begründung, die er nicht verstehen kann, und frage, ob er mir den nächsten Flug nach Deutschland buchen könne?

Er vergewissert sich, wie es mit der Buchung unseres Appartements ist – was mich im Übrigen auch interessiert –, und bestätigt dann, dass das Appartement für die nächsten Tage bezahlt worden sei. Ob es denn storniert werden solle? Damit würde leider ein Storno fällig. Ich spiele kurz mit dem Gedanken, mich auf diesem Weg von Mike zu verabschieden, aber ich verwerfe die Idee wieder. Zu billig, denke ich. Ich will nur weg, so schnell wie möglich.

Er kümmere sich, verspricht der Concierge, und werde sich bei mir telefonisch im Zimmer melden.

Danke!

Ich eile zum Lift und packe. Das geht schnell, so viel hatte ich ja nicht dabei. Vor Mikes Kleiderschrank bleibe ich stehen. Zwei Hemden hängen noch da, und daneben liegen einige ordentlich aufeinandergelegte Poloshirts im offenen Regal. Das hat er drauf, denke ich. Mit wenig Kleidung auszukommen, den Waschservice rechtzeitig zu nutzen und stets frisch und gut auszusehen. In manchen Dingen kann man tatsächlich von einem Weltenbummler lernen.

Das Telefon klingelt noch immer nicht.

Ich entscheide mich, noch rasch zu duschen, schließlich bin ich ja direkt aus dem Bett in die Kleider gehüpft.

In der Dusche überfällt mich kurz der Katzenjammer, aber ich gebe mir Mühe, nach vorn zu denken. Ich gönne meinem Gesicht eine gute Creme aus einem Probetübchen, schminke mich sorgfältig, wähle am offenen Koffer frische Wäsche, meine helle Jeans, die neue Bluse und lege mir für die Reise meinen dicken Winterpullover zurecht. Eine halbe Stunde später ist alles parat, nur offensichtlich der Concierge noch nicht.

Ich gehe noch einmal durch das Appartement. Ach, der Parka. Im Ankleidezimmer ganz oben im Regal. Den hätte ich jetzt fast übersehen. Und das Ladekabel für das Smartphone unter dem Nachttisch am Bett. Aber jetzt!

Ich nehme gerade den Telefonhörer ab, als es an der Zimmertür klopft. Ein junger Mann bringt mir auf einem Silbertablett verschiedene Flugverbindungen. Sehr geschickt, denke ich, ich hätte den Concierge am Telefon sowieso nicht verstanden.

Drei Verbindungen hat er mir herausgesucht: Thai, Lufthansa und nochmals Thai. 11 Stunden 35 Minuten. Andere gehen sehr viel länger mit Zwischenstopp über Wien, Bahrain, Helsinki, Neu-Delhi oder Dubai. Ich lese schon gar nicht mehr weiter. Falls ich den ersten Flug noch bekomme, ist er ideal. Dann sitze ich in drei Stunden im Flieger.

Ich schnappe meinen Koffer, mein Handgepäck und den Parka, drehe mich in der Tür noch einmal um. In diesem Augenblick fällt mir das Trinkgeld für das nette Zimmermädchen ein, also noch einmal zurück, einen entsprechenden Betrag unter das Kopfkissen gelegt, wieder los.

Nur diesmal ist der Concierge beschäftigt, und so wie das aussieht, werden die beiden blassgesichtigen Engländer ihn mit allen möglichen Detailfragen zum Bangkoker Nachtleben noch eine Weile beschäftigen. Ich trete von einem Fuß auf den anderen, da winkt der Concierge in eine Richtung, und eine junge, schlanke Frau kommt auf mich zu, die sich meiner annimmt. Und die ist schnell. Ich bin begeistert. Ich tippe nur auf den entsprechenden Flug auf meinem Blatt, den Rest erledigt sie an ihrem Computer.

Ob 726 Euro okay seien? Mit anderen Airlines und Zwischenstopps sei der Flug fast um die Hälfte günstiger, klärt sie mich auf, was mich noch kurz zögern lässt, aber dann siegt mein Wunsch, möglichst bald zu Hause zu sein. Wieder in mein gewohntes Leben einzutauchen. Keinem zu sagen, dass ich da bin, inkognito in der eigenen Wohnung. Der Gedanke lässt mich schmunzeln, da werde ich allen ein Schnippchen schlagen. Ich bin einfach weg. Vor euren Augen einfach weg. Dabei bin ich da. Nur könnt ihr mich nicht sehen. Nur traue ich mir in dieser Hinsicht nicht so wirklich …

Im Flugzeug wird es mich dann überkommen. Die erwartungsvollen Gedanken auf dem Flug nach Bangkok und jetzt die Flucht. Ach, wäre ich doch gleich von Johannesburg zurück nach Frankfurt geflogen, so wie ich es ursprünglich geplant hatte. Oder wenigstens von Nairobi aus.

Ich zücke meine Kreditkarte, bekomme alle Unterlagen und sitze in kürzester Zeit in einem Taxi zum Flughafen. Was darf das kosten? Ich weiß es nicht – ich achte aber darauf, dass er den Taxameter angestellt hat, denn das habe ich von Mike gelernt: Unbedarfte Touristen sind eine herrliche Geldquelle.

Ich schaffe es auf den letzten Drücker. Die langen Schlangen beim Check-in lösen sich schneller auf, als gedacht, und auch die Sicherheitskontrolle geht zügig voran. Ich bin zwar erhitzt, aber vor allem erleichtert, als ich endlich in meinen Sitz im Mittelgang sinke. Am Fenster war nichts mehr frei, aber damit kann ich leben. Ich werde um 19 Uhr in Frankfurt ankommen, mir einen Zug heraussuchen und spätestens um Mitternacht in mein Bett sinken. Ich schließe die Augen. Am besten wäre es, ich könnte jetzt einfach durchschlafen. Aber es ist helllichter Tag, und mir gehen zu viele Dinge durch den Kopf. Die würde ich gern vergessen und bestelle mir zum Mittagessen ein Piccolo.

In Frankfurt empfängt mich deutsche Hektik, alle haben es eilig. Die einen in diese Richtung, die anderen in die andere. Wie bei einem Ameisenhaufen, denke ich.

Das Gepäck lässt auf sich warten, also gehe ich erst mal auf die Toilette. Die ist mir angenehmer als im Flugzeug, aber es kostet Zeit – anscheinend hatte das halbe Flugzeug das gleiche Bedürfnis. In Bangkok kannst du deinen Koffer unbewacht kreisen lassen, ob das auch für Frankfurt gilt?

Ich bin froh, als ich endlich wieder am Gepäckband bin. Die meisten Koffer sind schon aufgepickt, meiner kreist noch, Gott sei Dank! Auf dem Monitor wird schon die nächste Maschine angekündigt, da habe ich Glück gehabt. Und ich habe noch ein weiteres Mal Glück, stelle ich fest, um 19.50 Uhr geht ein Zug nach Stuttgart. Das ist geradezu perfekt. Ankunft 21.08 Uhr. Um 22 Uhr werde ich zu Hause sein. Wie schnell man doch die Erdteile wechseln kann, es ist kaum zu glauben. Am Bahnhof habe ich sogar noch Zeit, mir eine Bockwurst zu kaufen. Einfach für das Heimatgefühl. Aber sie ist so fettig, dass ich die Hälfte dem Abfalleimer überlasse. Egal. Das Einzige, was sie mir beschert, ist die Erinnerung an den Abend im Vertigo mit dem scharfen Chili-Kuss.

Mike.

Ich habe die ganze Zeit vermieden, an ihn zu denken, doch jetzt drängt sich mir sein Bild auf. Irgendwie muss ich mich ablenken. Inzwischen sitze ich in einem Abteil mit zwei jungen Männern. Das erscheint mir ganz geschickt, vielleicht haben die beiden ja gute Themen, bei denen ich zuhören könnte. Aber der eine zieht nur seine schwarze Strickmütze tiefer in die Stirn, und der andere ist mit seinem Smartphone beschäftigt. Das bringt mich auf die Idee, mein eigenes Handy vielleicht mal einzuschalten. Immerhin bin ich nun bereits seit 13 Stunden unterwegs. Falls Mike tatsächlich … aber was mache ich mir für Gedanken? Lass das, Steffi!, rufe ich mich zur Ordnung. Er hat einen Nachttermin. Er wird morgen gegen Mittag in das Appartement kommen und sich wundern, was passiert ist. Ja, wundere dich nur. Sleep Out und Chili und Sex unter der Regenwalddusche. Vorbei, vorbei. Mit mir. Und mit der anderen?

Trotzdem schalte ich mein Handy ein. Noch fünf Prozent Akku. Das darf nicht wahr sein. Und das Ladekabel? Im Koffer. Zu blöd aber auch!

»Sorry, Jungs«, spreche ich die beiden an, der eine blickt auf. »Ich habe einen langen Flug hinter mir, und mein Akku ist leer. Hat einer von euch zufällig ein passendes Ladekabel?«

Ich halte ihnen mein Handy entgegen. Beide schütteln den Kopf. »Tut mir leid, falsche Marke«, sagt der eine, der andere äußert sich überhaupt nicht. Gut, denke ich, ich habe fast zwei Stunden Fahrt vor mir, also lohnt sich die Anstrengung. Ich wuchte meinen Koffer auf die beiden leeren Sitze neben mir und mache mich daran, ihn zu öffnen. Das Zahlenschloss will nicht aufgehen. Es ist das Geburtsjahr meines Sohnes. Hat sich da was verstellt? Ich rüttle und zerre und gebe schließlich auf.

»Stimmt was nicht?«, fragt einer der beiden Jungs.

»Das Zahlenschloss muss sich wohl verklemmt haben. Ich krieg's nicht auf.«

»Stimmt die Nummer?«, fragt der andere.

»Das Geburtsjahr meines Sohnes, da kann ich eigentlich nichts falsch machen.«

Die beiden werfen sich einen Blick zu.

»Soll ich mal?«, fragt der erste. Ich nicke und nenne ihm die Zahlenkombination. Er stellt sie ein und schüttelt dann den Kopf. »Die Zahlen stimmen nicht«, sagt er.

Ich schaue erst ihn und dann meinen Koffer misstrauisch an. »Und jetzt?«, frage ich.

»Wenn Sie wollen, knacken wir das. Das ist schnell gemacht. Diese Art von Schlössern taugen nicht viel.«

»Aha«, sage ich. Irgendwie sind die Jungs schon komisch. »Ja, gut«, willige ich ein. »Geht da viel kaputt?«

»Nur das Schloss.«

»Ja dann, bitte.« Ich ziehe mich etwas von dem Koffer zurück und sehe zu, wie die beiden sich vor ihn hin knien. Der eine zieht ein Schweizer Taschenmesser aus seiner Tasche, klappt ein Teil auf, der andere hält dagegen, und im Nu ist mein Koffer offen.

»Na, so was!!!«, sage ich verblüfft. »Seid ihr die Panzerknacker?«

Die kennen sie nicht, ist ja auch klar. Diese Comicfiguren sind ganz alte Hüte.

»Jedenfalls vielen Dank!« Ich klappe den Deckel auf und erstarre. Rote Dessous mit Strapsen und allem, was dazu gehört. Die Jungs mustern mich. Und ich klappe den Deckel im Affekt wieder zu. Dann hebe ich ihn wieder an.

»Du lieber Himmel«, dämmert mir. »Das ist überhaupt nicht mein Koffer!!«

»Ich dachte schon …«, sagt der eine, und der andere grinst. Anscheinend brachten sie die Schwäbin vor ihnen nicht so recht mit dem Rotlicht-Gewerbe in Übereinstimmung. Ich krame. Unter den Dessous-Artikeln normale Kleidung. Aber keine Adresse. Nichts.

Ich lass den Deckel fallen, klappe die Schlösser wieder zu und schubse ihn auf den Fußboden.

»Und jetzt?«, frage ich die beiden Jungs.

»Jetzt müssen Sie im Flughafen anrufen und das melden. Ihren Flug, die Maschine, mit der Sie gekommen sind, Flugnummer, denn irgendjemand hat ja nun Ihren Koffer.«

»Anrufen ist gut«, sage ich, »ich habe weder Akku noch Ladekabel.«

Die beiden werfen sich erneut einen Blick zu, und ich merke schon, dass sich der eine am liebsten die Mütze nun ganz über die Augen gezogen hätte.

»Fünfzig Euro, wenn Ihr mir helft«, sage ich in einem Anflug von Verzweiflung.

»Das heißt dann aber an der nächsten Haltestelle aussteigen und wieder zurück, die andere Kofferbesitzerin finden und das Spiel wieder in die andere Richtung.« Sie sind nicht begeistert. »Wenn dann überhaupt noch ein Zug fährt. Und neue Fahrkarten brauchen wir auch.«

Ich sehe schon, so wird das nichts. »Die kauf ich euch. Selbstverständlich.«

Keine Reaktion.

»Aber könnt ihr dann wenigstens für mich anrufen?«, frage ich und komme mir selber völlig hilflos vor. Gleichzeitig spüre ich, wie der Zug seine Fahrt verlangsamt.

»Wir sind gleich in Darmstadt«, erklärt der mit der Mütze trocken. »Jetzt muss eine Entscheidung her.«

Ich könnte vielleicht im Darmstädter Bahnhof Hilfe bekommen, denke ich schnell. Aber um diese Uhrzeit? Bestimmt sind alle Schalter geschlossen. Und die Bahnhofpolizei ist für solche Fälle sicher auch nicht der richtige Ansprechpartner.

»100 Euro«, erhöhe ich. »Fünfzig jetzt, fünfzig nachher« Und ich ziehe einen 50-Euro-Schein aus meinem Geldbeutel und halte ihn hoch. Blickkontakt der beiden, der eine steckt das Geld ein, der andere nimmt sein Smartphone und fängt an zu tippen. »Gut, dann wollen wir mal«, erklärt er, hat recht schnell einen Ansprechpartner und teilt mir, kurz bevor der Zug zum Halten kommt, mit, dass der Koffer so schnell wie möglich zurückmüsse. Die betreffende Frau habe einen Weiterflug. Und mein Koffer warte beim Thai-Airways-Schalter auf mich.

Ich könnte heulen. Warum kann nie etwas glattgehen? Aber zumindest habe ich jetzt die beiden Burschen an meiner Seite. Der eine trägt den Koffer schwungvoll zum Ausgang, der andere hat sich zwei Rucksäcke umgehängt – und ich, ganz ehrlich, hätte mich nicht gewundert, wenn sie mit dem Koffer abgedüst wären.

Aber sie organisieren alles schnell und perfekt, wenig später sitzen wir schon wieder im Zug nach Frankfurt. Das Bild ist das gleiche, der eine döst, der andere ist mit seinem Handy beschäftigt, und ich versuche mir nicht allzu viele Gedanken zu machen. Dann fällt mir etwas ein: Ich könnte nun ja anstatt nach Stuttgart direkt nach Aachen fahren, meinen Sohn überraschen. Dann hätte ich dieses leidige Gespräch schon hinter mir. Aber um Mitternacht bei ihm klingeln? Vielleicht doch keine so gute Idee.

Im Frankfurter Flughafen angekommen, eilen wir durch das Gebäude zum Thai-Airways-Schalter. Der eine hat meinen Koffer, der andere trägt die beiden Reise-Rucksäcke, und trotzdem sind sie so schnell, dass ich mich ordentlich anstrengen muss, um Schritt zu halten.

Dennoch kommen wir zu spät: Wir stehen vor einem heruntergelassenen Rollladen. Keine Frau, kein Koffer, gähnende Leere. Ich muss aufpassen, dass mir die Nerven nicht durchgehen – vor Müdigkeit, vor Enttäuschung, vor Wut!

Die beiden Jungs sehen sich nur an. »Du bleibst bei ihr«, kommandiert der eine und sprintet los. So stehe ich mit dem Strickmützen-Jüngling und dem Gepäck mitten in der Schalterhalle. Alles ausgestorben. Weit und breit nur wir. Wir stehen wie zwei Ölgötzen nebeneinander, er breitbeinig, beide Hände in seine Jackentasche gestopft, ich mit nichts außer dem Gefühl, alles, aber auch wirklich alles falsch zu machen.

Es dauert etwa zwanzig Minuten, da taucht der andere wieder auf, im Schlepptau eine hellblonde, fast weißhaarige junge Frau, einen Koffer hinter sich herziehend, meinen Koffer!

Ich lasse einen Überraschungsschrei los und laufe den beiden entgegen.

»Sorry«, sagt sie und gibt mir die Hand. Ich schätze sie auf 25. Höchstens. »Renata. From Kristiansand. Norway. Sorry for that …«

Ich stelle mich ebenfalls vor, und da wird mir klar, dass sie ja die Auslöserin war. Ich habe ja nur den Koffer genommen, der noch da war, sie war schon weg. Sie zeigt auf meinen Koffer. Gemerkt hat sie es erst an dem fremden Anhänger.

»Sorry for that«, sage ich und deute auf das aufgebrochene Zahlenschloss.

Sie zuckt mit den Achseln.

»And your next flight?«, will ich wissen.

»Sie hat schon umgebucht. Morgen früh, die erste Maschine«, erklärt der junge Mann neben mir.

»Na, also«, sage ich, »vielen Dank, dann ist ja doch noch alles gut ausgegangen.« Ich ziehe die ausgemachten 50 Euro aus meinem Geldbeutel und gebe sie der Strickmütze. Der steckt den Schein ein und sieht auf sein Handy. »Ich habe gerade mal gegoogelt, der nächste Zug nach Stuttgart geht in 30 Minuten. Falls Sie den nicht verpassen wollen?«

»Und Ihr?«

»Wir haben unsere Pläne geändert …«

Ich schau die beiden an, und fast tut es mir leid, meine beiden Begleiter so schnell zu verlieren.

Aber sie grinsen, und Renata grinst auch.

»Ja, gut«, sage ich und nicke in die Runde, weil Händeschütteln in der Altersgruppe bestimmt out ist. »Vielen Dank. Und noch viel Spaß«, dann nehme ich meinen Koffer, ziehe ihn den Weg zum Flughafenbahnhof zurück und komme mir fürchterlich verlassen vor.

Zu Hause angekommen, lasse ich den Koffer direkt am Eingang stehen, lege mein Handgepäck daneben und gehe, noch im warmen Parka, schnurstracks weiter in mein Wohnzimmer hinein. Das Deckenlicht ist zu grell, jedes Möbelstück erscheint mir fremd, alles ist lieblos zusammengewürfelt, die Behaglichkeit fehlt, es ist kalt und ungemütlich. Ich drehe mich mehrfach mit hängenden Armen um meine eigene Achse. Nein, hier will ich nicht bleiben, nein, hier gefällt es mir nicht. Wie konnte ich mich hier jemals wohlfühlen? Auch nur andeutungsweise wohlfühlen?

Ich gehe hinüber ins Schlafzimmer und betrachte die leere Wand gegenüber dem Bett. Nein, kein noch so schönes Afrika-Poster könnte diesem Raum etwas geben. Er ist viereckig, klein, kahl. Abstoßend. In die Küche mag ich schon gar nicht mehr gehen. Die ist noch fürchterlicher.

Alles ist fürchterlich.

Ich stehe schon wieder an der Haustüre, die Hand an der Klinke, die Tür bereits einen Spaltbreit offen. Soll ich mir ein Hotel suchen? Das würde ich jetzt am liebsten tun, einfach raus und weg. Blödsinn, denke ich, unnötig Geld ausgeben. Du hast drei Jahre hier gelebt, also stell dich nicht so an. Ich will die Türe gerade wieder schließen, da witscht etwas an mir vorbei in die Wohnung.

Was war das? Vor Schreck lasse ich die Klinke los und dreh mich um, versuche im Raum etwas zu erkennen. Es ist etwas Pelziges. Ein Marder? Ich kann nichts sehen und bekomme es mit der Angst. Raus – und Tür zu? Von außen. Und dann?

Kurz fühle ich mich an meinen Traum auf Garonga erinnert. Der schleichende Löwe. Und die Rose.

Mike.

Ich kann mich nicht entscheiden, stehe wie angewurzelt,

da höre ich ein Kratzgeräusch. Eindeutig aus meinem Wohnzimmer.

Mein Kopf sagt, geh hin und schau nach! Mein Bauch sagt, aber wenn was passiert? Was dann? Angsthase, sagt mein Kopf. Du warst in Afrika. Löwen, Elefanten, Hyänen – da machst du dir jetzt in die Hose? Ja, sagt mein Bauch, jetzt mach ich mir in die Hose. Mutterseelenallein, mitten in der Nacht, und da ist etwas, das ich nicht sehe, nicht kenne, und das mich bedrohen könnte.

Wieder kratzt etwas, und dann hüpft es auf mein Sofa und schaut mich mit großen Augen an. Eine Katze! Eine Katze, ich glaube es nicht.

Vor Erleichterung muss ich laut lachen. »Hast du eine Rose dabei?«, frage ich sie, und sie antwortet mit »Miau«. Ich schließe die Tür hinter mir und gehe vorsichtig auf sie zu. Sie scheint keine Angst zu haben, im Gegenteil, sie reckt den Hals, und der Schwanz geht pfeilgerade nach oben.

»Miez, Miez«, sage ich und halte ihr die Hand hin. Soll sie erst mal schnuppern, mit wem sie es zu tun hat, und ich kann schnell zurückziehen, sollte sie mich kratzen wollen. Aber sie hat nichts dergleichen vor, sie reibt sich an mir und beginnt zu schnurren.

»Eine Katze!«, sage ich zu ihr und setze mich neben sie auf die Coach. Sie empfindet das als Aufforderung, sich direkt auf meinen Schoß zu setzen.

»Na, du bist ja eine«, lache ich. »Wo kommst du denn her?«

Darauf gibt sie zwar keine Antwort, aber sie scheint sich wohlzufühlen. Während sie sich wohlig einkuschelt, betrachte ich sie genauer. Sie sieht irgendwie lustig aus. Weißes Fell, schwarz gestromt. Eigentlich wie ein Zebra, nur nicht so gleichmäßig. Am Bauch, den sie mir gerade präsentiert, ist sie sogar ganz weiß. Ich streichle sie, trotzdem habe ich ihre Krallen gut im Blick. Bei Katzen weiß man nie, wenn sie nicht mehr wollen, dann wollen sie nicht mehr. Nicht wie Hunde oder Menschen, die man zu allem zwingen kann, Katzen sind selbstbestimmte Wesen. Zu Hause hatten wir immer Katzen, ich bin mit ihnen aufgewachsen. Bis Otto kam. Seinen Lippenbekenntnissen nach war er Tierliebhaber. Allerdings nur auf die Entfernung. Für Lars tat es mir leid, dass er ohne Haustier aufwachsen musste. Aber gegen Ottos Ablehnung war einfach nicht anzukommen.

Aber gut, denke ich, jetzt hat er ja Marie.

Marie.

Die Katze auf meinem Schoß tut mir gut. Wo sie wohl hingehört?

Wir bleiben eine Weile so sitzen, vertraut, gemeinsam, dann steht sie auf, streckt sich, springt von meinem Schoß und geht direkt zur Wohnungstür.

Aha, denke ich, kleiner Vorstellungsbesuch. Ist ja nett. Ich öffne die Tür und lasse sie hinaus. Sie streift an dem rostigen Gitternetz des Geländers entlang und verschwindet dann die Treppe hinunter.

Ich gehe zurück ins Wohnzimmer, ein Lächeln auf den Lippen. Okay, denke ich, jetzt dreh mal die Heizungen auf, lade dein Handy, und geh ins Bett.

Morgen ist auch noch ein Tag.

Ich wache schweißgebadet auf und weiß erst mal nicht, wo ich bin. Es ist dunkel und stickig, und ich bekomme keine Luft. Panisch suche ich nach dem Lichtschalter, aber er ist nicht da, wo er gestern noch war. Endlich erinnere ich mich, es ist ein Knipser an der Nachttischlampe, kein Schalter an der Wand. Ich bin zu Hause. Besser macht das die Sache nicht, bei Licht besehen ist alles nur noch schlimmer. Ich richte mich in den Kissen auf und starre gegen die Wand am Fußende des Bettes. Jetzt müsste es mir doch besser gehen? Licht vertreibt doch alle Gespenster? Nein, es ist der Traum, der mich erdrückt und der mir immer noch nachhängt. Erinnerungsfetzen ziehen vorüber. Mike, immer nur Mike. Löwen, die Katze, Mike, alles durcheinander. Ich bekomme es nicht mehr zusammen. Ich decke mich auf, weil es unter der Decke zu heiß ist, dann wieder zu, weil der Raum zu kalt ist. Funktioniert die Heizung nicht? Das fehlte gerade noch – im Dezember.

Eine Weile bleibe ich so liegen, lasse meinen Gedanken freien Lauf. Ich muss einkaufen, es ist nichts im Haus. Ich muss meine Post durchschauen. Aber wenn ich mich recht erinnere, lag nicht viel da. Die Post fliegt nämlich durch den Briefschlitz von außen direkt auf den Fußboden. Das erspart einen Briefkasten. Sparsamkeitsüberlegungen der Bauherren. Ich muss unbedingt die Sache mit meinem Sohn klären. Bei meiner Schwester warte ich ab, ob tatsächlich ein Brief vom Anwalt kommt. Ich kann mir das nicht vorstellen, schließlich sind wir doch Schwestern, und ich habe sie in guter Absicht freiwillig unterstützt. Aber weiß man es?

Und dann: Mike.

Ich muss das Handy einschalten. Aber so ein bisschen graut es mir davor, deshalb beschließe ich, mir zunächst mal einen Kaffee zu machen. Ohne Milch, weil keine da ist. Reine Übersprungshandlung.

Mit dem heißen Kaffeebecher krabbele ich in mein Bett zurück, lehne mich an, decke mich bis zum Hals zu und ziehe die Beine an. So, jetzt ist es so weit, jetzt kann die Flucht nur noch nach vorn heißen, ich schalte das Handy ein.

12 Anrufe, 7 Nachrichten von Mike.

Ich öffne die erste.

»Meine Stefanie, ich bin erschüttert. Du bist ausgezogen? Ist etwas passiert?«

Zweite:

»Ich habe nachgeforscht. Nirgends eine Nachricht. Warum?«

Dritte:

»Ich habe mich extra beeilt, die schnellste Verbindung gewählt, voller Vorfreude auf dich ...«

Vierte:

»Und du warst mein Glücksbringer. Der Deal ist sensationell durch, ich habe mir ein schönes Fest ausgemalt. Champagnerrausch, nur du und ich.«

Fünfte:

»Stefanie, bitte melde dich. Ich mache mir Sorgen.«

Sechste:

»Nun weiß ich es vom Concierge, du hast einen Flug nach Frankfurt gebucht, die schnellstmögliche Verbindung. Ist etwas passiert? Deine Familie?«

Siebte:

»Du lässt mich ratlos zurück. Ich bin unsagbar traurig. Habe ich dir was getan?«

Ich lasse das Handy sinken und trinke einen Schluck Kaffee, obwohl er scheußlich schmeckt.

Habe ich dir was getan?

Ja, reicht das nicht? Der Deal ist durch ... die Nacht ist durch.

Ich denke mich in Rage, aber dann beschließe ich doch,

dass ich ihn nicht so im Zweifel lassen kann. Falls er wirklich denkt, mir sei etwas passiert, wäre das unfair. Seine letzte Nachricht kam vor etwa einer Stunde. Ich wiege das Handy in der Hand und zermartere mein Hirn. Was kann ich ihm schreiben, das ihm durch die Hintertür sagt, dass ich alles weiß und dass er keine Lügengeschichten mehr auftischen muss?

Ich formuliere mehrfach um. Bis ich den Wortlaut habe, ist mein Becher leer und mir ist es vom starken Koffein fast übel.

»Es ist nichts mit meiner Familie. Es ist die Angst vor uns. Vor Verletzungen. Vor einem Spiel. Vor doppelten Böden. Es tut mir leid. Leb wohl. Stefanie«

Dann schalte ich das Handy aus. Ich möchte keinen Anruf, ich möchte mich nicht erklären müssen, und vor allem möchte ich nicht beichten, dass ich auf seinem Handydisplay etwas entdeckt habe, das nicht für meine Augen bestimmt war. Ich schnüffle nie. Schon alleine in den Verdacht zu kommen ist mir peinlich. Für fünf Minuten rutsche ich noch einmal in meinem Bett hinunter und ziehe mir die Decke über den Kopf, um alles auszublenden. Dann gebe ich mir einen Ruck und entschließe mich, den Tag zu beginnen.

Ich stehe auf. Inzwischen ist die Wohnung warm geworden, und es ist nicht mehr ganz so schrecklich wie bei der Ankunft heute Nacht. Ich dusche, ziehe mich an und mache mir einen Plan. Einkaufen. Ich schreibe mir eine Liste. Die Katze fällt mir ein, also zwei Packungen Katzenmilch und irgendwas Leckeres. Unsere Katzen früher waren ganz wild auf Lyoner Wurst und Wienerle. Außerdem mag ich das auch. Sollte die Katze also nicht mehr kommen, wäre nichts verloren. Gerade, als ich die Wohnungstür mit dem Einkaufskorb in der Hand hinter mir zuziehe, steht sie vor mir und miaut mich an.

»Na«, sage ich, »jetzt zeig mir doch mal, wo du herkommst.«

Schnurstracks läuft sie vor mir her, ein paar Wohnungstüren weiter, bleibt dann vor einer stehen und blickt zu mir hoch. Ein handgeschriebenes Namensschild in Großbuchstaben: Kurzmann. Sieht nach Einzug aus. Ich habe keine Ahnung, wer da vorher gewohnt hat, jedenfalls klingle ich. Es dauert einen Moment, dann geht die Türe auf. Eine Frau von etwa achtzig Jahren steht vor mir und sieht mich fragend an, während die Katze an ihren Beinen entlang streicht und dann hinter ihr in der Wohnung verschwindet.

»Ja, bitte?«, fragt sie freundlich, mit offenem Gesichtsausdruck.

Ich stelle mich als ihre Nachbarin vor und reiche ihr die Hand. »Eigentlich wollte ich ja nur Ihre Katze abliefern«, erkläre ich.

»Ach ja, und ich heiße Kurzmann. Hedwig Kurzmann. Eigentlich Heidi, wissen Sie? Und Georgia? Ja, sie muss sich noch umgewöhnen. Wir sind erst vor Kurzem hierher gezogen, mein Mann ist gestorben, da wurde mir unser Haus zu groß.«

»Ach, mein Beileid.«

Sie schüttelt bedächtig den Kopf. »Er war sehr krank. Für ihn war es eine Erlösung.«

»Das ist traurig. Also, ich gehe gerade einkaufen, wenn ich Ihnen etwas mitbringen kann?«

Sie lächelt. »Danke, das ist sehr freundlich. Ich war gestern mit meinem Sohn einkaufen, er wohnt ebenfalls in Stuttgart. Er besucht mich regelmäßig.«

»Besuch ist schön«, sage ich. »Ihre Katze hat mich gestern auch besucht.«

»Oh!« Sie schaut erschrocken: »Hat sie Sie belästigt?«

»Ganz im Gegenteil, sie hat mich aufgemuntert. Ich wollte es Ihnen nur sagen. Falls Sie sie mal suchen, könnte sie auch bei mir sein, wenn Sie das nicht stört …«

»Nein, nein. Ich freue mich, wenn Georgia Freunde hat. Normalerweise würde ich ihr eine Katzenklappe einbauen lassen, aber ich wohne hier nur übergangsmäßig. Unser Haus war schneller verkauft als gedacht, da musste ich raus. Mein Sohn sucht etwas Ebenerdiges für mich in seiner Nähe. Mit kleinem Garten. Ist aber nicht so leicht.«

Ja, übergangsmäßig, denke ich, das habe ich auch mal gedacht.

»Ja,« sage ich, »viele Treppen ohne Lift sind fürs Älterwerden nicht so praktisch.«

»Genau!« Sie nickt bestätigend. »Und passen Sie wegen Georgia auf«, fügt sie an, »falls Sie verreisen und gerade packen. Sie klettert in jeden Koffer. Einmal wurde sie fast übersehen.«

Ich muss lachen.

»Dann also«, sage ich, »auf gute Nachbarschaft. Ich werfe Ihnen noch einen Zettel mit meiner Handynummer ein, dann können Sie mich anrufen, sollte Georgia mal abgängig sein.«

Es ist komisch, wie schnell sich der Mensch an alles gewöhnen kann. Als ich mit meinen Einkäufen zurückkomme, sehe ich all die Grässlichkeiten meiner Wohnung schon nicht mehr in dem düsteren Licht wie noch wenige Stunden zuvor. Ich verräume die Lebensmittel, packe meinen Koffer aus, stelle die beiden Geparden-Kerzenleuchter wehmütig aufs

Sideboard und belade die Waschmaschine. Mehrfach war ich an der Tür, weil ich ein Kratzen zu hören glaubte. Und jedes Mal war es eine Täuschung. Ich hätte mich gefreut, wenn Georgia vor der Tür gestanden hätte. Als alles erledigt ist, stehe ich vor dem Fenster und schaue auf die Fassade gegenüber. Der Himmel von Afrika, denke ich. Die Weite, dieses Licht, der Geruch. Ich wende mich ab. Ich werde mir doch ein Poster an die Wand hängen, dann kann ich wenigstens träumen. Stefanie! Du bist Millionärin! Du kannst einfach wieder hinfliegen!, muss ich mir ins Gedächtnis rufen.

Aber auch eine Million ist schnell weg, wenn man zu viele Wünsche hat.

Gut, sage ich zu meiner inneren Stimme, du hast ja recht. Apropos Million. Jetzt brauche ich eine Zugverbindung nach Aachen, zu meinem Sohn. Mir bleibt keine andere Wahl, als mein Handy wieder einzuschalten.

Ich habe es befürchtet, schon wieder zwei Nachrichten von Mike.

Mache ich sie auf? Noch nicht. Nachher im Zug.

Mit dem Zug nach Aachen: einmal umsteigen. Frankfurt Flughafen Fernbahnhof, Reisedauer knapp drei Stunden. Schon wieder der Flughafenbahnhof! Vielleicht treffe ich dann auch gleich die beiden Jungs von heute Nacht wieder? Und dieses norwegische Mädel mit meinem Koffer, wie hieß sie noch? Renata. Genau. Renata aus Kristiansand. Ich lasse mich auf meine Coach sinken und überlege. Drei Stunden. Wie lange würde es denn mit einem Auto dauern? Fast vier Stunden, sagt mir mein Smartphone. Erstaunlich.

Und trotzdem. Ich muss das hinter mich bringen. Ich google die besten Zugverbindungen hin und zurück, und vorsichtshalber auch noch ein günstiges Hotel in Lars' Nähe.

Dann packe ich mir mein Necessaire, einen Schlafanzug, frische Unterwäsche und mein Ladekabel in eine Sporttasche, ziehe mir einen dicken Pullover an, Parka, Mütze, Schal und Handschuhe, und stapfe los. Die Kälte macht mir nichts, im Gegenteil. Es wäre schön, wenn es schneien würde. Nur diese feuchte Kälte, die mag ich überhaupt nicht.

Im Zug sehe ich nach, was mir Mike geschrieben hat.

»Verletzungen? Doppelte Böden? Stefanie, kann es sein, dass du etwas in den falschen Hals bekommen hast? Dann müssen wir darüber reden.«

Ha!, denke ich. Ein Mann, der über etwas reden will, das gibt es ja sowieso nicht. Der will mir Sand in die Augen streuen.

Trotzdem lese ich auch noch seine zweite SMS.

»Gib mir die Chance, benenne die Dinge!«

Ich habe absolut nicht die Absicht, das zu tun, er müsste es selbst am besten wissen.

Ich stecke mein Handy weg und betrachte lieber die Landschaft, die hinter dem Fenster vorbeifliegt. Ich hätte Zugführerin werden sollen, denke ich plötzlich, dann hätte ich das jeden Tag. Der Gedanke lenkt mich ab. Auch von der Frage, wie ich Lars wohl antreffen werde? Ob überhaupt?

Überraschungsbesuche sind eben ein Risiko.

Am Bahnhof in Aachen verzichte ich darauf, die Fahrmöglichkeiten mit öffentlichen Verkehrsmitteln zu studieren, sondern nehme lieber gleich ein Taxi. Es ist jetzt 16 Uhr vorbei, gerade die richtige Zeit für Kaffee und Kuchen. Soll ich Kuchen mitbringen? Wir könnten ja an einer Bäckerei halten. Oder wirkt das zu großmütterlich? Schließlich wohnt Lars in einer WG, da muss man sich schon überlegen, wie der Junge nachher dasteht. Auf der anderen Seite mögen fast alle Männer irgendwelchen süßen Teile, also lass ich mir bei einem Bäcker etwas zusammenstellen, während das Taxi vor der Tür wartet.

Ich habe trotzdem ein komisches Gefühl, als ich vor der Hausnummer aussteige, das Taxi bezahle und mit dem Kuchenpaket in der Hand die Klingeln studiere. Es ist ein großer Altbau mit einigen Wohneinheiten – und ich war noch nie da. Bisher war Lars stets zu mir gekommen, weil er das mit einem Besuch bei seinem Vater verbunden hat. Und jetzt nach zweieinhalb Jahren steht plötzlich die Mutter vor der Tür. Irgendwie ist es ja schon komisch.

Auf den Klingeln stehen nur Kürzel. Zusammengewürfelte Nachnamen. HoLaReTu. Dann also die Briefkästen. Gut, da entdecke ich Weiss. Und er gehört zu Hauser, Haller, Jauch, Bilger. Also HaHaJaBiWe. Fünf in einer Bude. Na, da hat er wohl recht, das könnte wirklich etwas schwierig sein. Ich will gerade klingeln, als die Haustüre aufgeht. Eine junge Frau kommt heraus, stutzt kurz und fragt dann: »Kann ich Ihnen irgendwie helfen?«

»Ja, das wäre lieb. Ich möchte gern dahin.« Ich zeige auf die Klingel. »In welchem Stockwerk sind die denn?«

»Ach, kommen Sie, ich bring Sie schnell hin.« Sie hat langes, braunes Haar und sieht sympathisch aus, natürlich. Zumindest ist sie fast ungeschminkt und lächelt mich verschmitzt an. »Kaffeebesuch? Da werden sich die Jungs aber freuen. Darf ich Ihnen das abnehmen?«

»Sehe ich schon so alt aus?«

Sie lacht. »Nein, etwa das Alter meiner Mutter. Die hätte längst *Ja* gesagt.«

Jetzt lache ich auch. Die ist ja nett.

»Ja, dann bitte!« Ich gebe ihr mein Kuchenpaket und gehe

hinter ihr her. Sie hat eine schlanke und sportliche Figur und läuft die ausgetretene Holztreppe bis in den zweiten Stock leichtfüßig voraus. Ich freue mich, dass ich ihr ohne Weiteres folgen kann, also bin ich durch meine Zu-Fuß-Geherei tatsächlich nicht schlecht trainiert. Und für mein Alter schon dreimal nicht. Sie bleibt vor einer rustikalen Holztüre stehen und schließt auf. Das überrascht mich jetzt doch. Gibt es gemischte WGs? Warum nicht, Steffi, sei mal nicht so spießig!

Das Mädchen geht voraus und ruft schon in dem vollgestellten Flur: »Hi, Jungs, tolle Neuigkeiten, es gibt Nahrung!«

Zwei junge Männer schauen uns an, als wir in die große Wohnküche kommen. Sie sitzen an einem langen weiß lackierten Tisch, jeder vor seinem Laptop. Lars ist nicht dabei.

»Oh, wirklich?«, sagt der eine und mustert mich.

»Kuchen«, erkläre ich, und das Mädchen stellt das Kuchenpaket mitten auf dem Tisch ab.

»Super!« Der Junge steht auf. »Dann mache ich Kaffee.«

»Und ich mach mich vom Acker!« Die junge Frau winkt mir zu und ist auch schon wieder draußen.

»Die ist schon gut, die Marie«, sagt der andere und begrüßt mich. »Ich bin Max. Hallo.«

Ich höre nur Marie. »Das war Marie?«, frage ich, »Lars' Freundin?«

»Ja, leider«, sagt Max. »Sie hat den Falschen gewählt!«

Der an der Kaffeemaschine dreht sich um und lacht. »Das hättest du wohl gern!«

»Wer nicht?«

»Und Lars«, frage ich, »wisst ihr, wo der ist?«

»Lars?« Sie schauen mich beide an.

»Ja, Entschuldigung, ich bin seine Mutter. Stefanie Weiss.«

»Ach! Sorry, ich dachte, Sie sind Finns Mutter.«

»Vielleicht sehen sich ja alle Frauen Mitte vierzig irgendwie ähnlich«, sage ich, um überhaupt etwas zu sagen.

»Ja«, gibt mir Max recht, »das habe ich mir auch schon gedacht.«

»Ich bin Alex«, erklärt sein Freund und reicht mir die Hand. »Ist ja eine tolle Überraschung! Soll ich auspacken?« Er deutet auf das Paket.

»Ja, gern.« Ich stehe wohl etwas unbeholfen da, denn er meint freundlich: »Dann setzen Sie sich doch!«

Das tue ich, davon wird es aber nicht besser.

»Und Lars?«, frage ich noch mal. Alex holt Teller und Gabeln aus der Geschirrspülmaschine und verteilt sie.

»Lars?« Er schaut Max fragend an. »War der heute schon da?«

»Wenn Marie da war?«

»Vielleicht hat sie nur was geholt?«

Ich komme nicht ganz mit. »Wo soll er denn sonst sein? An der Uni?«

Die beiden werfen sich einen Blick zu. Habe ich es zurzeit ständig mit jungen Männern zu tun, die mit der Sprache nicht rausrücken wollen?

»Was ist?«, frage ich, jetzt wohl schon einen Ton ungeduldiger.

»Weiß er denn, dass Sie kommen?«, fragt Max und steht ebenfalls auf. »Milch und Zucker oder schwarz? Oder entweder oder?«

»Ich wollte ihn überraschen.« Jetzt komme ich mir schon ziemlich dämlich vor. »Nur Milch, bitte.«

»Hmm.« Max stellt einen Becher vor mich hin und setzt sich mir gegenüber an den Tisch, dann deutet er auf das Kuchenangebot. »Was darf ich Ihnen geben?«

»Alles für euch!«

»Also«, sagt Alex und balanciert ein dickes Stück Käsekuchen auf seinen Teller, »Lars sucht ja gerade eine eigene Wohnung. Für sich und Marie. Wenn er nicht in seinem Zimmer ist, schaut er sich vielleicht gerade irgendeine Wohnung an.«

»Er sucht sich …« Das macht mich für einen Moment sprachlos. »Wieso denn das?«

Alex zuckt die Schultern. »Er hat geerbt oder so was …« Er unterbricht sich und sieht mich an. »Das müssten Sie doch eigentlich wissen?«

»Oder eine Bank ausgeraubt?« Max hebt die Augenbrauen.

Alex lacht.

»Und die Uni?«, frage ich, jetzt schon ziemlich entkräftet.

»Keine Ahnung, er macht Maschinenbau, wir beide Medizin.«

»Tja.« Was jetzt?

Da höre ich ein Geräusch in meinem Rücken, ein Türklappen, und Alex sagt: »Hoppla, er ist ja doch da.«

Ich drehe mich um.

Hinter mir steht, ziemlich verschlafen in Trainingshose und T-Shirt, mein Sohn.

»Mama? Was machst denn du hier?«

»Ich möchte mit dir reden.«

Lars kommt näher und beugt sich zu mir herunter, um mir einen Wangenkuss zu geben. »Hast du das mitgebracht?« Er nickt zu dem Kuchen hin.

»Ja, für alle!«

»Prima, das kann ich jetzt gebrauchen.« Er geht zur Kaffeemaschine, und Alex sagt: »Ja, das war eine super Idee von deiner Mutter.«

Ich bin mir nicht mehr sicher, ob es insgesamt eine so super Idee war. Aber eines ist klar: Lars ist verlegen. Er weiß nun nicht so richtig, wie er mit der Situation umgehen soll.

»Warum hast du mich denn nicht informiert?«, fragt er mich. »Du warst doch noch nie hier?«

»Eben drum«, sage ich.

»Nein, schade. Sonst hättest du Marie kennengelernt, sie war vorhin da …«

»Ich habe Marie kennengelernt«, sage ich, vermeide aber jeden weiteren Kommentar. Er hat mich zuerst im Ungewissen gelassen, jetzt bin ich dran. Ich kann das schließlich auch.

»Du suchst eine Wohnung?«

»Das habe ich dir doch schon erzählt.« Dass ihm so eine Maßnahme beim Lernen helfen würde, wiederholt er vor seinen WG-Kumpels nicht. Die würden wahrscheinlich lachen.

»Und über den Rest sprechen wir nachher vielleicht unter vier Augen?«, sage ich. Da eine unangenehme Pause entsteht, füge ich an: »Aber erst wird der Kuchen aufgegessen«, und ich lache den anderen zu, »also stärkt euch. Das hat man in eurem Alter ja immer nötig.«

»Wie wahr, wie wahr«, sagt Max, und Alex fügt hinzu: »Wir können ja auch Platz machen.«

»Aber ganz sicher nicht«, sage ich bestimmt. »Ich habe Zeit, Lars und ich finden schon eine passende Gelegenheit.«

»Lass es uns hinter uns bringen«, meint Lars ergeben. »Wir können ja in mein Zimmer gehen.«

Ich lächle den beiden Jungs zu, zucke die Schultern und stehe auf. Den Kaffeebecher nehme ich mit.

Lars' Zimmer entspricht in etwa dem, wie ich mir das vorgestellt habe. Überall liegt etwas herum, das Bett ist zerwühlt. Okay, denke ich, das ist das Recht der Jugend. Dann muss ich über meinen eigenen Gedanken lächeln – und das Recht des

Alters, fügt meine zweite Stimme hinzu. Vor Kurzem lag ich noch auf einem thailändischen Parkett ... weiter mag ich nicht denken.

»So«, sage ich und bleib stehen, während Lars einen Sessel für mich freischaufelt. In den lasse ich mich sinken und sehe zu, wie er sich auf die Bettkante setzt. »So,« wiederhole ich, »also egoistisch und schäbig.«

Er nickt trotzig.

Das kenne ich an ihm. Er versteinert das Gesicht und baut in der Zwischenzeit eine Verteidigungsstrategie auf. Aber ich bin schneller.

»Hast du dir auch überlegt, dass es vielleicht Gründe geben könnte? Ich will das Geld nicht ausgeben, nur weil ich es habe. Ich will etwas Sinnvolles damit anfangen, etwas Sinnvolles für die Zukunft. Und die Zukunft, das bist auch du.«

»Du vertraust mir nicht«, sagt er bockig.

»Wie könnte ich? Was du weißt, weiß auch sofort Otto. Und Susanne gehört seit Neuestem auch zu diesem wunderbaren Kleeblatt, wie es scheint. Und alle drei haben nur eines im Kopf: auf irgendeine Art wollt ihr an mein Geld!«

»Das ist doch gar nicht wahr!« Lars zieht entrüstet die Stirn kraus. »Du verteilst 10 000 Euro, und dann zischst du ab. Machst Urlaub. Einfach so!«

»Ja, danke. Und wann habe ich in meinem Leben jemals Urlaub gemacht ... einfach so? In den letzten drei Jahren vielleicht, seit ich vom spärlichen Gehalt einer Verkäuferin lebe? Und davon noch das Geld für dich abzweige, obwohl dein Vater alles aus unserem früheren Leben an sich gerissen hat? Inklusive meinem Sohn?« Ich spüre schon, dass sich mein Zorn verwandelt. Ich muss aufpassen, dass ich nun nicht zu heulen anfange. Stärke zeigen, Stefanie, Stärke zeigen!

»Jedenfalls«, reiße ich mich zusammen, »bin ich keinem von euch Rechenschaft schuldig. Hätte ich überhaupt nichts abgegeben, säßen mir jetzt weder mein Ex noch meine eigene Schwester auf der Pelle. Susanne konnte mit meinen 5000 Euro ihr Konto ausgleichen. Als ich gekommen bin, befürchtete sie noch, sie müsse ausziehen. Und jetzt? Jetzt beißt sie die helfende Hand. Und Otto? Zuerst betrügt er mich, dann schmeißt er mich raus, und dann pumpt er mich an. Ist das Größe?«

Mein Ton ist gereizt, ich spüre das selbst. Und Lars auch.

»Deine blöde Idee neulich«, fahre ich fort, wo ich jetzt schon mal in Fahrt bin, »mit der Burschenschaft diente doch auch nur dazu, mir die Sache mit Marie schmackhaft zu machen. Als die bessere Wohnungsalternative. Und was sehe ich hier? Wo ist das Problem mit dieser Wohnung? Deine Mitbewohner sind nett, du hast Platz, es ist geheizt, ihr habt zu essen, ihr habt sogar eine Geschirrspülmaschine! Wieso kann man hier angeblich nicht lernen? Die anderen können es doch auch?«

»Ja, gut«, er hebt beschwichtigend beide Hände, »stimmt, der Grund ist, dass ich mit Marie zusammenziehen will.«

»Will sie das denn auch?«

»Ja, klar!«

»Hast du sie schon gefragt?«

Er zögert. »Sie wohnt noch bei ihren Eltern«, sagt er dann. »Aber da muss sie raus. Mit zwanzig braucht man einfach eine eigene Bude.«

»Du meinst, weil das für dich einfacher wäre?« An seiner unwilligen Reaktion sehe ich, dass ich den Punkt getroffen habe.

»Was sagen denn ihre Eltern zu deinen Plänen?«

Er antwortet nicht, sondern verzieht nur das Gesicht. Das Gespräch nervt ihn, keine Frage.

»Also«, sage ich, »ich sehe schon, das sind alles ungelegte Eier. Du setzt dir das in den Kopf und meinst, wenn du eine passende Bude gefunden hast, dann wird das schon werden, oder?« Er sagt nichts darauf. »Und die Miete? Wenn die Eltern sowieso hier in Aachen leben, werden die kaum ein Interesse daran haben, eine zusätzliche Wohnung für ihre Tochter mitzufinanzieren. Das macht ja auch, entschuldige, keinen großen Sinn!«

»Es ist ja nur die Hälfte der Miete.«

»Nur …« Ich lasse den Satz in der Luft hängen. »Und nur die Kaution und nur der Umzug und nur alles, was es in so einer Bude noch nicht gibt, Lampen, Möbel, Teppiche. Und wenn es ganz hart kommt auch noch eine Küche. Ach ja, Vorhänge.«

»Vorhänge braucht heute kein Mensch mehr.«

Das lasse ich mal so stehen.

»Wie hättest du das ohne meine 5000 Euro finanzieren wollen?«

»Ich jobbe ja!«

»Ich dachte, du möchtest das Geld genau dazu verwenden: weniger jobben, mehr lernen?«

Er verengt die Augen.

»Du hast über eine Million auf dem Konto und kommst jetzt so kleinlich daher? Ich studiere noch ein paar Semester, dann verdiene ich sowieso mein eigenes Geld!«

»Ja, eben. Und bis dahin wollten wir ja das Studium genau mit diesem Geld verkürzen. Dann kannst du auch früher verdienen. Das war der Plan.«

Ich wundere mich über mich selbst. Ich kann mich nicht

erinnern, jemals so mit Lars gesprochen zu haben. So bestimmt und so klar. Und vor allem: Ich habe auch eine klare Vorstellung.

»Wenn du deinen Bachelor hast, überweise ich dir einmalig 50 000 Euro auf dein Konto. Das kannst du direkt für große Reisen ausgeben, eine andere Wohnung, für ein Auto oder vernünftig für deine Zukunft anlegen. That's up to you«, setze ich nach, und es geht mir einwandfrei von den Lippen.

»Und jetzt denk drüber nach«, sage ich und stehe auf. »Mein Zug geht gleich, tschüss, mein Junge.« Ich beuge mich für einen Wangenkuss zu ihm hinunter.

»Halt, ich begleite dich ...«, wendet er ein, aber ich bin schon an der Tür.

»Deine Marie ist übrigens ein sehr nettes Mädchen«, sage ich noch, und damit bin ich auch schon weg.

Mein Zug geht nicht gleich, und ich treibe mich noch eine Weile auf dem Bahnhof herum, aber das macht mir nichts aus, ich bin sehr zufrieden mit mir. Was er jetzt wohl denkt? Und was er Marie wohl sagen wird?

Offensichtlich hat sie auch nicht mit mir gerechnet, sonst hätte sie sich ja vorgestellt. Ich schmunzle und sehe in der spiegelnden Fensterscheibe des Bahnhofcafés, in dem ich gerade sitze, dass ich es tue. Ich sehe recht entspannt aus, finde ich. Es war gut, dass sie mich nicht erkannt hat. So habe ich sie ganz unverstellt kennengelernt, und das war sehr angenehm. Und Marie, das steht fest, wirft das Geld ihres verliebten Freundes nicht für neue Kleider hinaus, das ist schon mal sehr beruhigend.

Und wieder komme ich spät nach Hause. Heute ist es nicht mehr ganz so schlimm wie gestern, aber immer noch trostlos genug. Zumindest sind die Räume jetzt warm, und ich kann meinen dicken Parka gleich ausziehen. Und ich habe heute ein besseres Gefühl. Mit Lars bin ich wieder im Reinen, und den Rest lasse ich auf mich zukommen. Ich richte ein kleines Abendessen, trage es vor den Fernseher und will gerade den Käse würfeln, als ich ein Kratzen höre. Freudig springe ich auf. Das wird doch nicht? Doch, Georgia hat sich offenbar meine Türe gemerkt. Sie stolziert mit hoch erhobenem Schwanz an mir vorbei, als kennten wir uns schon seit Jahren.

»Georgia«, sage ich und bücke mich zu ihr hinunter, »heute bist du mein Gast zum Dinner. Ich habe dir extra etwas gekauft.« Und sie folgt mir in die Küche, beobachtet, wie ich die Katzenmilch in eine kleine Schüssel gebe, und folgt mir auf dem Fuß zurück ins Wohnzimmer. Dort schenke ich mir ein Glas Rotwein ein, während sie genüsslich ihre Milch schleckt.

»An dich könnte ich mich gewöhnen«, erkläre ich ihr. »Aber du hast hier ja schon ein Frauchen. Also bin ich so was wie deine Tante. Was hältst du davon? Tante Steffi!«

Ich muss über mich selbst lachen, und Georgia springt neben mich auf die Couch. Gemeinsam schauen wir einen Film an, teilen uns ein Stück Lyoner und ein kaltes Wienerle, und als sie wieder gehen will, lasse ich sie hinaus und schaue, wohin sie sich wendet. Aha, zur Treppe. Also beginnt sie ihren nächtlichen Rundgang und brauchte noch eine freundschaftliche Stärkung.

Das warme Gefühl in meiner Bauchgegend tut mir gut. Lächelnd gehe ich zum Sofa zurück, nehme noch einen Schluck aus meinem Glas und greife dann zu meinem Handy.

Jetzt ist es so weit, sage ich zu mir. Du hast dich heute bei deinem Sohn durchgesetzt, und nun widmest du dich mal den Ungereimtheiten bei Mike. Vielleicht habe ich ja heute ein gutes Händchen, die Dinge zu klären.

Ich sehe, dass Mike in der Zwischenzeit erneut angerufen hat. Vier Mal. Und ich lese seine beiden letzten Nachrichten noch einmal:

Verletzungen? Doppelte Böden? Stefanie, kann es sein, dass du etwas in den falschen Hals bekommen hast? Dann müssen wir darüber reden.

Und:

Gib mir die Chance, benenne die Dinge!

Ich lese sie wieder und wieder.

Habe ich mich getäuscht? Nein, ich habe mich nicht getäuscht. Ich habe diese Sätze genau so vor Augen:

Ich hab dich lieb. Und vermisse dich so sehr. Wann kommst du?

Wann kommst du? Das war doch eindeutig. Sie wartete bereits auf ihn, sie würde ihn vom Flughafen abholen, falls er tatsächlich geflogen wäre – oder sie will es einfach nur wissen, um vorbereitet zu sein, falls er nur ein paar Straßen weiter zu gehen brauchte.

»Ich meine«, schreibe ich spontan zurück, »dass ich keinen Mann mehr teilen will. Das ist alles. S«

Mikes Anruf kommt sofort, ich gehe aber nicht ran. Ich will mich nicht einwickeln lassen – denn ich weiß, dass ich für nette Worte empfänglich bin.

Es dauert wenige Sekunden, dann blinkt eine Nachricht auf. »Du bist online. Also geh bitte ran, ich muss wirklich mit dir reden. Alles klären.«

Ich bin online? Woher weiß er das? Diese Smartphones sind Teufelsdinger, es gibt keine Geheimnisse mehr.

»Ich bin nicht online«, schreibe ich zurück. »Ich bin offline, denn ich gehe jetzt ins Bett.«

»Sei nicht albern!«

Albern? Das bin ich noch weniger. Seit wann bin ich albern? Und sind wir verheiratet, dass er so mit mir reden kann? Ich schalte das Handy aus und lege es weit von mir entfernt auf das Sideboard. Dann zappe ich mich durch das Programm, um einen guten Film zu finden, bitte keinen Krimi, nicht schon wieder Blut, Vergeltung, Tod, Verderben, sondern irgendetwas, das mein Gemüt positiv bewegt, mir etwas nahebringt. Irgendetwas über Menschen, über Tiere oder über Länder – oder am besten alles in einem Film. So wie mit Andreas Kieling, Afrika.

Ich versinke kurz in meinen Erinnerungen. Der Film war der Schlüssel zu meiner Reise, er war ein Aufbruchsignal. Im Moment möchte ich nicht weg, ich möchte erst einmal bewältigen, was war, und stark sein für das, was kommen wird. Also, bei Licht besehen, stark sein für meine Schwester. Aber darüber mag ich heute nicht mehr nachdenken, morgen ist auch noch ein Tag.

Ich bleibe beim Zappen an einem traumhaften Strand hängen. Und gleich darauf bin ich mitten in einem Dschungel und höre ein Urwaldorchester, das mich fasziniert. Und ich erfahre, worum es geht: um ein Projekt mitten in Costa Rica. Biologen und Naturschützer aus Nordamerika und Europa haben vor zwanzig Jahren große Gebiete des Regenwaldes aufgekauft und zu Naturreservaten erklärt. Es geht um Öko-Tourismus fern des Massentourismus. Und es geht um eine Lodge, die als Vorzeigeprojekt des sanften, nachhaltigen, umweltverträglichen Tourismus gilt.

Das könnte mein Thema sein, denke ich. Bei so etwas

müsste man sich engagieren. Umdenken! Helfen, dass die Welt so bleibt, wie sie ist. Ich schau mal schnell, wer den Film gemacht hat: Willy Meyer, die SWR-Reihe Länder Menschen Abenteuer. »Aufbruch im Paradies« heißt er. Ob ich mit Willy Meyer in Kontakt treten kann?

Ich hole mir schnell Zettel und Kuli, um meine Eingebung nicht zu vergessen, und schreibe mir das auf. Und vor allem den Namen der Lodge: Lapa Rios. Da werde ich doch morgen mal zu der netten Frau ins Reisebüro gehen und nachfragen.

Der Gedanke freut mich, und ich habe fast schon wieder vergessen, dass ich die Dinge hier erst mal regeln wollte. Aber für was eigentlich, für wen? Das einzig Nette ist doch Georgia. Und wer weiß, wie lange sie noch da ist …

Mein Morgen beginnt recht spät mit einem Kaffee. Erstaunlicherweise habe ich eine Stunde länger geschlafen als sonst. Bei der Rückkehr ins Wohnzimmer sehe ich vor der Haustüre die Post liegen. Ein weißer Brief und irgendeine bunte Werbung. Mit meinem Kaffeebecher in der Hand hebe ich den weißen Briefumschlag auf. Absender: Rechtsanwälte Roth & Kollegen.

Aha, denke ich, Susanne, und bekomme augenblicklich Herzklopfen. Mit zwei Fingern trage ich den Brief an den kleinen Küchentisch und setze mich. Vielleicht sollte ich erst einmal etwas essen? Ein Honigbrot? Honig ist gut für die Nerven. Aber der Appetit ist mir vergangen. Dafür nehme ich das scharfe Schneidemesser, das stets griffbereit auf meinem Tisch liegt, und schlitze das Kuvert auf. So, der erste Schritt wäre getan. Ich hole tief Luft, trinke noch einen Schluck Kaffee, ziehe den Brief heraus und falte ihn auf. Besser, ich lese es gleich in einem Rutsch durch, dann habe ich es hinter mir.

Dieses Bürokraten-Amtsdeutsch muss ich zweimal lesen, aber das ist wohl Absicht, denn in Alltagssprache würde gleich auffallen, wie abstrus die Forderung ist. Dass sich ein Anwalt auf so was überhaupt einlässt? Dem scheint es wirtschaftlich nicht gerade gut zu gehen, also wittert er seine Chance in einem dussligen Schwesternkrieg.

Ich lehne mich zurück. Mein Herz schlägt noch immer schneller, aber jetzt liegen die Fakten wenigstens auf dem Tisch, jetzt kann ich mich wehren.

Ich überlege, was ich tun soll. Sollte ich nicht einfach hinfahren und sie fragen, was der Unsinn soll? Das erscheint mir eigentlich am effektivsten. Aber nein, sie hat einen Anwalt beauftragt, und der möchte wirklich ein Drittel des Gewinns für sie einfordern. Nach Absprache … welche Absprache? Susanne hat nicht einmal gewusst, mit welchen Zahlen ich spiele. Hätte ich es vor Lars nicht so unbesonnen ausgeplaudert, wäre sie sowieso nicht draufgekommen. Ich habe alles mir selbst zuzuschreiben.

Jetzt brauche ich doch was zum Essen. Und während ich den Honig vom Teelöffel auf mein Butterbrot fließen lasse und verschlungene Kurven zeichne, kommt mir plötzlich eine teuflische Idee: Ich könnte im Gegenzug die 5000 Euro zurückfordern. Das würde ihr vielleicht mal zu denken geben.

Wunderbar!

Schreibe ich ihr eine SMS, eine Mail oder einen Brief?

Ich schenke mir noch einen Kaffee nach.

Eine Mail. Ich hole meinen Laptop und formuliere:

*Liebe Schwester,
ich habe eben den freundlichen Brief deines Anwalts
erhalten. Gut, dass ich dir Geld gegeben habe, somit
kannst du ihn ja auch bezahlen, prima! Mein Anwalt
meint, ich könnte im Gegenzug die bereits an dich
ausgezahlten 5000 Euro zurückverlangen, weil dieser
freundschaftlichen Geste ja jetzt jegliche Grundlage fehlt.
Frag doch mal deinen Anwalt, was er davon hält?
Es grüßt dich,
Steffi*

Ich lese die Mail mehrfach durch, bevor ich sie abschicke.

Ich fühle mich wieder gut und beschließe, an diesem Tag mal etwas für mich zu machen, eine Massage vielleicht? Oder eine Gesichtsbehandlung? Bei einer Kosmetikerin bin ich ewig nicht gewesen, das könnte auf jeden Fall guttun.

Für den Nachmittag bekomme ich tatsächlich einen Termin und gehe so frühzeitig, dass ich noch ein bisschen durch die Innenstadt bummeln kann. Es ist Dezember, und es schadet nichts, schon mal nach einem passenden Weihnachtsgeschenk für Lars zu schauen. Und für Marie, kommt mir in den Sinn und ich spüre ein Lächeln. Ich denke gern an die kurze Begegnung mit ihr, so hilfsbereit, wie sie sich gezeigt hat, so offen. Ob ich beide zu mir einladen kann? Oder ob ich Lars nun ganz verliere, weil er zu Maries Eltern mitgeht? Bisher hatten wir es so gehalten: Lars und ich feiern am 24. Dezember, danach, am 1. Weihnachtsfeiertag, war er bei seinem Vater. Aber vielleicht ist in diesem Jahr ja alles anders?

Ich lass mich überraschen.

Und mir bleibt ja auch nichts anderes übrig.

Bevor ich gehe, klingele ich noch schnell bei Frau Kurzmann. Ihr Sohn wird ja nicht ständig Zeit haben, vielleicht braucht sie ja was?

Sie öffnet und freut sich, mich zu sehen.

»Ja«, sagt sie, »eben habe ich überlegt, ob ich mich selbst auf den Weg machen soll, aber es ist kalt, und ich habe Angst zu stürzen, wenn es schon glatt ist ... wissen Sie, in meinem Alter...« Sie macht eine entsprechende Geste, und ich winke ab. »Gar keine Frage! Was hätten Sie denn gern?«

»Ich hätte so Lust«, sie sieht mich verschmitzt an, »auf eine Schwarzwälder Kirschtorte. Und jetzt lachen Sie mich nicht aus, mit Sahne! Das treibt mich schon den ganzen Morgen um.«

»Das kenne ich«, sage ich und überlege krampfhaft, wo ich jetzt eine Schwarzwälder Kirschtorte herbekommen könnte. Hat mein Bäcker so etwas? Da brauche ich doch eher einen Konditor?

»Aber ich möchte Sie ...« Heidi Kurzmann hebt beide Hände hoch.

»Nein, nein, schon gut, das mache ich gern«, behaupte ich. Kuchen, den muss ich ja auch gleich bringen, denn nach meinem Kosmetiktermin um 17 Uhr ist es für Kaffee und Kuchen zu spät.

»Ich hole Ihnen eben Geld«, sagt sie, »und dann machen Sie mir die Freude und bringen zwei Stück. In der Zwischenzeit brühe ich uns einen Kaffee auf. Allerdings lebe ich gerade in einer Möbel-Aufbewahrwohnung, wenn Ihnen das nichts ausmacht?«

»Nein, nein, ganz sicher nicht«, sage ich und sehe meinen Kosmetiktermin schwinden. »Ich leg Ihnen das aus.«

»Ja, dann.« Das Gesicht der alten Dame legt sich in freudige Falten.

»Ja, dann«, sage ich und dreh mich zum Gehen um. Ich hätte es nicht übers Herz gebracht, sie jetzt zu enttäuschen. Ja, dann, sage ich zu mir und ziehe, noch während ich die Betontreppen nach unten steige, mein Handy heraus und sage den Kosmetiktermin ab. Dabei sehe ich, dass eine Nachricht eingegangen ist, von Susanne.

»Wir werden ja sehen«, schreibt Susanne, und ich schicke einen einzigen Satz mit einer grinsenden Emoji zurück:

»Ja, werden wir.«

Mir doch egal, denke ich. Wichtiger ist, dass ich jetzt eine Schwarzwälder Kirschtorte finde. Das ist gar nicht so leicht, stelle ich fest. Mein Bäcker, zwei Straßenbahnstationen weiter, hat keine, aber die Verkäuferin gibt mir einen guten Tipp, in der nächsten Querstraße links, im Café Schumacher, da gebe es sicher die gewünschte Torte. Und für den Sommer sollte ich mir das Café merken, die hätten das beste Eis! Ich verspreche, mir das auf jeden Fall zu merken – und tatsächlich, mit zwei Stück Schwarzwälder Kirschtorte und einem Becher frischer Schlagsahne kehre ich zu Frau Kurzmann zurück.

Sie hat den Tisch gedeckt. Herrlich, denke ich, als ich eintrete. Inmitten von Umzugskartons, die in der Ecke sogar bis zur Decke gestapelt sind, hat sie einen wunderschönen, ovalen Biedermeier-Tisch gedeckt. Spitzendeckchen für jede von uns, darauf ein Kaffeeservice aus feinstem Porzellan, die passende Kanne steht in der Mitte.

»Ich weiß«, sagt sie und deutet auf das Geschirr, »das ist heute nicht mehr modern. Aber ich hänge sehr daran. Es stammt noch von meiner Mutter.«

Ich kann mir kaum vorstellen, wie alt es somit sein muss, und weiß schon jetzt, dass ich mich kaum trauen werde, es anzufassen. Manchmal bin ich so tollpatschig – und das Ergebnis möchte ich Frau Kurzmann ersparen.

»Es ist jedenfalls sehr hübsch«, sage ich, und sie nimmt mir den Kuchen ab. Ich sehe ihr zu, wie sie die beiden Stücke behände mit der Tortenschaufel auf die Kuchenplatte stellt, ohne dass eines umfällt, und schaue mich dann um.

»Oh, entschuldigen Sie, setzen Sie sich doch.«

Auf der einen Seite des Tisches ein mit rotem, schwerem Stoff bezogenes Biedermeiersofa, auf der anderen Seite drei dazu passende Stühle.

Ich setze mich auf einen der Stühle, während sie noch die Schlagsahne in ein passendes Gefäß umbettet und mir gleich darauf Kaffee einschenkt. Sie macht das so schnell und sicher, als wäre sie dreißig und keine achtzig.

»Das ist die alte Art von Cappuccino«, sagt sie lächelnd und schiebt mir die Schlagsahne zu. Warum nicht, ich gebe einen dicken Klacks auf meinen Kaffee. Sieht irgendwie lustig aus.

»Zucker?«

Ich schüttle den Kopf.

»Und wie lange leben Sie schon hier?«, eröffnet sie die Konversation, während sie nach meinem Kuchenteller greift und mir eins der beiden Tortenstücke auflädt. Von dem Karton auf die Kuchenplatte und von dort auf meinen Teller, denke ich, ich hätte das einfacher gemacht. Aber ich habe eben auch keinen Stil.

»Schon zu lange«, erkläre ich. »Drei Jahre. Damals dachte ich, ich würde gleich wieder ausziehen.«

Sie lächelt und setzt sich mit ihrem Kuchenteller auf das Sofa. »Ich bin gespannt, wie lange es bei mir dauernd wird!« Sie sieht sich demonstrativ um. »Wissen Sie, so habe ich noch nie gelebt.«

Das glaube ich ihr sofort.

»Aber es ist doch toll, dass sich Ihr Sohn so kümmert.«

Sie nickt. »Ja, er ist überhaupt ein sehr lieber Mann. Er kümmert sich wirklich rührend – um alles!«

Ein sehr lieber Mann, der sich rührend um seine Mutter kümmert, denke ich, das muss schon ein seltenes Exemplar sein.

»Donnerwetter«, sage ich, »das hört sich nach einer glücklichen Schwiegertochter an …« Nachdem sie nicht gleich reagiert, denke ich, blöd! Da habe ich mich vertan. »Oder ist er auch schon geschieden?«, versuche ich die Situation zu retten, »wie ich?«

Sie schüttelt leicht den Kopf und beugt sie sich etwas zu mir vor, als ob jemand mithören könnte.

»Wissen Sie, Ihnen kann ich das ja sagen, Sie sind jung und aufgeschlossen. Meinem Mann mussten wir das immer verheimlichen, er hätte ihn sofort enterbt.«

»Enterbt?« Darauf kann ich mir keinen Reim machen. »Aber warum denn?«

»Er liebt Männer.«

Sie sagt das so leise, dass ich zunächst denke, ich hätte mich verhört, deshalb wiederhole ich laut: »Er liebt Männer?«

Sie sieht mich erschrocken an.

»Ja«, beruhige ich sie, »aber da ist doch nichts dabei!«

Sie führt eine volle Gabel zum Mund und tupft ihre Lippen mit der weißen, kleinen Stoffserviette vorsichtig ab.

»Das sagen Sie!«

»Wie alt ist er denn?«, möchte ich wissen.

»Im Januar 53 Jahre alt. Der Jüngste von vieren. Unser Sorgenkind.«

»Ihr Sorgenkind?«

»Und jetzt mein Glückskind. Meine drei anderen Söhne sind verheiratet, von denen kümmert sich niemand um mich. Wenn ich Chris nicht hätte …«

»Und wann ist er … ich meine, wann hat er denn gemerkt, dass er Männer liebt?«

»Eigentlich schon in der Pubertät. Aber das ging natürlich gar nicht! Also musste er heiraten.«

»Du lieber Himmel!«

»Ja, genau. Aber mein Mann hätte das nie akzeptiert, schon wegen der Leute nicht.«

»Die Leute…«, ich stöhne auf, »so viele Menschen, die sich von *den Leuten* ihr Leben bestimmen lassen. Es ist doch eigentlich nicht zu fassen …«

Ein leichtes Kratzen lässt mich aufhorchen. »Ist Georgia da?«

»Sie ist draußen«, erklärt Heidi Kurzmann und horcht nun auch zur Tür.

»Das könnte sie sein«, sage ich und springe auch schon auf. »Wie nett, dass sie auch noch kommt!«

Tatsächlich. Georgia stolziert herein, beschnuppert mich kurz, geht an mir vorbei schnurstracks zum Sofa, springt hinauf und schaut von dort aus neugierig auf den Tisch.

»Schlagsahne«, lacht Frau Kurzmann. »Sie liebt Schlagsahne.« Sie nimmt ihre Untertasse, häuft einen fetten Klecks darauf und stellt es neben sich auf das Sofa, Georgia direkt vor die Nase. Das hätte sie vor ihrem komischen Mann sicherlich auch nicht gemacht. »Und ich liebe sie«, setzt sie feierlich hinzu. »Ist das nicht albern? Früher hätte ich immer gedacht, eine Frau muss ihren Mann und ihre Kinder lieben, so bin ich erzogen worden. Und jetzt«, sie lacht herzlich, »liebe ich eine Katze und meinen schwulen Sohn!«

Ich muss auch lachen. Aus ihrem Mund klingt das wirklich unsagbar komisch.

»Lebt er denn inzwischen mit einem Mann zusammen«, möchte ich wissen, »ist er verheiratet?«

»Verheiratet?« Sie schaut mich groß an. »Mit einem Mann? Als Mann? Geht das denn?«

»Ja, geht«, erkläre ich.

Sie schüttelt den Kopf. »Davon weiß ich nichts. Wissen Sie, ich halte mich aus diesen Dingen raus.«

»Dann darf ich Ihnen einen Rat geben?«

Sie hält den Kopf schief.

»Bitten Sie ihn doch einfach mal, seinen Freund mitzubringen. Ich glaube, das würde Ihren Sohn freuen. Da würde ihm sicher ein großer Stein vom Herzen fallen.«

»Meinen Sie?«

Ich nicke.

»Und wenn mir dieser Mann nicht gefällt?«

»Was machen Sie, wenn Ihnen eine Frau nicht gefällt?«

»Mir gefällt keine meiner Schwiegertöchter. Alles aufgeblasene, ichbezogene Wesen. Die haben keine Ahnung, was Liebe ist. Die sind nur aufs Geld und auf ein bequemes Leben scharf.«

Holla!, denke ich.

»Ja, sehen Sie, dann hätten Sie vielleicht die Familie, die Sie lieben können und die Sie liebt. Das ist doch wunderbar.«

Sie wiegt den Kopf.

»Ich habe noch nicht darüber nachgedacht ...«

»Weihnachten kommt«, sage ich. Meine eigene Achillesferse. »Laden Sie doch einfach Ihren Sohn mit seinem Freund oder Lebensgefährten ein. Was meinen Sie, wie glücklich er sein wird?«

»Ich werde darüber nachdenken. Aber danke für den Rat! Darauf wäre ich selbst nie gekommen.«

Georgia hat den Teller sauber ausgeschleckt und kugelt sich jetzt an Heidi Kurzmanns Seite zum Schlafen zusammen. Die alte Dame krault mit der linken Hand automatisch ihr Fell und sieht nachdenklich aus. »Und Sie?«, will sie dann wissen, »Sie sagten, Sie seien geschieden?«

»Der klassische Fall. Ich, die Hausfrau und Mutter eines Sohnes, er verliebt sich in eine junge Kollegin am Arbeitsplatz, sie wird schwanger, er beansprucht die Wohnung, ich ziehe aus, und seither lebe ich hier.«

»Nicht schön«, sagt sie.

»Nein, überhaupt nicht schön.«

»Und jetzt? Sind Sie noch allein?«

Ich weiß nicht, was ich darauf antworten soll. Sie spürt es und zeigt auf einen ziemlich zugestellten Schrank. »Wenn Sie einen Vermouth mögen? Oder einen Kirschlikör, den liebe ich … aber die Flaschen sind in dem Schrank. Und ich bekomme die Tür nicht mehr auf …«

»Wenn es nur das ist, das haben wir gleich, darf ich?«

Als sie nickt, räume ich ein bisschen um. Jetzt ist die andere Ecke vollgestellt, dafür geht die Schranktür auf.

»Kirschlikör?«, frage ich und entdecke tatsächlich eine viereckige Flasche, die mir aus alten Zeiten bekannt vorkommt.

»Ja, bitte! Und Sie nehmen bitte, was Ihnen gefällt.«

Ich nehme auch einen Kirschlikör.

»So eine Frau wie Sie bleibt doch nicht allein.«

Warum auch immer, keine Ahnung, was dieser Satz in mir auslöst, mir kommen die Tränen.

»Na, na … so schlimm?« Jetzt kommt sie mir vor wie meine eigene Mutter nach meinem ersten Liebeskummer.

»Nein, eigentlich nicht«, ich schüttle den Kopf, »es ist nur alles gerade ein bisschen viel. Und ein bisschen viel Durcheinander.«

»O ja«, sagt sie. »Das kenne ich. Bei mir ist im Moment auch viel Durcheinander.«

Und während sie das sagt und sich demonstrativ umsieht, muss ich auch schon wieder lachen. »Nein«, sage ich, »um es kurz zu machen: Ich habe ihn gerade eben im Urlaub kennengelernt. Und ich glaube, dass er nicht ehrlich mit mir ist.«

»Aha«, sagt sie. »Na ja, Sie sind ja auch ein gebranntes Kind.«

»Ja«, bestätige ich. »Ich habe eine SMS von ihm aufgeschnappt, die nicht für mich bestimmt war, und danach bin ich einfach allein abgereist.«

»Hmm…«, Heidi Kurzmann hebt ihr Glas, »wenn es in meinen jungen Jahren Handys gegeben hätte, wer weiß, was ich alles aufgeschnappt hätte?«

Das überrascht mich.

»Sie meinen, Ihr Mann hatte eine Geliebte?«

Sie zuckt die Schultern. »Eine? Mehrere. Könnte gut sein. Er war Bankdirektor, große Geschäfte, reiche Kunden, was weiß ich, was da bei den nächtlichen Meetings so alles passiert ist?«

»Fremdgehen, aber keinen schwulen Sohn akzeptieren. Das nenne ich mal echte Moral …«

»Das war damals so. Da hat keiner gefragt. Die eigene Frau schon gar nicht. Das lief alles unter Geschäfte und: Davon hast du keine Ahnung, und misch dich da nicht ein. Es waren einfach andere Zeiten.«

Langsam denke ich, sie ist froh, dass sie ihn loshat.

»Aber jetzt zu Ihnen«, sie nippt an ihrem Kirschlikör und

schaut mich über den Rand ihres Glases an, »sie sind doch verliebt, oder sehe ich das falsch?«

»Ist das zu sehen?«

»Ihr emotionaler Ausbruch zeigt doch, dass Sie kämpfen.«

»Ja, stimmt. Vor allem mit mir und mit … aber lassen wir das …« Von meiner Schwester will ich jetzt nicht auch noch erzählen.

»Dann darf ich Ihnen jetzt auch einen Rat geben?«

»Nur zu!«

»Geben Sie ihm eine Chance, vielleicht haben Sie sich ja getäuscht.«

Ich gehe heute überhaupt nicht mehr in die Stadt, nach unserem Kaffeeklatsch gehe ich einfach zurück in meine Wohnung und schau nach, was Mike mir geschrieben hat. »Ich lasse nicht locker«, steht da. Das spricht für ihn. Ich antworte trotzdem nicht, lege mich auf das Sofa und denke nach. Draußen ist es bereits dunkel, ich sehe nur die Lichter der Stadt, und es fängt leise an zu schneien. Wie schön. Ich schalte alle Lampen aus, dann sehe ich die wirbelnden Schneeflocken besser, wie sie vor meinem Fenster tanzen. Die Natur ist so etwas Einmaliges, denke ich, und da fällt mir Costa Rica wieder ein. Diese Lodge. Und dieser Filmemacher. Was muss das für ein begnadetes Gefühl sein, anderen Menschen so etwas nahebringen zu können? Landschaften, Menschen, Tiere? Ich stelle mir das grandios vor. Ich hätte einen befriedigenden Beruf lernen sollen, anstatt so gutgläubig und vertrauensselig zu heiraten.

Aber ich darf wahrlich nicht klagen, jetzt hat das Schicksal es auch mit mir einmal gut gemeint. Ich könnte nach Costa Rica reisen, wenn ich das wollte. Falls keiner mit mir Weihnachten feiern will, werde ich das auch tun. Die Lodge? Lapa Rios oder so ähnlich. Ich habe mir den Namen doch irgendwo aufgeschrieben? Ich werde den Zettel nachher suchen.

Und morgen werde ich mich von meinem Bank-Filialleiter beraten lassen, das fällt mir auch gerade ein. Schließlich soll das Geld arbeiten und nicht einfach nur so faul herumliegen, wie ich das gerade tue.

Zwei Wochen Urlaub und dann wieder zurück zu meiner Arbeit. Es ist, als wäre ich nie in diesem Drogeriemarkt gewesen, alles ist fremd, bis meine Kolleginnen mich mit lautem Halloo begrüßen. »Na, wie war es im Allgäu?«

Ja, wie war es im Allgäu? Ich hatte schon ganz vergessen, dass ich dort war … Und unser Chef, Dietrich Hofmann, hat er in der Zwischenzeit auch vergessen, dass wir uns im *Allgäu* begegnet sind?

Ich komme gerade von der Mittagspause zurück, da läuft unser Azubi auf mich zu und bittet mich, doch eben mal zum Chef zu kommen, es gebe etwas zu besprechen.

Aha, denke ich und werde neugierig, jetzt bin ich aber mal gespannt …

Dietrich Hofmann sitzt in dem kleinen, ungemütlichen Büro an seinem Schreibtisch und kommt sofort zur Sache.

»Frau Weiss«, begrüßt er mich und bietet mir mit einer schnellen Handbewegung den Stuhl an, der vor seinem Schreibtisch steht. Während ich mich setze, spricht er hastig weiter: »Frau Weiss, dass wir uns in unserem Urlaubsort begegnet sind, war ein wirklich dummer Zufall. Es ist privater, als Sie vielleicht denken. Darum sollte es tatsächlich unter uns bleiben – falls nicht, wäre das nicht nur zu meinem Schaden.«

»Schönen guten Morgen, Herr Hofmann«, beginne ich, »wie meinen Sie das?«

»Ich meine zum einen, dass vor allem meine Frau davon betroffen wäre. Zum anderen natürlich auch Sie.«

Klar, denke ich. Eine Zweitfamilie in Thailand ist kein schönes Weihnachtsgeschenk.

Ich denke gerade noch über eine Antwort nach, da fährt er schon fort. »Dalika ist während der Schwangerschaft meiner Frau entstanden, sie ist meine Tochter. Meine Frau weiß davon. Trotzdem ist es keine Heldentat, die an die Öffentlichkeit kommen sollte.«

Eine uneheliche Tochter? Eine andere Form von Zweitfamilie also – na, sieh mal einer an.

»Verstehen Sie mich?«, fragt er nachdrücklich und fixiert mich wie ein knurrender Vorstehhund.

»Und *mein* Schaden?«, will ich wissen.

»Davon gehe ich nach unserer Unterredung ja nicht aus«, sagt er, »aber Sie arbeiten nun auch schon geraume Zeit hier, und Sie wissen inzwischen, wie schnell man Fehltritte begehen kann, die zur fristlosen Kündigung führen.«

»Drohen Sie mir?«

»Nein, ich bitte Sie nur, diese zufällige Begegnung ganz einfach zu vergessen. Vor allem meiner Frau zuliebe.«

Ob sie es überhaupt weiß?, frage ich mich. Oder ob er mich anschwindelt?

»Es war damals nicht leicht, meine Frau hat es akzeptiert, sie hat mir verziehen, sie kennt meine Tochter Dalika, wir unterstützen sie gemeinsam, aber das ist eine Sache, die außer meine Familie niemanden etwas angeht.«

»Sagen Sie das doch gleich, dann müssen Sie mir auch nicht drohen.«

»Es ist…«, er macht eine hilflose Geste, »ich weiß ja nicht, wie Sie ticken.«

»Ich ticke … ganz normal«, erkläre ich. »Und ich möchte niemandem Schaden zufügen, am allerwenigsten einer thailändischen Tochter.« Damit stehe ich auf, nicke ihm zu und gehe zur Tür. Dort drehe ich mich noch einmal um. »Es wäre netter gewesen, Sie hätten mir nicht gedroht.«

»Ja«, sagt er sichtlich nervös. »Tut mir leid.«

»Mir auch.«

Ich habe den Türgriff schon in der Hand, da höre ich ein leises: »Danke!«

Ich drehe mich noch einmal zu ihm um. »Keine Angst, Ihre privaten Angelegenheiten gehen mich nichts an, sie bleiben privat.« Und damit bin ich draußen.

Langsam gehe ich zurück in den Laden. Es ist neue Ware gekommen, und ich spreche mich mit meiner Kollegin ab. Diese Arbeit übernehme ich, dabei kann ich, bis auf einige Fragen der Kunden, wo was ist, prima abschalten.

Gut, denke ich, er hat eine Tochter in Thailand. Ob das nun stimmt oder nicht, ich kann es abhaken. Jedenfalls sehr viel leichter als meine eigene Zeit in Bangkok.

Die Arbeit strengt mich an. Ich bin es nicht mehr gewohnt, denke ich, als ich am Abend wieder zu Hause bin. Ich fühle mich schlapp und verausgabt.

Aha, deshalb sind mir die Scheußlichkeiten dieser Wohnung irgendwann nicht mehr aufgefallen. Ich habe es einfach nicht mehr registriert. Auch mein Abendessen fällt heute dürftiger aus als sonst. Brot und Wurst, ein halbes Glas Bier, das reicht. Ich dämmere auf der Couch schon einem frühen Schlaf entgegen, da höre ich etwas. Es kratzt an der Tür.

Meine Freundin kommt. Sie begrüßt mich und springt direkt auf die Couch.

»Okay«, sage ich zu ihr, »das kenne ich jetzt schon von deinem Frauchen. Ich lege mich aber dazu!« Sie erkennt meine Absicht sofort, wechselt ihren Platz und kuschelt sich auf meinen Bauch. Dort schnurrt sie so behaglich und gleichmäßig, dass wir beide einschlafen.

Ich träume wirres Zeug. Eine seltsame Mischung aus Südafrika, Geländefahrten und Hochhäusern in Bangkok. Und immer wieder Dietrich Hofmann. Als ich mitten in der Nacht aufwache, sehe ich ihn direkt vor mir. Ich richte mich auf und muss erst mal überlegen, wo ich überhaupt bin. Es ist dunkel, und ich spüre einen warmen Druck auf meinen Beinen. Oh, Georgia hat ihren Schlafplatz verlegt. Ich fasse vorsichtig nach ihr, und sie reagiert sofort. Anscheinend findet sie, dass wir nun lange genug geschlafen haben, denn sie steht auf, streckt sich, tappt über mich herüber und begrüßt mich mit einem Kopfstupser gegen meine Stirn.

»Guten Morgen, Georgia«, sage ich.

Guten Morgen? Ich bin gut, es ist stockdunkle Nacht, und ich spüre die Folgen der unbequemen Haltung, die Schultern tun mir weh. Zeit, ins Bett zu wechseln. Georgia springt von der Couch, und ich knipse die Stehlampe an. Mein Handy liegt auf dem Tisch, 4.20 Uhr. Ich habe also noch genügend Schlaf vor mir, bis der Wecker klingelt. Georgia läuft direkt zur Haustüre und sieht sich nach mir um. Aha, ihr Nachtprogramm beginnt. Ob sich Frau Kurzmann Sorgen um sie macht? Vielleicht hat sie ja ein Handy, dann kann ich ihr in so einem Fall Nachrichten schicken, ohne sie zu stören.

Aber gut, um 4.20 Uhr brauche ich sie nun auch nicht mehr anzurufen. Ich öffne Georgia die Haustüre und trete sofort einen Schritt zurück, denn mit dem eisigen Nachtwind weht auch jede Menge Schnee herein. Georgia scheint das nicht abzuhalten, mit gespitzten Ohren marschiert sie hinaus. Mich fröstelt, obwohl ich noch immer meine Tageskleidung anhabe. Dann gehe ich durch meine Wohnung ins warme Badezimmer und ziehe mich für die Nacht um. Beim Zähneputzen fällt mir Mike ein. Er verfolgt mich. Diese fremde Liebes-SMS rumort in mir. Und das tut sie wirklich, denn als ich endlich in meinem Bett liege, das Licht ausgeschaltet habe und tief unter meine dicke Decke gerutscht bin, kann ich nicht einschlafen.

Fragen über Fragen quälen mich. Antworten habe ich keine. Das geht nicht, denke ich. Ich werde immer wacher, und schließlich stehe ich auf, um mir einen Beruhigungstee zu kochen. Es nützt aber nichts. Die Frage, warum ich nicht einfach mal unbeschwert glücklich sein darf, hält mich wach, dabei sollte ich dringend schlafen, sonst gehe ich nachher wie gerädert zur Arbeit. Und das macht die Sache dann auch nicht besser.

Kurz bevor der Wecker klingelt, falle ich in Tiefschlaf. Und brauche dann eine Weile, um aufzustehen, um mich aus dieser besinnungslosen Müdigkeit hochzukämpfen. Mein Kopf dröhnt, und ich fühle mich wie gelähmt. Mit dem zweiten Kaffee wird es besser, doch nun drängt bereits die Zeit.

Als ich die Wohnungstür öffne, tut mir die frische, kalte Luft gut, und vor mir liegt ein weißer, flaumiger Teppich auf dem Etagenflur vor unseren Wohnungen. Es sieht hübsch aus, und mir fallen im Licht der Außenlampen gleich die leichten Abdrücke auf. Pfoten. Die von heute Morgen sind längst verweht, aber die in die andere Richtung müssen frisch sein. Während ich die Kapuze meines Parkas über meine

Wollmütze ziehe, gehe ich den Spuren nach. Sie führen direkt zu Heidi Kurzmanns Eingangstür, und offensichtlich war sie schon wach. Wahrscheinlich frühstücken die beiden jetzt gemütlich miteinander. Ich lächle und spüre sofort danach, wie sich Trauer in meine Stimmung mischt – Katze und Herrin sind nur übergangsmäßig da. Sobald der Sohn die entsprechende Wohnung gefunden hat, sind die beiden wieder weg. Das tut mir jetzt schon leid und eröffnet einen kleinen, zweiten Gedanken: Steffi, du könntest auch wegziehen.

Ich bin mir aber nicht sicher, ob ich das will. Während ich zur Straßenbahn gehe, denke ich darüber nach und freu mich an Stuttgart im weißen Kleid: bewundere all die Bäume, die Büsche, die Dächer, alles ist wie verzaubert, und es sieht wunderschön aus.

Bis ich in der Drogerie ankomme, fühle ich mich fit und schon wieder ein bisschen heimischer. Doch zwischendurch holen mich die Gedanken meiner schlaflosen Nacht ein, und ich bin nicht wirklich konzentriert bei der Arbeit.

»Na, hängt dir der Urlaub noch nach?«, neckt mich Bine, »oder die neue Liebe?«

Ich lächle nur.

»Aber du siehst gut aus, entspannt, erholt. Das Allgäu scheint doch eine gute Idee zu sein.«

Ich nicke nur.

»Seid ihr denn gemeinsam im Urlaub gewesen?«, hakt sie nach.

»Nicht wirklich«, erkläre ich und setze dann ein »Leider nicht« hinzu.

»Also doch verheiratet?«

»Ganz bestimmt nicht«, erkläre ich entschieden. »Diese verlogenen Fremdgeh-Typen unterstütze ich nicht.«

»Tja«, sagt sie und nickt, »recht hast du!«

Ich denke an Mike und hole tief Luft. Weiß ich denn, was er treibt? Bin vielleicht ich diejenige, mit der er eine andere Frau betrogen hat?

Die Kundinnen, die heute kommen, haben nur ein Thema: den Schnee. Und wie beschwerlich es ist. Und wie gefährlich. Und wie rutschig. Und ich sage zu jeder einzelnen Frau: Freuen wir uns doch für die Kinder – was gibt es Schöneres? Aber nachdem ich von jeder zweiten höre, dass es auch für die Kinder gefährlich sei, gebe ich es auf. Ich nicke nur noch und denke mir meinen Teil.

Auf dem Nachhauseweg sehe ich, dass sie nun ihr Ziel erreicht haben, die ängstlichen Stuttgarter. All die vielen Maschinen und fleißigen Kehrhände haben aus den Straßen und Gehsteigen wieder das gemacht, was sie vorher waren: graue Asphaltbänder ohne Charme. Man darf nicht ausbrechen, jeder Versuch wird sofort unterbunden, alles wird zurückgestutzt auf das, was man kennt, auf das, mit dem man umgehen kann, eben weil man es nur so und zwar genau so kennt.

Bin ich auch so?

Bin ich auch in diesem Trott, dass ich zwar anderweitige Veränderungen für gut befinde, aber tief innen in mir drin alles so beibehalten will, weil es schon immer so gewesen ist? Habe ich deshalb unter der Trennung von Otto so gelitten? Nicht, weil ich ihn noch so übermäßig geliebt hätte, sondern weil ich mein Leben hinter mir lassen musste. Das Leben, das ich jahrelang gelebt habe, das Leben, in dem ich mich sicher gefühlt habe. Hatte der Schmerz am Ende überhaupt nichts mit Otto zu tun?

Während ich versuche, darauf eine Antwort zu finden, bin ich schon zu Hause angelangt.

In meiner Küche fällt mir auf, dass ich einkaufen wollte. Oje. Jetzt war ich so in meine Gedanken und Überlegungen versunken, dass ich das total vergessen habe. Die Katzenmilch für Georgia ist auch leer. Oder zumindest fast.

Ich lasse mich auf meinen Küchenstuhl fallen.

»Liebe Stefanie«, sage ich laut zu mir, »kann es sein, dass du dich einfach gar nicht ändern willst? Dass du an dieser Bude hier festhältst, weil alles andere einen weiteren Anfang bedeuten würde? Dass du so tust, als gäbe es diese Million überhaupt nicht, weil sie dich vor Aufgaben stellt, vor denen du Angst hast? Und Mike, was ist mit ihm? Warum bist du abgehauen, anstatt auf ihn zu warten und das auszudiskutieren? Das kann ich dir sagen: Du hast Angst vor der Veränderung, du hast Angst, er könnte sich tatsächlich auf dich einlassen, dann müsstest du nämlich aus deinem alten Leben raus. Wieder einmal!«

Ich lasse meinen Kopf auf meine verschränkten Arme fallen. Ich glaube, ich habe recht. Ich glaube, so bin ich. Ich glaube, gerade habe ich einen Blick in mein verborgenstes Innere geworfen. Ja, ganz genau, ich glaube, so bin ich. Wie die Städterin, die Angst vor dem Schnee hat und ihn lieber schnell räumen will, als ihn zu genießen.

Ich muss mehrmals tief einatmen, mir ist ganz schwindelig. So viel Selbsterkenntnis schlägt mir auf den Kreislauf.

Oder ist das komische Gefühl im Magen der Hunger? Ja, ich habe Hunger! Und jetzt gehe ich in ein gemütliches Restaurant und genieße endlich mal, dass ich mir das leisten kann. Und auf dem Rückweg kaufe ich ein.

Gerade, als ich aufstehe, klingelt das Handy. Ich schau mich um, wo liegt es denn? Der Ton kommt aus meiner Tasche. Bis ich es aufgestöbert habe, ist es wieder still. Eine mir unbekannte Nummer.

Soll ich?

Ich zögere.

»Stefanie!«, schimpfe ich laut mit mir und drücke auf den Rückruf.

Eine mir unbekannte Männerstimme meldet sich: »Guten Abend, Frau Weiss, schön, dass Sie zurückrufen – wir dachten schon ... Hier spricht Chris Kurzmann, Sohn von Heidi Kurzmann. Meine Mutter hat mir so herzlich von Ihnen erzählt ... und ich würde Sie gern kennenlernen. Hätten Sie Zeit? Das Abendessen steht auf dem Tisch ... für drei, wenn Sie mögen«, setzt er hinzu.

»Für drei?«, frage ich überrumpelt.

»Ich habe gekocht«, er lacht, »meine Mutter behauptet, das könne ich ganz passabel.«

Ich überlege kurz. Ich kann doch nicht so einfach ... aber warum nicht, wenn er mich schon so nett einlädt?

»Ja, gern«, sage ich. »Ich komme allerdings gerade von der Arbeit ...«

»Unseretwegen brauchen Sie sich nicht umzuziehen, es sei denn, es ist eine unbequeme Arbeitskleidung ...«

Ich muss lachen. »Nein, weder Stewardess noch Bedienung im Dirndl, einfach Drogeriemarkt.«

Er lacht ebenfalls. »Na, dann, bleiben Sie so. Es ist kein Empfang, einfach nur ein gemütliches Beisammensein.«

»So wie ich Ihre Mutter kennengelernt habe, hat sie den silbernen Kerzenleuchter schon ausgepackt und ...«

»Das könnte schon sein ...«

»Wie reizend«, willige ich ein, »Danke für die Einladung, ich komme gern.«

Gerade dachte ich noch, ich müsste irgendwo alleine am Tisch essen, und nun sind wir zu dritt. Ich ziehe mich trotzdem schnell um, eine weiße Bluse gefällt mir zu dem Anlass ganz gut, die Hose kann bleiben. Schnell durchs Haar gekämmt, aha, zum Friseur könnte ich auch wieder, der Schnitt verwächst sich gerade, Wimperntusche, etwas Rouge, Lippenstift – ich trete einen Schritt zurück, so, das geht. Aber ein Gastgeschenk? Ich habe nichts.

Eine Flasche Rotwein liegt noch im Haushaltsregal, aber falls die beiden Weinkenner sind, ist die Marke bestimmt lächerlich. Sekt? Nein, der ist auch aus dem Sonderangebot, das geht nicht. Hätte ich doch bloß eingekauft, dann hätte ich jetzt was.

Und noch mal schnell zum nächsten Supermarkt? Nein, das kostet zu viel Zeit – und wäre zum Schluss unhöflicher, als ohne etwas zu kommen – zumal das Essen bereits auf dem Tisch steht.

Also lege ich mir meinen Parka über die Schultern und laufe die paar Schritte zu Frau Kurzmanns Haustüre hinüber.

Ich habe noch nicht einmal geklingelt, da wird mir schon die Tür geöffnet. Ein sehr gepflegter und gut aussehender Mann steht vor mir und reicht mir die Hand. »Chris Kurzmann«, stellt er sich vor und tritt dann zur Seite. »Kommen Sie doch herein.«

Heidi Kurzmann hat den Tisch erwartungsgemäß festlich gedeckt, und in der Mitte des Tisches erstrahlen sechs Kerzen auf einem Silberleuchter. Ich muss lachen.

»Hab ich's mir doch gedacht!«

Die Gastgeberin sitzt mit Georgia auf dem Sofa.

»Entschuldigen Sie, wenn ich zu Ihrer Begrüßung nicht

aufstehe«, sagt sie, »aber die Kälte setzt meinen Knochen zu. Rheuma, wissen Sie?«

»Aber ich bitte Sie!« Auch ich habe Umgangsformen, denke ich, drücke ihre Hand und entschuldige mich, so ganz ohne Gastgeschenk einfach herüberzukommen. »Ich bin nicht vorbereitet gewesen«, erkläre ich, »und außer Eisblumen hätte ich wirklich nichts zu Hause gehabt.«

Chris lacht, und Heidi vermeldet stolz: »Habe ich es dir nicht gesagt?«

»Was?«, möchte ich wissen.

»Dass Sie eine ganz besondere Frau sind! Bitte setzen Sie sich doch.«

Das Lob freut mich. Ich weiß zwar noch nicht so genau, warum ich so besonders sein soll, aber es tut mir gut, etwas derart Nettes zu hören.

Ich setze mich auf meinen Stuhl vom letzten Mal, während Chris in der Küche verschwindet. »Kann ich helfen?«, frage ich.

Heidi zwinkert mir zu.

»Selbst ist der Mann!«

»Was gibt es denn?«

»Lassen Sie sich überraschen …«

Chris kommt mit drei gekühlten Sektgläsern und einer Flasche Champagner zurück ins Wohnzimmer.

»Wir haben nämlich etwas zu feiern«, sagt er, während er die Gläser auf dem Tisch abstellt, die Flasche fachmännisch mit einem leisen »Plopp« öffnet und jedes einzelne Glas sorgfältig einschenkt.

»Ach ja?«, sage ich, während ich ihm ein Glas abnehme, »haben Sie Geburtstag?«

Mutter und Sohn werfen sich einen verschmitzten Blick zu.

»Auf Sie«, sagen sie beide wie aus einem Mund.

»Also ich habe auf keinen Fall Geburtstag«, sage ich bestimmt. »Das wüsste ich.«

Wieder lächeln beide, also sage ich nichts mehr, sondern warte ab. Wir stoßen an, trinken einen Schluck, und Chris setzt sich neben mich.

»Mmhh, fein«, sage ich. »Champagner ist schon sehr edel!«

»Gerade richtig für den Anlass«, erklärt Heidi.

»Ja.« Chris sieht mir in die Augen. Er ist ein ausgesprochen gut aussehender Mann, denke ich. Seine Gesichtszüge sind fein, wie die eines Künstlers, Musiker, würde ich sagen, die kurzen schwarzen Haare am Oberkopf etwas länger gehalten und von dunkelgraue Strähnen durchzogen. Sein weißes Hemd sieht nur andeutungsweise unter dem runden Ausschnitt seines schwarzen Pullovers hervor, aber ich könnte wetten, dass sich der Pullover nach weichem, warmem Cashmere anfühlt. Dazu schwarze enge Jeans mit einem schmalen schwarzen Satinstreifen an der Hosennaht. Wie ein Modell aus einem Modemagazin.

»Jetzt bin ich gespannt«, sage ich.

»Meine Mutter hat mich vorhin zum Weihnachtsfest eingeladen. Mit«, und jetzt schenkt er seiner Mutter einen lächelnden Blick, »*mit* meinem Lebensgefährten. Das hätte ich mir niemals vorstellen können!«

Das hatte ich schon wieder vergessen.

»Das habe ich ganz allein Ihnen zu verdanken!« Er prostet mir zu. »Zumindest hat meine Mutter das betont.«

»Ja?« Ich werfe Heidi Kurzmann einen Blick zu. »Das freut mich sehr! Aber ich glaube, ich habe es nur angeregt, denn für mich ist ein Familienfest einfach das Schönste, und da spielte es doch keine Rolle … jedenfalls hat Ihre Mutter das dann umgesetzt, also ist ihre Mutter die eigentliche Quelle für Ihre Freude.«

»Aber ohne Sie wäre ich niemals auf so eine Idee gekommen!« Heidi nickt mir zu.

»Wie lange sind Sie denn schon mit Ihrem Lebensgefährten zusammen?«, möchte ich neugierig wissen.

»Sieben Jahre!«

»Sieben Jahre?« Ich schüttle den Kopf. »Und nie gemeinsam bei der Familie gewesen?«

»Bei seiner schon … Meine Familie ist da eher von der Lebensauffassung unseres Vaters geprägt. Und da gehören nun eben mal Frauen und Kinder dazu.«

»Tja«, sage ich, »lieber alles nach alter Väter Sitte. Ob glücklich oder unglücklich scheint dabei nicht ins Gewicht zu fallen.«

»Sie sagen es. Aber jetzt kommt erst mal der versprochene Braten.«

Und es ist wirklich ein Braten. Rinderbraten mit Kartoffelgratin. Es schmeckt fantastisch. Ich beobachte Chris, wie er alles organisiert, mit leichter Hand erledigt, den Braten aufschneidet, serviert, wieder abräumt und dabei immer umsichtig und freundlich bleibt. Ein schwuler Mann, denke ich, das wäre doch eigentlich der Traum. Wie die beste Freundin, bloß dazu auch noch männlich.

Als er das Dessert serviert, Vanilleeis mit heißen Himbeeren, frage ich ihn, was er denn eigentlich beruflich macht? Mode?

»Mode?« Heidi prustet fast. »Schauspieler, Musiker, Schriftsteller, Mode, schon alleine der Gedanke hätte bei meinem Mann augenblicklich zu einem Herzinfarkt geführt.«

»Na ja«, sage ich. Manchmal ist ein früher Tod für alle Beteiligten keine schlechte Lösung. Aber das denke ich nur.

»Ich bin Anwalt«, sagt er. »In unserer Familie gibt es seit jeher nur Bänker, Anwälte und Mediziner. Etwas anderes war undenkbar.«

»Und so schlecht seid ihr damit ja auch nicht gefahren«, sagt Heidi jetzt ein wenig pikiert.

Chris wirft mir einen verschmitzten Blick zu.

Anwalt, denke ich. »Haben Sie eine Kanzlei hier in Stuttgart?«

»Ja«, bestätigt er.

Aha, denke ich. Das wäre doch schon mal eine Adresse, sollte ich in Sachen Schwesterherz einen Anwalt brauchen.

»Haben Sie etwas auf dem Herzen?«, will er wissen.

»Wenn Sie an einem Abend wie diesem etwas Berufliches gefragt werden, das nervt doch!«

Er grinst und zuckt mit den Achseln. »Kommt darauf an.«

»Hmm«, ich überlege, wie ich es geschickt anfangen könnte. »Ich meine, es könnte ja auch lästig sein. Jeder Mediziner wird abends von Freunden wegen irgendeinem Wehwehchen gefragt, und jeder Anwalt doch sicherlich auch nach juristischen Problemchen …«

»Ja, aber ich muss ja keine Antwort geben …« Er legt seine Hand auf meinen Unterarm. »Ihnen gebe ich aber gern einen Rat!«

Ich überlege noch einmal. Nein, hier nun alles auf den Tisch zu packen, meinen Lottogewinn, meine Familie, das erscheint mir nicht der geeignete Rahmen zu sein. Vor allem wegen Heidi Kurzmann. Ich kenne sie doch kaum.

»Es ist noch nicht wirklich spruchreif«, wehre ich ab. »Aber wenn es so weit ist, komme ich gern darauf zurück!«

Er nickt mir zu. »Jederzeit gern!«

Diese Aussicht gefällt mir, und damit ist für mich das Thema abgehakt. Chris erzählt beschwingt von seinem Leben, aber ich habe das Gefühl, dass er es eher seiner Mutter erzählt als mir. Offensichtlich tu ich ihnen als Außenstehende gut, so können wir über vieles lachen, das sonst vielleicht heikel wäre.

Eine gute Stunde später beschließe ich, endlich heimzugehen, und stelle zu Hause fest, dass ich mich seltsam geborgen fühle. Als ob ich eine neue Familie gefunden hätte, eine Familie, die zu mir steht und mich mag. Ich mache mich für die Nacht zurecht, lausche, ob ich Georgias Kratzen an meiner Haustür höre, und als das nicht passiert, lege ich mich beschwingt ins Bett.

Und weil ich so gut drauf bin, schalte ich mein Handy ein.

Eine Nachricht von Lars und zwei von Mike.

Die WhatsApp von Lars öffne ich zuerst. Ein süßes Foto von ihm und Marie. Und der Text darunter stammt von ihr: »Liebe Frau Weiss, ich hatte ja keine Ahnung, dass Sie das waren! Verzeihen Sie, ich hätte mich so gern mit Ihnen unterhalten und natürlich auch den feinen Kuchen gegessen :-) Vielleicht können wir das demnächst nachholen, würde mich sehr freuen, Ihre Marie.«

Das freut mich auch. Da scheint mein Sohn doch in guten Händen zu sein. Ich werde mir nachher eine nette Antwort überlegen.

Dann die beiden Nachrichten von Mike.

»Langsam zweifle ich, liebe Stefanie. Zuerst dachte ich, ich hätte etwas falsch gemacht, jetzt denke ich, du willst mich nicht. Ist es das?«

Nein, das ist es nicht, denke ich. Hat er wirklich nicht den Hauch einer Ahnung?

Zweite Nachricht:

»Soll ich mich zurückziehen? Willst du das? Dann sag es mir bitte!«

Ich richte mich auf, ziehe die Decke bis unters Kinn, weil mein Schlafzimmer kaum beheizt ist, und fange spontan an zu tippen.

»Lieber Mike, du warst wie ein aufgehender Stern für mich. Auch jetzt im Rückblick ist alles wie ein schöner Traum, aus dem ich aufgewacht bin. Wenn ich mich zurückgezogen habe, dann nur aus Angst vor Enttäuschung, Verletzung. Gerade bei dir würde es mir unendlich wehtun.«

Ich habe die Nachricht kaum abgesandt, als es auch schon klingelt. Mike. Diesmal gehe ich ran.

»Hallo, Mike«, sage ich.

»Stefanie! Es tut so gut, dich zu hören.«

Seine Stimme zu hören tut auch gut, stelle ich fest. Sie ist so warm, so vertraut.

»Wo bist du gerade?«, fragt er.

»In Stuttgart. In meiner Wohnung. Im Bett. Und du?«

»In London, bei meinem Sohn.«

»In London?«

»Ja, nachdem du weg warst, hat mich auch nichts mehr in Bangkok gehalten.«

»Wieso? Du wolltest doch noch nach ... zu dieser Insel?«

»Ko Phangan ... ja, richtig. Aber da wollte ich mit dir hin, Stefanie. Das wollte ich mit dir erleben!«

»Es ist, Mike, ich muss erst zu mir finden, kannst du das verstehen? Gibst du mir ein bisschen Zeit?«

Ich höre ihn aufatmen. »Ein bisschen? Eine Woche!«, scherzt er.

»Und dann besprechen wir alles?«, frage ich zögernd.

»Dann besprechen wir alles!«

»Das, ja, das ist gut.«

»Stefanie, wovon träumst du gerade?«

»Wie meinst du das?«

»Ich meine das nicht ...« Er macht eine kleine Pause, aber ich weiß nicht, worauf er hinaus will. Dann fährt er fort: »Wir waren in Südafrika, kurz in Bangkok. Die Welt ist groß. Also: Wovon träumst du gerade?«

Ohne darüber nachdenken zu müssen, sage ich: »Lapa Rios, eine ökologisch geführte Lodge mitten im Regenwald von Costa Rica. Darüber habe ich einen Film gesehen, da ist mir das Herz aufgegangen.«

»Das hört sich gut an ...«, wieder eine Pause, und wieder sage ich nichts. »Gute Nacht, Stefanie, und vergiss nicht: Du wohnst in meinem Herzen.«

»Du auch in meinem«, hauche ich und lege ganz schnell auf.

Ein guter Tag, denke ich noch vor dem Einschlafen, das war ein guter Tag. Und dann entschwinde ich auch schon in einen schönen Traum.

Bine fragt mich am nächsten Tag nach meiner Hotel-Adresse im Allgäu. Sie findet, seither sähe ich wirklich entspannt aus, auch schön gebräunt, anscheinend täte die Allgäuer Bergluft richtig gut. Sie hat sich überlegt, nach Silvester einen Kurzurlaub zu beantragen. Diesmal allerdings nicht mit ihrem Mann, sondern mit ihrer besten Freundin. Mal weg von allem und mit einem frischen Blick zurückkommen, das scheint ja, wie man bei mir sieht, das richtige Rezept zu sein.

Ich überlege, wie ich diese Klippe nun meistere. Google ich irgendein Hotel, wird sie dort bestimmt nach mir fragen. Ich muss mir also etwas anderes einfallen lassen oder ihr schlicht und einfach die Wahrheit sagen. Aber Südafrika und Thailand? Da wird sie sofort zu rechnen anfangen. Und was hätte ich für einen Grund gehabt, sie anzulügen?

Oh, oh, denke ich, Lügen haben kurze Beine.

Dietrich Hofmann sehe ich kein einziges Mal an diesem Morgen.

»Wo ist eigentlich der Chef?«, frage ich Bine.

»Keine Ahnung«, erklärt sie. »Er ist ja auch aus dem Urlaub zurück ... und er ist mindestens so schön gebräunt wie du ...«

»Wo war er denn?«

»Hat er nicht gesagt.«

»Tja.« Ich muss lachen. Und da fällt mir ein, wie ich aus der Allgäu-Nummer herauskomme. »Übrigens, unser Hotel war okay, aber ich habe eine Frau kennengelernt, die hatte in ihrem Hotel bei gleichem Preis eine bessere Leistung. Ich habe mich ein bisschen geärgert ... klar!«

»Hätte ich auch! Gib mir einfach die Adresse des anderen Hotels. Perfekt, wenn es schon jemand ausprobiert hat!«

»Ja, das mache ich.«

Ach, ist das alles kompliziert.

Diesmal kaufe ich auf dem Nachhauseweg ein. So viel, dass ich es kaum schleppen kann, aber so eine Pleite wie gestern passiert mir nicht mehr. Der schöne, griffige Schnee ist weg, dafür ist der Matsch jetzt an manchen Stellen gefroren und rutschig. Es ist ganz schön mühsam, und bis ich zu Hause bin, frage ich mich, wie ältere Leute mit solchen Verhältnissen klarkommen? Zustelldienst? Schließlich hat ja nicht jeder hilfsbereite Verwandte oder Nachbarn.

Ich bin in meiner Küche gerade dabei, meine Schätze in Kühlschrank, Regal und Schrank zu verstauen, als mein Handy klingelt. Mein erster Gedanke gilt Mike, aber es ist Chris.

Er begrüßt mich liebenswürdig und fragt dann: »Störe ich Sie gerade?«

Nein, das tut er nicht, trotzdem bin ich überrascht.

»Meine Mutter hat mir eine lange Einkaufsliste mitgegeben, unter anderem etliche Drogerieprodukte. Sie sagten doch, Sie arbeiten in einem Drogeriemarkt? Da kann ich das mit Ihrer Hilfe doch blitzschnell erledigen.«

»Aber sicher!«

»Geben Sie mir die Adresse? Dann komme ich morgen einfach vorbei.«

»Sie können mir die Liste aber auch einfach simsen, dann stelle ich alles zusammen.«

»Ja?« Er klingt erleichtert. »Das wäre natürlich fantastisch. Dann käme ich kurz vor Ihrem Dienstschluss und würde Sie und die Produkte einfach aufpicken?«

»Ja, picken Sie mal«, albere ich und gebe ihm die Adresse und meine Arbeitszeiten.

Gut gelaunt lese ich wenig später seine Liste durch und beschließe, mich ansonsten dem gepflegten Nichtstun hinzugeben. Vielleicht kommt ja doch alles noch ins Lot, denke ich. Ich weiß zwar nicht so richtig, wie das konkret gehen soll, aber ich beschließe, einfach mal nicht darüber nachzudenken. Vor allem nicht über Mike. Also Nichtsdenken, die Leckereien aus dem Kühlschrank genießen und in der Handlung eines schönen Spielfilms versinken. Am liebsten mit Happy End. Und nebenher vielleicht noch im Allgäu nach einem super Hotel zum Schnäppchenpreis suchen. Aber das wäre dann auch der Gipfel der abendlichen Anstrengung.

Der nächste Arbeitstag beginnt gleich damit, dass ich auf dem Weg zu den Toiletten Dietrich Hofmann in die Arme laufe. Ich habe das deutliche Gefühl, dass er mir seit unserem Gespräch bewusst aus dem Weg geht.

Er sieht mich unsicher an. Ich grüße freundlich und gehe an ihm vorbei. Aber dann drehe ich mich kurz um und gehe die paar Schritte zu ihm zurück.

»Eine Tochter in Thailand zu haben ist keine Schande«, sage ich leise und sehe ihm dabei in die Augen. »Sich nicht darum zu kümmern, *das* wäre eine Schande!«

Er nickt.

»Ja, vielleicht haben Sie recht!«

»Da bin ich mir ganz sicher!«

Ich warte keine weitere Antwort ab, aber ich höre im Weggehen, wie er tief ausatmet.

Und auch für meine Kollegin Bine habe ich eine gute Nachricht. Ich präsentiere ihr ein schönes Hotel, ein Last-Minute-Schnäppchen, in Oberstaufen. »Oberstaufen«, sage ich ihr, »falls du das nicht weißt, ist berühmt für seine Schrothkur. Die funktioniert durch wenig Essen, dosierten Alkohol und frühmorgendliche kalte Wickel. Du wirst also lauter lustige Menschen treffen und viel Spaß haben.«

»Können meine Freundin und ich bei so einer Kur nicht gleich mitmachen?«

»Klar«, sage ich, »da hast du ja die Adresse, erkundige dich einfach.«

Bine freut sich total, und ich freue mich auch. Es scheint der Tag der guten Taten zu sein.

Abends fallen ihr dazu noch ein paar Fragen ein, aber ich kürze ab. »Sorry, ich werde gleich abgeholt.«

Das interessiert sie natürlich, und als ich meinen Parka hole und hinausgehe, schließt sie sich an. So kommt es, dass sie und einige Kolleginnen schwatzend am Ausgang stehen, als Chris vorfährt. In einem schwarzen BMW-Cabrio mit getönten Scheiben. Er sieht mich, steigt aus, begrüßt mich mit einer herzlichen Umarmung, nimmt mir die volle Tüte ab und hält mir die Beifahrertüre auf. Ich rufe: »Tschüss, bis morgen«, bekomme aber keine Antwort. Bine steht unbeweglich da, und auch die anderen beobachten uns. Das wundert mich nicht, denn Chris trägt eine cognacfarbene Wildlederjacke zu gleichfarbigen Schuhen und einer verwaschenen Jeans. Er sieht umwerfend aus. Ich lasse mich in die schwarzen Ledersitze sinken, während er startet und losfährt.

»Das wird morgen aber Fragen geben«, sage ich und muss lachen.

»Ja?«, verwundert schaut er mich an, »wieso?«

»Weil das meine Kolleginnen waren, die hundertprozentig glauben, Sie seien mein Freund.«

»Und?«, er wirft mir einen Blick zu, »wäre das schlimm?«

»Im Gegenteil«, ich schüttle den Kopf, »das hebt meinen Marktwert enorm!«

»Das können wir gern wiederholen, wenn es Ihnen Spaß macht.«

»Seien Sie vorsichtig. Nachher werden Sie noch zum Betriebsfest eingeladen.«

Wir müssen beide lachen.

Ich genieße es, in einem so schönen Wagen durch Stuttgart

gefahren zu werden. Und da es dunkel ist, strahlen die Lichter der erleuchteten Schaufenster und der üppigen Weihnachtsdekoration umso mehr. Ich hätte noch lange so durch die Stadt fahren können und hätte Chris gern um einen Umweg gebeten, aber ich trau mich nicht.

Viel zu schnell kommen wir in meiner Wohngegend an.

»Danke für Ihre tolle Hilfe«, sagt er, »ich habe auch ein bisschen was zum Naschen eingekauft. Aperitif und kleine Vorspeisen. Nichts Großes. Das könnten wir doch gemeinsam genießen?«

»Kann ich mich da schon wieder einladen lassen?«

»Ganz bestimmt«, er lächelt mich an, »meine Mutter mag Sie«, er macht eine Pause, »und ich mag Sie auch.«

Wir parken vor dem Wohnblock. Chris öffnet den Kofferraum. Neben der prall gefüllten Drogeriemarkttüte stehen ein weißer Tortenkarton mit Klappdeckel und ein Kühlbehälter für Flaschen.

»Ich nehme den Tortenkarton«, sage ich und erinnere mich, wie ich vor Kurzem noch einen ähnlichen zu meinem Sohn getragen habe.

»Einverstanden!«

Mit der linken Hand trägt Chris die Tasche und den Kühlbehälter und seinen rechten Arm legt er leicht um meine Taille. »Damit Sie nicht stürzen«, sagt er, »ich hoffe, es ist okay?«

Sehr sogar, denn es ist stockdunkel und wir müssen um ein paar parkende Autos herumgehen, bis wir am Treppenaufgang des Wohnblocks angelangt sind. Wir scherzen und lachen, denn wir haben beide ausgesprochen gute Laune.

Als wir in Heidi Kurzmanns Wohnung treten, steht sie gerade mit drei Tellern in der Hand da. Ich nehme sie ihr ab, und wir begrüßen uns wie alte Freundinnen. Wie wunderbar, denke ich.

Inzwischen hat Chris den Karton geöffnet, und mein Blick fällt auf leckere Kanapees. Kleine Kunstwerke aus verschiedenen Wurstsorten, Käse oder Krabben auf dünn geschnittenem Brot, garniert mit allerlei Zutaten. Schon beim Hinschauen läuft mir das Wasser im Mund zusammen.

Chris zieht eine Flasche Weißwein aus der Kühlbox und öffnet sie, während Heidi drei Gläser holt.

»Kleine Vorspeise für den beginnenden Abend«, erklärt er und schenkt ein. Heidi zündet die Kerzen an und setzt sich anschließend auf ihren Platz auf dem Sofa. Und ich fühle mich herrlich daheim.

Eine Stunde später gehen wir wieder, Chris wird von seinem Lebensgefährten erwartet, und ich möchte früh ins Bett. Und auch Heidi ist gut gelaunt, vor allem, als uns beim Verabschieden an der Haustür Georgia entgegenkommt.

»Na, du Rumtreiberin«, empfängt sie ihre Katze mit zärtlichem Ton, und schon verschwinden die beiden in der Wohnung. Chris zieht die Haustüre ins Schloss und lächelt. »Diese Katze ist ein wirklicher Segen«, sagt er. »So eigenständig und trotzdem so feinfühlig. Sie weiß genau, was läuft, sie ist der perfekte Partner für meine Mutter!«

Das glaube ich auch. Und ich weiß auch: Georgia hat nicht nur Heidi im Griff, mich hat sie auch schon um den Finger gewickelt. Vor meiner Haustüre wartet Chris, bis ich aufgeschlossen habe, dann verabschiedet er sich mit einem Wangenkuss.

Und meine gute Laune hält an, bis ich abgeschminkt und eingemummelt im Bett liege. Da fällt mir auf, dass ich heute nichts von Mike gehört habe. Aber er hat ja auch gesagt, dass er mir Zeit geben wird. Eine Woche. Höchstens! Mit diesem Gedanken schlafe ich lächelnd ein.

Am Samstag wache ich früh auf und stelle fest, dass ich ausschlafen kann. Was für ein himmlisches Gefühl. Ich drehe mich noch einmal um und denk mir einen Tagesplan aus. Vielleicht in die Markthalle gehen? Ich mag das emsige Treiben, selbst wenn ich nichts oder nur wenig einkaufe. Aber zumindest trinke ich im oberen Stockwerk, im Restaurant Empore, stets einen Cappuccino und schaue von oben auf die vielen Stände und Besucher hinunter.

Zufrieden mit meiner Entscheidung bin ich schon fast wieder beim Einschlafen, als sich Mikes Bild vor mein inneres Auge schiebt. Ich überlege, was mit ihm los ist? Er lässt mich eine ganze Woche in Ruhe, Zeit zum Nachdenken, so lautet unsere Abmachung. Trotzdem ist es außergewöhnlich, so gar nichts von ihm zu hören. Oder wartet er dieses Mal ganz einfach auf ein Zeichen von mir? Seit Bangkok war er derjenige, der unermüdlich den Kontakt gesucht hat. Jetzt ist plötzlich Stille. Eine Woche, hat er gesagt – aber dazu gelacht. Vielleicht muss ich diesmal den Anstoß geben? Ich öffne in meinem Smartphone die Bilder. Zwei Fotos der Hyäne, weitere Tierfotos, die Lodge, mein Zelt, Karin, Madeleine und ich beim Sundowner, die abreitende Gruppe von hinten und schließlich, und ich hole tief Luft, das Dinner mitten im Busch. Die Teller auf weißer Tischdecke, das Champagnerglas, dahinter das grüne Band des Buschs und daneben Mike, wie er in die Kamera lächelt. Ich zoome ihn heran und spüre mein Herz schneller schlagen. Seine Augen, wie er mich ansieht. So tief, so sehnsüchtig und auch ein bisschen frech und neugierig. Oder interpretiere ich da nur was hinein? Jedenfalls ist er der

Mann, für den ich mich entscheiden könnte, wenn nicht, ja, wenn nicht ... ich muss mit ihm reden. Nicht erst in einer Woche, was soll der Quatsch, die Dinge müssen ausgeräumt werden. Bin ich die Zweitfrau, oder ist es die andere? Werde ich die Wahrheit ertragen? Keine Ahnung, aber ich möchte es endlich wissen. Und er soll wissen, dass ich es weiß. Und vor allem muss er wissen, warum ich so schnell die Konsequenz gezogen habe, das ist ihm gegenüber nur fair.

Ich küsse sein Foto, dann mache ich mich an ein paar kluge Sätze. Das braucht Zeit. Mehrfach schreibe ich sie um, doch schließlich bin ich zufrieden:

»Lieber Mike, meine Flucht hatte Gründe. Der Satz: Ich muss erst zu mir finden, war Quatsch. Ich muss zu dir finden, deshalb brauche ich auch keine Bedenkzeit. Ich muss mein Herz ausschütten, und du sollst mir bitte die Wahrheit sagen. Also müssen wir reden. Bitte bald, denn ich brauche dich, das ist mir klar geworden. Deine Stefanie«

Eine Weile bleibe ich noch am Küchentisch sitzen und warte auf eine Reaktion. Als nach einer halben Stunde keine Antwort da ist, fange ich an, unsinnige Dinge in meinem Haushalt zu erledigen. Im Abstand von dreißig Minuten schau ich immer wieder auf mein Handy, aber meine Nachricht bleibt unbeantwortet. Ist das nun die Retourkutsche für mein Verhalten, oder ist ihm etwas passiert? Der Gedanke beunruhigt mich. Außer über sein Handy kann ich ihn ja überhaupt nicht erreichen, ich habe noch nicht mal die Daten seines Sohnes. Keine Telefonnummer, keine Adresse, nichts. Aber immerhin hat er meine Adresse, da ist er mir schon voraus.

Am Sonntag halt ich es in meiner Wohnung nicht mehr aus. Noch immer keine Reaktion von Mike. Ich wandere zwischen den Zimmern herum, überlege, mal gründlich zu putzen, bin aber so unruhig, dass ich mich nicht dazu entschließen kann. Immer wieder schau ich auf mein Handy, immer wieder prüfe ich, ob es auch wirklich funktioniert, immer wieder rufe ich seine Nummer an. Schließlich fühle ich mich einer Panikattacke nahe, und dagegen gibt es nur ein Mittel: Ich muss raus. Raus an die frische Luft, raus ins Freie, am besten weit weg von der Stadt, in die Natur.

Aber wohin? Ich überlege, während ich schon mal warme Unterwäsche aus meinem Schrank krame und feste Schuhe an die Tür stelle. Dann fällt es mir ein. Vor Jahren habe ich einmal mit Lars, meiner Nachbarin und deren Kindern eine Wanderung gemacht, die mir damals wahnsinnig gut gefallen hat. Von Stuttgart aus durch den Glemswald bei Leonberg, weiter über das Schloss Solitude bis zur Schillerhöhe und von dort aus über die Gerlinger Heide zum Engelberg. Ich erinnere mich gut an den Pfaffensee und den Bärensee, an das Bärenschlössle und vor allem an den grandiosen Rundblick vom Aussichtsturm auf dem Engelberg. Ich versuche mich zurückzuversetzen. Von wo sind wir damals gestartet? Wenn mich nicht alles täuscht, sind wir damals von der Universität aus losmarschiert und am Ende der Wanderung am Leonberger Bahnhof angekommen – und von dort aus wieder zurückgefahren. Das möchte ich an diesem Sonntag wiederholen.

Ich ziehe mich warm an und erinnere mich dabei an die abwechslungsreiche Route. Mal feste Wege, dann schöne Waldwege und unwegsame Pfade.

Meine Erwartungen werden nicht enttäuscht, und ich freue mich über meinen Entschluss. Die Luft ist kalt, aber trocken, und vereinzelt liegt noch Schnee. Schnell stelle ich fest, dass ich hier kein Netz habe, und das ist mir gerade recht. Ich schalte völlig ab, stapfe durch die Natur und genieße es mit allen Sinnen. Es begegnen mir kaum Menschen, dafür sehe ich Rehe, die mich neugierig beobachten. Ich bleibe stehen, und so betrachten wir uns eine Weile gegenseitig, bis sie sich abwenden und völlig ohne Eile davongehen. Es hinterlässt ein freudiges Gefühl in meiner Brust, und ich frage mich, was eigentlich wichtig ist in dieser Welt?

Gut gelaunt komme ich nach gut vier Stunden bei Einbruch der Dämmerung wieder zu Hause an, lege mich auf die Couch und prüfe das Handy. Von Mike kein Pieps. Macht nichts, sage ich mir, es gibt noch andere wichtige Menschen auf dieser Welt. Also rufe ich meinen Sohn an. Wie vermutet möchte er den diesjährigen Heiligabend bei Maries Eltern feiern. Psychisch gestärkt, wie ich bin, tut es mir nur halb so weh. Ich sage sogar, dass es eine gute Idee sei, denn Marie würde sich sicher freuen. Und wie gehe sein Weihnachtsplan dann weiter?, will ich wissen.

Ja, am ersten Weihnachtsfeiertag sei er dann, wie immer, bei seinem Vater, und dann würden er und Marie in diesem Jahr eben am zweiten Weihnachtsfeiertag zu mir kommen.

»Aha, schön«, sage ich.

Ob mir das denn auch nichts ausmache, wenn ich am 24sten alleine wäre? Oder ob ich zu meinen Eltern fahren möchte?

»Die feiern Weihnachten und Silvester seit Jahren auf einem Kreuzfahrtschiff«, erinnere ich ihn. »Und das werden sie beibehalten, bis sie zu alt für große Reisen sind.«

Er will mich offensichtlich irgendwo unterbringen.

»Oder hast du vielleicht eine Freundin, die auch alleine wäre?«

Möglicherweise einen Freund, denke ich, aber von dem höre ich gerade nichts mehr. Ich sehe mich schon den Heiligabend bei Heidi, Chris und dessen Lebensgefährten verbringen. Na ja, so schlimm wäre es auch nicht. Aber ein bisschen seltsam schon.

»Nein, lass nur, es macht mir nichts aus«, sage ich. »Und wenn es Weihnachten nicht klappt, können wir uns ja mal wann anders treffen.«

Die Erleichterung ist ihm förmlich anzuhören.

»Ja, das ist eine gute Idee, eine sehr gute Idee. Wir kommen einfach mal so vorbei. Und, Mama, ich lerne übrigens fleißig, Marie tritt mir ganz schön in den Hintern«, er lacht, und ich denke: Wofür solche Maries nicht alles gut sind. »Das ist doch eine gute Nachricht!«

»Ja, so gesehen habe ich den Bachelor bald in der Tasche und die 50 000 gehören schon fast mir!«

»Eigentlich mag ich diese Erpressung nicht ... du bekommst dann, wenn ...«, überlege ich laut. Schließlich hatte ich das bei Madeleine und Karin auch gedacht, als es um den Safari-Ritt bei WAIT A LITTLE ging. »Ach, lass nur, das ist schon okay«, wehrt er ab. »Es ist immerhin ein zusätzlicher Anreiz für mich. Und du kannst sicher sein, das Geld wird gut angelegt und ganz bestimmt nicht verschleudert. Weder für große Reisen noch für ein Auto, wie du wohl im Scherz gesagt hast.« Ich höre ihn erneut lachen. »Aber es hilft in jedem Fall auf dem Weg zum Master, und ein Großteil wird der Grundstock für eine eigene Wohnung. Das, denke ich, wäre eine gute Idee.«

»Wirklich gute Idee«, lobe ich. Da ist er ja weiter als ich.

Die Million in Wohnungen anzulegen wäre sicherlich auch für mich keine blöde Idee. Vielleicht Studentenappartements?

»Und Marie sagt, erst nach dem Bachelor überlegen wir, wo wir weiterstudieren wollen und vielleicht dann zusammenziehen.«

»Deine Marie wird mir immer sympathischer.«

»Ja, sie sieht nicht nur mörderisch gut aus, sie ist wirklich ein Schatz!«

Ich freue mich, dass mein Sohn offensichtlich die Kurve kriegt, und beende das Gespräch mit einem Kuss.

Während »Tatort« läuft, versuche ich, nicht mehr an Weihnachten zu denken. Zum ersten Mal, seit ich denken kann, soll ich den Heiligabend nun also alleine verbringen. Meine gutwillige Euphorie von vorhin ist weg, Traurigkeit macht sich breit.

Prima, denke ich, der heutige »Tatort« spielt in Stuttgart. Und noch besser, dass ich ihn erst nach meiner Wanderung sehe, sonst hätte ich mir auf all den einsamen Pfaden vielleicht doch noch andere Gedanken gemacht.

Als es während der spannendsten Szenen an der Tür kratzt, freue ich mich. So eine Gefährtin mit Krallen neben sich auf der Couch zu haben bedeutet dann doch, den Gefahren nicht völlig allein ausgesetzt zu sein. Georgia scheint das auch so zu sehen, denn sie kuschelt sich eng an mich, und so fiebern wir beide der Aufklärung entgegen. Danach ist die Welt wieder in Ordnung, und ich hole ihr eine Schüssel Katzenmilch und mir ein Glas Rotwein. Dann schalte ich um auf »Abenteuer Leben«.

Abenteuer Leben, das habe ich im Moment selbst.

Schon wieder Montag, und ich arbeite seit einer ganzen Woche wieder. Wie schnell doch die Zeit vergeht. War ich jemals in Südafrika oder in Bangkok? Ich kann es mir kaum mehr vorstellen.

Bine erklärt mir, sie habe gegoogelt, und dieses Hotel in Oberstaufen sei tatsächlich erste Sahne. Sie freue sich schon jetzt unbändig darauf. Ob ich denn auch schon meinen nächsten Urlaub plane? Diesmal vielleicht sogar mit meinem Freund?

Aha, denke ich, sie will News über Chris erfahren.

Diesen Gefallen tu ich ihr aber nicht.

»Mal sehen«, antworte ich darauf. »Ich war ja gerade erst im Urlaub.«

»Und sonst so?«

»Und sonst so gehe ich jetzt in die Mittagspause.«

Kaum bin ich außer Sichtweite, ziehe ich mein Handy heraus.

Kein Lebenszeichen von Mike.

Also rufe ich ihn an, er geht aber nicht ran. Das macht mich ratlos. Kann er nicht, oder will er nicht?

Ich schicke ihm eine Nachricht und bekomme gleichzeitig eine WhatsApp von Chris:

»Mögen Sie Trüffel-Spaghetti? Dann heute Abend um 19 Uhr bei meiner Mutter.«

Eigentlich habe ich keine Lust. So gern ich die alte Dame habe, ständig brauche ich das auch nicht. Vor allem nicht mit diesem Gefühl im Hintergrund, dass mit Mike irgendetwas schiefläuft. Und ich nicht weiß, was es ist. Mit dieser verhängnisvollen SMS in Bangkok kann es jedenfalls nichts zu tun haben, denn von dieser Entdeckung weiß er ja noch nichts. Oder ist die Urheberin dieser SMS der Grund, weshalb er sich nicht mehr meldet? Hat er sich nun endgültig für sie entschieden?

Mir ist flau im Magen, als ich um 19 Uhr bei Kurzmann klingle. Immerhin habe ich diesmal Gastgeschenke dabei – Blumen für Heidi und Katzenmilch für Georgia. Heidi bedankt sich überschwänglich und stellt den Strauß aus dunkelgrünen Hortensien und rosa Nelken in eine reich verzierte Bergkristallvase.

Chris kommt aus der Küche und zeigt mir einen schwarzen Knubbel. »Das ist nun unser Super-Pilz«, sagt er und lässt mich daran schnuppern.

»Périgord-Trüffel«, erklärt er und lächelt, »der schwarze Diamant unter den Trüffeln. Wir lieben ihn«, er hält ihn mit drei Fingern hoch, damit seine Mutter ihn auch sehen kann. »Den werde ich jetzt mit dem Trüffelhobel in dünne Scheiben hobeln, dann mit etwas Olivenöl und Trüffelbutter kurz in der Pfanne schwenken. Und anschließend werden wir ihn mit einer handgemachten Pasta genießen. Dies wird ein Fest der Sinne, das verspreche ich schon jetzt!«

»Rotwein dazu?«, möchte Heidi wissen, und Chris sagt nur: »selbstredend«, bevor er in der kleinen Küche verschwindet.

Ich sollte mich freuen. Die ersten Trüffel meines Lebens. Ich kann aber nicht. Ein Butterbrot mit Mike im Baumhaus wäre mir lieber. Während Heidi eine Rotweinflasche öffnet, hole ich gedankenverloren die entsprechenden Gläser. Langsam finde ich mich in dem Umzugswirrwarr ihres Haushaltes zurecht. Wir haben gerade eingeschenkt, als Chris bereits die vollen Teller verteilt und, mit dem Rest des Pilzes in der Hand, über die Pasta noch jeweils einige dünne Scheiben hobelt. Dann lässt er sich hochzufrieden in seinen Stuhl sinken.

»Na, dann, zum Wohl, meine Damen!«

Wir stoßen an, und ich bin danach mit meinem Geschmackserlebnis alleine. Es schmeckt einfach anders als alles, was ich bisher gegessen habe. Im ersten Moment weiß ich nicht, ob mir der Geschmack behagt, aber je mehr ich esse, umso intensiver schmeckt der Pilz heraus, und zum Schluss hätte ich den Teller gern mit einem Stück Brot ausgetunkt.

»Das könnte süchtig machen«, sage ich zu Chris, und er lacht.

Ich kann nicht mitlachen, mir ist nicht danach.

Heidi mustert mich. »Was ist denn heute mit Ihnen los? Sie wirken so anders.«

»Tatsächlich?« So schnell fällt mir darauf nichts ein. Und ich werde nun ganz sicher nicht mit Mike anfangen. Susanne? Das wäre eine gute Gelegenheit. »Aber ich hätte gern einen Termin bei Ihnen. So richtig offiziell, bitte.«

»So richtig offiziell?« Chris lehnt sich in seinem Sessel zurück. »So richtig offiziell gibt es im Moment nicht. Was ist es denn?«

»Oder ist es nur für vier Ohren bestimmt?«, fragt Heidi. »Dafür hätte ich Verständnis.«

Ich schüttle den Kopf. Dann erzähle ich von meinem Millionen-Gewinn und von meiner Schwester. Meiner Blauäugigkeit mit den angeblich gewonnenen 50 000 Euro und ihrer anschließenden Forderung, nachdem sie die wahre Summe herausgefunden hatte.

»Nicht zu glauben.« Heidi schüttelt den Kopf. »Sie schenken ihr 5000 Euro, und sie will mehr. Der Mensch ist doch mit nichts zufrieden.«

»Aber Sie sind ein Glückspilz«, sagt Chris und klopft mir anerkennend leicht auf den Unterarm. »Gratuliere!«

»Tja«, sage ich, »Sie sind die Allerersten, denen ich das anvertraue.«

»Eine Million auf der Bank, und Sie leben weiterhin in dieser –«, Heidi hebt beide Arme, »Bruchbude?«

»Ich weiß nicht«, sage ich, »die Dinge entwickeln sich so schnell, ich will nicht voreilig sein. Falls ich wirklich mehr reisen will, genügt mir das doch? Ist nicht teuer und für mich alleine doch ganz praktisch.«

Ich rede, und dabei denke ich ständig an Mike. Warum meldet er sich bloß nicht?

»Da hat sie recht«, stimmt Chris mir zu. »Weg ist alles schnell, also lieber mal vorsichtig.«

»Haben Sie nicht auch Kinder?«, fragt Heidi mich.

Ich erzähle von Lars und von Lars und Marie.

»Ja, schön«, unterbricht sie mich, »aber was haben Sie Ihrem Sohn denn über Ihren Gewinn erzählt? Die Wahrheit?«

»Nicht ganz …« Während ich versuche, die Sachlage möglichst genau zu schildern, räumt Chris die Teller ab und kommt mit einer Käseauswahl wieder.

»So wie ich das sehe«, sagt er, »hat Ihre Schwester rechtlich überhaupt keinen Anspruch. Ihr Geburtsdatum alleine reicht nicht. Wenn Sie ihr dementsprechend nie etwas zugesichert haben …«

»Natürlich nicht, ich konnte ja nicht wissen, dass ich mit diesen Zahlen gewinne!«

»Ja, eben. Das ist aussichtslos für Ihre Schwester, es war ja kein gemeinsamer Tippschein, so gesehen können Sie ganz beruhigt sein. Ich weiß überhaupt nicht, wie der Kollege so einen Fall überhaupt annehmen kann.«

»Nun«, lächelt seine Mutter, »es gibt ja auch Anwälte, denen das Wasser bis zum Hals steht, da kommt jeder Fall recht. Vor allem bei dem hohen Streitwert, oder nicht?«

Chris zuckt mit den Schultern, und Heidi hebt das Glas.

»Aber, meine Liebe, darf ich Ihnen da einen Rat geben? Mit dem Lebensgefährten meines Sohnes haben Sie mir aufs Pferd geholfen, jetzt würde ich dasselbe gern bei Ihnen tun.«

Ich richte mich auf.

»Würden Sie sich mit Ihrer Schwester lieber wieder vertragen? Ich meine, könnten Sie ihr überhaupt verzeihen?«

Ich muss nicht lang überlegen, der Unfriede steckt mir in den Knochen, ich bin ein harmoniesüchtiges Wesen, deshalb nicke ich. »Ja, das wäre mir recht. Eigentlich mag ich mit so einer Geschichte im Nacken nicht ins neue Jahr starten.«

»Dann bieten Sie Ihrer Schwester doch den gleichen Deal an, den Sie Ihrem eigenen Sohn versprochen haben? 50 000 Euro für den Sohn, wenn er seinen Bachelor hat. Damit sind Sie aus dem Schneider. Soll ihr Sohn seiner Mutter doch was abgeben, was meinen Sie?«

50 000 Euro für nichts, denke ich. Das ist eine Menge Geld. Und 5000 hat sie schon.

»Danke für den Rat«, sage ich, »ich werde darüber nachdenken.«

Ziemlich satt und für die späte Stunde noch immer zu munter gehe ich ins Bett. Ich spüre schon, wie mein Gedankenkarussell wieder zu kreisen beginnt. Früher haben mich Sorgen ums Geld wachgehalten, jetzt sind es andere: Was ist mit Mike? Wieso antwortet er nicht? Ich habe ihm bereits mehrere Nachrichten geschickt, aber ich weiß nicht einmal, ob er sie überhaupt gelesen hat. Kontrollieren könnte ich das nur auf WhatsApp, aber das hat er nicht. Was tun?

Vielleicht hat diese Pferdesafari-Lodge weitere Informationen über ihn? Oder sogar die Adresse seines Sohnes? Könnte ja sein, denn schließlich muss bei einem möglichen Unfall ja jemand benachrichtigt werden. Ich setze mir einen Termin: Wenn er sich bis zum Mittwoch nicht gemeldet hat, dann mache ich WAIT A LITTLE ausfindig und schicke denen eine Mail. Sicherlich sind sie in so einem Fall hilfsbereit.

Der Gedanke beruhigt mich. Und Susanne? Darüber werde ich morgen nachdenken. Ich bin mir noch nicht so sicher, ob das eine gute Idee ist. Und – soll ich sie nach all den Gemeinheiten auch noch mit Geld belohnen? Aber vielleicht ist es eben doch eine gute Idee: Ich belohne nicht sie, sondern gebe Felix eine Chance für seine Weiterbildung – und damit für seine Zukunft. Genau wie bei Lars.

Irgendetwas an diesem Gedanken gefällt mir, und ich schlafe ein.

Der Wecker klingelt zu früh. Ich bin mal wieder überhaupt nicht ausgeschlafen und während ich mir im Morgenmantel einen Kaffee aufbrühe, denke ich ernsthaft darüber nach, was ich beruflich eigentlich machen möchte. Weiter im Drogeriemarkt? Ich könnte doch jetzt mal schauen, was so in mir drin schlummert, was ich in mir zum Leben erwecken könnte.

Ha!!! Du bist 45 Jahre alt! Was willst du da noch erforschen?? bremst mich meine innere Stimme.

Ja, und???, mischt sich die Gegenstimme ein, *du bist erst! 45 Jahre alt. Also: Los!!*

Ich bin nicht so sicher, welcher Stimme ich Gehör schenken soll. Aber auch Mike hatte ja schon gesagt, dass es nicht auf das Alter, sondern nur auf den eigenen Willen ankommt. Und bis zur Rente beim Drogeriemarkt zu bleiben, diese Aussicht gefällt mir nicht, und ständig Dietrich Hofmann sehen zu müssen erfüllt mich auch nicht gerade mit Freude.

Gewürze, Tiere, Menschen, diese Überlegungen begleiten mich doch schon seit Afrika. Nun müsste ich die Dinge einmal ernsthaft angehen.

Irgendwas mit Tieren, denke ich. Ich könnte mich doch irgendwo einsetzen. Ich muss nicht mal viel verdienen, wenn ich weiterhin sparsam mit meinem Geld umgehe, reicht es bis zum Lebensende. Ich könnte also etwas für meine innere Befriedigung tun, für mein Herz, für mein Bauchgefühl. Während ich im Badezimmer dusche und mir die Zähne putze, spüre ich die Überzeugung in mir wachsen, dass es sinnvollere Tätigkeiten für mich gäbe, als Drogeriewaren zu verkaufen. Und mit dieser Einstellung mache ich mich wenig später auf meinen Weg zum Drogeriemarkt.

Seitdem mich Chris mit seinem teuren BMW abgeholt hat, habe ich bei meinen Kollegen spürbar einen neuen Status. Auch Bine betrachtet mich anders.

»Na, bei dem würde ich auch nicht *Nein* sagen«, hat sie mir gleich am nächsten Morgen zugeflüstert. »Den musst du unbedingt halten!«

Ich habe nur genickt. »Ja, das ist ein ganz besonders toller Mann!«

Sie lächelte schräg. Wahrscheinlich dachte sie, wie die kleine Steffi wohl an so einen Vorzeigetypen kommt? Aber egal, die allgemeine Achtung tut mir gut. Wobei ich sie auch ein bisschen verräterisch finde: Kaum zeigt sich ein höherer Status, gehen viele vor Ehrfurcht in die Knie.

In meiner Mittagspause gehe ich in das nahe gelegene Bistro. Ich muss über meine nächsten Schritte nachdenken und setze mich ganz hinten in eine Ecke. Hier stört mich niemand, und ich rufe meinen Sohn an und frage ihn, was er von Heidis Vorschlag hält.

»Na«, sagt er, »das wäre doch mal ein feines Weihnachtsgeschenk.«

»Nein, ich frage dich ernsthaft. Ist die gleiche Summe okay? Oder ist es zu viel? Schließlich bist du mein Sohn, und er ist nur mein Neffe!«

»Ja, gut«, erwidert Lars, »aber wir sind wie Brüder aufgewachsen, und für sein Studium strampelt er ganz schön. Außerdem kann sich Susanne dann beruhigen. Ihre erste Idee war ja ein Drittel von 50 000. Das wären um die 16 000 Euro gewesen. Und schon die hätten ihr ja nicht zugestanden. Das Ganze war ein blöder Fehler von mir, ich hab falsch reagiert. Vor allem weil ich so gekränkt war. Der gekränkte Sohn«, er räuspert sich, »aber Susannes Forderung ist ein totaler Blödsinn, und die Rechtsanwaltsnummer ist einfach nur daneben. Das sagt Felix auch. Aber sie hat sich total in diese Geburtstagszahlen verbissen. Und jetzt beißt sie aus lauter Verzweiflung weiter, so kommt mir das vor.«

»Tja«, sage ich, »da könntest du recht haben.«

Wir schweigen, ich schon deshalb, weil bei mir gerade die bestellte Gulaschsuppe an den Tisch kommt.

»Und dein Vater, was ist eigentlich mit dem?«, will ich dann wissen und rühre in der dampfenden Suppe herum.

»Was meinst du?«

»Er will dir keinen Unterhalt mehr bezahlen und wollte auch sofort Geld haben. Für das Zweitauto seiner neuen Frau.«

»Ach ...«

»Ach?«, wiederhole ich.

»Es wird nichts so heiß gegessen, wie es gekocht wird«, meint er nur.

»Was willst du damit sagen?«

»Er bezahlt weiterhin. Aber seine Laune ist eher auf einem Tiefpunkt. Unter uns: Ich glaube, er bereut die Trennung von dir. Und zwar nicht nur wegen des Geldes …«

Ich lächle in mich hinein. Ha!

»Ist die erste Liebe verflogen?«

»Der Alltag zeigt, dass sie eben doch viel jünger ist, andere Interessen pflegt und ziemlich hohe Ansprüche hat. Da kommt er kaum hinterher.«

Ha!!!, denke ich noch einmal. Das tut mir richtig gut!

Mit der Zungenspitze kontrolliere ich die Suppe auf dem Löffel. Noch ziemlich heiß.

»Tja«, sage ich, »das hat er sich selbst eingebrockt.«

»Und du, Mama? Hast du eigentlich jemanden? Vor lauter eigenem Glück habe ich ganz vergessen, dass du …« Er zögert.

»Dass ich?«

»Dass du für eine neue Beziehung ja auch noch nicht zu alt bist.«

»Aha, vielen Dank!« Ich schmunzle. Klar, für junge Leute Anfang zwanzig ist 45 schon out of discussion, denke ich. Mehr oder weniger scheintot.

»Ja, es gibt jemanden«, sage ich langsam, und während ich es sage, kommt mir eine Idee. »Würdest du mir da helfen?«

Donnerwetter, denke ich, jetzt bittet die Mutter ihren Sohn um Hilfe in Liebesdingen. Ob ihm das nicht vielleicht komisch vorkommen wird? Aber nein, sein Ton ist unverändert.

»Wenn ich dir helfen kann? Gern.«

»Ich weiß nicht, ob seine Handynummer eine Macke hat, oder ob er nur nicht mehr drangeht, wenn er meine Nummer sieht. Ich habe da einen Fehler gemacht, und das möchte ich mit ihm besprechen.«

»Er meldet sich nicht mehr?«, mein Sohn klingt entrüstet. »Das ist doch kindisch!«

»Die Geschichte ist zu lang, um sie jetzt ausführlich zu erklären, Lars. Jedenfalls, wenn ich dir seine Handynummer simse, kannst du ihn anrufen und ihm sagen, dass ... dass ich gern mit ihm sprechen würde? Die Dinge klären?«

»Hmm.«

»Oder ist das zu viel verlangt?«

»Könnte ich ihm auch eine Nachricht schicken? Wie heißt er überhaupt?«

»Er heißt Mike. Nein, eine Nachricht macht keinen Sinn. Er muss direkt drangehen.«

»Und was ist er für ein Landsmann? Amerikaner?«

»Deutscher. Lebt in London.«

»Du bist ganz schön international geworden«, er lacht. »Gut, mache ich.«

»Danke. Und ich gehe nach Geschäftsschluss zu Susanne und unterbreite ihr meinen Vorschlag.«

»Direkt in die Höhle des Löwen.«

»Sie ist meine Schwester, da kann sie beißen, wie sie will.«

Lars lacht. »Gut, dass *du* meine Mutter bist. Du bist echt ein Prachtkerl!«

Prachtkerl!

Wir beenden das Gespräch, ich schicke ihm Mikes Nummer und löffle nachdenklich meine Suppe.

Prachtkerl.

Typisch! Alles Große, Prächtige ist männlich. Prachtfrau, überlege ich. Prachtmädchen. Gibt es das überhaupt?

Ich kündige mich bei Susanne nicht an, dann ist der Überraschungseffekt umso größer. Und tatsächlich. Sie öffnet die Tür und starrt mich völlig perplex an.

»Du?«, fragt sie.

»Ja, ich!«

Sie schaut an mir herunter, als suche sie etwas. Vielleicht den Geldkoffer?

»Darf ich hereinkommen?«, frage ich.

»Aber sicher.« Sie tritt zur Seite, und ich gehe voraus in die Küche, dort bleibe ich am Tisch stehen. Das Frühstücksgeschirr steht noch da. Ihrer Kleidung nach ist sie auch gerade erst nach Hause gekommen, normalerweise läuft sie in ihrer Wohnung eher in bequemen Sachen herum.

»Magst du dich setzen?«, will sie wissen, räumt schnell das Geschirr ab und stellt es in die Spüle.

»Ich möchte dir einen Vorschlag unterbreiten«, sage ich und bleibe stehen. Sie lehnt sich gegen den Herd.

»Und der wäre?«

»Ich habe Lars für seinen bestandenen Bachelor-Abschluss eine Prämie ausgesetzt. 50 000 Euro. Damit kann er machen, was er will. Er kann für seine Zukunft planen, er kann sich ein Auto kaufen oder eine Reise machen, das ist mir egal. Wobei – das stimmt nicht ganz, am liebsten wäre mir natürlich, wenn er das Geld sinnvoll einsetzen würde.«

Susanne sagt nichts.

»Das Folgende sage ich dir jetzt und gehe anschließend wieder. Denke also in Ruhe darüber nach, oder schick mir wieder einen Brief durch den Anwalt, dann lasse ich den durch meinen Anwalt beantworten. Es liegt allein an dir.«

Sie sagt noch immer nichts.

»Ich habe mir etwas überlegt und das gestern mit Lars besprochen. Felix ist wie ein Bruder für ihn, und ich möchte, dass beide die gleiche Startchance ins Leben haben. Also wird auch Felix 50 000 Euro erhalten. Sobald er seinen Bachelor hat. Und ganz genau wie Lars, kann auch er das Geld verwalten, wie er will. Das ist mein Vorschlag.«

»Aha«, sagt sie. »Und ich?«

»Und du?«, sage ich und spüre, wie der Ärger in mir hochsteigt, »geh zur Lotto-Annahmestelle, dort liegen Spielscheine aus, mache deine Kreuzchen, und schau, was passiert.«

»Das habe ich schon oft genug gemacht. Bisher ist nichts passiert.«

»Aber es kann passieren, wie du siehst. Oder denkst du, ich sollte die 50 000 Euro lieber dir überweisen und deinen Sohn leer ausgehen lassen?«

»Ich könnte es für ihn verwalten.«

»Er ist volljährig, Susanne, er kann das selbst. Wenn er dir was abgeben will, kann er das ja tun.«

Sie sagt nichts und beobachtet mich, wie ich mit einem knappen Abschiedsgruß aus der Tür gehe. Draußen habe ich das Gefühl, ich müsste mich erst einmal schütteln. Das ist meine Schwester? Ich erkenne sie überhaupt nicht mehr.

Ich muss Felix anrufen. Und kaum, dass ich bei mir zu Hause bin, tu ich das auch.

Erst ist er zurückhaltend, aber dann, nachdem ich ihm von meinem Plan erzählt habe und dass seine Mutter das Geld lieber selbst für ihn verwalten würde, rückt er mit der Sprache heraus.

»Tausend Dank erst mal, Steffi, das ist natürlich eine unglaubliche Nachricht! Unglaublich gut! Fantastisch! Ich bin völlig hin und weg – und, versprochen, ich werde alles tun, um mich dieses Geschenks würdig zu erweisen!«

»Du bist ja fast wie mein zweites Kind.«

Ich höre ihn lachen. »Ja. Vielleicht. Ein bisschen.«

»Aber Mama…?« Er macht eine Pause. Ich warte, dass er weiterspricht.

»Ich mache mir auch schon Gedanken. Nicht nur wegen der Sache mit dir. Sie ist so anders, so sprunghaft, nichts freut sie mehr. Ich habe ehrlich gesagt schon an Alkohol gedacht.«

»Hmm«, ich überlege. »Vielleicht ist es aber auch die Arbeitsstelle? Sie hat doch ständig Angst, den Job zu verlieren?«

»Diese Angst haben wir gemeinsam. Wenn sie den Job verliert, wird es ganz eng!«

»Oh, ja. Ich verstehe. Ich werde darüber nachdenken.«

»Vielen Dank, Steffi, das hilft mir sehr, denn die Sache mit Mama bedrückt mich schon ziemlich!«

»Herzlich gern«, sage ich, und während ich mir mein Abendessen richte, denke ich über Susanne und ihr Leben nach. Und komme darauf, dass dies vielleicht wirklich der Grund ist? Susanne ist verzweifelt. Die Zeit verrinnt, sie hat Angst, wahrscheinlich täglich, dass sie plötzlich nicht mehr gebraucht und ausgewechselt wird. Ihr geht es wie so vielen anderen in Deutschland, sie sitzt auf einem Schleudersitz, weiß nie, wann sich etwas ändert. Das nagt an der Psyche, man wird traurig, krank, unfähig, etwas anderes zu tun oder an etwas Freude zu haben. Ist das bereits eine Depression? Dann müsste sie schnellstens zum Arzt.

Soll ich unsere Mutter zu Hilfe rufen? Ich schau auf den Kalender. Nein, die beiden sind bereits auf ihrer Kreuzfahrt. Und außerdem, was könnte sie tun?

Ich könnte etwas tun.

Nur was?

Während ich darüber nachdenke und in der Wohnung

hin- und herlaufe, leuchtet plötzlich mein Handy auf. Eine SMS. Von Lars.

Aufgeregt greife ich danach.

»Ich habe ihn erreicht«, steht da. »Ein netter Kerl. Er ruft dich an.«

»Er ruft mich an, er ruft mich an!« Ich tanze herum und fühle mich plötzlich wieder wie sechzehn. Höchstens. Am liebsten hätte ich sofort ihn angerufen, aber das verkneife ich mir.

Ich muss warten, ich muss abwarten! Zur Sicherheit stelle ich das Handy auf ganz laut und hänge es an das Ladekabel. Nicht, dass der Akku schlappmacht, man weiß ja nie!

Doch es wird immer später, und meine Hochstimmung erlischt. Was ist, wenn er sich nun doch nicht meldet? Was mach ich dann?

Als er schließlich anruft, habe ich einen Schweißausbruch, so sehr freue ich mich und so sehr packt mich auch die Angst.

»Mein Gott bin ich froh, dass du anrufst«, bricht es aus mir heraus.

»Ja?« Er hört sich sehr zurückhaltend an. »Wieso?«

»Weil ich pausenlos an dich denke und völlig neben mir bin, weil du dich nicht mehr meldest. Und ich weiß nicht warum, so von heute auf morgen, von jetzt auf gleich. Ist etwas passiert?«

Es ist kurz still, und ich bekomme schon Angst, er könnte aufgelegt haben.

»Ja, so fühlt man sich, wenn der andere sich nicht mehr meldet und man keine Ahnung hat, warum.«

Ich schlucke. »Ja, tut mir leid, ich ...«

Er spricht ungerührt weiter: »Hast nicht gerade du von

Verletzungen gesprochen? Von einem Spiel? Von doppelten Böden?«

»Ja«, sage ich und habe schon gleich wieder diese SMS vor Augen. »Ja«, wiederhole ich. »Das habe ich. Nach dieser SMS in Bangkok, die ich nicht sehen wollte, die aber auf das Display kam, als du vor dem Flug nach Schanghai noch einmal kurz im Badezimmer warst.«

»Welche SMS?«

Ich kann sie auswendig: »›Ich hab dich lieb. Und vermisse dich so sehr. Wann kommst du?‹ Und zum Schluss ein Kuss-Emoij!«

»Deshalb bist du abgereist?« Zuerst lacht er, dann wird seine Stimme dunkler. »Sag mir, dass das nicht wahr ist. Dass du unsere Liebe nicht wegen so einer dusseligen SMS aufs Spiel gesetzt hast.«

»Dusselig?« Ich höre selbst, wie aufgebracht ich bin, kann es aber im Moment nicht steuern. »Dusselig? Du fliegst weg, und ich denke, du fliegst zu ihr. Oder gehst zu ihr – ein paar Ecken weiter. Mike! *Wann kommst du?* Das ist eine klare Aussage! Sie will doch offensichtlich deine Ankunftszeit wissen, um dich abzuholen, etwas vorzubereiten, was weiß ich ...«

»Du bist ja eifersüchtig!«

»Klar bin ich eifersüchtig! Ich habe mich in dich verliebt, ich habe eine wunderschöne Zukunft an deiner Seite gesehen, ich war einfach maßlos enttäuscht. Das musst du doch verstehen!«

»Da ich den Grund nicht wusste, konnte ich nichts verstehen.«

»Ja, aber jetzt kennst du den Grund!«

»War das der Grund, weshalb du dich umorientiert hast? So schnell? Oder war ich nur ein Versuch? Ein Abwägen zu einer anderen Möglichkeit, deshalb die angebliche *Bedenkzeit*?«

»Was? Ich verstehe nicht...«

Jetzt bin ich diejenige, die nicht weiß, wovon er redet. Ich runzle die Stirn. »Ich verstehe nicht, was du meinst«, sage ich.

»Nun, dann sage ich es dir. Du hast mir erklärt, dass du zuerst zu dir finden müsstest und Zeit bräuchtest. Und ich habe im Scherz eine Woche vorgeschlagen. In Wahrheit habe ich aber sofort einen Flug gebucht und stand abends bei dir vor der Haustüre.«

»Du hast was?«

»Ja, ich dachte, diese Besprechung, von der du gesprochen hast, sei wirklich dringend nötig. Ich wollte dich überraschen und in ein spezielles Restaurant ausführen. Ich hatte schon zwei Plätze reserviert.«

»Wie? Das ist ja irre!«, rufe ich. »Und wieso bist du nicht gekommen? Hast nicht bei mir geklingelt?«

»Weil du, kaum hatte ich meinen Leihwagen geparkt, mit einem anderen Mann vorgefahren bist. Fröhlich, offensichtlich verliebt. Ihr habt eine Art Kuchenpaket, eine Einkaufstüte und eine Kühlbox zu deinem Wohnblock getragen und seid, das konnte ich vom Auto aus gut sehen, gemeinsam in einer Tür verschwunden. Was sollte ich da denken? Dass es dein Bruder war?«

»Er ist schwul! Es ist der Sohn meiner Nachbarin, er ist Anwalt. Wir haben für seine Mutter eingekauft und die Sachen zu ihr getragen, sie wohnt nur einige Türen weiter!«

Es ist zunächst still.

»Ist das wahr?«

»Klar ist das wahr. Komm her, und ich mach dich mit den beiden bekannt. Wo bist du überhaupt?«

»Bei meinem Sohn. Und seiner Familie! Und wenn du jetzt genau hinhörst, wirst du gleich wissen, woher diese ominöse SMS kam. Hättest du mal besser nachgefragt, als gleich Hals über Kopf zu fliehen!«

»Wieso, was?«

Eine helle Stimme plappert Englisch in das Handy. »Emily«, höre ich Mike sagen, »du musst Deutsch sprechen, Stefanie ist Deutsche.«

»Hallo, Stefanie«, höre ich eine eifrige Mädchenstimme, »ich bin Emily. Bist du eine Freundin von meinem Opa?«

Ich kann zunächst nichts sagen. »Ja, ganz bestimmt bin ich das. Wie alt bist du denn, Emily?«

»Vier!«, sagt sie stolz.

Vier, denke ich. Und sie kann schon schreiben?

»Jetzt überlegst du bestimmt, ob sie schon schreiben kann«, höre ich Mike im Hintergrund sagen, ein Lächeln in der Stimme.

»Nein, aber bald«, sagt Emily. »Aber ich kann malen.«

»Das ist ja toll!«

»Lässt du mich jetzt wieder? Danke, Emily. Holst du deinem Opa ein Glas Wasser? Sei so lieb!«

Ich höre sie etwas auf Englisch sagen, dann ist Mike wieder dran.

»Mein Sohn hat für sie geschrieben, das ist alles.«

Wir brauchen eine Zeit, in der keiner von uns beiden spricht. Ich muss es erst verstehen und Mike offensichtlich auch.

»Sind wir jetzt beide blöd, oder bin ich es nur alleine?«, frage ich und schüttle den Kopf über mich.

»Kann einem aus lauter Missverständnissen eine große Liebe entgehen?«, fragt Mike.

»Ja«, sage ich, »das wäre beinah passiert!«

»Könntest du dir denn vorstellen, dass wir dieser Liebe nachspüren?«

Ich denke an Monique, und er scheint es zu wissen.

»Die Vergangenheit ist wie ein geschlossenes Universum, unerreichbar. Aber die Zukunft liegt vor uns, Stefanie. Ich kann nicht in der Vergangenheit leben, und ich will das auch nicht. Monique wird immer in meinem Herzen bleiben, aber jetzt bist du da. Sie würde es verstehen und mich ermutigen. Wage noch einmal den Schritt, so glücklich zu sein, würde sie sagen. Und ich möchte diesen Schritt wagen, Stefanie, mit dir.«

Warum fallen mir nie so schöne Worte ein?

Ich sage nur: »Ich bin so froh, Mike, dass sich alles geklärt hat. Ich war am Boden zerstört. Verzeih, dass ich dir so wenig vertraut habe. Aber die SMS war ein fürchterlicher Schock für mich.«

»Bestimmt nicht größer als der, den ich in meinem Leihwagen hatte. Ein ausgesprochen gut aussehender Mann geht mit dir in Richtung Wohnung. Den Arm um dich gelegt. Was sollte ich denken?«

»Du hättest aussteigen können. Ich hätte mich totgefreut!«

»Du hättest mich fragen können, ich hätte dir Fotos von Emily gezeigt.«

»Hätte, hätte«, sage ich.

»Ja, genau, die Fahrradkette!«

Wir lachen beide.

»Und jetzt?«, frage ich.

»Jetzt vergessen wir das und sehen nach vorn«, schlägt er vor.

»Was heißt das?«

»Wo feierst du denn Weihnachten?«, will er wissen.

»Mein Sohn feiert mit seiner Freundin bei deren Eltern. Ich bin allein.«

»Oh, alleine Weihnachten. Okay, womit wir bei deinem Sohn wären, ein sehr netter junger Mann. Ich freu mich drauf, ihn kennenzulernen.«

»Das freut mich.« Ich halte die Luft an. »Und wo feierst du?«

»Im letzten Jahr bei meinem Sohn und seiner Frau, aber das muss nicht sein. Das zweite Kind ist unterwegs, es könnte um die Weihnachtszeit herum ziemlich unruhig werden.«

»Das heißt?«

»Das heißt, ich lasse mir etwas einfallen.« Er zögert. »Falls du mit mir Weihnachten feiern magst?«

»Nichts lieber als das, von ganzem Herzen!«, sage ich und freue mich wahnsinnig.

Nach dem Gespräch tanze ich übermütig vor Glück herum. Dann lasse ich mich auf die Couch sinken und schau auf die Uhr. Wo kann ich mit diesen tollen Nachrichten noch hin? Bei Lars meldet sich die Mailbox, Georgia wäre jetzt gut. Sie ist ein Nachttier, ihr könnte ich jetzt alles erzählen. Aber ausgerechnet heute kommt sie nicht.

Also schicke ich Mike noch einen überschwänglichen Gute-Nacht-Gruß und Lars eine Nachricht, dass seine Mutter total happy ist und ihm für diese Vermittlung ewig dankbar sein wird.

Den Vormittag über kann ich im Geschäft kaum einen klaren Gedanken fassen, Weihnachten kommt näher, die Leute suchen nach Geschenken, und unsere Geschenkpapierrollen sind ausverkauft. Vor allem hält uns die Krankschreibung zweier Kollegen auf Trab, denn die fehlen jetzt wirklich. Auch Bine stöhnt. »Ich glaub, ich mach bei einem Marathonlauf mit«, sagt sie, nachdem sie zum x-ten Mal ins Lager ist, um Regale nachzufüllen. »Ist denn das die Möglichkeit?«

»Die Leute sind im Kaufrausch«, antworte ich. »Als ob es morgen nichts mehr gäbe.« Dabei denke ich darüber nach, dass ich auch noch keine Weihnachtsgeschenke besorgt habe. Weder für Lars noch für seine Freundin, und für Heidi müsste ich doch auch …? Und Chris? Und von Mike ganz zu schweigen. Mike! Was schenke ich denn Mike?

Als ich um ein Regal eile, pralle ich fast mit meinem Chef zusammen, der bei dem Trubel heute im Verkauf mithilft, anstatt in seinem Büro zu sitzen. Er ist noch blasser als sonst, fällt mir auf, vielleicht ist es aber auch der weiße Arbeitskittel, den er sich übergezogen hat.

»Ach, Frau Weiss«, sagt er matt.

»Herr Hofmann, wo ich Sie gerade so geschickt treffe …«, an seinem Blick sehe ich, dass er Schlimmes befürchtet, »hätten Sie nicht noch eine Arbeitsstelle offen? Ich meine keinen Nebenverdienst, sondern richtig angestellt, so wie ich?«

Er runzelt die Stirn. »Wir suchen ja schon. Aber wir finden nichts Passendes.«

»Was wäre denn passend?«

»Na, so wie Sie. So wie alle hier. Flink, selbstständig, aufgeweckt. Es bewerben sich nur Leute, die von vornherein keine Lust auf irgendwas haben. Außer auf den Lohn, natürlich!«

»Ich hätte da jemanden«, sage ich spontan. »Genau wie mich. Meine Schwester.«

»Ihr Schwester?« Sein Ton ist skeptisch.

Ich übergehe es. »Sie sagten doch gerade, ich sei fit, selbstständig und aufgeweckt. So ist sie auch. Sie ist fit, selbstständig und aufgeweckt. Sie arbeitet in einem Callcenter und möchte sich verändern.«

»Ja?« Er klingt schon zugänglicher. »Dann soll sie sich doch mal bei mir vorstellen. Callcenter, die müssen ja fit sein!«

»Aber sie braucht ein gutes Gehalt, ihr Sohn studiert.«

Ich weiß, dass wir beide ungefähr das Gleiche verdienen. Sie in ihrem Callcenter und ich hier.

»Ihre Gehaltsklasse«, sagt er. »Mehr geht nicht.«

Mehr wäre auch nicht gerecht, finde ich.

Auf dem Heimweg steige ich einige Stationen früher aus der Straßenbahn und klingle bei Susanne. In der Küche brennt Licht, also ist sie da. Trotzdem braucht sie einige Zeit, bis sie öffnet. Sie sieht nicht gut aus. Vielleicht hat Felix ja doch recht, und es ist Alkohol? Bei meinem Anblick tritt sie einen Schritt zurück.

»Du!«, sagt sie zur Begrüßung.

»Komme ich ungelegen?«

»Nein. Ist auch schon egal. Die machen mich fertig«, sagt sie, während ich an ihr vorbei in die Küche gehe.

»Wer macht dich fertig?«

»Im Geschäft. Das halte ich nicht mehr lang aus.«

Ich lächle.

»Na, da habe ich dir ja jetzt vielleicht eine frohe Botschaft!«

Nach über zwei Stunden gehe ich wieder. Wir haben uns endlich ausgesprochen, so wie es sich unter Schwestern gehört. Ihr Zorn, ihr Groll, ihre Verbitterung darüber, dass es mir plötzlich gut geht und sie mitten im Desaster sitzen bleiben soll, das konnte sie einfach nicht verkraften. Zumal die Kündigung wie eine tägliche Bedrohung über ihr hing.

»Vielleicht warst du ja auch so durch den Wind, dass du dich selbst nicht mehr gekannt hast«, half ich ihr. Sie zuckte daraufhin nur mit den Schultern und fiel mir schließlich um den Hals. »Wenn das mit deinem Drogeriemarkt klappen würde, das wäre ja gewaltig!«, flüsterte sie nur.

Auf dem Nachhauseweg denke ich, dass ich meinen neuen Beruf im Bereich einer Vermittlung suchen sollte? Gibt es so etwas? Wie bringe ich Menschen zusammen? Sind das Mediatoren? Ist das ein Beruf?

Aber am wichtigsten ist mir, dass wir wieder zusammen sind: Mike und ich. Dieser Gedanke ist unfassbar schön. Auf den Stufen zu meiner Wohnung holt mich Chris ein, rechts und links mit schweren Einkaufstaschen beladen.

»Kann ich Ihnen helfen?«, biete ich an.

»Nein«, sagt er, »vielen Dank, ich habe alles im Griff. Aber stellen Sie sich vor, heute kam ein Angebot herein, eine helle, ebenerdige Wohnung, ziemlich in meiner Nähe, gute Ausstattung, sogar mit kleiner Einliegerwohnung, falls das mal für eine Betreuung nötig sein sollte, man weiß ja nie …«

»Ohh!«, sage ich, mehr betroffen als erfreut. »Dann zieht Ihre Mutter demnächst aus?«

Er wirft mir einen Blick zu. »Kommen Sie doch schnell mit rein, dann brauchen wir das nicht hier draußen in der Kälte …«

Wir sind schon vor meiner Haustüre angelangt, und eigentlich würde ich mich lieber auf meine Couch legen und meinem zukünftigen Leben entgegenträumen, aber ich willige trotzdem ein.

Heidi freut sich über den Besuch, und während Chris die Lebensmittel verstaut, fragt sie mich nach Weihnachten.

»Feiern Sie denn mit Ihrer Familie?«, will sie wissen, und als ich den Kopf schüttle: »Oh, alleine? Das geht gar nicht. Dann kommen Sie doch bitte zu uns, dann können Sie gleich auslöffeln, was Sie eingebrockt haben ...« Dazu lacht sie aber so herzlich, dass ich einstimmen muss.

»Nein, vielen Dank«, sage ich, »ich bin schon eingeladen – ich feiere mit meinem Freund.« Dieses Wort geht mir so unglaublich leicht von den Lippen, dass es mich selbst freut. »Aber ich denke, Chris hat Ihnen ein frühes Weihnachtsgeschenk mitgebracht.«

»Ach so?« Sie schaut zur Küche und fasst sich prüfend in ihr silbergraues, welliges Haar. »Da bin ich aber gespannt.«

Chris hat es von der Küche aus gehört. »Das darfst du auch«, ruft er und kommt dann mit seinem Tablet unter dem Arm zurück.

Das bringt mich auf eine Idee.

»Bevor Sie die Neuigkeit verraten, muss ich unbedingt ein Foto von uns dreien haben. Ich habe schon so viel erzählt, dass mein Freund ganz gespannt auf sie ist.«

»Ist denn alles wieder gut?«, will Heidi wissen.

Wie viel habe ich ihr erzählt, frage ich mich. »Ja«, sage ich schnell, »es gab da ein großes Missverständnis.«

Heidi nickt: »Sagte ich doch. Manchmal muss man einfach miteinander reden.«

»Also ein Selfie zu dritt?«, fragt Chris.

Ich bestätige, und wir stecken die Köpfe so eng zusammen, dass ein wirklich witziges Foto entsteht. »Das ist nun das Weihnachtsgeschenk für mich«, erkläre ich.

»Und welches ist meines?« Heidi sieht ihren Sohn fragend an. »Eine Wohnung«, sagt er und schaltet sein Tablet ein. »Eine Wohnung nach Maß, wie für dich geschneidert.«

»Oh!« Heidi wirft mir einen Blick zu. »Dann verliere ich ja Ihre liebe Nachbarschaft.«

»Ach«, sage ich, »ich habe so das Gefühl, dass ich im nächsten Jahr recht viel unterwegs sein werde.«

»Das müssen Sie uns dann aber mal genau erzählen!« Chris wirft mir einen Blick zu. Ja, denke ich, und die Neuigkeit mit meiner Schwester muss ich auch noch erzählen. Aber ganz bestimmt nicht jetzt, das kann warten.

»Mache ich sehr gern, nur heute kann ich nicht. Heute sitze ich ein bisschen auf heißen Kohlen. Mein Freund ruft nachher an, und wir haben einiges zu besprechen. Und zu planen.«

»Das hört sich doch gut an!«

»Aber eines müssen Sie mir versprechen«, mischt sich Heidi ein, »egal, wo Georgia und ich hinziehen werden, Sie kommen uns häufig besuchen. Und Sie bringen dann bitte auch Ihren Freund mit.«

Ich nicke. »Dann brauchen wir aber Platz!«

»Wieso denn das?« Sie sieht mich forschend an.

»Na, drei Pärchen. Sie und Georgia, Mike und ich, und Chris und ... wie heißt Ihr Freund eigentlich?«

»Timo.«

»... und Timo.«

Heidi lacht. »Ja, ich freue mich schon auf Timo. Aber ich möchte mit dem Kennenlernen gern bis Weihnachten warten, das ist dann ein besonderes Fest.«

Chris und ich werfen uns einen Blick zu, und schon stehe ich an der Tür.

»Ich bitte mich zu entschuldigen, aber ...«

»Ich weiß, Sie sitzen auf heißen Kohlen«, ergänzt Heidi. »Die Liebe, ja, ja, die Liebe.«

Zurück in meiner eigenen Wohnung simse ich das Foto von uns dreien zu Mike, bevor ich überhaupt meinen Mantel ausgezogen habe. Postwendend kommt eines von ihm und seiner Enkelin Emily zurück. Und dann telefonieren wir die halbe Nacht in Vorfreude auf das, was kommen wird.

Und wieder ist es Samstag. Und wieder schneit es. Morgen ist bereits der vierte Advent, in wenigen Tagen ist Heiligabend. Für Weihnachten hat Mike eine Überraschung vorbereitet. Es wird ein ganz besonderes Wiedersehen, hat er angekündigt. Ich bin eben aufgestanden und habe, noch im Schlafanzug, kurz mit meiner Schwester telefoniert und erfahren, dass sie es geschafft hat, sie wird ihren Arbeitsplatz wechseln. Ich bin froh darüber, allerdings habe ich ihr noch nicht gesagt, dass ich demnächst kündigen werde. Ich lasse jetzt erst einmal alles auf mich zukommen, und dann entscheide ich, was ich in der Zukunft tun werde. Während ich mit meinem Kaffee am Fester stehe und den wirbelnden Flocken zuschaue, die gnädig die trostlose Umgebung bedecken, denke ich über die letzten sieben Wochen nach. Vor acht Wochen, denke ich, hat mich die Welt noch erdrückt, und jetzt ist alles anders, nun möchte ich sie erobern. So viel Kraft, Mut und Zuversicht habe ich überhaupt noch nie besessen. Es geht mir gut, ganz unabhängig von der Million. Sie hat mich einfach nur angestupst, denn bisher habe ich sie ja kaum angetastet. Die Reise. Ja, das hätte ich mir vorher nicht so locker leisten können. Afrika. Afrika war der Schlüssel zu allem.

Ich höre es kratzen. Hoppla, ein Frühstücksgast? Sonst kommt Georgia doch immer nur nachts? Hat Heidi sie vielleicht nicht gehört?

Ich greife nach meinem Bademantel und öffne die Tür.

Sofort schiebt der Wind eine Portion Schneeflocken herein, und mit den Schneeflocken auch Georgia. Sie begrüßt mich mit erhobenem Kopf und kerzengeradem Schwanz, schlängelt sich kurz um meine Beine herum, und geht schnurstracks zum Kühlschrank, während ich Heidi anrufe und ihr sage, dass ihre kleine Gefährtin bei mir ist. Ich fülle eine Dessertschüssel mit Katzenmilch, gieße mir heißen Kaffee nach und nehme beides mit ins Wohnzimmer. Dort stelle ich Georgias Schale zu mir aufs breite Fensterbrett, denn ich möchte sie kraulen und dabei noch ein wenig in den Wintermorgen hinausschauen.

In diesem Moment klingelt es.

Ich blicke kurz an mir herunter, Bademantel, aber was soll's – und öffne die Tür. Ein UPS-Mann steht vor mir und hält mir einen Koffer entgegen. »Stefanie Weiss?«, fragt er, und als ich bestätige, sieht er schnell in seinen Unterlagen nach. »Gut, der ist an Sie adressiert.« Dann lässt er mich den Empfang auf seinem elektronischen Gerät bestätigen.

Ein Koffer?

Ist er schwer?

Während der Mann im Schneegestöber verschwindet, hebe ich ihn an. Er ist leicht, sehr leicht. Mit dem Rücken drücke ich die Eingangstür zu und trage den Koffer in die Mitte des Wohnzimmers, dort lege ich ihn auf den Teppich. Er sieht lustig aus, dunkelbraun mit roten Lederkanten, roten Lederriemen und glänzenden Schnappverschlüssen. Ein echtes Retrostück, allerdings modern mit Rollen ausgestattet.

Toll!

Ich öffne die beiden Riemen, dann die Verschlüsse und klappe ihn auf. Bevor er richtig offen ist, springt schon Georgia hinein.

»Holla!«, sage ich. »Was machst du denn da?«

Mir fällt ein, dass Heidi mich gewarnt hat: Georgia wäre schon fast mal im Koffer übersehen worden. Ich muss lachen. Tolle Überraschung! Ein Koffer!

Und sicher ist der von Mike.

Wie lieb von ihm!

Dann sehe ich, wie Georgia mit etwas spielt. Zwischen ihren Pfoten saust im Pingpongverfahren etwas Rotes hin und her.

»Lässt du mich mal?«, bitte ich und knie mich neben sie. Sie reagiert auf meine Stimme, hält kurz inne, und ich ziehe unter ihr eine Rose heraus. »Das ist kein geeignetes Spielzeug für dich«, erkläre ich der Katze, »die hat Dornen!« Während Georgia spielerisch nach ihr angelt, entdecke ich den kleinen Anhänger, der direkt unter der Blüte befestigt ist. Ein Löwe. Wie süß. »Das ist das Thema«, erkläre ich ihr. »Rosen und Löwen können ordentlich wehtun, aber zugleich stehen sie auch für Schönheit und Stärke.«

Georgia ist unbeeindruckt, sie möchte ihr Spielzeug wiederhaben. Ich schau mich um, ob ich nicht etwas anderes für sie finden kann, und stelle die Rose vorerst in ein Wasserglas. Im Schlafzimmer ziehe ich einen roten Wollsocken aus der Schublade und nehme mein Handy mit, um Mike gleich anzurufen. Den Socken werfe ich Georgia zu, die danach hoch springt, aber aus dem Koffer muss, weil ich zu knapp gezielt habe.

Und da sehe ich, dass im Koffer noch etwas liegt.

Eine Plastikhülle.

Ich nehme sie heraus, und während Georgia mit ihrer Beute in den Koffer zurückspringt, gehe ich mit der Hülle zum Fensterbrett.

Drei Papierstücke stecken drin.

Ich ziehe sie nacheinander heraus und lege sie einzeln vor mich hin. Eine Karte mit drei selbst gemalten, roten Herzen und unter der Zeichnung dem Satz: *Liebste Stefanie, ich freu mich unbändig auf dich und unser erstes gemeinsames Weihnachten – lass uns unsere Liebe genießen, dein Mike.* Dazu ein Voucher und ein Flugticket.

Ich bekomme schon Gänsehaut, bevor ich überhaupt lese, wohin die Reise gehen soll. Aber als ich es gelesen habe, springe ich hoch und lasse einen solchen Freudenschrei los, dass Georgia einen erschrockenen Satz aus dem Koffer macht.

Da steht:

Costa Rica, Lapa Rios, Bio-Lodge im Regenwald.

Nachwort

Schon in meinen früheren Romanen stimmen natürlich die Orte, die Details, die Namen der Straßen oder Restaurants. Und in meinen zwölf Jugend-Reiterbüchern der Serie Kaya sind es Geschichten, die zumindest im Ansatz wirklich stattgefunden haben.

Doch dies ist nun wirklich der erste Roman, der auf von mir selbst erlebten Begebenheiten basiert. Nein, nicht die gewonnene Million – mein Höchstgewinn waren um die 18 Euro –, aber die Ereignisse in Südafrika, Nairobi und Bangkok. Vor allem über Südafrika zu schreiben, ohne je dagewesen zu sein, wäre mir unmöglich und würde dem Land und den Menschen dort nicht gerecht werden.

Die Pferdesafari und Lodge »WAIT A LITTLE« gibt es, man braucht es nur einmal zu googeln und sieht über *YouTube* ähnliche Reitszenen, wie Gabriele und ich sie mit Philip oder Rusty als Guide schon erlebt haben. Wir sind dem Leoparden gefolgt, sind von sieben Löwen umzingelt worden, und auch den Elefanten in Musth, den Philip nach dem Sturz seines Pferdes mit der bloßen Bullenpeitsche abgewehrt hat, haben wir erlebt. Und es gibt Frank, den Schweizer, der bei dem Löwen im Rücken so cool reagiert hat. Er war mit seinem Sohn Nicolas Wettstein da, einem erfolgreichen Vielseitigkeitsreiter, der den Aufenthalt auf »WAIT A LITTLE« mit seinem Sieg in der Indoor-Vielseitigkeitsprüfung beim Reitturnier German Masters in Stuttgart gewonnen hat. So kommt es übrigens auch, dass Olympiasiegerin Ingrid Klimke auf einigen der »WAIT A LITTLE«-Videos zu sehen ist, sie hat die Prüfung in Stuttgart ebenso gewonnen wie Olympiasieger und Weltmeister Michael Jung, der allerdings noch keine Zeit gefunden hat, seinen Preis einzulösen.

Gerti gibt es übrigens auch. Sie ist mit Philip verheiratet, die beiden führen »WAIT A LITTLE« seit über 20 Jahren. Gerti hat uns die Gepardin mit den Jungen gezeigt – und wir hoffen sehr, dass es diesmal für die Geparden gut ausgeht und kein Löwe sie entdeckt.

»Daktari Bush School & Wildlife Orphanage« existiert ebenfalls. Es ist eine Buschschule, die sich gleichermaßen für Tiere und einheimische Kinder einsetzt.
(http://www.daktaribushschool.org)

Michele ist die Chefin, und sie engagiert auch Trainees, was für junge Menschen aus der ganzen Welt ein ganz besonderes Erlebnis ist.

Auch die Lodge »Garonga« gibt es. Meine Freundin Gabriele hat in der Dunkelheit beim Camp-Eingang den Elefanten erspäht, der nachher seelenruhig durch das Camp spaziert ist. Außerdem haben wir natürlich draußen im beschriebenen Outdoor-Baumhaus geschlafen, und all die netten Arrangements mit den verschiedenen Candle-Light-Dinner inklusive des Dinners im Flussbett finden auch regelmäßig statt. Vielleicht liegt es an meiner journalistischen Herkunft, dass ich die Dinge gern bei ihrem richtigen Namen nenne. Ich hätte der Lodge auch einen Fantasienamen geben können, aber ich möchte einfach – so wie in meinen Romanen »Fünf-Sterne-Kerle inklusive« oder »Hengstparade« – , dass Sie am Arlberg oder im Reiterhotel Vox in Eggermühlen/Niedersachsen alles wiedererkennen, sollten Sie sich jemals dorthin verirren.

So ist es auch mit »Garonga«. Es gibt viele wunderschöne Camps in Südafrika. Doch sollten Sie jemals nach »Garonga« kommen, dann genießen Sie das Gefühl, schon einmal dort gewesen zu sein.

Und zu guter Letzt:

Es gibt immer wieder Tiere, die einen auf besondere Art treu durchs Leben begleiten. Im Leben meiner Tochter Valeska war es Andy, mit dem sie als 16-Jährige die doppelte Vize-Europameisterschaft in der Pony-Vielseitigkeit gewonnen hat. Ein unbeschreiblich liebenswürdiges Pony, ein höflicher Gentleman im Umgang, dabei mit einem extrem großen Kämpferherz ausgestattet. Unvergesslich!

Und Georgia, in memoriam Georgy:

Mein Kater Georgy hat alle Tiere, die in der Jugend meiner Tochter meist durch unüberlegte Geschenke ihrer Verehrer ins Haus schneiten, aufgenommen. Er war stets der Chef – auch Hunden gegenüber –, aber auf seine Weise generös. Und da ich Käfighaltung hasse, bevölkerten unseren Garten zwei griechische Landschildkröten, ein Kaninchen-Paar, Nachbarkatzen und besonders aufgeweckt: Prada, die Buntratte, mit ihrem Ehemann Gucci. Georgy hat alle als seine Familie anerkannt und akzeptiert. Als er 2016 starb, war er zwar an Jahren alt, aber im Herzen noch immer jung. Ihm hier ein letzter Gruß, denn auch er hat sich immer im Koffer versteckt. Ganz wie Georgia.

Meinen Freundinnen, die immer da waren, wenn es darauf ankam

Menschen zu haben, auf die man zählen kann, sind ein wahres Geschenk. Innerhalb der Familie setzt man das – meist – voraus. Aber es begleiten einen noch andere durchs Leben:

Wohl dem, der echte Freunde hat:

Doris, meine engste Freundin, die ich mit 14 in meiner neuen Klasse kennengelernt habe und mit der ich bis heute aufs engste verbunden bin.

Heidi, die mir seit 20 Jahren (!) eine perfekte Mitarbeiterin und Rat gebende Freundin ist.

Karin, die schon die schrägsten Situationen gemeistert hat – und als Physio oder Klempnerin, Sportlerin oder Maschinistin immer ihre Frau steht.

Gabriele, die sich seit Jahren mit mir kopfüber in jedes Recherche-Abenteuer stürzt – und das in letzter Zeit vor allem auf den Pferden im südafrikanischen Busch.

Ulla, mit der ich verrückte Zeiten erlebt habe.

Madeleine, die die hohe Kunst der feinen Küche beherrscht und tagelang einkaufen fährt – nur damit wir, ihre Freunde, stundenlang schlemmen können. Seit 40 Jahren!

Bine, die mit mir quer durch Konstanz rannte, um pünktlich um Mitternacht doch noch irgendwo mit einem Glas Champagner auf meinen 30. Geburtstag anstoßen zu können.

Renate, die mit ihrer Herzensgröße immer wieder Freude schenkt!

Doerthe und Möppi vom Reiterhotel Vox in Eggermühlen – diese Freundschaft grenzt schon an Familie.

Tina, die ein großes Herz für Tiere hat und alles, was sie aufnimmt, auch irgendwie bewältigen muss.

Rita, die unserem Star-Pony »Sir Whitefoot«, unserem Trakehner-Beau »Armageddon« und unserem legendären Noriker »Gustl« eine neue Heimat geboten hat.

Und Gaby, die beim hr-fernsehen meine Chefin war, und mich auch als Alleinerziehende mit Baby weiterhin buchte – und seit dieser Zeit (1992) jedes meiner Manuskripte liest.

Mein besonderer Dank bei diesem Roman gebührt übrigens einem Mann:

Klaus Sattler, ehemaliger Kommunikationschef der Lotto Baden-Württemberg. Er war der Sachverständige und Helfer im Hintergrund. Ich habe ihn auf einem seiner Bogey-Golfturniere vor Jahren kennengelernt. Bei diesen Benefiz-Veranstaltungen lässt er Prominente die Schläger für eine gute Sache schwingen – und hat Erfolg damit. Und als ich ihn zu Beginn meines Romans um seine Sachkenntnis bat, war er sofort dabei. Er sollte auf das Prozedere der Gewinnerin Steffi achten, damit es realistisch ist. Aber er tat nicht nur das: Er hat sich viele Gedanken darum herum gemacht, denn er ist ein Perfektionist. Nun stimmt es also.

Sollten Sie mal im Lotto gewinnen, können Sie es nachprüfen …

Danke Dir, Klaus.